還生鏢師

환생표사 4

1판 1쇄 발행 | 2022년 12월 30일

펴낸이 | 권태완 우천제
펴낸곳 | (주)케이더블유북스
편집자 | 한준만, 박병권, 이다혜
디자인 | 정예현

출판등록 | 2015-5-4 제25100-2015-43호
KFN | 제3-12호

주소 | 서울시 구로구 디지털로31길 38-9, 401호
전화 | 070-8892-7937 **팩스** | 02-866-4627 **E-mail** | fantasy@kwbooks.co.kr

ISBN 979-11-404-1041-5 04810
979-11-404-1037-8 (set)

환생표사

4

신갈나무 신무협 장편소설

차례

1장
사천구룡방

여종매는 본래 하남 사람으로 대별산에서 그리 멀지 않은 평천(平川)이라는 곳에 살았다.

가난했던 홀어머니는 그녀가 열세 살이 되어 초경을 치르자 은전 열 냥과 비단옷 한 벌을 받고는 쉰 살 먹은 포목상 왕 씨의 다섯 번째 첩으로 팔아버렸다. 시집을 가보니 그녀는 첫 번째 정실부인이 낳은 딸과 동갑이었다.

왕 씨가 자신의 처소를 찾는 다음 날에는 어김없이 정실부인의 딸에게 불려갔다. 그러고는 정실부인과 세 명의 첩들이 지켜보는 앞에서 정실부인의 표독스러운 딸도 아니고, 딸의 하녀에게 죽지 않을 만큼 뺨을 맞았다.

왕 씨에게 제발 자기를 집으로 좀 보내달라고 울면서 사정도 해보았다. 하지만 돌아오는 건 도망치면 네년과 네년의 어미를 모두 찾아 죽여 버리겠다는 경고였다.

열여섯 살이 되던 해, 여종매는 어머니가 전염병으로 죽었다는 소식을 들었다.

그날 밤, 잠자던 정실부인과 그녀의 딸 방에 차례로 침입, 비명을 지르지 못하도록 식칼로 목을 그어버리고는 대별산으로 도망쳤다.

짐승처럼 온 산을 헤집고 다니길 열흘째, 마침내 소문으로만 듣던 도화곡을 찾았다. 그리고 오늘에 이르기까지 무려 일 갑자가 훨씬 넘는 세월을 거의 도화곡에서만 보냈다.

자신만큼은 아니지만, 다른 제자들 역시 저마다의 곡절이 한 가지씩은 있었다. 그 모든 사연들을 안고 성도로 가는 길은 생각했던 보다 훨씬 고단했다.

하지만 처음에 우려했던 것과 달리 삼백 명의 제자들은 성도가 가까워질수록 오히려 희망을 품기 시작했다.

특히 젊은 구대 제자들이 그랬다.

이 모든 게 세 명의 걸출한 사내들이 가져온 기적이었다. 고목과 같은 존재감으로 모두를 안심시키는 표왕, 어린 제자들을 사매처럼 든든하게 지켜주는 남궁세옥, 그리고 위기의 순간마다 천재적인 발상으로 돌파구를 만들어내는 이정룡까지.

특히 이정룡은 간밤에도 놀라운 계획을 내놓더니 판을 깔아놓고 기다리겠다며 객원표사들을 이끌고 먼저 성도로 달려갔다. 이제는 사실상 그 신기방통한 아이의 행보에 도화곡의 운명이 달려 있다고 해도 과언이 아니었다.

말은 않지만, 이종산도 똑같은 생각을 하는 것 같았다.

"말씀하신 문규(門規)입니다."

대파산맥을 넘어 사천성으로 들어가기 직전, 잠시 쉬는 틈을 타 이막하가 책 한 권을 내밀었다.

산을 내려온 만큼 기존의 문규들을 대폭 수정해야 한다. 이에 그 초안을 이막하에게 만들어보라 지시했었다.

그녀는 오대장로 중 서른 살이 넘어 도화곡으로 들어온 유일한 사람이었다. 고향은 산서성 태원(太原)이었고, 막대한 부를 축적한 산서상인의 애지중지하던 딸이었다. 심지어 상재가 뛰어나 혼인도 하지 않은 채 아버지를 도와 상방을 산서성에서 다섯 손가락 안에 들 정도로 크게 키웠다.

한데 하필 아비와 막역한 사이였던 왕족이 역모에 휘말려 참변을 당하면서 그 여파가 상방에까지 미쳤다. 그녀는 부모님의 희생 덕택에 가까스로 살아남아 도화곡으로 왔고, 이후 제자가 되어 지금까지 살았다.

"예상했던 것보다 빨리 만들었군."

"오래전부터 생각했던 것들을 정리만 했을 뿐입니다. 읽어보시고 부족한 것들을 말씀해 주시면 다시 정리해 올리겠습니다."

"그렇게 하시게."

"그럼."

"이 장로."

돌아서 가려던 이막하를 여종매가 조용히 불렀다.

"예, 곡주님."

"어찌하여 산을 내려가지 않았는가?"

"무슨 말씀이신지……."

"마음만 먹는다면 젊은 나이에 도화곡을 벗어나 얼마든지 새로운 신분을 만들어 보통 사람들처럼 편안하게 살 수 있었을 터인데."

이막하의 시선이 저만치 구석에 쭈그리고 앉아 섭부용과 함께 꼬물꼬물 떡을 나눠 먹고 있는 구대 제자들에게로 향했다.

"딸들 같아서요."

"……?"

"제가 낳지는 않았지만, 제 손으로 먹이고 가르치고 키웠습니다. 저것들을 버리고 어떻게 산을 내려갈 수 있었겠어요."

"세상의 많은 가난한 부모들이 은전 몇 개에 자식을 팔아버리기도 한다네."

"저는 곡주님과 여러 사숙님들 덕분에 가난하다고 느낀 적이 한 번도 없습니다. 하니 그런 어려운 고민도 할 필요가 없었지요."

산중에서의 생활이 어찌 가난하지 않았겠나. 삼백여 명을 이끌고 이렇게 성도로 터전을 옮기는 가장 큰 이유도 그것이거늘.

여종매는 알고 있었다. 세상의 그 어떤 고난과 환란이 닥쳤어도 이막하는 절대 제자들을 버리지 않았을 거라는 걸.

"그만 가보시게."

"그럼."

대별산을 떠난 지 23일째 되는 날, 표행단은 마침내 거대한 사천분지의 동쪽을 남북으로 가로지르는 가릉강(嘉陵江)에 도착했다.

가릉강 최대의 포구마을 남충(南充)은 줄지어 늘어선 여각과 주루만 보아도 이곳이 얼마나 중요한 교통의 요지인지 알 수 있었다. 한데 오늘은 포구가 수용할 수 있는 한계를 훨씬 초월한 수의 사람들이 북적대고 있었다.

천룡표국과 도화곡의 깃발을 동시에 앞세우고 사백여 명의 표행단이 나타나자 사람들이 앞다투어 길을 터주었다.

그러던 어느 순간, 한 무리의 죽립인들이 떡하니 앞을 막아섰다. 숫자는 고작 열다섯, 등에는 도검을 멨는데 하나같이 사나운 기세를 폴폴 풍겼다. 그 바람에 표행단 전체가 걸음을 멈추게 됐다.

행동강령에 따라 양진각이 표사 스무 명과 함께 앞으로 치고 나가서는 놈들과 대치하며 외쳤다.

"누가 감히 천룡표국의 앞을 막아서는가!"

"도화곡주를 뵈러 왔소이다."

"정체를 밝혀라!"

"먼저 도화곡주를 뵙게 해주시오."

챙! 채채채채챙!

양진각을 필두로 스무 명의 표사들이 일제히 도검을 뽑아 들었다.

양진각이 살기를 뿌려대며 말했다.

"강호인들이라면 표국의 규칙을 모르지 않을 터. 마지막으로 경고하겠다. 정체를 밝혀라."

두 번씩이나 정체를 밝히라는 표국의 경고를 무시한 채 버티고 서 있다면 노상강도로 간주, 얼마든지 베어버려도 할 말이 없다.

하지만 지금 표행단은 사백여 명을 헤아렸고, 막아선 이들은 고작 열다섯 명에 불과했기에 노상강도라고 하기에는 좀 무리였다.

갑작스러운 사태에 구경꾼들이 구름처럼 몰려들었다. 그중 열에 두세 명은 도검을 패용한 무림인들이었다. 보통의 도시나 포구에서는 절대로 볼 수 없는 비율이었다.

그때 여종매가 말했다.

"길을 터주세요."

양진각이 가만히 이종산을 돌아보았다. 어찌할지를 묻는 것이다.

이종산이 조용히 고개를 끄덕이자 양진각이 비로소 길을 터주었다.

우두머리인 듯한 사내가 앞으로 걸어 나왔다. 죽립을 깊이 눌러 쓴 바람에 얼굴을 제대로 볼 수가 없었다.

그가 포권을 취며 말했다.

"무례를 용서하십시오."

"내게 볼일이 있나요?"

"한 가지 여쭐 것이 있습니다."

"말씀해 보세요."

"소문을 듣자 하니 천룡표국과 손을 잡고 사천구룡방을 칠 거라고 하던데, 이것이 사실인지요."

보통의 경우라면 네놈은 누구며 그건 왜 묻는지부터 따졌어야 한다. 하지만 여종매는 이들에게 무언가 사정이 있음을 직감했다.

그리고 저들이 누구든 대답이 달라질 건 없었다.

문득, 어젯밤 이종산과 나누었던 대화가 떠올랐다.

"내일이면 가릉강의 남충이라는 포구에 도착할 것입니다. 성도로 가

는 길목에 있는 포구들 중 가장 큰 곳으로, 족히 이천 명은 운집해 있을 걸로 추측됩니다."

"그 말씀을 하시는 이유는……."

"선전포고를 하기에 좋은 시간과 장소입니다."

"아시다시피 이런 일은 처음이라 어떻게 해야 할지 모르겠군요. 국주님의 경험과 지혜를 조금 나눠주시겠습니까?"

"하오문이 제 아들 녀석을 통해 전해준 정보를 들어 아시겠지만, 사천구룡방은 마땅히 없어져야 할 악의 무리입니다."

"공감합니다."

"하지만 그들을 쓸어버리겠다고 선언하는 것은 너무 나간 것입니다. 명분이 과하면 오히려 자승자박하는 결과를 가져올 수도 있습니다."

"하면 어찌해야 합니까?"

"어차피 사천구룡방과의 일전은 불가피한 것. 공을 저들에게 넘기십시오. 하면 저들이 알아서 딱 필요한 만큼의 명분을 만들어줄 것입니다."

이종산의 예상은 귀신같이 들어맞았다. 남충으로 들어서자 정말 이천여 명 정도의 군중이 기다리고 있었던 것이다. 그리고 지금 모두가 자신의 입만 바라보고 있었다.

여종매는 이종산이 말한 그 순간이 왔음을 직감했다.

"우리는 단지 개파조사님의 고향이었던 성도에 새로이 뿌리를 내리려는 것일 뿐, 어떤 문파와도 전쟁을 원하지 않습니다. 그러나 만약 이를 방해하려는 세력이 있다면 그에 상응하는 대가를 치러야 할 것입니다."

좌중이 크게 술렁이기 시작했다. 단언하건대 군중 속에는 사천구룡방의 인물들도 분명히 있을 것이다.

사내는 이종산에게도 물었다.

"외람됩니다만, 천룡표국의 입장도 듣고 싶습니다."

이번엔 수천 명의 눈이 이종산을 향했다.

이종산은 우렁우렁한 목소리로 말했다.

"천룡표국은 도화곡을 사천성 성도까지 옮기는 것과 동시에 안정을 찾을 때까지 장원과 제자들의 호위를 의뢰받았소. 도화곡이 어떤 이유로든 성도의 무림문파들을 공격하려 한다면 천룡표국은 그 즉시 손을 뗄 것이오. 하지만 만약 성도의 무림문파들이 정당한 사유 없이 도화곡을 핍박한다면 천룡표국은 의뢰인과의 계약에 따라 결코 좌시하지 않을 것이오."

성도는 초대형 흑도방파인 사천구룡방이 오랜 세월 지역의 맹주로 군림하는 가운데 군소 방파들이 머리를 조아리며 밥을 벌어먹는 형국이었다. 여기에 제자를 300명이나 거느린 대형 무림문파가 어느 날 갑자기 나타나 눌러앉겠다고 하면 사천구룡방이 가만있을 리가 없다. 그러니 싸움은 기정사실이었고, 사실상 선전포고를 한 셈이었다.

사람들이 끝도 없이 술렁이는 가운데 이종산이 사내에게 물었다.

"이제 귀하들의 정체와 길을 막아선 이유를 말해주시오. 만약, 나를 납득시키지 못한다면 오만불손한 태도로 표행단을 막아선 대가를 치러야 할 것이오."

사내가 천천히 죽립을 벗었다. 그러자 무수한 칼자국을 얼굴에 새긴 삼십 줄의 중년인이 모습을 드러냈다.

사내를 시작으로 함께 온 열네 명의 사내들도 모두 죽립을 벗었다. 정도의 차이는 있을지언정 모두가 칼에 난도질을 당한 얼굴들을 하고 있었다.

생각지도 못한 광경에 사람들은 매우 놀랐다.

우두머리 사내가 말했다.

"성도의 서쪽에 민강(岷江)이 있습니다. 저 멀리 민산산맥에서 발원하여 장강까지 흘러 들어가는 이 강에는 조운으로 먹고사는 오백여 척의 배들이 있었지요. 그 배들의 칠 할이 거대한 곡창지대의 중심인 성도에 본거지를 두고 있었습니다. 그리고 이들은 조양방(朝陽幇)이라는 이름 아래에 하나로 뭉쳐 있었고요."

사내가 여기까지 말했을 때 벌써부터 여기저기서 웅성거리는 소리가 들려오기 시작했다. 성도 사정에 정통한 사람들이 이들의 정체를 간파한 것이다.

"10년 전 사천구룡방의 무인 삼백 명이 조양방 총타를 습격했습니다. 그들의 일방적인 도륙은 남녀노소를 가리지 않았습니다. 방주를 포함해 무려 일흔다섯 명을 죽인 후에야 비로소 지옥 같은 혈사가 끝이 났지요. 그리고 조운이라고는 쥐뿔도 모르는 외부인을 새로운 방주로 세운 후 오늘에 이르렀습니다. 이후 조양방은 수익의 절반을 사천구룡방에 바치고 있지요."

이 사건은 이종산과 여종매도 알고 있었다. 지난 20년 동안 사천구룡방이 성도에서 저지른 패악질을 적었다면서 하오문이 준 책자에 기록되어 있는 내용이었다.

책자에는 또 얼굴에 칼자국을 새긴 채 성도를 떠난 무인들에 관한 이야기도 쓰여 있었다. 사천구룡방은 생포한 조양방 무사들의 얼굴에 무수한 칼자국을 새긴 후 풀어주었다. 사람들이 그들을 볼 때마다 조양방에서 있었던 일을 떠올리고 사천구룡방에 대한 공포심을 뼛속까지 느끼도록 하기 위해서였다.

사내가 갑자기 이종산을 향해 정중한 포권지례를 올렸다. 뒤에 있던 열네 명의 죽립인들도 뒤따라 예를 갖추었다.

"짐작하셨겠지만, 저희는 10년 전 조양방의 혈사에서 생존한 무사들입니다. 허락해 주신다면 함께 성도로 돌아가고 싶습니다."

"귀방의 복수를 위해 우릴 이용할 생각이시오?"

"만약 사천구룡방으로부터 조양방을 되찾게 된다면, 조운을 하는 동안 모든 배의 호위를 도화곡에 맡기겠습니다."

좌중이 또 한 번 크게 술렁였다. 민강을 오르내리는 조양방의 배들을 독점 호위하는 건 결코 작은 이권이 아니었다. 도화곡이 성도에 정착하는 데 큰 도움이 될 것이다.

"귀하의 이름이 무엇이오?"

"장소봉입니다."

"전임 방주이신 칠량도(七兩棹) 장추벽 대인과는 어찌 되시오?"

"저희 아버지를…… 아시는지요?"

"오래전 민강을 지날 때마다 신세를 지곤 했소. 알고 보니 장 대인의 자제분이셨군. 늦었지만 조의를 표하는 바이오."

"아아, 그러셨군요."

사내의 표정이 갑자기 밝아졌다. 지난 인연으로 말미암아 일이 수월하게 풀릴 거라고 생각했기 때문이다.

하지만 이종산의 입에서 흘러나오는 말은 장소봉뿐만 아니라, 주변에 있던 모든 군중의 예상을 벗어난 것이었다.

“천룡표국은 지금 무려 200년 역사를 지닌 한 무림문파의 뿌리를 통째로 옮기는 신성한 표행을 하고 있는 중이오. 여기에는 어떤 다른 불순한 목적도 개입될 수 없소. 조양방의 일은 안타까우나 다른 방법을 찾아보길 바라오.”

장소봉은 한동안 믿을 수 없다는 표정으로 그 자리에 서 있었다. 천룡표국이 절대로 거절하지 못할 거라고 생각한 모양이었다.

하지만 잠시 후, 그는 다시 한번 공손하게 포권지례를 올렸다.

“저희의 생각이 짧았습니다.”

밤낮을 쉬지 않고 달린 덕택에 나는 이종산이 이끄는 본대보다 사흘 정도 앞서 성도에 도착할 수 있었다.

얼마나 강행군을 했던지 다들 녹초가 되어 있었다.

간밤엔 폭우까지 쏟아져 더욱 몸이 무거웠다.

“일단 한잔 마시고 시작할거나?”

“그렇게 하시죠.”

“정말인가?”

내가 순순히 허락하자 이견이 깜짝 놀랐다.

“대신 주루는 제가 안내하겠습니다.”

“성도에 와본 적 있나?”

“아뇨.”

"한데 어떻게?"

"안내해 줄 사람이 나타날 겁니다."

사람들은 그제야 내 말뜻을 알아듣고는 고개를 끄덕였다.

남궁소소의 도움으로 일찌감치 역용을 한 우리는 분위기도 파악할 겸 말을 타고 저잣거리로 들어갔다.

얼마 가지도 않았는데 호객 행위를 하는 아이들이 강아지 떼처럼 달라붙었다. 가장 나이가 많은 일견을 두령이라고 생각한 아이들은 전부 그에게 달라붙어 싸고 맛있는 객점을 안내해 주겠다며 온갖 허풍들을 쳐댔다.

그때 어디선가 지축을 울리는 말발굽 소리가 들려왔다. 그러자 놀란 아이들이 뿔뿔이 흩어져서는 길 양쪽으로 붙었다.

잠시 후, 삼십여 필의 말이 대로를 질주해 오는 게 보였다.

길에는 여자와 아이들을 비롯해 오가는 행인들이 적지 않았는데도 불구하고 기마인들은 거침이 없었다. 그들과 부딪히지 않으려면 우리도 옆으로 물러나는 수밖에 없었다.

이윽고 놈들은 우리가 서 있는 앞을 그야말로 쏜살처럼 지나쳐 갔다. 한데 놈들이 탄 말의 뒤쪽으로 십여 명의 사람들이 밧줄에 두 손을 묶인 채 짐승처럼 질질 끌려가고 있었다. 그나마 간밤의 폭우로 말미암아 바닥이 온통 진창이어서 망정이지, 안 그랬다면 벌써 죽었을 것이다.

생각지도 못한 광경에 모두 아연실색했다.

남궁소소가 내게 물었다.

"대체 뭐 하는 놈들이죠?"

"사천구룡방 놈들이오."

"그걸 어떻게 알죠?"

"놈들이 아니면 성도 유흥가 한복판에서 감히 누가 삼십여 명씩 떼 지어 말을 달리며 저런 미친 짓을 벌이겠소."

"무법천지가 따로 없군요. 관병들은 대체 무얼 하기에 대낮에 저런 끔찍한 일이 아무렇지도 않게 벌어지는 걸까요?"

"어차피 한통속이거든요."

갑작스러운 목소리는 조금 떨어진 곳에 서 있던 열서너 살가량의 사내아이에게서 나온 것이었다.

남궁소소가 물었다.

"그게 무슨 말이지?"

"관아의 관리 열 명 중에 아홉이 사천구룡방에 매수된 자들이라는 뜻입니다. 그 가장 꼭대기에 지부대인이 있고요."

"그렇다고 대낮에 사람들로 붐비는 저잣거리에서 사람을 저렇게 묶어 달리는데도 모른 척한다고?"

"물론 몇 명 잡아넣기는 하겠죠. 하지만 죄다 사건과는 무관한 하급 무사들이에요. 그나마도 한 달쯤 지나면 슬그머니 풀려나고요."

어느 도시에나 있는 일이어서 새롭지도 않다. 다만 성도의 경우에는 그 정도가 극심하다는 것이 조금 다를 뿐.

"한데 끌려가는 사람들은 누구지?"

"용무관(龍舞關)이라고, 성도의 남쪽에 제법 큰 무관이 있어요. 제자들의 수가 한 백 명쯤 되려나? 아무튼 사천구룡방이 도화곡과의 전쟁을 앞두고 제자들을 전부 보내라고 했는데도 불구하고 끝까지 협조하지 않았거든요. 그래서 본보기로 열 명을 붙잡아 벌써 반 시진째 저렇게 끌고 다니고 있어요."

"용무관처럼 사천구룡방에 맞선 곳이 많이 있니?"

"글쎄요."

"무슨 대답이 그래?"

"배가 고파서 기억이 잘 안 나네요."

그러면서 턱을 벅벅 긁었다. 한창 재밌을 때 딱 말을 멈추는 것이 닳고 닳은 놈이었다.

남궁소소가 피식 웃더니 동전 세 냥을 꺼내 녀석에게 주었다.

"이러면 기억이 생생하게 나려나?"

녀석은 입이 귀에까지 걸렸다. 그러곤 다른 사람들을 모두 지나쳐 뜬금없이 내가 탄 말의 고삐를 덥석 잡았다.

"보아하니 멀리서 오신 분들인 듯한데, 우선 시원하게 목부터 축이시지요. 소인이 좋은 곳으로 안내해 드리겠습니다."

"어떤 곳이더냐?"

"성도의 객점은 어디를 가든 다 거기서 거깁니다. 술에서 바가지를 안 씌우면 음식에서 바가지를 씌웁지요. 그래야 사천구룡방의 하급무사들에게 돈을 상납하고도 조금 남길 수 있으니까요."

"그래서?"

"어차피 바가지를 쓰실 요량이면 술맛 좋고 조용한 곳이 낫지 않겠습니까요? 여각도 겸하고 있어서 술과 식사를 하신 분들께는 특별히 싸게 해드립니다."

그러면서 녀석의 시선이 내 등 뒤로 솟은 검파의 수실에 잠시 머물렀다가 떠났다.

나는 기다리던 손님이 나타났음을 직감했다.

"앞장서라."

사내아이의 이름은 양강이라고 했다.

양강을 따라간 곳은 이 층짜리 작은 객점이었다.

도끼라도 맞았는지 한쪽이 뚝 떨어져 나간 현판에는 '천하제'라는 정체불명의 글씨가 음각되어 있었다. 현판이 걸린 위치로 미루어 보건대 원래 글자는 '천하제일 OOO'이었던 것 같다.

OOO에 무엇이 들어갔건 당장의 현실은 지금까지 성도에서 본 것 중 가장 낡아빠진 객점이었다.

안으로 들어가자 텅 빈 객점 구석에서 꾸벅꾸벅 졸고 있던 칠순 노인이 우리를 맞았다.

"할아버지, 손님들 왔어요."

"벌써?"

"해가 중천에 떴어요."

"한참 달았는데, 귀찮게시리."

"그러다 굶어 죽어요. 어서 잠 깨시고 손님들 식사부터 챙겨 드리세요. 저는 지나가는 손님이라도 있는지 좀 더 살펴보고 올게요."

고아라고 했으니 친할아버지는 아니고, 손님을 물어다 주고 두당 얼마씩 받는 모양이었다. 길가의 고아들이 흔히 밥을 벌어먹는 방식이었다.

허름한 차림에 눈매가 좁은 노인은 물잔 대여섯 개와 주전자를 통째로 갖다 주고는 돌아서 주방으로 들어가려 했다.

이견이 노인을 붙잡고 물었다.

"주문 안 받으시오?"

"식사하려고 들어오신 것 아니었습니까?"

"뭘 먹을지 물어봐야 하잖소."

"어차피 한 가지밖에 안 됩니다."

"그게 뭐요?"

"삶은 돼지고기입니다."

"삶은 돼지고기만 판다고요?"

"그것만 팔아서 장사가 되나요. 술도 함께 팔아야지요. 죽엽청주로 하십시오. 삶은 돼지고기에는 죽엽청주가 딱입니다."

그러면서 더 묻지도 않고 주방으로 들어가 버렸다. 눈치를 보아하니 술도 죽엽청주만 있는 게 확실했다.

이견이 흑도 생활 30년 동안 갈고닦은 욕으로 한바탕 씹어주려고 윗입술을 씰룩이려는 찰나, 주방에서 마흔 줄의 사내가 슬그머니 모습을 드러냈다.

"장인보라고 합니다. 하오문 사천성 성도 분타의 향주를 맡고 있지요. 머무시는 동안 불편함이 없도록 최대한 도와드리라는 상부의 명령이 있었습니다."

하오문은 문도들도 점조직 형태로 움직이지만, 특히 향주급 이상의 간부들은 신분이나 얼굴을 함부로 드러내지 않는다. 단언하건대 이 남자는 역용을 했거나 정교한 인피면구를 썼을 것이다.

덧붙여 주방으로 들어간 노인 역시 향주와 오랫동안 알고 지낸 하오문도일 것이고. 이견을 후리는 솜씨를 보면 은퇴한 향주가 아닐까도 싶다.

"우선 돌아가는 상황을 좀 알고 싶습니다."

"칠 일 전 가릉강에서 도화곡과 천룡표국이 사천구룡방을 향해 사실상 선전포고를 했다는 소식이 전해지면서 성도 무림이 발칵 뒤집힌 상태입니다."

"사천구룡방의 동태는 어떻습니까?"

"무인이 오십 명 이상 있는 곳이면 모조리 끌어모았습니다. 열일곱 개 방파에서 모인 무인 삼천여 명이 사천구룡방에 집결해 있는 상태입니다."

삼천이라는 말에 모두가 아연실색했다. 이 정도면 비유로써의 전쟁이 아니라 진짜 전쟁이다. 그에 반해 우리 쪽은 고작 사백여 명. 제아무리 천하십검의 초절정 검사가 이끈다고 해도 계란으로 바위 치기였다.

게다가 사천구룡방에도 천하십검 못지않은 고수가 한 명 있었다.

촉(蜀)의 수도이자 고대로부터 이어져 온 교통의 요지인 성도에는 본래 아홉 개의 큰 흑도방파가 있었다. 사람들은 이들 아홉 곳을 일컬어 구룡이라고 했다.

구룡은 어느 한 곳 확실한 우위를 점하지 못한 채 팽팽하게 밀고 당기며 무려 백여 년을 지내왔다. 그러다 지금으로부터 약 20년 전, 구룡 중에서도 최약체라고 일컬어지던 통천방(通天幇)에서 변화의 바람이 불었다. 일개 당주에 불과했던 자가 갑자기 반역을 일으켜서는 주색잡기에 골몰하던 늙은 방주를 죽이고 그 자신이 새로운 두령이 된 것이다.

그리고 한 달 후, 통천방의 혼란이 정리되자 신임 방주는 다른 흑도 방파들을 상대로 전쟁을 일으켰다.

여덟 개 방파를 모두 무릎 꿇리는 데 걸린 시간은 고작 팔 일, 하루에 하나씩 밀어버린 셈이었다. 그때 통천방의 신임 방주가 선보인 무공은 실로 경악스러운 것이었다. 그제서야 강호인들은 통천방에 잠룡이 웅크리고 있었음을 깨달았다.

이후 그는 자신이 정복한 아홉 개 방파를 하나로 통합해 사천구룡방이라 이름 짓고 스스로 대방주가 되었다. 무려 오백여 명의 방도를 거느린 사천성 제일의 흑도방파가 탄생하는 순간이었다.

그리고 20년이 흐른 지금, 방주인 만세노조(萬世老祖) 뇌정갑은 흑도를 통틀어 가장 강한 십대고수 중 한 명으로 군림했다.

성명병기는 백 근의 무게를 자랑한다는 방천화극(方天畫戟)이었다. 무기의 이질성으로 말미암아 천하십검의 이름에 오르내리지 않을 뿐, 결코 녹림맹주의 아래가 아니라고 평가되는 인물이었다.

"그때 여덟 명의 방주들은 어떻게 됐습니까?"

"흑도의 규칙에 따라 모두 참수당했습니다."

"방주의 아랫사람들은요?"

"살아남은 고수들은 지금 당주직을 하나씩 꿰차고 있습니다. 구룡의 맥을 잇는다는 취지에서 모두 아홉 개의 당(黨)을 두었고요."

사실 여기까지는 이미 오는 동안 접촉한 하오문도들을 통해서 모두 파악한 내용이었다. 다만 정보의 정확도를 점검하는 차원에서 한 번 더 물어본 것일 뿐.

"방주에 대한 충성심은 어떻습니까?"

"혹, 이간지계(離間之計)를 쓰실 생각입니까?"

향주급이라서 그런지 확실히 그동안 정보만 물어주던 연락책들과는 다르다. 눈치도 빠르고, 대화를 하면서 내게서도 자신이 필요한 정보들을 슬그머니 빼내려고 한다.

매용초를 믿는다면 이자도 믿어야 한다.

"싸게 먹히면서 효과는 좋은 것이 이간지계이지요. 한데 그러려면 하오문과 향주님의 도움이 꼭 필요합니다."

"최선을 다해 돕겠습니다. 하지만 방주에 대한 당주들의 충성심은 가히 절대적입니다. 전쟁이 일어난 지 무려 20년이나 지났기에 앙금도 남아 있지 않는 듯하고요. 무엇보다 뇌정갑의 밑에서 그들은 어느 때보다 호의호식했습니다."

정확하게는 충성이 아니라 복종일 것이다. 감히 어찌해 볼 수 없는 상대를 향한 맹목적인 복종. 경우에 따라서는 공포로 말미암은 복종이 충성심보다 더 강한 힘을 발휘할 수도 있다.

어쨌거나 방주와 당주들의 사이를 갈라놓기는 어려운 것 같다.

"당주들 간의 사이는 어떻습니까?"

순간, 장인보의 눈동자가 커졌다. 허를 찌르는 내 말에 적잖게 놀란 모양이었다.

"앞서 만난 하오문의 형제들을 통해 아홉 당주들에 관하여 자세하게 적힌 책자를 받아보았습니다. 한데 재밌는 이야기들이 많더군요."

"구체적으로 어떤 걸 말씀하시는지요?"

"팔당주는 따로 돈주머니를 찼다는 의심을 받다가 이당주에게 한쪽 귀를 잘렸고, 칠당주는 방주의 무공 수련 장면을 우연히 목격했다가 훔쳐보았다는 오해를 받고 역시 이당주에게 한쪽 눈알을 뽑힐 뻔했다거나 하는 이야기들 말입니다."

이당주는 통천방 시절부터 뇌정갑과 함께한 의제로 사천구룡방 내의 공식 서열은 3위였다. 하지만 방주를 등에 업고 그야말로 무소불위의 권력을 휘두른다는 게 책자에 적힌 내용이었다.

이 정도면 방주에게는 몰라도 이당주에게는 충분히 반감을 품는 당주들이 있을 만하다는 게 나의 판단이었다.

"이당주는 젊은 시절 마공을 수련하던 중 걸린 주화입마를 치료하기 위해 가끔 앵속을 합니다. 그때마다 특유의 포악성을 드러내거나 이해할 수 없는 행동들을 하곤 하지요."

"최근 일당주에게 일어났다는 일도 그 연장선입니까?"

책자에 따르면 일당주는 구룡 중 가장 강했던 북신방(北辰幇)의 부방주 출신으로, 나이와 경륜 그리고 따르는 수하들이 많다는 점 등이 고려되어 서열 2위의 일당주가 되었다.

한데 그는 비범한 무공에 어울리지 않게 여색을 매우 밝혔다. 해서 미녀가 있는 곳이라면 어디든 달려가서 데려와 눌러 앉힌 첩이 벌써 스무 명에 달했다. 책자에는 보통은 돈을 주고 사 오기도 하지만 납치를 해 온 여자도 적지 않을 거라고 했다.

"지금으로부터 일 년쯤 전이었을 겁니다. 방주의 명령을 받고 남만으로 원정을 떠난 일당주가 오른팔에 큰 부상을 입고 돌아왔습니다. 다른 말에는 젊은 묘족 여자 한 명이 타고 있었지요. 이국적인 용모도 용모지만, 사람의 정신을 흐리게 만들 정도로 아름다운 여자였습니다."

상처를 입은 건 여자를 빼앗는 과정에서 입은 걸까? 아니면 위기에 빠진 그녀를 구해주는 과정에서 입은 걸까?

"한데 어느 날 보니 그 여자는 방주의 첩이 되어 있었습니다. 공식적으로는 일당주가 자신의 충성심을 증명하기 위해 바쳤다고 하는데, 저희가 파악한 것으로는 속사정이 좀 있습니다."

"그게 뭡니까?"

"일당주는 남만 원정에서 돌아온 직후 이당주 쪽 사람들로부터 거금의 의뢰비를 빼돌렸다는 의심을 집요하게 받았습니다. 급기야 방주는 일당주에게 자신에 대한 충성심을 증명할 것을 요구했고, 일당주는 목숨처럼 아끼는 묘족 여인을 방주에게 바쳤습니다."

'파악'이라는 완곡한 표현을 썼지만, 하오문의 향주가 입 밖으로 낼 정도로라면 정보의 신뢰도에 어느 정도 자신이 있기 때문일 것이다.

"한동안 실의에 빠져 있던 일당주가 다시 웃음을 되찾은 건 지금으로부터 석 달쯤 전이었습니다. 믿기지 않게도 방주에게 바친 여자보다 더 젊고 아름다운 묘족 여자를 한 명 데려왔거든요."

"한창 좋을 때군."

"취향이 남쪽인가 봅니다."

"대체 얼마나 아름답기에."

남궁소소의 불같은 눈길이 일견과 이견과 삼견을 차례로 향했다. 서호삼견은 얼른 딴 곳으로 시선을 돌렸다.

나는 화제를 돌렸다.

"일당주를 만나야겠습니다. 시간은 내일 밤으로 하시고, 장소는 어디라도 상관없습니다. 물론 다른 사람들은 몰라야 합니다. 부탁드립니다."

갑자기 일당주를 만나겠다는 말에 장인보가 놀란 눈을 치켜떴다.

그는 방법을 떠올리려는 듯 한참을 생각하더니 말했다.

"가능할 것 같습니다."

"그리고 또 하나, 성도와 사천구룡방의 사정에 정통한 사람을 하나 붙여주십시오. 특히 멀리서도 수뇌부를 알아볼 정도로 특징을 잘 아는 사람이면 더욱 좋겠습니다."

"지금 주방에서 돼지고기를 삶고 있는 황 노야께서는 성도의 사정에 누구보다 정통하실뿐더러, 사천구룡방의 당주들을 젊어서부터 지켜본 산 증인이시지요. 무엇이든 믿고 의논하셔도 됩니다."

은퇴한 전임 향주라는 의심이 점점 짙어진다.

잠시 후, 장인보가 나가자 남궁소소가 물었다.

"어쩌려고요?"

"참새가 작다지만 오장을 다 가지고 있소. 하물며 사람이야 더 말할 것도 없겠지. 내 예상이 틀리지 않는다면 일당주는 분명 이당주에게 악감정이 남아 있을 것이오. 그걸 자극해 볼 생각이오."

"뭘로요?"

"그가 가장 아끼는 것으로."

나는 주변을 둘러보고 아무도 없음을 다시 한번 확인한 후 작전을 천천히 설명해 나갔다.

이윽고 설명이 끝났을 때 사람들은 전부 입이 쩍 벌어졌다.

그때쯤 주문한(?) 죽엽청주와 삶은 돼지고기가 나왔다.

그리고 모두가 또 한 번 입이 떡 벌어졌다.

두껍게 썬 돼지고기에 갖은 양념과 향신료를 가미해 삶아낸 이 요리의 맛은 이견의 한마디로 정리할 수 있었다.

"이 무슨 미친 맛이란 말인가!"

지난밤엔 폭우가 쏟아지더니 오늘 밤은 또 구름 한 점 없이 맑았다. 휘영청 보름달까지 뜨자 대낮까지는 아니어도 제법 밝았다.

나는 남궁소소와 함께 성도 외각의 가파른 산 중턱에 나란히 다리를 뻗고 앉아 있었다. 그리고 '천하제' 객점의 황 노인이 싸준 돼지고기를 사이좋게 나눠 먹었다.

남궁소소가 자신이 먹던 젓가락으로 돼지고기를 집어 주며 말했다.

"한 점 더 드실래요?"

"그만 먹겠소."

"왜요?"

"배부르오."

"저도 그만 먹을래요. 이것도 두 끼 연달아 먹었더니 살짝 물리네요. 너무 기름져서 속도 느끼한 것 같고요."

그러더니 죽엽청주가 든 호리병 뚜껑을 열고는 고개를 위로 꺾더니 입에다 시원하게 들이붓기 시작했다. 서호삼견과 함께 다니더니 어째 행동이 점점 그 노인네들을 닮아가는 것 같다.

그래도 달빛 아래에 하얗게 드러난 목덜미는 언제 보아도 아름다웠다.

"크어. 좀 낫네요."

"한 병에 열 냥짜리요."

"좀 마실래요?"

"됐소."

"그만 보세요. 때가 되면 어련히 나타나려고요."

나는 아까부터 계속 내공을 끌어 올려 산기슭 아래의 장원을 뚫어져라 살피고 있었다. 밤중에 이 산 중턱으로 온 것도 다 그 때문이었다.

"이렇게까지 할 필요가 있을까요?"

"사람은 의심을 산 뒤에야 비로소 모략이 먹혀들어 가는 법이오. 일당주를 흔들려면 먼저 그로 하여금 이당주를 의심하게 만들어야 하오."

"다 좋은데 계획이 좀 그래요."

"병법이 따로 있는 게 아니오. 상대를 혼란에 빠뜨리고 내가 이득을 취하면 그게 바로 병법이고 전술인 것이오."

"다른 사람이 그랬으면 헛소리라고 쏘아주었을 텐데, 귀하가 그렇게 말하니까 또 그런 것도 같고. 아, 난 모르겠어요."

"저기 나타났소."

말을 하는 사이 시커먼 그림자 하나가 장원 담장을 훌쩍 넘었다. 그림자는 연못이 딸린 작은 정원을 지나 어느 방으로 귀신처럼 사라졌다.

잠시 후, 여자의 날카로운 비명이 울려 퍼졌다. 그와 동시에 방으로 들어갔던 그림자가 쏜살같이 튀어나와 정원을 가로질러 달렸다.

간발의 차이로 횃불을 밝힌 무사들이 사방에서 개떼처럼 나타났다. 그러나 표표한 신법으로 담장을 넘어 훌쩍 넘어 사라지는 그림자를 따라잡기에는 경공의 공부가 턱없이 부족했다.

"잘 되었을까요?"

"두고 보면 알겠지."

잠시 후, 허연 노인 한 명이 산 중턱에 헐레벌떡 나타났다.

붉게 충혈된 눈에 상투를 틀고 선명한 칼자국을 턱밑에 새긴 그는 나를 보자마자 꾸뻑 인사를 했다.

"다녀왔습니다."

"시키는 대로 했소?"

"물론입니다."

노인은 이당주로 변장한 호리독사였다.

내 작전은 이거였다. 먼저 우리 중 이당주와 키나 체형이 가장 흡사한 사람을 한 명 골라 최대한 닮은 모습으로 역용을 시킨다.

그렇게 해서 당첨된 사람이 호리독사였고, 남궁소소가 달라붙어 역용을 시켰다. 옆에서 황 노인이 그림까지 그려가며 백번도 더 넘게 조언해 주고 고쳐주었음은 물론이었다. 황 노인은 한발 더 나아가 이당주의 평소 습관이나 걸음걸이까지 호리독사에게 가르쳐 주고 훈련시켰다.

꼬박 한나절이 걸려서야 호리독사는 겨우 사천구룡방의 가짜 이당주가 될 수 있었다.

그리고 조금 전, 그는 몸에 아편 냄새를 잔뜩 묻힌 후 일당주가 아낀다는 묘족 여인의 장원으로 잠입했다.

그의 임무는 잠이 든 묘족 여인의 처소로 침투, 여인의 앞에서 바지만 한번 내린 후 비명을 지르면 얼른 도망쳐 나오는 것이었다.

"딱 시키는 대로만 했겠지요?"

"물론입니다."

"믿어도 됩니까?"

"금방 나오는 거 보셨을 텐데요."

"토끼는 번개처럼 붙었다가 떨어지지만 일 년에 새끼를 열 마리씩이나 낳지."

익숙한 목소리와 함께 이견이 어둠 속에서 나타났다. 그의 뒤로 일견과 삼견도 보였다. 세 사람은 작전에 따라 호리독사가 담장을 넘기 전부터 장원 곳곳에 매복해 있다가 한발 늦게 빠져나오는 길이었다.

이견이 다시 호리독사에게 물었다.

"여자는 봤나?"

"이불로 얼굴을 가려서 잘 못 봤습니다."

"나는 봤지."

"어떻게요?"

"자네가 도망치고 난 후 묘족 여자가 뛰쳐나올 때 난 회랑 대들보에 숨어 있었거든. 장 향주가 말한 대로 정말 대단한 여자더군. 보는 순간 숨이 턱 막히더라니까. 우물이야 우물."

우물(尤物)은 묘한 용모와 분위기로 사내들의 혼을 쏙 빼놓는다는 여자들을 일컫는 말이었다.

두 사람이 허튼소리를 하는 사이 나는 일견에게 물었다.

"어떻게 됐습니까?"

"일단은 우리가 원하는 대로 풀린 것 같네. 묘족 여자의 시비가 이당주를 닮은 사람이었다고 했고, 장원을 지키는 칼잡이들도 이당주의 뒷모습과 흡사했다며 쑥덕거리는 걸 들었네."

"보고는요?"

"두령인 듯한 놈이 서둘러 당주께 보고를 하라고 했고, 한 놈이 말을 타고 빠르게 사라지는 것까지 확인했네."

"수고하셨습니다."

계획대로만 된다면 일당주는 이당주를 의심하기 시작할 것이다.

그런 상황에서 내가 내일 일당주를 만나 아무것도 모르는 척 결정적인 한 방을 먹인다. 하늘이 도와 모략이 먹혀들어 가기만 하면 다음엔 일당주가 알아서 많은 일들을 할 것이다. 죽일 놈은 죽이고, 끌어들일 놈은 끌어들이고. 쫓아낼 놈은 쫓아내고.

실패해도 상관없다. 내가 원하는 건 전쟁을 앞두고 놈들의 진영에 의심과 불신이라는 맹독성 전염병을 퍼뜨리는 것이다. 이는 사상누각 위에 모인 현 사천구룡방의 삼천 병력을 순식간에 뿔뿔이 흩어지게 만들 수도 있었다.

"한데 한 가지 이상한 점이 있네."

"뭐가요?"

"혼란 중에 시비가 묘족 여인을 향해 작게 투덜대는 소리를 들었네. 너무 멀어서 정확하지는 않네만, 이젠 당주들까지 담을 넘어온다고 하는 것 같더군."

"당주들까지라면?"

"내가 잘못 들은 게 아니라면 당주가 아닌 다른 누군가가 또 있었다는 소리겠지."

잔악무도하기로 유명한 사천구룡방 서열 2위의 고수가 아끼는 애첩이다. 감히 누가 함부로 담을 넘는단 말인가. 아무리 생각해 봐도 방주와 이당주 외에는 떠오르는 사람이 없다.

한데 당주가 아니라면, 그리고 누군가 담장을 넘었다는 사실을 알고도 일당주가 감히 어찌해 볼 수 없는 사람이라면 한 명밖에 남지 않는다.

설마…….

그때 호리독사가 불쑥 끼어들었다.

"그러고 보니 저도 좀 이상한 게 있었습니다."

"또 뭐가요?"

"처음 어둠 속에서 바지를 내렸을 때 묘족 여인이 깜짝 놀라 이불을 감아쥐기는 했어도 어쩐 일인지 비명을 지르지는 않더라고요. 비명을 질러야 들킨 척하고 도망을 갈 텐데 말이죠."

"그래서요?"

"어떻게 할까 한참을 생각하다가 '에라 모르겠다' 하고 화등잔에 다가가 불을 밝혔습니다. 그제서야 저를 아래에서 위로 훑어보던 묘족 여인이 자지러지게 비명을 지르더라고요."

정리를 좀 해보자. 처음 호리독사가 침투했을 때 묘족 여인은 일당주가 아닌 줄은 알았어도 감히 비명을 지르지는 못했다. 한데 불이 밝혀지고 이당주의 얼굴을 확인하는 순간 깜짝 놀라 비명을 질렀다. 그러니까 이당주와 일당주 사이에 묘족 여인이 매우 어려워하는 존재가 한 명 있다는 것이 확인된 셈이다.

생각지도 못했던 거대한 진실과 맞닥뜨린 우리는 한동안 어안이 벙벙해져서 말을 잇지 못했다.

한참 만에야 내가 말했다.

"이거 잘하면 초가삼간 태우려다 산불까지 낼 수 있겠는데요."

나는 해가 중천에 떠서야 일어났다.

일 층 식당엔 하오문 향주 장인보가 기다리고 있었다.

어제 오후, 나는 그에게 사천구룡방 일당주와의 만남을 주선해 달라고 부탁했었다.

"만나겠답니다."

"그럴 줄 알았습니다."

"한데 한 가지 문제가 있습니다. 장소뿐만 아니라 시간까지도 모두 자신이 정하겠답니다."

애초 장인보를 통해 내가 제시한 시간은 밤이었다. 낮 동안에는 부지런히 돌아다니며 해야 할 일들이 있었기 때문이다. 그래서 장소는 알아서 정하라고 양보를 한 것이고.

내가 무언가 일을 꾸미려고 하는 걸 눈치채고 그전에 불러다 최대한 캐내려는 것이다. 하오문의 보고대로 영악한 자였다.

하기야 그랬으니 북신방 부방주의 신분으로도 살아남아 지금의 권세를 누리고 있겠지만.

"그래서 언제 어디서 보자는 겁니까?"

"정오에 사천구룡방으로 오라고 합니다."

사천구룡방이라는 한 마디에 좌중의 공기가 차갑게 식었다.

사람들은 모두 눈을 동그랗게 뜨고 나를 바라보았다. 설마, 응하는 건 아니겠지? 하는 표정들이었다.

"알겠습니다."

"정말 가려고요?"

남궁소소가 불쑥 물었다.

"내 배짱을 시험해 보려는 거요."

"수일 내로 우리와 전쟁을 벌여야 할 적 삼천 명이 모여 있는 곳이에요. 그간 놈들의 행보를 보면 무슨 짓을 벌일지 알 수도 없고요."

"삼백 명의 목숨이 달린 일이오. 나 역시 목숨을 걸지 않고서는 최상의 해법을 찾을 수 없소."

"이렇게까지 헌신하는 이유가 뭐죠?"

"난 표사니까."

갑자기 분위기가 숙연해졌다.

서호삼견도, 호리독사도 가만히 고개를 끄덕였다. 심지어 아침부터 또 삶은 돼지고기를 내오던 황 노인도.

그러자 남궁소소가 모기만 한 소리로 중얼거렸다.

"그놈의 표사 타령."

"다 들리오."

"나도 함께 가겠어요."

"소저는 나를 대신해서 할 일이 좀 있소."

"서호삼절 선배님들도 계시잖아요."

"서호삼절은 할 수 없는 일이오. 천룡표국의 이정룡이 아니면 남궁세가의 남궁소소만이 할 수 있는 일이오."

"뭔데 그렇게 거창해요?"

"사천구룡방에 맞서 싸울 무림방파와 독보강호하는 무림인들을 최대한 끌어모아 주시오."

"그런 사람들이 있으려고요?"

"분명히 있소."

"어디에요?"

"양강이 도와줄 것이오."

양강은 처음 내 검파에 달린 소수옥녀의 수실을 알아보고 이곳까지 안내해 준 사내아이의 이름이었다.

장인보가 덧붙였다.

"성도에서 일어나는 일들은 물론이거니와 무림인들에 대해서도 그 녀석이 모르는 건 별로 없지요. 보셔서 아시겠지만, 눈치도 아주 빠르고요. 웬만한 어른들보다 나을 겁니다."

딱 봐도 누군가는 해야 할 일이다.

남궁소소는 땅이 꺼져라 한숨을 쉬며 말했다.

"휴우, 알았어요."

나는 일견은 돌아보며 말했다.

"세 분은 지금부터 남궁소소와 함께 다니시되, 그녀의 안전을 다른 모든 일보다 우선순위에 두십시오."

"알겠네."

"모두 건투를 빕니다."

나는 호리독사만 대동한 채 사천구룡방을 찾았다.

도둑질이 가히 입신의 경지에 들어서 그렇지, 호리독사는 사실 호위 무사로서도 전혀 손색이 없는 일류 고수였다. 다만 나도 그렇고 호리독사도 그렇고, 알아보는 사람이 있을지 몰라 역용을 했다. 남궁소소가 솜씨를 발휘해 주었음을 물론이었다.

수문무사 한 명이 앞을 막아서며 물었다.

"어디서 온 분들이십니까?"

"독산쌍도(禿山雙刀) 형님께 면양에서 면양쌍견(沔陽雙犬) 아우들이 왔다고 전하시오."

독산쌍도가 누군지 모른다. 다만 사천구룡방으로 와서 독산쌍도를 찾으라 했다는 장인보의 말을 듣고 그대로 했을 뿐이다. 한데 수문무사의 태도가 대번에 달라졌다. 면양쌍견은 내가 대충 아무렇게나 흑도스럽게 지은 것이니 분명 독산쌍도라는 별호 때문일 것이다.

수문무사는 뒤쪽에 서 있던 또 다른 수문무사를 불러 우리를 일당(一堂)으로 모셔다드리라고까지 지시했다.

사천성 제일의 흑도방파답게 으리으리한 장원은 곳곳에서 끌어모은 무림인들로 바글바글했다. 작게는 서너 명씩, 많게는 십수 명씩 모여 도검을 주고받으며 한창 수련을 하는 중이었다. 그 기세가 꼭 전쟁을 앞둔 군문의 진영 같았다.

수문무사와 거리가 벌어진 틈을 타 호리독사가 내게 속삭였다.

"어마어마하군요."

"삼천 명이 모였으니까."

"한데 우리한테 이렇게 막 보여줘도 되는 겁니까? 우리가 장원의 구석구석을 살피며 정탐이라도 하면 어쩌려고요. 이미 정탐을 하고 있지만."

"도화곡과 천룡표국은 가릉강에서 성도무림의 그 어떤 방파도 먼저 공격하지 않겠다고 선언했소. 그러니 이곳에서 전투가 벌어질 일은 없을 것이오."

"그걸 알고 우릴 불렀군요."

"당연히 그랬겠지."

"확실히 보통 노인네가 아닌 것 같습니다."

"정신 바짝 차리시오."

"제가 정신을 차린다고 뭘 알겠습니까? 정신은 공자님께서 차리셔야지요. 정신 바짝 차리십시오."

"알았소."

수문무사는 우리를 금룡당(金龍堂)이라는 현판이 붙은 전각의 수문무사에게 넘겼고, 거기서 다시 어느 방 안으로 안내되었다.

방 안엔 두 명이 앉아 있었다.

첫 번째 눈에 띄는 자는 대머리에 두 자루 유엽도를 찬 건장한 체격의 장년인이었다. 나는 그가 독산쌍도임을 간파했다. 독산(禿山)은 민둥산이라는 뜻으로 대머리를 놀릴 때 흔히 쓰는 말이기 때문이다.

두 번째 인물은 붉은 혈색과 우람한 근육이 인상적인 육십 세 기량의 노인이었다. 사천구룡방의 금룡당주, 보통은 일당주라 부르는 혈염도(血染刀) 냉목풍이었다. 하오문이 파악하고 있는 무공실력은 절정. 20년 전 구룡방의 통일 전쟁 당시 현 사천구룡방 방주인 만세노조 뇌정갑을 상대로 백 초를 버틴 유일한 인물이라고 했다.

"천룡표국 십칠각주 이정룡입니다."

"배짱이 좋군."

"피차일반입니다."

"무슨 뜻이지?"

"적장의 아들을 집안으로 몰래 끌어들여 밀담을 나누고 있으니 말입니다. 만에 하나 방주께서 아시기라도 하는 날엔 큰 오해를 사지 않을까 싶습니다만.”

“표왕의 그 잘난 넷째 아들을 유인해서 잡아다 바친다면 오히려 큰 상을 내리시지 않을까?”

“살아서 나가려면 어떻게든 당주님을 제 편으로 만들어야겠군요.”

“내 편으로 만든다라……. 풍운비룡의 명성이 자자한 줄은 알았지만, 사천구룡방과 나를 이 정도로 우습게 보고 있는 줄은 몰랐군. 그래, 무엇으로 날 사려는지 들어나 볼까?”

“사천구룡방의 새로운 방주 자리면 어떻습니까?”

“……!”

“……!”

“……!”

냉목풍과 독산쌍도 그리고 호리독사까지 한순간에 석상으로 변해 버렸다. 장내의 공기도 얼음 동굴에 들어온 것처럼 싸늘하게 식었다.

독산쌍도가 자리에서 일어나더니 저만치 걸어가 방문을 열었다. 이어 바깥에 대기 중인 경계무사들을 향해 목구멍을 쥐어짰다.

“모두 십 장 밖으로 물러나 있으라. 또한 따로 지시가 있을 때까지는 개미 새끼 한 마리 접근하지 못하도록 하고.”

“존명!”

독산쌍도가 다시 자리로 돌아오더니 돌연 내 뒤에서 벼락처럼 칼을 뽑았다.

무얼 어떻게 해볼 사이도 없이 칼은 내 목에 찰싹 달라붙었다. 놀란 호리독사가 뒤늦게 자리에서 일어나는 한편 득달같이 돌아서며 칼을 뽑아 들었다.

순간 '따앙!' 하는 금속성과 함께 칼끝이 곤두박질쳐 나무 바닥에 박히고 말았다.

칼을 다시 뽑아 들려는 찰나 호리독사의 턱밑에도 칼 한 자루가 척 붙었다. 뒤쪽에서 기습을 하려고 수하들에게 명령을 내리는 척 몸을 뺐다가 다가온 것이다. 벼락같은 발도술(拔刀術)도 발도술이지만, 잠깐 사이에 이런 기가 막힌 방법을 생각해 낸 독산쌍도의 경륜이 놀라웠다.

냉목풍은 그때까지도 나를 뚫어져라 바라보고 있었다.

돌덩이처럼 굳게 닫혔던 그의 입이 천천히, 그리고 묵직하게 열렸다.

"네놈이 정녕 죽고 싶은 게로구나."

"그럴 만한 배짱은 있으시고요?"

"무어?"

"만약 저의 털끝 하나라도 건드린다면 표왕은 물론이거니와 천룡표국의 모두 표사들까지 사천구룡방을 쓸어버리기 위해 성도로 몰려올 겁니다. 감당하실 수 있겠습니까?"

"독산."

"하명하십시오."

"함께 온 놈의 목을 그어라!"

"존명!"

"잠깐만요!"

나는 외칠 수밖에 없었다.

독산쌍도의 칼이 호리독사의 목을 쓱 그으려다 아슬아슬하게 멈췄다.

깜짝 놀란 호리독사가 눈이 휘둥그레져서는 마른침을 꿀꺽 삼켰다.

냉목풍이 내게서 눈을 떼지 않은 채 말했다.

"너를 죽이고 얼굴 가죽을 벗겨 다른 사람에게 씌운 다음, 민강으로 가서 누군가와 싸움을 벌이는 척하면서 시체를 강물에 던져 버리면 어떻게 될 것 같으냐?"

사천구룡방을 나와서 민강을 건너다가 정체 모를 고수들을 만나 싸우다 죽은 것처럼 꾸밀 수도 있다는 뜻이다.

"제가 사람을 제대로 봤군요."

"무어?"

"흑도 십대고수 중 한 명을 도모하는 일인데 그 정도 배짱과 지혜는 있어야 함께하지 않겠습니까? 합격이십니다."

호리독사가 그게 무슨 뚱딴지같은 소리냐는 표정으로 나를 보았다. 냉목풍도 어처구니가 없는지 '허!' 하고 실소를 터뜨렸다.

나는 살짝 방심한 그에게 냅다 폭탄을 던졌다.

"방주께서 당주님을 제거하시려는 것 같습니다."

"네놈이 정녕!"

"시기는 이번 거사가 끝난 후로 예상됩니다. 십중팔구 이당주를 칼로 쓸 것이고요."

냉목풍이 두 눈을 허옇게 뒤집었다.

의자 팔걸이를 붙잡은 그의 두 팔이 부르르 떨리고 있었다. 하지만 그는 절대로 나를 죽이지 못할 것이다. 내가 무슨 근거로 이런 이야기를 하는지 알아내야 하기 때문이다.

잠시 후, 그가 말했다.

"내 이름을 걸고 약속하지. 반 각이 넘어가기 전에 나를 납득시키지 못한다면 너와 너의 호위무사는 오늘 민강의 고기밥이 될 것이다."

나는 대답 대신 품속에서 책 한 권을 꺼내 냉목풍의 앞으로 쓱 밀어 놓았다.

의아한 표정으로 책을 집어 책장을 넘기던 냉목풍의 표정이 굳어졌다. 저 책 속엔 지난 10년간 그가 돈을 빼돌린 수법과 정황이 빼곡하게 적혀 있었다. 합치면 은전 삼천 냥쯤 되었다.

삼천 냥은 큰 액수지만, 십 년에 걸쳐 빼돌렸다면 그렇게까지 크지는 않았다. 하지만 트집을 잡기에는 충분히 컸다.

장인보는 냉목풍이 주로 첩들을 굴리고 북신방 출신의 수하들을 건사하는 데 이 돈이 쓰였을 거라고 했다.

처음 저 내용을 봤을 때 나는 깜짝 놀랐다. 냉목풍이 빼돌린 돈의 액수보다 이걸 손금 보듯이 들여다보고 있었던 하오문의 놀라운 정보력 때문이었다. 아무래도 사천구룡방 내에 끄나풀이 많은 것 같았다. 어쩌면 고위식 중에 하오문도가 있을 수도 있고.

"이걸 어디서 구했지?"

"제가 이걸 어디서 구했는지보다 감히 누가 이런 걸 작성했는지가 더 중요하지 않을까요?"

"누가 작성했더냐?"

"이당주께서 방주의 명령을 받아 작성한 것으로 압니다. 이건 그가 방주께 보고한 책자를 운 좋게 필사한 것이고요."

"이걸 방주께 보고했다고?"

"방주께서 크게 노해 일당주를 제거하기로 했다는 말을 들었습니다. 다만 북신방 출신 방도들이 동요하지 않도록 때를 기다리는 것이라는 말도 있었고요. 그 와중에 이당주는 일당주가 사라지면 묘족 여자는 방주의 차지가 될 거라면서 그전에 한번 재미를 보려고 호시탐탐 노리는 중이라고 하더군요."

"만약 농간을 부리는 것이라면 너는 결코 살아남지 못할 것이다."

말은 그렇게 했지만, 냉목풍의 눈동자가 크게 흔들리고 있음을 나는 놓치지 않았다. 의심의 씨앗을 뿌리는 데 성공했다.

하오문의 정보에 따르면 당주들이 따로 주머니를 차는 건 공공연한 비밀이었다. 단지 당주들을 징치할 필요가 있을 때 자금을 끊거나 족치기 위한 구실로 쓰일 뿐.

냉목풍은 방주가 묘족 여인을 독차지하기 위해 자신을 제거하려 한다는 생각을 조금씩 키워갈 것이다.

이제 두려움의 씨앗을 심을 차례였다.

"진위는 알아서 확인해 보시면 될 터. 저는 다만 신뢰의 증표로 책자를 드리는 것입니다. 어떻습니까? 이 정도면 제가 원하는 걸 말할 기회를 얻는 값으로는 충분한 것 같습니다만."

"기회를 주지."

"귀 방의 방주께서 무림인들을 닥치는 대로 끌어모아 무려 삼천 명을 만드셨더군요. 한데 그들 모두가 정말 아군이라고 생각하시는지요?"

"그게 무슨……?"

"전면전이 벌어지면 미리 약속해 둔 스물일곱 명의 고수들이 각 세 명씩 동시에 당주들의 등을 노릴 것입니다. 일당주님은 특별히 제가 직접 지옥으로 보내 드리죠."

냉목풍의 눈동자에서 대번에 가공할 살기가 피어올랐다. 내 목에 붙은 독산쌍도의 칼에서도 힘이 느껴졌다.

나 역시 냉목풍을 당장에라도 죽여 버릴 것처럼 노려보며 말했다.

"살고자 한다면 둘 중 하나를 선택하십시오. 오늘 밤 첩들을 데리고 조용히 성도를 떠나시든가, 아니면 저를 도와 포악한 방주를 죽이고 새로운 방주가 될 방법을 강구해 보시든가."

"네놈이 내 근처에라도 올 수 있을 듯싶으냐?"

말이 끝나기 무섭게 나는 좌수를 벼락처럼 바깥으로 휘두르며 독산쌍도의 손목을 쳐냈다. 동시에 오른손으로는 그의 머리통을 통째로 잡아 탁자로 힘껏 내려쳤다.

쾅!

탁자에 안면을 정통으로 부딪힌 독산쌍도의 머리가 살짝 올라오는 순간 뒤통수에다 대고 다시 벽돌 깨듯 주먹을 내려쳤다.

퍼뻑!

피 칠갑이 된 얼굴로 비칠비칠 물러난 독산쌍도는 벽에 등을 부딪친 후 털썩 주저앉았다. 손에는 여전히 두 자루 칼이 들려 있었지만, 지팡이만도 못했다. 그야말로 눈 깜짝할 사이에 벌어진 일이었다.

"남의 목에 칼 함부로 붙이다 죽는 수가 있소."

수하가 피 칠갑이 되어 까무러치는데도 냉목풍은 그 자리에서 꿈쩍도 하지 않고 있었다.

어깨는 부르르 떨렸으며, 얼굴에선 식은땀이 흐르고, 눈동자에선 경악의 빛이 어렸다. 정수리의 백회혈에서 이마 쪽으로 한 치 정도 앞에 있는 마혈, 이른바 천중구곡혈(天中九谷穴)에 비격쌍뇌창 한 자루가 꽂혀 있기 때문이었다.

남궁소소는 말했었다.

"천중구곡혈은 정수리를 통해 받아들인 우주의 기운이 인체를 향해 달리는 아홉 개의 경맥과 만나는 마혈이에요."

그리고 덧붙였었다. 이 혈 자리를 찾아 바늘로 정확히 찌르기만 하면 천하제일인도 나무토막으로 만들 수 있다고.

냉목풍 같은 고수가 이렇게 속수무책으로 당한 것은 내가 암기를 출수하는 동작을 전혀 펼치지 않았기 때문이다.

바깥에 경계무사들이라도 있었으면 독산쌍도가 탁자에 얼굴 박는 소리를 듣고 달려왔을 것이다. 하지만 자기가 알아서 멀리 쫓아버리는 바람에 나만 수월해졌다.

나는 한 손을 쭉 뻗었다. 쑥 빠진 비격쌍뇌창이 순식간에 내 소맷자락 속으로 들어왔다.

그제야 냉목풍의 몸이 자유로워지며 거칠게 숨을 토해냈다.

"헉헉헉……."

"이제 믿으시겠습니까?"

"대체 어떻게……."

냉목풍의 눈에는 내가 마치 격공섭물이라도 펼친 것처럼 보일 것이다. 호리독사도 뭐가 어떻게 된 영문인지를 몰라 나와 냉목풍을 향해 번갈아 눈알을 굴려댔다.

"생각하실 시간이 필요할 테니 질문에 대한 대답은 차후에 듣도록 하지요. 그럼, 여러모로 실례가 많았습니다."

나는 공손하게 포권지례를 한 후 뒤돌아 걸었다. 그러다 마치 무언가 생각나기라도 한 것처럼 걸음을 멈추고 뒤돌아섰다.

"중요한 걸 빼먹을 뻔했군요. 오늘 제가 하려던 일 중 두 가지는 사천당문과 청성파의 사람들을 차례로 만나는 것이었습니다. 다행히 아직 시간이 될 것 같군요. 결과는 나중에 직접 보시기 바랍니다."

냉목풍의 얼굴이 하얘졌다.

당문은 성도로부터 빠른 말로 이틀 정도 떨어진 남동쪽에 있었다. 청성산은 반대로 서북쪽으로 이백 리 정도 떨어진 곳에 있었고.

그러나 성도는 사천성을 대표하는 도시이기에 당문과 청성파가 규모와 상관없이 어떤 식으로든 거점을 마련해 둘 수밖에 없다.

성도의 남동쪽에 있는 당문의원(唐門醫員)을 찾았을 때는 해가 한 뼘쯤 남았다.

사천당문은 독과 암기의 조종으로 불리는 무림문파이기도 하지만 천하제일의 의가(醫家)로도 명성이 자자했다. 수백 년 동안 이어져 온 가문비전의 의술과 축적된 경험은 여타의 의원들이 감히 흉내 낼 수 없는 것이었다.

해서 당문은 타지에 분타를 낼 때 다른 무림문파들과 달리 우선 의원부터 열었다. 온갖 고약한 병자들을 치료해 주고 받는 돈은 당문의 중요한 수입원이었다.

그러나 실력 있는 의원을 길러내고, 그들로 하여금 중원 곳곳에 의원을 열게 하는 데는 한계가 있었다. 해서 당문이 주력한 또 다른 사업은 약차들을 파는 대형 다루(茶樓)의 운영이었다.

하지만 성도에서만큼은 다루를 열지 않았다. 사천구룡방이라는 흑도방파의 텃세가 워낙 드셌기 때문이다.

밀어붙이려고 한다면 얼마든지 가능은 했을 것이다. 사천구룡방의 위세가 아무리 대단해도 당문을 넘을 수는 없을 테니까. 그러나 다루 하나 열자고 사천구룡방과 전쟁을 벌일 수는 없는 노릇이었다.

이건 속가문파들을 통해 이런저런 사업을 하는 청성파도 마찬가지였다.

"천룡표국 십칠각주 이정룡입니다."

"당문의원의 호원을 책임진 당문청입니다."

서른 줄의 사내가 마주 포권을 취어왔다. 독을 다룬다는 선입견 때문인지 당문청은 눈에서도 독기가 짜르르 흐르는 것 같았다.

탁자에는 당문청 외에도 두 명의 사내들이 더 앉아 있었다. 한데 두 사람은 내게 가볍게 묵례만 할 뿐 자신들을 소개하지 않았다.

"먼저 온 손님들이 있어서 부득불 함께 모셨습니다. 혹시 불편하시다면 다음에 다시 약속을 정하도록 하시지요."

빨리 할 말만 하고 꺼지라는 소리다. 아니면, 내가 왔다는 얘길 듣고 다른 두 손님도 호기심에 이 자리로 불러보라고 했던지.

"연락도 없이 찾아온 저의 잘못입니다."

"이해해 주셔서 감사합니다. 한데 생각했던 것과 용모가 많이 다르시군요. 소문엔 대단한 미공자라고 들었습니다만."

"사정이 있어 역용을 했습니다."

"돌아가는 사정이 그러니 이해를 하겠습니다. 한데 천룡표국의 사공자라는 건 무엇으로 증명을 하시겠습니까?"

"그전에, 당씨 성을 쓰시는 걸 보니 당문의 직방계 혈족이신 듯한데 당군백 소저와는 어떻게 되는 사이신지요?"

"사촌 오라비가 됩니다만."

"하면 진위 정도는 아시겠군요."

나는 품속에서 당군백에게 받은 호패를 꺼내 탁자 위로 슬그머니 올려놓았다.

호패를 집어 든 당문청의 눈이 한순간 동그래졌다.

"두 달쯤 전, 당군백 소저와 표행을 함께한 적 있습니다. 그때 기문진에 갇혀 큰일을 치를 뻔한 소저의 목숨을 구해 드렸지요. 그러자 소저께서 제게 호패를 주시며 이렇게 말씀하셨습니다. 언제든……."

"언제든 자신의 힘이 필요할 때면 한번은 달려가 목숨을 걸고 도와주겠다. 정룡 공자님께 보은패를 드린 이야기는 군백에게 이미 들었습니다."

"그걸 어떻게……?"

"지금 당가타(唐家坨)에 와 있습니다."

당가타는 당문의 직방계 혈족들이 모여 사는 마을을 뜻한다.

나는 속으로 쾌재를 불렀다. 당군백이 가까이 있으면 훨씬 도움이 될 것이다.

당문청이 호패를 내 앞으로 밀어놓으며 말했다.

"이정룡 공자님이시라는 건 확인했습니다. 이제 무슨 중요한 용건이 있기에 역용까지 하고 오셨는지 들어볼까요?"

나는 호패를 당문청의 앞으로 도로 밀어놓았다.

당문청과 두 손님의 눈동자가 커졌다.

"이미 다 보고를 받고 계시겠지만, 이틀 후면 천룡표국과 도화곡의 제자들이 성도에 도착하게 됩니다. 제 짐작이 틀리지 않는다면 사천구룡방은 쉴 시간을 주지 않고 우리를 치려 할 것입니다."

"그래서요?"

"당가타에 전서구를 날려 가장 뛰어난 의원 쉰 명만 지원을 해주십시오. 비록 당군백 소저에게 직접 드리는 부탁은 아닙니다만, 이 정도면 호패를 돌려드리는 값으로 그리 비싸지는 않다고 생각됩니다."

"그게 전부입니까?"

"그렇습니다."

"사천당문의 참전을 요구하실 줄 알았습니다만."

"제 말씀을 잘 이해하지 못하셨군요. 부상자들을 치료하는 것도 전쟁의 일부입니다. 고로 당문은 자연스럽게 참전을 하는 것입니다."

"무슨 말씀이신지……."

"의원들은 당문의 가장 중요한 자산. 전쟁이 벌어지는 곳으로 쉰 명이나 동원하려면 그들을 호위할 무사는 최소 두 배인 백 명은 있어야 할 터. 한마디로 당문의 의원들뿐만 아니라 타격대의 깃발까지 빌려달라는 것이로군요."

말을 한 것은 내가 아니라 손님 중 한 명이었다. 칼날처럼 날카로운 눈매에 건장한 체격을 가진 서른 줄의 미공자. 그는 내 말 속에 담긴 뜻을 단번에 꿰뚫었다. 당문청과는 차원이 다른 통찰력이었다.

나는 그가 이 자리에 앉아 있는 것이 결코 호기심 때문이 아님을 직감했다. 단언하건대 그는 사천당문의 사람이다. 당문 내에서의 서열도 그가 당문청보다 훨씬 높을 것이다. 당문청은 이제 내 관심 밖이었다.

의문을 사내에게 바로 물었다.

"빌려주시겠습니까?"

"빌려 쓰겠다는 것은 원상태로 돌려주겠다는 뜻. 사천당문의 무인들은 함께 피 흘리며 싸울 필요가 없다는 말씀이겠지요?"

"그렇습니다."

"허장성세라. 당문의 깃발을 추가하는 것만으로도 놈들을 물러나게 만들 수 있다고 생각하는 것입니까?"

"남궁세가의 영애께서 지금 사천구룡방에 반감을 품은 문파들을 규합 중입니다. 전쟁이 시작되면 저들 진영에선 내부의 배신자들 또한 속출할 겁니다."

"그거야 어디까지나 공자님의 희망 사항이겠지요. 세상일이 다 바라는 대로 될 것 같으면 사람들이 부처를 찾을 일도 없지요."

"성사 여부는 하늘에 달려 있다지만 일은 결국 사람이 꾸미는 것. 사천당문에서 깃발을 빌려주신다면 가능성을 훨씬 높일 수 있습니다. 그게 제가 이렇게 뛰어다니는 이유이고요."

"천룡표국과 이 공자께서는 왜 이 일을 맡으신 겁니까? 처음부터 맡지를 않았다면 이렇게 남을 위해 뛰어다니며 아쉬운 소리를 하거나 위험한 상황을 겪지 않아도 되었을 터인데."

아침에 남궁소소에게 들었던 것과 비슷한 질문이다. 남궁소소는 또 표사 타령이냐고 면박을 주었지만, 아무리 생각해도 내 대답은 한 가지였다.

"이게 저와 제 아버지의 일이기 때문입니다. 나아가 저희 가문의 일이고요. 다른 사람들 눈엔 어떻게 보이는지 모르겠으나 저는 제 일에 무한한 자부심을 가지고 있습니다."

나는 말을 하고도 스스로 깜짝 놀랐다. 어느새 이종산과 이씨 가문을 진짜 내 아버지고 혈육이라고 생각하고 있었던 걸까?

사내는 잠시 나를 뚫어져라 응시하더니 말했다.

"군백이 당신에게 빠진 이유를 알겠군. 난 당군룡이라고 하오. 내 이름을 들어보았는지 모르겠지만."

나는 자리에서 벌떡 일어나 포권지례를 올렸다.

"알고 보니 추혼탈명(追魂奪命) 선배님이셨군요. 인사가 늦어서 죄송합니다."

"하하하. 나더러 소개를 하지 않았다고 면박을 주시는군. 내 동생의 마음을 빼앗아 간 친구가 어떤 사람인지 보고 싶었소. 사죄의 의미로 귀하의 조건을 수락하면 되겠소?"

"무언가 오해를 하고 계시는 것 같은데…… 예?"

"하지만 당문의 사전에 깃발만 빌려주는 일은 없소. 그건 당문답지 않은 일이지. 피를 흘려야 할 상황이 되면 사천당문도 기꺼이 함께 피를 흘릴 거라고 국주님께 전해주시오."

추혼탈명 당군룡. 현 당문주인 독왕(毒王) 당유고의 유일한 적자이자 당군백의 오라비였다. 무엇보다 그는 장차 사천당문의 이끌 후계자였다.

물론 아무리 후계자라고 해도 이런 일을 혼자서 함부로 결정할 수는 없다. 짐작하건대, 당문주는 성도로 아들을 보내 급변하는 상황을 살피게 하는 한편 결정권을 준 것 같다.

"혹시 청성파의 속가도 찾아갈 생각이십니까?"

곁에 있던 또 다른 손님이 물었다. 학사풍의 옷차림에 눈동자에는 정광이 가득한 서른 중반의 사내였다.

"그렇습니다."

"이번에도 두소부의 보은패를 내놓으시며 깃발을 빌려달라고 하시겠군요."

"두소부 선배를 아십니까?"

"청성파에서 온 제운학이라고 합니다. 두소부에게는 대사형이 되지요. 추혼탈명과 달리 제 이름은 못 들어보셨을 겁니다."

두소부도 선배라고 깍듯이 모시는데, 그 선배의 대사형이 나타났다.

나는 또다시 포권지례를 올렸다.

"낙일검(落日劍) 선배님을 뵙습니다."

"저도 아십니까?"

"청성칠검(青城七劍)의 수장을 어떻게 모르겠습니까?"

지금으로부터 약 20년 후, 제운학은 청성파의 역사를 통틀어 최연소 장문인이 된다. 덧붙여 그의 송풍검(松風劍)은 사천성에서 적수를 찾기 어려울 만큼 고강해진다.

"저를 어찌 아시는지……?"

"두소부 선배께 말씀 많이 들었습니다."

"하하. 그렇군요. 저는 감히 이 자리에서 결정할 수는 없습니다. 하지만 지금 즉시 청성산으로 돌아가 장문인과 장로님들께 사정을 말씀드리고 허락을 구해보겠습니다."

"천룡표국을 대표해 깊이 감사드립니다. 덧붙여 도화곡의 제자들도 당문과 청성파에서 보여주신 호의를 절대 잊지 않을 것입니다."

세상에 100명이나 되는 무인들을 단지 협의지심만으로 동원해 줄 문파는 없다. 당문도 그렇고, 청성파도 그렇고, 만약 무인들을 동원해 준다면 전쟁에서 이기고 난 후 반드시 전리품을 나누어 먹으려 할 것이다.

한데 그거야말로 내가 바라는 바였다. 성도에 청성파와 사천당문도 함께 뿌리를 내려야 도화곡이 더욱 안전해진다.

사곡천(砂曲川)은 성도의 동쪽 외곽을 감싸고 흐르는 작은 강이었다.

이름처럼 모래가 많고 굽이지길 반복하는 이 강의 중류에 봄철만 되면 바닥을 드러내는 곳이 있었다. 강폭이 갑자기 세 배로 넓어지다 보니 생기는 현상이었다.

덕분에 강 한가운데는 제법 큰 모래섬까지 만들어졌다. 그 모양이 꼭 항아리 속에 든 섬 같다고 해서 성도 사람들은 호중도(壺中島)라고 불렀다.

표행단 사백여 명이 호중도가 바라보이는 강변 기슭에 도착한 것은 조금 전 새벽이었다.

한나절만 더 걸어가면 목표로 했던 성도의 장원이었지만, 표행단은 일단 여기서 걸음을 멈출 수밖에 없었다. 아직 어둠이 채 가시지 않은 강 건너 모래사장에서 중무장을 한 삼천 병력이 자신들을 기다리고 있었기 때문이다.

그런가 하면 모래사장 너머 제법 높다랗게 솟은 언덕배기에는 이 새벽부터 족히 일만은 될법한 군중이 무슨 개미 떼처럼 바글바글 모여 앉아 있었다. 모두 사천구룡방을 중심으로 한 토박이 문파들과 외부 세력인 도화곡의 전쟁을 구경하려고 각처에서 몰려온 사람들이었다.

이종산이 내게 물었다.

"갔던 일은 잘되었느냐?"

"죄송합니다."

하오문의 보고에 따르면 지난 이틀 동안 사천구룡방 내에서는 어떤 분열의 징후도 없었다고 한다. 덧붙여 남궁소소가 만나고 다녔던 방파들조차 나타날 기미가 보이지 않았다. 사천당문과 청성파에서도 소식이 없기는 매한가지였다.

청성파는 모르겠으나 사천당문은 온다고 했으니 반드시 올 것이다. 다만 시간이 문제였다.

사천구룡방은 친절하게도 사곡천까지 미리 마중을 나와서 밤새 기다리는 성의를 보였다. 이는 예상했던 것보다 한나절은 빠른 조우였다. 한마디로 허를 찔린 것이다. 사천구룡방에도 병법을 아는 자가 있었던 모양이다.

"후회하느냐?"

"제가 한 일이 정말 최선이었는지 모르겠습니다. 만약 다른 더 좋은 길이 있었는데도 불구하고 저의 어리석음과 고집으로 말미암아 기회를 놓친 거라면……."

"왕궁은 기둥 하나 때문에 버티는 것이 아니고, 제왕의 공적은 책사 한 명의 지략으로 이루어진 것이 아니다. 너무 자책하지 말거라. 그리고 아직 끝나지 않았느니라."

나는 가만히 고개를 돌려 도화곡의 제자들을 바라보았다. 소맷자락과 머리카락을 광목천으로 단단히 묶은 채 삼천의 병력을 바라보는 도화곡의 제자들에게선 흥분과 공포가 동시에 느껴졌다.

이제는 정말로 피할 수 없는 전면전이었다. 강을 건너듯 이 난관을 건너야만 성도로 입성을 할 수 있다.

깊은 산중에서 꽃과 새들을 보고 산 그녀들에게 피바람이 몰아치는 생애 첫 전투는 어떤 느낌일까?

그녀들이 어떤 느낌인지는 모르겠으나 강 건너 집결한 삼천여 명의 무림인들이 어떤 기분인지는 알겠다. 도화곡의 제자들이 도착하는 순간부터 시작된 놈들의 흥분은 좀처럼 식을 줄을 몰랐다. 마치 싸움을 앞둔 투견장의 개 떼들 같았다.

이윽고 이종산이 적룡당주 양진각에게 말했다.

"수뇌부를 전부 모아주게."

잠시 후, 천룡표국과 도화곡과 남궁세가를 대표하는 수뇌부가 한자리에 모였다. 전쟁의 승부가 어떻게 나든 사실상 마지막 수뇌부 회의가 될 터였다.

"여기까지 오는 동안 모두 수고가 많으셨습니다. 짐작하시겠지만, 날이 밝는 즉시 놈들은 총공격을 감행해 올 것입니다."

잠시 쥐 죽은 듯한 침묵이 흘렀다.

수뇌부뿐만 아니라 진영 전체가 고요해졌다. 모두가 하던 일을 멈추고 이쪽을 바라보고 있었던 것이다.

"전투가 벌어지면 도화곡의 장로님들과 향주들은 이곳에서 검진을 펼치며 시간을 끌되, 어린 제자들을 보호하는 데 총력을 기울이십시오. 절대 도강을 해서는 안 됩니다."

이종산은 이어 양진각과 남궁세옥을 바라보며 말했다.

"천룡표국의 표사들과 비검대의 무사들은 총원 전부 내 앞에서 달려가며 최대한 빨리 길을 연다. 목표는 만세노조 뇌정갑. 그가 나타나면 내가 그를 잡을 때까지 조력자들의 접근을 막도록."

말인즉슨, 최대한 빨리 적장의 목을 쳐서 수적 열세를 극복하겠다는 뜻이다.

대다수의 방파가 사천구룡방의 강압에 못 이겨 참석한 만큼 적들의 결속은 느슨할 수밖에 없다. 이런 상황에서 천하십검 중 한 명인 이종산이 뇌정갑의 숨통을 끊어놓기만 하면 단숨에 전세를 바꿀 수도 있다.

남궁세옥이 걱정스러운 얼굴로 물었다.

"결국 천룡표국도 전쟁에 뛰어드시는 겁니까?"

"표행은 아직 끝나지 않았고 저 무뢰배들은 도화곡을 공격할 뜻이 분명하니 전쟁을 치러서라도 치우고 갈 수밖에."

이종산은 마지막까지 최선을 다해 싸운다고 하지 않았다. 전쟁을 치러서라도 치우고 간다고 했다. 그는 여기서 멈추게 될 거라는 생각은 눈곱만큼도 하지 않는 것 같았다.

도대체 저런 자신감은 어디서 나오는 걸까?

남궁세옥이 포권을 취며 말했다.

"저와 비검대가 선두에서 길을 열겠습니다."

"말은 고마우나 남궁세가는 어디까지나 우리를 도우러 온 손님일세. 첨병은 천룡표국의 표사들이 맡을 걸세."

"존명!"

적룡당주 양잔각이 우렁차게 외치며 포권을 취었다.

남궁세옥은 아쉽고 씁쓸한 표정을 감추지 않았다.

"모두 개전을 준비하시오."

사람들이 해산을 하고 난 뒤에도 여종매는 한동안 그 자리에 남아 있었다.

그녀는 무언가 할 말이 있는 것처럼 잠시 이종산을 응시하다가 결국 쓸쓸히 발걸음을 옮겼다.

여명이 조금씩 밝아오기 시작했다.

양 진영은 이미 일각 전부터 도검을 뽑아 들고 강변에 모인 상태였다.

언제 격돌이 벌어져도 이상하지 않은 상황. 내 곁엔 서호삼견이 호리 독사가 건네준 술을 한 모금씩 홀짝이며 결전을 다지고 있었다.

일견이 내게 물었다.

"우린 뭐 계획 같은 거 없나?"

"없습니다."

"그럼 교전 수칙 같은 거라도."

듣고 있던 이견이 불쑥 끼어들었다.

"형님도 참, 전쟁에 교전 수칙이 어딨습니까? 닥치는 대로 베어 넘기면서 전진하는 거지. 그나저나 전쟁을 할 거라는 이야기는 없었는데, 이거 계약서 다시 써야 하는 거 아냐?"

삼견이 기다렸다는 듯이 말했다.

"한 달 동안 탱자탱자 놀면서 잘 왔지 않습니까. 그동안 안 싸운 거 한꺼번에 몰아서 싸운다고 생각하면 되죠."

"그러니까 더 문제지. 난 살면서 크고 작은 싸움을 백 번도 더 치렀지만 아직까지 살아 있는 건 제각각 따로 싸웠기 때문이야. 백 명과 동시에 싸운다고 생각해 봐."

"우리가 이런데 도화곡의 어린 제자들은 어떻겠습니까?"

"뭐? 그걸 네가 왜 신경 써?"

"그러게요. 제가 왜 신경이 쓰일까요?"

"정신 차려. 이 새끼야!"

별말도 아닌 것 같은데 이견이 갑자기 정색을 했다. 깜짝 놀란 삼견이 어벙벙한 표정을 지었다.

이견의 말이 이어졌다.

"우린 피도 눈물도 없는 흑도야. 지금 우리가 이 자리에 있는 건 순전히 돈 때문이고. 만약 사천구룡방이 먼저 고용했으면 우린 지금쯤 저 강변에서 이쪽을 바라보며 이정룡과 표사들을 욕하고 있었을 것이다. 그걸 잊지 마라."

"소제의 생각이 짧았습니다."

나는 이견이 왜 저렇게 화를 내는지 알 것 같았다. 도화곡의 제자들이 죽으면 삼견이 행여라도 상실감에 괴로워할까 봐 우려하는 것이다. 함께 걷고, 자고, 밥을 먹으며 지낸 한 달은 흑백과 나이를 떠나 정이 들기에 충분한 시간이었다. 특히 몇 명 어린 구대 제자들은 서호삼견 중에서도 정이 많은 삼견을 할아버지라 부르며 잘 따랐었다.

나는 고개를 돌려 저만치 왼쪽을 바라보았다. 남궁소소는 비검대와 함께 장검을 뽑아 든 채 강 건너를 바라보고 있었다. 사태가 걷잡을 수 없게 되자 마지막 순간엔 남궁세가의 무사들과 함께 싸우겠다며 저쪽으로 간 상태였다.

한순간 남궁소소가 옆을 돌아보다 나와 눈이 마주쳤다.

그녀는 걱정 말라는 듯 웃으며 고개를 끄덕여 주었다. 나도 마주 고개를 끄덕여 주었다.

이윽고 완전히 솟아오른 태양이 강 건너의 모래사장에 밝은 햇살을 비추기 시작했다.

그러자 한 사람이 말을 타고 저벅저벅 앞으로 나왔다. 군문의 장수라도 된 것처럼 번쩍이는 갑옷을 입고, 한 손에는 제 키보다도 큰 방천화극을 든 칠순 가량의 노강호였다.

하지만 큰 키와 우람한 근육은 아무리 보아도 칠순 노인의 그것이 아니었다. 그리고 기세가 있었다. 한번 쓰윽 쓸어 보는 것만으로도 좌중을 압도해 버리는 저 가공할 기세. 보기만 해도 심장이 벌렁거리는 것 같았다.

강물을 앞에 두고 멈춰 선 그가 외쳤다.

"웬 산중 노파가 늙은 표사를 사서 이 몸을 죽이겠다고 오셨다던데, 서로 얼굴 보며 통성명이라도 합시다. 난 뇌정갑이오."

그다지 큰 소리를 지르지도 않은 것 같은데 흡사 큰 북이라도 치는 것처럼 대기가 떵떵 울렸다.

역시 말을 탄 이종산이 앞으로 나가며 포권지례를 올렸다. 이어 뇌정갑 못지않게 웅혼한 음성으로 말했다.

"천룡표국의 이종산이라고 하외다. 무언가 오해가 있으신 듯한데, 우리는 다만 성도의 양지바른 곳에 200년 된 복숭아나무 한 그루를 심기 위해 가는 길이오. 하니 길을 터주시오."

"내가 허락을 하지 않는다면?"

"허락을 구하는 것이 아니외다만."

"뿌리를 내리겠다는 도화곡의 수장은 대체 무엇이 무서워 코빼기도 안 보이시고, 국주께서 보호자라도 된 것처럼 구는 것이오? 하기야 그럴 만한 배짱이 있었다면 애초부터 표국 따위를 앞세우고 오지도 않았으려나?"

뇌정갑의 한 마디에 강 건너 적 진영에서 왁자지껄 웃음보가 터졌다. 삼천 명이 동시에 웃으니 우박이라도 쏟아지는 것 같았다.

도화곡의 제자들은 발끈해서 금방이라도 뛰쳐나갈 것처럼 으르릉거렸다.

이막하가 그녀들을 향해 나지막한 소리로 일갈했다.

"격장지계(激將之計)다. 모두 흥분하지 마라!"

딱 시의적절한 가르침이었다.

이막하는 강호의 경험이 가장 많은 장로라고 들었다. 그래서 그런지 상황을 보는 통찰력이 확실히 다른 듯했다.

지목을 받은 당사자인 여종매 역시 조금의 흔들림도 없이 가만히 지켜보기만 했다. 자신이 흔들리면 도화곡 전체가 흔들린다는 것을 알기 때문이다.

이종산이 다시 나섰다.

"천룡표국은 도화곡이 오래전에 사둔 성도의 장원까지 호송하는 일을 의뢰받았소이다. 아직 표행이 끝나지 않았고, 노상강도 떼가 길을 막고 있으니 당연히 표두인 이 몸이 나서는 것이 이치에 맞지 않겠소이까?"

강변에 집결한 삼천여 명의 무인들 중에는 구태여 백도를 표방하지는 않았어도 흑도는 확실히 아닌 문파의 제자들도 제법 있었다. 이종산은 그들 모두를 싸잡아 노상강도라고 규정해 버렸다. 양심이 조금이라도 남아 있다면 부끄러움을 느끼지 않을 수 없을 것이다.

이종산이 그걸 노렸는지는 모르겠으나 반향은 컸다. 적 진영의 뒤쪽 언덕배기 위에서 구경하던 일만 군중이 과연 그렇다는 듯 크게 술렁이기 시작했다.

뇌정갑이 다시 사자후를 질러댔다.

"표행이고 노상강도고 간에, 고작 사백 명 정도의 병력으로 우릴 감당할 수 있겠소? 노파심에서 드리는 말씀이오만, 나는 천룡표국이나 남궁세가라는 이름에 겁을 집어먹는 위인이 아니오."

그때였다.

두두두두.

어디선가 지축을 울리는 소리가 들리기 시작했다.

재빨리 소리가 난 곳으로 고개를 꺾고 보니 강 건너 저 멀리 왼쪽의 굽이진 곳으로부터 한 떼의 인마가 물살을 헤치며 달려오고 있었다

잠시 후, 인마는 무려 이백여 기로 늘어났다. 앞쪽에는 용 같고 범 같은 기세의 무인 백오십 명 정도가 길을 잡았고, 뒤쪽엔 거북이 등처럼 커다란 궤짝을 짊어진 사람들이 역시 말을 탄 채 따랐다. 맨 앞줄의 허공에는 붉은색 바탕에 '무적당문(無敵唐門)'이라고 쓰인 깃발이 하늘을 나는 용처럼 펄럭이고 있었다.

"무적당문? 그런 곳도 있나?"

"사천당문은 몰라도 무적당문은 처음 듣는데요."

일견과 이견이 말했다. 그러자 삼견이 수탉처럼 갑자기 허공에다 대고 목구멍이 찢어져라 외쳤다.

"사, 사천당문이다!"

뭐가 어떻게 된 영문인지 파악할 겨를도 없이 이번엔 강 상류 쪽 굽이진 곳에서 또 말발굽 소리가 들려오기 시작했다.

푸른 도복에 등에는 장검을 찬 채 말을 달려오는 사람들의 숫자 역시 이백여 명. 얕은 강물 위에서 물보라를 치며 달려오는 모습이 그렇게 역동적일 수가 없었다. 선두에서 달려오는 자의 손에 들려 펄럭이는 깃발엔 '천하일문청성(天下一門靑城)'이라는 여섯 글자가 새겨져 있었다.

삼견이 또다시 목구멍을 찢었다.

"청성파다!"

추혼탈명 당군룡과 낙일검 제운학이 지원 병력을 이끌고 나타난 것이다.

당문과 청성파의 무인들은 가까이 이르자 일제히 방향을 꺾어 우리 쪽 진영으로 도강을 시작했다. 그러자 이견이 삼견에게 질세라 세상이 떠나가라 소리를 질렀다.

"사천당문과 청성파에서 우리를 도우러 왔다!"

그제야 상황을 파악한 천룡표국의 표사들과 도화곡의 제자들은 흥분을 감추지 못했다. 그리고 더욱 신나는 구경을 하게 된 강 건너 언덕배기 위의 군중이 일제히 환호성을 터뜨렸다.

"와아아아!"

반대로 뇌정갑을 비롯한 적 진영의 삼천 무인들은 당황한 기색이 역력했다.

성도에서 말을 타고도 한 달이 넘는 거리에 있는 남궁세가나 천룡표국은 그렇게 무섭지 않다. 그러나 길어야 이틀이면 도착하는 사천당문과 청성파가 나타났다면 얘기가 완전히 달라지는 것이다.

이윽고 당군룡과 제운학이 비슷하게 도착을 했다.

그들 속에는 생각지도 않았던 반가운 얼굴들이 있었다.

'당군백? 두소부?'

당군룡, 제운학, 당군백, 두소부가 일제히 말에서 내리더니 이종산과 여종매의 앞으로 다가갔다.

"사천당문의 당군룡입니다. 천룡표국과 도화곡을 도우라는 가주님의 명을 받고 달려오는 길입니다. 다행히 늦지는 않은 것 같군요."

"청성파 십칠대 제자 제운학, 두 분 노선배님들을 뵙습니다. 천룡표국과 도화곡을 도우라는 장문인의 명령을 받들어 사형제들을 이끌고 왔습니다."

"당군백입니다."

"두소부입니다."

당군백과 두소부는 앞선 두 사람의 인사에 그대로 숟가락만 얹었다. 두 사람까지 격식을 갖추기에는 시간이 그리 많지 않았다.

이종산과 여종매가 차분하게 답례를 했다.

"어려운 걸음들을 해주어 고맙네."

"도화곡주 여종매입니다. 당문과 청성파에서 보여준 호의를 잊지 않겠습니다."

어른들을 향한 네 사람의 인사가 끝나자 남궁세옥이 다가오더니 돌연 당군룡과 제운학에게 포권지례를 올렸다.

"두 분 선배님들을 뵙습니다."

"오랜만이네. 세옥."

"5년 만에 보는 건가?"

남궁세옥은 무림맹 용봉지회의 전임 회주였다고 들었다. 아무래도 당군룡과 제운학 역시 젊은 시절 용봉지회의 일원이었던 모양이었다.

뒤이어 남궁소소가 두 사람에게 인사를 했고, 당군백과 두소부도 남궁세옥에게 인사를 했다. 그리고 마지막으로 당군백과 두소부와 남궁소소가 반갑다며 한층 격의 없는 인사를 나누었다.

그렇게 대충 순서가 끝나자 당군백과 두소부가 기다렸다는 듯이 내게로 달려왔다.

"정룡!"

"선배님!"

"두 분께서도 오실 줄 몰랐습니다."

"무슨 소린가. 생명의 은인이 위기에 처했다는데 당연히 와야지."

"두소부 선배님 말씀이 맞아요."

"고맙습니다. 당 소저도 고맙소."

가볍게 고개를 숙이는 당군백의 얼굴이 어쩐지 빨개 보였다.

이틀 전 당군룡이 했던 말이 갑자기 떠올랐다. 설마, 정말로 나를 좋아하는 건 아니겠지?

당군백과 두소부는 서호삼견과 호리독사와도 반색하며 인사를 나누었다. 이견도 두 사람을 향해 그렇게 안 봤는데 의리가 있다느니 하면서 추켜세워 주었다.

두 사람과 서호삼견 그리고 호리독사는 일전에 백발노성을 무림맹까지 호송하며 몇 차례 죽을 고비를 함께 넘긴 사이였다.

인사를 끝낸 당군백과 두소부가 도검을 뽑아 들며 나란히 섰다. 이렇게 해서 내 옆에는 서호삼견과 호리독사는 물론이거니와 당군백. 두 소부, 남궁소소까지 서게 되었다.

음? 남궁소소?

“언제 옆으로 온 거요?”

“조금 전에요.”

“비검대와 함께 싸우는 것 아니었소?”

“거기나 여기나요. 그것보다 우리가 밤늦도록 함께 찾아다니며 동참을 호소했던 방파들은 코빼기도 보이지 않을 건가 봐요.”

“사천구룡방 쪽으로 넘어가지 않은 것도 소득이라면 소득이니 너무 실망하지 마시오.”

“알았어요.”

이렇게 해서 강 이쪽의 전력은 순식간에 팔백여 명으로 늘어났다.

수적으로야 아직도 한참 열세였다. 하지만 당문과 청성파의 고수들이 가세한 것이다 보니 단순한 숫자 이상의 의미가 있었다. 표사들과 도화곡 제자들의 눈동자에서 이제는 한번 해볼 만하다는 투지가 끓어오르기 시작했다.

그 순간, 강 건너 뇌정갑의 입에서 신경질적인 대갈일성이 터져 나왔다.

“모두 쓸어버려라!”

“와아아!”

엄청난 함성과 함께 적 진영의 선두가 성벽처럼 허물어졌다. 앞쪽 무인들부터 우르르 뛰쳐나와 강을 건너오기 시작한 것이다.

우리 쪽 진영은 새로 가세한 당문과 청성파의 제자들이 좌우 날개를 맡아주면서 검진이 더욱 크고 공고해진 상태로 기다렸다.

마른침이 꼴깍 넘어가고 검을 쥔 손에 힘이 바짝 들어갔다. 금방이라도 이종산의 입에서 공격을 개시하라는 명령이 터져 나올 것만 같았다.

그 사이 적 선두는 강 중앙에 있는 모래섬에까지 닿았다.

그때 누구도 상상하지 못했던 일이 일어났다. 선두의 이백여 명 외에는 아무도 도강을 하지 않은 것이다. 놀랍게도 나머지 이천팔백여 명은 원래 자리에 그대로 서 있었다.

마치 넓은 접시 바닥에 찰랑찰랑 담겨 있던 물이 탁자 위로 조금 흘러 내려 따로 떨어진 것 같은 모양새가 되어버렸다.

강을 건너 모래섬으로 들어간 사람들은 사천구룡방주 뇌정갑과 이당주인 흑갈자(黑蝎子) 노청봉, 그리고 두 사람을 따르는 충성스러운 무인들이었다. 짐작하건대 저들은 모두 과거 사천구룡방이 구룡으로 존재하던 시절 통천방의 방도였던 자들일 것이다.

무언가 낌새를 알아차린 뇌정갑과 노청봉이 진격을 멈추고 뒤를 돌아보았다.

강변에 남은 사람들은 사천구룡방의 여덟 당주들과 그의 수하들 그리고 열입곱 개 방파에서 끌어모은 무인들 전부였다.

나는 일당주 냉목풍이 내 제안을 받아들였음을 깨달았다. 유추를 해보자면 그는 내가 떠나고 난 후 포악한 방주와 이당주에게 반감을 품은 당주들과 방주들을 찾아다니며 포섭을 했을 것이다. 그 과정에서 나와 만난 이야기, 사천당문과 청성파가 개입할 수도 있다는 이야기들이 전해졌을 것도 분명했다.

모르긴 해도 마지막 순간까지 갈등한 당주나 방주들이 있었다면 사천당문과 청성파의 등장이 결정적 역할을 했을 것이다.

"우리 작전이 성공했어요."

"그러게 말이오."

나와 남궁소소는 가슴이 벅차오른 나머지 얼싸안고 춤이라도 추고 싶었다. 서호삼견도 감개무량한 표정들이었다.

천룡표국의 표사들과 도화곡의 제자들, 비검대의 고수들, 당문의 무인들과 청성파의 제자들까지 모두 어리둥절해 했다.

이 작전의 시작과 끝을 알고 있는 수뇌부, 즉 이종산, 여종매와 오대 장로들, 섭부용 그리고 남궁세옥은 기가 막힌다는 표정으로 나와 남궁소소를 보았다. 정말로 해낼 줄은 아무도 몰랐던 모양이다.

이종산이 나를 향해 굳게 다문 입술로 가만히 고개를 끄덕여 주었다. '잘했다'라고 하는 목소리가 귓가에 울리는 것 같았다.

한편 모래섬에 올라간 뇌정갑과 이백여 명의 무인들은 말 그대로 하나같이 넋이 나가 버린 것 같은 얼굴들을 하고 있었다.

뇌정갑이 우렁우렁한 음성으로 물었다.

"냉목풍, 너의 짓이더냐?"

"우리 모두의 뜻입니다."

"하지만 방주는 네가 되려고 하겠지?"

"당신은 무공은 고강할지 모르나 구룡을 품을 만한 그릇이 못 됩니다. 우리는 성도무림의 새로운 질서를 위해 도화곡과 공존을 모색해 보기로 했습니다."

"묘족 계집 때문이 아니고?"

"……!"

"놀라는 걸 보니 맞는 모양이군."

뇌정갑은 이어 다른 당주들을 쓸어 보며 말했다.

"다들 내가 죽기를 바라고 또 바라야 할 것이다. 만약 살아서 돌아간다면 네놈들의 눈알을 뽑고 사지를 토막 낸 다음 돼지우리에 던져줄 것인즉. 음하하하하하!"

엄청난 광소에 대기가 떵떵 울렸다.

각주급 이상의 고수들이 타고 온 말들이 고막이라도 터졌는지 팔짝팔짝 뛰기 시작했다.

광소는 계속해서 이어졌다. 기마술의 고하와 상관없이 사람들은 모두 말에서 내릴 수밖에 없었다.

잠시 후 말들은 단 한 필도 남지 않고 픽픽 쓰러져 버둥거렸다. 내공이 약한 사람들도 귀를 틀어막거나 코피를 쏟아냈다. 모래사장 뒤쪽의 언덕배기에 앉아 있던 군중 속에는 살 맞은 참새처럼 픽픽 쓰러지는 사람들이 속출했다. 그제야 뇌정갑이 웃음이 뚝 그쳤다.

그의 가공할 공력에 적아를 구분할 것 없이 모두 아연실색했다. 강 건너의 진영을 향해 광소를 터뜨렸기에 망정이지, 이쪽을 향해 터뜨렸다면 어떻게 되었을까?

꼭 당한다고 할 수도 없었다. 이종산도 얼마든지 내공이 실린 사자후로 응수했을 테니까. 아니면 직접 검을 뽑아 들고 날아가 그의 목을 베어버렸던지.

이윽고 뇌정갑이 이쪽을 향해 돌아섰다.

"이보시오. 표왕! 상황이 이런데도 거기서 검진만 펼치고 있을 것이오? 산중 노파는 배짱이 없는 듯하니 이리 와서 사내들끼리 어느 한쪽이 완전히 사라질 때까지 실컷 싸워봅시다!"

상황이 역전되었다. 저쪽은 고작 이백 명 남짓. 그에 반해 이쪽은 네 배인 팔백여 명을 헤아린다. 고수의 숫자도 압도적으로 많다. 개전 명령이 떨어지면 적들은 순식간에 쓸려 나갈 것이다.

뇌정갑은 마지막까지 살아남아 이종산과 자웅을 겨루겠지만, 나는 이종산의 승리를 의심치 않았다.

이종산이 검을 뽑아 들고 개전 명령을 내리려는 순간이었다.

"잠깐만!"

갑자기 막아선 사람은 여종매였다.

그는 이종산에게로 다가오더니 힘겹게 입을 열었다.

"여기서부터는 우리 힘으로 강을 건너겠습니다."

"곡주님!"

"무슨 말씀을 하시려는 건지 압니다. 하지만 성도는 우리의 여정 중에 있는 도시가 아닙니다. 최종 목적지이지요."

여종매는 강 건너로 천천히 시선을 던지며 말을 이었다.

"저길 좀 보세요. 성도의 수많은 무림문파와 무림인들이 우리를 지켜보고 있습니다. 고작 첫걸음조차 우리 힘으로 떼지 못하고 다른 문파들에게 의지를 한다면 도화곡은 영원히 성도에 뿌리를 내리지 못할 겁니다."

도화곡의 제자 삼백 명만 물을 건너 모래섬에서 뇌정갑이 이끄는 이백의 결사대(?)와 끝장을 보겠다는 뜻이다.

나는 망치로 뒤통수를 맞은 것 같았다. 주변을 둘러보니 모두가 나와 같은 생각을 하고 있음이 분명했다.

여종매의 말은 너무나 타당해서 뭐라 변명을 할 수가 없었다. 비록 산중에서만 살았어도 일문의 존장은 뭐가 달라도 달랐다.

한데 그렇게 하면 도화곡 제자들의 희생이 적지 않을 것이다. 여종매가 그걸 모르지 않을 터, 그럼에도 불구하고 이렇게 말을 한다는 건 이미 단단한 결심이 섰다는 걸 의미했다.

모두의 시선이 이종산을 향했다.

그는 모래섬을 넘어 건너편 강변에 운집한 이천팔백여 명의 무인을 가만히 응시했다. 그리고 그 너머의 언덕에 새까맣게 앉아 있는 군중들도 살폈다.

잠시 후, 결심이 선 듯 그가 시선을 거두었다.

이어 비장한 표정을 짓고는 여종매가 아니라 천룡표국의 표사들을 향해 돌아섰다.

그러고는 모두가 들을 수 있도록 큰 소리로 말했다.

"천룡표국은 여기서 표행을 중단한다. 고로 지금 이 순간부터 천룡표국의 모든 표사들은 표물을 호위하고 호송하는 일에서 손을 뗀다."

순간, 나는 귀를 의심했다.

표행의 중단은 곧 표행의 실패를 의미했다. 한데 이종산은 일생을 통틀어 단 한 번의 표행도 실패해 본 적이 없었다.

한번 받은 의뢰는 반드시 완수하고야 마는 지독한 근성과 놀라운 실력이 전무후무한 대기록을 만들었고, 강호인들은 오직 그에게만 표왕이라는 칭호를 선사했다. 한데 지금 스스로 그 대기록을 깨겠다고 말한 것이다. 그게 무슨 의미인지를 가장 잘 아는 나와 양진각이 동시에 외쳤다.

"아버지!"

"국주님!"

"잠깐만 시간을 주시면 소자가 다른 방법을 생각해 보겠습니다. 표행을 중단하시겠다는 말씀만큼은 제발."

"너는 이 많은 사람들이 지켜보는 앞에서 아비를 일구이언하는 사람으로 만들 셈이더냐?"

"대체 왜!"

"나는 한 번도 내 명성이나 기록을 위해 표행을 한 적이 없다. 다만 의뢰인과의 약속을 지키기 위해 어떤 경우에도 포기하지 않았을 뿐. 그러니 세상 사람들이 무엇이라고 하든, 오늘의 이 결정이 나를 이전과는 다른 사람으로 만들지는 못할 것이다."

남은 하루의 여정은 대별산에서 여기까지 오는 동안의 날짜를 전부 합친 것보다 더 어렵고 위험했다. 이종산은 지금 그 하루만큼은 오로지 도화곡의 힘으로 가는 걸 수많은 강호인들에게 똑똑히 보여주려는 것이다.

문득 남궁세가에서 처음 이 의뢰를 받았을 당시 '문파는 보통의 표물과 달라서 안전하게 뿌리를 내릴 때까지가 표행의 완성이다'라고 일갈하던 그의 말이 떠올랐다. 역설적이게도 이종산은 지금 표행을 완성하기 위해 실패를 선언했다.

머릿속에서 무언가가 쑥 빠져나가는 것 같았다. 만약 내가 이종산의 입장이라면 이런 생각과 판단과 결정을 내릴 수 있을까?

이종산은 여종매를 향해 포권을 취며 말했다.

"부디 무운을 빕니다."

여종매도 마주 포권을 쥐며 예를 갖추었다.

"천룡표국에서 본 곡에 보여주신 헌신과 호의는 죽어서도 절대 잊지 않을 것입니다."

여종매는 이어 천룡표국의 표사들과 남궁세옥을 비롯한 비검대의 고수들 그리고 나와 객원표사들에게도 일일이 포권지례를 올렸다. 그녀의 뒤쪽에서는 오대장로를 비롯해 도화곡의 모든 제자들이 여종매를 따라 똑같이 포권지례를 하고 있었다.

남궁세옥, 당군룡, 제운학, 남궁소소, 당군백, 두소부 등등. 사람들은 그 어느 때보다 숙연한 표정이 되어 그 모습을 지켜보았다.

그때 호리독사가 내게 다가와 술 냄새를 확 풍기며 속삭였다.

"놈들의 동태가 수상합니다."

"뭐가 말이오?"

"저기 좀 보십시오."

강 건너 모래사장에 집결해 있던 이천팔백여 명의 무인들이 크게 술렁이고 있었다. 특히 열일곱 개 방파의 방주들은 방주들끼리, 사천구룡방의 당주들은 당주들끼리 모여 무언가 심각한 얘기를 주고받는 중이었다.

"무슨 작당을 하는 것 같지 않습니까?"

"저것들이 다 된 밥에 코를 빠뜨리려고!"

너무나 다급한 나머지 나는 도화곡의 제자들 중 아무에게나 다가가 초립을 빼앗았다. 그러고는 강 건너의 적들이 눈치채지 못하도록 슬금슬금 뒷걸음질 치다 냅다 뒤쪽의 숲으로 들어갔다.

숲을 통해 강 하류의 굽이진 곳까지 경신공을 펼쳐 달려갔다. 그런 다음 놈들이 보이지 않는 곳에서 재빨리 강을 건넜다.

이어 강변 모래사장 뒤쪽의 송림으로 다시 들어갔고, 최대한 빠르고 은밀하게 이천팔백여 명이 모여 있는 적 진영으로 숨어드는 데 성공했다.

십칠 개 방파에서 닥치는 대로 끌어들였다 보니 자기들끼리도 모르는 사람 천지일 거라는 게 내 생각이었다.

그래도 혹시 몰라 주변을 살피는데, 때마침 저쪽에서 누군가 커다란 가마솥에 만두를 쪄서 나무통에 담는 게 보였다. 주위엔 그런 나무통을 들고 돌아다니며 원하는 이들에게 나눠주는 사람이 여럿 있었다.

나는 얼른 새 만두가 든 나무통을 집어 들었다. 천만다행으로 당주들이 모여 있는 곳에 다가갈 때까지도 누구 하나 제지를 하는 사람이 없었다.

그때쯤엔 천천히 강을 건너고 있는 도화곡의 여제자들 삼백 명에게 모두 정신을 빼앗긴 상태였다. 나는 이따금 만두를 나눠주면서 최대한 당주들의 뒤쪽으로 가까이 다가갔다.

잠시 후, 그들이 나누는 대화가 또렷이 들리기 시작했다. 대화는 다른 당주들이 일당주인 냉목풍을 다그치는 식으로 진행되고 있었다.

"삼당주의 말씀이 맞습니다. 표왕이 표행 중단을 선언해 버린 이상 당문과 청성파도 함부로 끼어들 수 없습니다. 도화곡은 몰살을 면치 못할 것입니다."

"방주께서 살아서 다시 강을 건너오는 건 시간문제입니다. 그렇게 되면 우린 죽은 목숨입니다."

"만약 방주께서 살아 돌아온다면 힘을 합쳐 싸우면 되지 않겠습니까? 제가 가장 앞줄에 설 테니 염려들 마십시오."

"싸우면 이길 수는 있고요?"

"우리의 숫자가 압도적으로 많습니다."

"사천구룡방의 내전입니다. 열일곱 개 방파의 방주들이 우리를 도와줄 것 같습니까? 고작 삼백으로 방주를 상대해야 합니다."

"도화곡과의 격전으로 상당수가 죽을 테니 여전히 우리의 숫자가 훨씬 많을 것입니다."

"20년 전의 일을 잊으셨습니까? 그때도 구룡 중 최약체라고 생각했던 통천방이 고작 여드레 만에 나머지 여덟 개 방파를 쓸어버렸습니다."

"우리야말로 돌아갈 수 없는 강을 건넜음을 정녕 모르시겠습니까? 이제 와서 참전한다고 해도 방주께서 우릴 살려주실 거라고 생각하시는 겁니까? 그리고 우리가 참전하면 십중팔구 천룡표국을 다시 끌어들이게 될 겁니다. 하면 당문과 청성파가 구경만 하고 있겠습니까?"

"방주에게 묘족 계집을 빼앗긴 분노 때문에 이러시는 게 아니고요?"

"뭐요?"

"애초부터 당신을 믿고 일을 꾸미는 게 아니었어. 만세노조께서 방주가 된 세월이 무려 20년이오. 얼음 두께 석 자는 하루 추위로 언 것이 아니거늘!"

좌중의 공기가 차갑게 식었다.

여덟 당주들 사이에서 팽팽한 긴장감이 흐르기 시작했다. 나머지 일곱 명의 당주들이 냉목풍을 잡아다 뇌정갑에게 제물로 바치며 용서라도 구할 것 같은 분위기였다. 그렇게 되면 모든 게 끝장이다.

그 순간, 깡깡 소리가 소나기처럼 울려대기 시작했다. 모래섬 위에서 도화곡의 제자 삼백과 뇌정갑이 이끄는 이백 결사대가 마침내 격돌하기 시작한 것이다.

그와 동시에 일곱 명의 당주들이 약속이나 한 것처럼 일제히 칼을 뽑았다.

나는 이동을 하는 척 하며 삼당주로 보이는 자의 뒤쪽으로 빠르게 접근했다.

무언가 낌새를 느낀 그가 벼락처럼 돌아서며 칼을 휘둘렀다.

나는 만두 통으로 검을 받아 꺾어 부러뜨리는 한편 운철검으로 그의 하복부를 사정없이 그어버렸다. 동시에 반대쪽으로 신형을 쏘며 눈 깜짝할 사이에 다시 그의 뒤쪽으로 돌아갔다.

이어 왼손으로 머리카락을 틀어쥐고 오른손에 든 운철검으로는 목을 감는 데 성공했다.

"모두 움직이지 마!"

주변이 대번에 벌집을 건드린 것 같았다.

나는 삼당주의 머리끄덩이를 잡고 이쪽저쪽으로 움직이며 당장에라도 목을 그어버릴 것 같은 시늉을 했다.

"다들 삼 장 밖으로 물러나."

"모두 시키는 대로 해. 어서!"

보다 못한 삼당주가 버럭 소리를 질렀다. 잠깐 사이에도 그의 배에서는 피가 철철 흘러내리고 있었다. 그제야 사람들이 뒤로 다급하게 물러나면서 내 주위로 동그란 공터가 생겨났다.

삼당주가 목을 잡힌 상태에서도 물었다.

"네놈은 누구냐?"

"닥치고 있어."

"알았으니. 일단 배를 좀 치료하게 해다오."

"그만하길 다행인 줄 아시오. 깊지 않게 그었으니 망정이지, 뱃가죽을 잘라냈다면 지금쯤 창자를 쏟아내며 죽었을 것이오."

"내가 죽으면 너도 죽는다!"

"정 급하면 뱃가죽이라도 잡고 계시든가."

그때 내 목소리를 알아본 냉목풍이 눈을 동그랗게 뜨며 목구멍을 쥐어짰다.

"너는 설마……?"

"제가 경고했잖습니까. 전투가 벌어지면 가장 먼저 당주들 숨통부터 끊으러 갈 것이라고요."

"지금 우리가 참전한 것으로 보이나?"

"제가 이러지 않았다면 참전을 했겠지요. 전투가 끝날 때까지는 다들 한 걸음도 함부로 옮기지 말라고 전하십시오. 안 그러면 이자는 죽습니다."

그때 뚱보 노인이 소리쳤다.

"사당의 궁수들은 저놈을 향해 화살을 겨눠라. 내 명령을 기다리지 않아도 좋다. 누구든 기회가 엿보이면 뒤통수든 등짝이든 쏴 버……!"

뚱보가 말을 하다 말고 표정이 굳었다. 그의 목 밑에도 시퍼런 칼 한 자루가 붙었기 때문이다.

칼 쥔 손의 주인은 놀랍게도 일견이었다.

"각주가 표사들을 두고 가면 어쩌자는 건가?"

그러면서 일견이 뚱보 노인을 앞으로 밀고 나왔다.

한데 사로잡힌 사람은 뚱보 노인뿐만이 아니었다. 어찌 된 영문인지 여섯 명의 다른 당주들도 옆구리며 등에 칼을 붙인 채 앞으로 밀려 나왔다.

그들의 뒤쪽에는 이견, 삼견, 호리독사, 남궁소소, 당군백, 두소부가 각각 칼을 들이대고는 금방이라도 찔러 죽여 버릴 것 같은 위협적인 행동을 취했다.

내가 삼당주를 인질로 잡은 상태에서 다른 당주들을 뒤로 물러나게 한 것이 의도치 않게 신의 한 수가 되었다. 그 바람에 흑도들 틈에 섞여 있던 저들이 힘들게 접근할 필요도 없이 바로 등이며 옆구리에 칼을 들이댈 수 있었던 것이고.

"어휴, 저 개또라이 같은!"

"이정룡이라고 왜 말을 못 하십니까?"

"이건 진짜 특별수당 줘야 해!"

"둘째 형님 말씀이 맞습니다."

잔뜩 흥분한 이견과 삼견이 주고받은 대화였다.

여기에 두소부도 한입 보탰다.

"아직도 이러고 다니십니까?"

당군백은 행여라도 적들에게 빈틈을 보일까 봐 인질을 방패 삼아 이쪽저쪽을 돌았다. 남궁소소 역시 인질을 사로잡은 채 얼른 내 등에 자신의 등을 붙였다.

눈 깜짝할 사이에 사천구룡방의 일곱 당주가 인질로 사로잡혔다. 너무나 어처구니없는 상황에 당주들은 물론이고 주변에 있던 사천구룡방의 흑도들까지 모두 공황 상태에 빠져 버린 것 같았다.

당주들을 모두 사로잡았으니 사천구룡방이 참전할 일은 이제 없다. 그 때부터 내 신경은 온통 모래섬 위에서 펼쳐지고 있는 격전에 쏠렸다.

모래섬 위에서 사천구룡방의 결사대 이백을 맞아 싸우는 도화곡 제자 삼백의 상황은 딱 두 마디로 정리할 수 있었다.

백척간두(百尺竿頭).

건곤일척(乾坤一擲).

대별산을 내려온 이후, 아니, 평생을 통틀어 사실상 첫 번째인 이 집단전의 결과로 말미암아 자신들의 운명이 결정되는 것이다.

그건 뇌정갑을 비롯한 이백의 결사대도 마찬가지였다. 그들이 죽어도 사천구룡방은 냉목풍의 지도 아래 여전히 이어나갈 것이다. 그러나 통천방은 영원히 사라지게 된다.

이처럼 각자의 사활이 걸린 만큼 목숨을 걸 수밖에 없었고, 목숨을 건 만큼 싸움은 처절할 수밖에 없었다.

싸움이라면 이골이 난 흑도들에게 초전부터 화끈한 불맛을 볼 거라는 내 예상과 달리 도화곡의 제자들은 조금도 밀리지 않았다. 그들은 무질서하게 하나로 뒤섞여 혼전을 펼치는 대신, 삼백이 똘똘 뭉쳐 수성전을 치르는 방식을 택했다.

평소의 습관대로 고함을 지르며 도화곡 제자들의 진영을 향해 뛰어들던 선두의 흑도 다섯 명이 눈 깜짝할 사이에 난도질을 당해 죽어버렸다.

"어. 저, 저거!"

"생각보다 잘 싸우는데요!"

이견과 삼견의 말이었다.

그러나 목표를 위해서라면 동료들의 시체를 밟고서라도 나아가는 것이 흑도들의 방식. 다수인 도화곡 진영을 헤집어놓기 위한 놈들의 무자비하고도 집요한 공격은 계속해서 이어졌다. 일단 적들을 흩뜨려 놓아야 승산이 있다고 판단한 모양이었다.

처음엔 흑도들의 살벌한 기세에 도화곡 진영의 외곽 한 곳이 허물어지는 듯했다. 하지만 흑도들이 들어오는 순간 사방에서 검이 날아들어 벌집을 만들어 버렸다. 그 바람에 잠깐 사이 흑도들 다섯 명이 또 피를 뿌리며 쓰러졌다.

생각지도 못했던 광경에 양쪽 강변에서 지켜보던 수천의 사람들은 모두 입이 쩍 벌어졌다. 당주들을 인질로 잡고 있던 나와 객원표사들 그리고 당군백과 두소부도 하나같이 어안이 벙벙해졌다. 같은 방식이 두 번이나 반복되면 그건 우연이 아니다.

그때 남궁소소의 입에서 나지막한 한 마디가 흘러나왔다.

"멸살구곡대진(滅殺九曲大陣)!"

"그게 뭐요?"

"할아버지께 들었어요. 도화곡에 구대문파와 어깨를 견줄 만한 세 가지 공부가 있는데, 첫 번째가 도화비검이고, 두 번째가 천금풍이고, 세 번째가 멸살구곡대진이라는 검진이라고요."

"이름 한번 살벌하군."

"위력은 더욱 살벌하다고 하셨어요. 다른 검진들과 달리 적게는 열 명에서 많게는 수백 명이 동시에 펼칠 수 있는데, 마치 분신술을 쓰는 거대한 괴물과도 같아서 함부로 뚫고 들어가려 했다가는 몰살을 당하기 십상이라고."

사승의 관계로 이어진 무림문파와 개개인의 이해관계에 따라 뭉친 흑도방파의 본질적인 차이가 여기에 있다.

무림문파는 스승에게서 제자에게로, 다시 그 제자에게서 제자에게로 무맥이 면면부절 이어진다. 그 과정에서 뿌리며 줄기가 되는 무맥은 점차 검법으로, 신법으로, 합격진으로 가지를 뻗게 된다.

문파의 역사가 오래될수록 가지 또한 풍성해지는데, 천년고찰 소림사의 칠십이종절예(七十二種絕藝)가 그 좋은 예이다. 소림칠십이종절예의 역사가 달마역근경이라는 전설적인 무맥에서 시작되었음을 모르는 강호인은 없다.

반면 제각각의 무공을 익힌 자들이 모인 흑도방파에서는 무맥이 있지도 않고 가지를 뻗을 수도 없다. 당연히 아주 특별한 경우가 아니고서는 합격진이 존재할 리가 없는 것이다. 존재하지 않는 공부를 익혔을 리도 펼칠 수도 없고.

한데 수백 명이 함께 싸우는 전투에서 합격진의 위력은 실로 무시무시했다. 열 명이 백 명을 상대하고, 백 명이 천 명을 막아내는 것이 바로 합격진이었다.

도화곡의 합격진은 멸살구곡대진이라는 검진이었다. 그 위력은 도화곡의 패배를 조심스레 예상하고 있던 모든 사람의 뒤통수를 몽둥이로 세차게 후려치는 것과도 같았다.

그 중심에 여종매를 비롯한 오대장로들이 있었다.

여종매가 진의 한가운데서 전체적인 상황을 살피며 빠르게 명령을 내리면, 사방의 중요 방위를 점하고 있던 오대장로들이 그 명령을 받아 일사불란하게 변화를 이끌었다.

그런가 하면 진의 외곽에는 중년의 팔대 제자들이 견고한 성벽처럼, 혹은 든든한 갑옷처럼 버티고 서서 상대적으로 약한 구대 제자들을 지켜주었다.

오늘 같은 날을 대비해 얼마나 수련을 했는지, 삼백 명의 제자들 전부가 마치 한 몸인 것처럼 정교하게 움직였다.

그러던 어느 순간이었다.

"검진이 갈라졌다!"

"저놈들이 기어이!"

멸살구곡대진이 흑도들의 집요한 공세를 이기지 못하고 둘로 쩍 갈라지기 시작했다. 그러자 흑도들은 기회를 놓치지 않고 갈라진 틈으로 쏟아져 들어가며 전세의 흐름을 바꾸어놓으려고 했다.

그때였다. 허물어졌던 검진의 외곽이 갑자기 입구처럼 닫혔다.

화들짝 놀란 흑도 십여 명은 가까스로 탈출에 성공했다. 하지만 이십여 명 정도가 검진 속에 갇혀 버렸다.

그와 동시에 검진 전체가 돌연 회오리바람처럼 오른쪽으로 돌기 시작했다. 검진 속에서 의도치 않게 왼쪽과 오른쪽의 경계를 이루며 서 있던 이십여 명의 흑도들이 진력에 떠밀려 휘어지기 시작했다. 그러자 놀랍게도 검진 전체가 태극 모양으로 바뀌었다.

검진은 계속해서 돌았고, 태극의 경계를 이루던 이십여 명의 흑도들은 점점 동료들과 떨어지고 고립되더니 이내 점이 되어 모두 사라져 버렸다.

그게 끝이 아니었다. 하나로 합쳐졌던 검진은 돌연 네 개로 쪼개지며 확 펴졌다. 동시에 네 방향에서 근접전을 펼치고 있던 흑도 대여섯 명씩을 순식간에 집어삼켜 버렸다.

그리고 이어지는 처절한 살육의 비명들.

"와아아아!"

그야말로 엄청난 구경거리에 모래사장 뒤쪽 언덕배기의 일만 군중들에게서 우레와 같은 함성이 터져 나왔다.

싸움은 계속해서 이어졌고, 언제나 그렇듯 낮은 서열의 흑도들은 앞에서 사실상 칼받이가 되어 죽어갔다.

그들의 희생은 높은 서열의 닳고 닳은 고수들에게 가르침을 주었다. 무엇보다 이들 결사대는 과거 성도의 여덟 마리 용을 상대로 통일 전쟁을 치른 경험이 있었다.

"반 장 간격으로 늘어서라!"

쉰 살가량에 날카로운 안광을 지닌 장년 검수가 변화를 도모했다.

칼 놀림이 예사롭지 않은 삼십여 명의 고수가 오른쪽으로 늘어섰다. 창처럼 뾰족하게 돌진하는 대신 개개인의 역량에 기대어 약한 고리를 찾겠다는 의도였다. 몇 번의 실패로 검진이 아무 데서나 열리고 닫히는 게 아니라는 걸 알아낸 것이다.

"차륜(車輪)!"

삼십여 명의 고수들이 돌연 왼쪽으로 돌며 미친 듯이 도검을 휘둘러 대기 시작했다. 이렇게 하면 삼십 명으로 백 명이 공격하는 것과 같은 효과를 낼 수 있었다.

장년 검수의 예상은 적중했다. 검진의 외곽 곳곳이 허물어지며 속살이 드러났다.

상대적으로 약한 구대 제자들 중 칼에 맞는 여자들이 속출했다. 어떤 여자들은 어깨를 베이고, 어떤 여자들은 팔을 베였다. 그리고 어떤 여자들은 가슴과 배와 허리를 베였다. 심지어 격전을 벌이다 등을 베이는 여자들도 있었다.

날카로운 비명이 울려 퍼지고 옷자락이 서늘하게 잘려 나갔다. 젊은 여자들의 뜨거운 피가 암녹색의 장포를 붉게 적셨다.

"저런 쳐 죽일!"

"저런 찢어 죽일!"

발끈한 이견과 삼견이 목구멍을 쥐어짰다. 끓어 오르는 분노를 어쩌지 못한 그들은 인질로 잡은 당주들이라도 죽여 버릴 것 같은 얼굴들이었다. 그 바람에 호시탐탐 기회를 노리던 당주들의 수하들이 화들짝 놀라서 뒤로 물러났다.

그때 당군백이 외쳤다.

"한데 왜 아무도 쓰러지지 않죠?"

당군백의 말이 맞았다. 도화곡의 제자들은 피를 흘리며 재빨리 뒷사람들과 위치를 바꿀지언정, 흑도들처럼 쓰러져 나뒹구는 사람이 없었다.

남궁소소가 외쳤다.

"팔! 팔에 칼을 맞은 사람들만 피를 흘리고 어깨나 몸통에 맞은 사람들은 어쩐 일인지 피가 나지 않아요!"

남궁소소의 말도 맞았다.

흑도들의 공격은 대부분 몸통에 집중되었는데, 몸통에 칼을 맞은 여자들은 단 한 명도 피를 흘리지 않았다. 그래서 뒤쪽의 사람들과 위치를 바꿀 필요도 없었다. 심지어 세 번의 칼을 맞고도 끄떡없이 버티고 선 여자도 있었다.

무언가 이상한 낌새를 알아차린 장년 검수가 한 여자에게 벼락처럼 달라붙더니 일장을 내지르는 한편 옷자락을 사정없이 잡아 뜯었다.

좌악 하고 뜯겨 나가는 그녀의 암녹색 장포 안에서 은빛 호신갑이 모습을 드러냈다. 동전 크기의 비늘을 잉어의 가죽처럼 겹쳐 만든 호신갑은 어깨와 위팔은 물론 사타구니까지 가리고 있었다. 심지어 허리에는 가죽으로 만든 요대를 두르고 있어서 장삼만 걸치면 전혀 표가 나지 않을 것 같았다.

"보인명갑(保人命鉀)!"

내 입에서 흘러나온 신음 같은 한마디였다.

사람들의 시선이 일제히 내게로 향했다.

남궁소소가 사람들을 대신해 물었다.

"아는 물건이에요?"

"천룡표국에서 중요 인물들을 호위할 때 쓰는 호신갑이오. 강철 비늘 삼천 개를 두들겨 만든다고 해서 삼천철린갑(三千鐵鱗鉀)이라고 부르기도 하고."

"천룡표국의 보물이었군요!"

"보인명갑은 그리 대단한 기물은 아니오. 다만 강철을 두들겨 만든 만큼 어지간한 도검 정도는 충분히 막아낼 수 있소."

"만약을 대비해 국주님께서 상대적으로 약한 구대 제자들 전부에게 미리 입혀두신 거예요. 적들이 눈치채지 못하도록 우리에게까지 비밀로 하신 거고요. 맙소사. 어떻게 그런 생각을!"

"그게 그렇지가 않소. 보인명갑은 장인들이 하나를 만드는 데 한 달도 넘게 걸리오. 항주의 총타에는 고작 쉰 개 정도를 구비하고 있을 뿐이고. 그것마저도 가져온 걸 보지 못했고."

"분타에는요?"

갑자기 치고 들어온 사람은 당군백이었다.

"무슨 뜻이오?"

"천룡표국은 중원 각지에 분타를 거느리고 있잖아요. 분타에서도 독자적으로 표행 의뢰를 받는 걸로 아는데, 그렇다면 분타에도 보인명갑을 구비하고 있지 않나요?"

"만약 한 달 전 출발할 당시 명령을 내려 그것들 전부를 성도에 도착하기 하루 전 약속된 장소로 집결하게 했다면?"

"충분히 가능하지 않을까요?"

나와 당군백을 번갈아 보던 남궁소소의 눈이 튀어나올 것처럼 커졌다.

천룡표국은 중원 전역에 열일곱 개의 분타를 거느렸다. 각각의 분타에는 대략 열 개 정도씩의 보인명갑을 구비하고 있었다. 그것들 전부를 한 곳으로 모으면 도화곡의 구대 제자 이백여 명을 모두 무장시키고도 남았다.

아무래도 이종산은 지금의 이 상황을 처음부터 염두에 두었던 것 같다. 천 리 밖의 상황과 한 달 후의 사정을 꿰뚫어 보는 그의 통찰력에 나는 온몸에서 소름이 돋는 것 같았다.

보인명갑 하나가 추가되었을 뿐인데도 상황은 완전히 달라졌다. 호신갑의 위력을 깨달은 도화곡의 제자들은 더욱 자신감을 가졌고, 반대로 사천구룡방의 흑도들은 어찌할 바를 몰라 했다.

호신갑으로 보호받지 못하는 머리와 팔꿈치 아래, 그리고 두 다리를 집중적으로 노리긴 했다. 하지만 골라가면서 공격을 해야 한다는, 그러고도 한칼에 상대의 숨통을 끊어놓을 수 없다는 조건은 아무래도 치명적일 수밖에 없었다.

그것뿐만이 아니었다. 팔다리에 상처를 입은 여자들은 재빨리 진의 안쪽으로 위치를 옮겼고, 거기서 다시 뒤쪽의 강가로 달려갔다. 스스로 걷지 못하는 부상자들은 사형제들이 옮겼다.

강가에서는 대기하고 있던 천룡표국의 표사들이 재빨리 그녀들을 업거나 짊어지고 강 건너 기슭으로 후송했다. 그러면 기다리고 있던 사천당문의 늙은 의원들이 재빨리 달라붙었다. 의원이 쉰 명이나 되다 보니 기다릴 필요도 없이 곧장 응급처치와 치료가 시작되었다. 한마디로 이종산이 준비한 보인명갑과 내가 준비한 당문의 의원들이 자칫 죽을 수도 있었던 도화곡 제자들의 목숨을 최대한 살려내고 있었다. 만약 이 두 가지가 없었다면 지금쯤 최소 서른 명 이상이 죽거나 치명적인 중상을 입고 쓰러져 뒹굴었을 것이다.

마지막 방어선이 되어 생존율을 비약적으로 높여준 것이 호신갑과 의원들이라면 흑도들을 베어 넘기는 것은 온전한 도화곡 제자들 개개인의 무공과 가공할 검진이었다.

한 식경쯤 지나자 이백 명에 달했던 사천구룡방의 결사대는 백여 명 정도로 줄어버렸다. 그에 반해 도화곡 제자들은 오십여 명의 크고 작은 부상자들만 나왔을 뿐이다.

순식간에 250대 100의 비율이 되었다. 전투 경험 없는 도화곡의 제자 세 명이 노련한 흑도 두 명을 상대해야 하는 조건에서 두 명이 한 명 정도만 상대하면 되는 상황으로 바뀐 것이다.

그때부터 멸살구곡대진이 크게 요동치며 변하기 시작했다. 검진의 안쪽에서 상대적으로 힘을 비축해 두었던 구대 제자들이 함성과 함께 물밀듯이 쏟아져 나와 적들을 쓸어갔다.

“이야아아!”

그야말로 완벽한 전술! 전술에도 예술이 있다면 이런 걸 두고 말하는 게 아닐까 싶었다. 나는 한 명의 천재가 만든 검진이 얼마나 많은 사람들을 살리고 또 죽일 수 있는지 뼛속 깊이 체감했다.

모든 게 순탄하게만 흘러가지는 않았다. 적들이 백여 명으로 줄었다지만 그만큼 고수들만 남았다는 말도 된다. 그들 중에는 검진이나 호신갑이 통하지 않는 고수들도 많았다.

팔대 제자며 구대 제자를 구분할 것 없이 치명상을 입는 여자들도 속출했다. 호신갑을 피해 칼로 목덜미를 베거나, 허벅지를 뚫어버리거나, 육중한 타격병기로 몸통을 찍어버리는 것이다.

나는 인질이고 뭐고 당장에 뛰어들어 가 놈들을 도륙해 버리고 싶은 생각이 굴뚝같았다. 서호삼견과 호리독사도, 남궁소, 당군백, 두소부도 주먹을 말아쥐고는 온몸을 부르르 떨었다.

‘비격쌍뇌창이라도 쓸 수 있었더라면…….’

이견의 말처럼 전쟁에 교전 수칙이 어디 있나. 할 수만 있다면 나는 비격쌍뇌창을 날려 보냈을 것이다. 하지만 지금 내 실력으로는 십여 장이 한계였다.

지금까지 예닐곱 명의 도화곡 제자들이 피를 흘리며 쓰러졌다. 그녀들은 여러 사람들에 의해 재빨리 강기삵으로 후송되어 치료를 받았다. 하지만 부상이 커서 몇 명이나 살릴 수 있을지 솔직히 두려웠다.

그나마 다행스러운 건, 흑도의 고수들 중에서도 최강자라고 할 수 있는 흑갈자 노청봉과 각주급 고수 네 명의 발목을 오대장로가 일찌감치 잡고 있었다는 사실이었다. 만약 저 미친개 같은 인간들이 마음대로 돌아다니도록 놔두었다면 도화곡 제자들의 희생은 걷잡을 수 없이 컸을 것이다.

그리고 괴수나 다름없는 초강자 만세노조 뇌정갑은 여종매가 상대해 주고 있었다.

각자의 명운을 건 두 사람의 격투는 집단전이 벌어지는 모래섬의 바깥 얕은 강물 위에서 절정을 향해 치닫는 중이었다.

꽝! 꽈과과광! 꽝! 꽝!

막강한 경파에 물보라가 천지 사방으로 튀어 올랐다. 물 벽이 대여섯 장까지 솟구치고 모래와 뒤섞인 물이 거죽처럼 일어나 상대를 향해 쏘아지기도 했다.

양 진영이 격돌하면서부터 두 사람이 주고받기 시작한 공방은 벌써 팔백여 합. 그사이 여종매의 협봉검은 이빨이 죄다 빠져 버려 톱날이 따로 없었다. 뇌정갑의 방천화극 역시 본래의 형상을 겨우 추측할 수 있을 정도로 날이 빠져 나간 상태였다.

일문의 문주이고 방주라는 사람들이 평범한 병기를 지니고 다닐 리 없다. 그럼에도 불구하고 이렇게 만신창이가 된 것은 병기를 통해 두 사람의 가공할 내공이 충돌하기 때문이었다.

어느 쪽도 아직 완벽히 승기를 잡지 못했다.

놀랍게도 은둔의 문파인 도화곡주 여종매는 흑도의 십대고수 중 한 명이라는 뇌정갑을 상대로 백중세를 이루고 있었다. 이는 나뿐만 아니라, 강의 양쪽에서 지켜보고 있는 수천의 무림인들과 언덕배기 위의 일만 군중 모두를 뜨악하게 만들었다.

꽝! 꽈광! 꽝꽝!

한데 구백여 합에 이르자 조금씩 균형이 무너지기 시작했다.

변화무쌍하고 빠르고 아름다우며 비정한 여종매의 도화비검이 그 못지않게 변화무쌍하고 빠르고 잔혹무도한 뇌정갑의 화련소혼극(華蓮燒魂戟)에게 조금씩 빈틈을 허용하고 있었던 것이다.

"천금풍!"

"네?"

"모래와 강물이 곡주님의 발을 묶고 있소."

"아!"

남궁소소는 즉시 내 말을 알아듣고 신음했다.

남궁유룡이 아직 뇌검이라는 별호를 얻기 전 그는 도화곡을 찾아간 적이 있었다. 그리고 여종매와 칠주야 동안 대별산을 종횡무진 누비며 모두 다섯 번을 겨루었다.

그중 세 번을 이기고 두 번을 졌는데, 패한 두 번 모두 여종매가 천금풍의 경신공을 함께 펼쳤을 때였다.

한데 지금, 발이 푹푹 빠지는 모래와 정강이까지 차오른 물이 그녀로 하여금 천금풍을 제대로 펼치지 못하도록 방해하고 있었다.

"혹시 만세노조는 그걸 알고 일부러 여기서 기다리고 있었던 게 아닐까요?"

만약 그렇다면 도화곡과 가까운 곳에 있는 신창양가나 화양표국 중

한 곳이 어떻게 약점을 알고 정보를 흘려주었을 것이다. 아니면 신창양가가 화양표국을 통해 알려주었거나.

그들이 이런 짓을 벌이는 이유는 간단하다. 표행이 실패하기를 바라는 것이다. 그래야 도화곡이 공중분해 되고 천금풍을 비롯한 신비로운 무공들이 세상으로 흘러나올 테니까.

문제는 우리가 이런 사실들을 짐작하고 있다는 걸 신창양가나 화양표국은 까맣게 모른다는 사실이었다.

명확한 증거가 없는 상태에서 뭐라 단정할 수는 없다. 하지만 만약 사실로 밝혀진다면 그들은 천룡표국이 나설 필요도 없이 남궁세가로부터 처절한 응징을 당할 것이다.

"그것까진 알 수 없소. 하지만 만약 천금풍을 펼칠 수 있었다면 만세노조는 도화곡주님의 상대가 되지 않았을 것이오."

그러나 천금풍을 펼칠 수 없는 여종매는 반대로 끝내 뇌정갑이라는 벽을 넘지 못했다.

어느 순간부터 여종매의 입에서 붉은 피가 조금씩 흘러나오기 시작했다.

내가중수법(內家重手法)!

무공이 경지에 이르면 외부를 쳐서 내부를 상하게 만들 수 있다. 여기서 한발 더 나아가면 병기를 부딪치는 것만으로도 상대를 상하게 할 수도 있다. 여종매 역시 내가중수법으로 응수했을 테지만, 약간의 격차로 말미암은 충격이 구백 합을 넘기도록 쌓이자 눈 덩어리처럼 커진 것 같았다.

꽈앙!

엄청난 굉음과 함께 여종매의 검이 벼락이라도 맞은 것처럼 튕겨 나갔다. 휘청거리며 물러나는 그녀의 입에서 핏물이 쭉 뿜어져 나왔다.

뇌정갑이 그림자처럼 따라붙었다. 전신에 가득 찬 공력 때문인지 신법을 펼칠 때마다 물보라가 사방으로 일어났다.

"끈질긴 노파 같으니라고!"

허공으로 무려 일 장이나 솟구친 뇌정갑의 방천화극이 문자 그대로 벼락이 되어 여종매의 정수리를 향해 내리꽂혔다.

절체절명의 순간.

꽝!

왼쪽 허공에서 번쩍이는 섬광이 나타나 방천화극을 때렸다.

방향이 꺾여 버린 방천화극은 여종매를 아슬아슬하게 비켜나 강바닥을 찍었다.

여종매의 앞을 막아선 사람은 오대장로의 막내이자 팔대 제자들의 맏이인 이막하였다. 그녀는 반격에 대비해 서너 장 밖으로 물러난 뇌정갑에게서 눈을 떼지 않은 채 여종매에게 물었다.

"곡주님!"

"비켜라!"

"소질이 상대하겠습니다."

"네가 감당할 수 있는 상대가 아니다."

"둘 다 죽여주마. 이 망할 할망구들아!"

사천구룡방의 결사대는 이제 쉰 명도 채 안 남은 상태였다.

당주들과 방주들이 배신을 한 것으로도 모자라 믿었던 통천방 출신의 수하들까지 파죽지세로 죽어나가자 뇌정갑은 완전히 이성을 잃어버렸다.

그가 다시 물보라를 튀기며 달려왔다. 이막하도 마주 달려나갔다.

두 개의 그림자가 일 장 높이의 허공에서 하나로 격돌했다.

쾅! 꽈과과과광!

잠깐의 체공 상태에서 무려 여섯 번의 공방을 주고받고서야 각자가 스치듯 삼 장 밖으로 떨어져 내렸다.

뇌봉전별(雷逢電別)!

그야말로 우레처럼 만났다가 번개처럼 떨어진 격돌이었다. 한 번의 격돌이었지만 이막하마저 뇌정갑과 백중지세를 이루었다.

그러나 경험으로 말미암은 임기응변의 차이는 극명했다. 삼 장 밖으로 떨어져 내리는 순간, 뇌정갑은 진각(震脚)을 밟으며 튕기듯 솟구쳐 왔다. 이어 체공 상태에서 몸을 비틀며 아직 반격의 자세를 취하지 못한 이막하의 가슴을 향해 방천화극을 벼락처럼 뻗었다.

대경실색한 이막하가 황급히 뒷걸음질을 치며 반격의 자세를 취하려 했다. 하지만 역시 모래와 물이 문제였다.

일촉즉발의 순간.

꽈앙!

굉음과 함께 이막하의 가슴을 노리던 방천화극이 땅바닥으로 곤두박질쳤다. 뒤쪽에서 날아든 여종매가 일검을 쳐서 떨어뜨린 것.

대신 한순간 그녀의 상체가 무방비 상태로 노출되었다.

노련한 뇌정갑은 그 찰나의 기회를 놓치지 않았다.

"죽어랏!"

뇌정갑의 좌장이 여종매의 가슴을 격타했다.

뻐엉!

굉음과 함께 여종매는 또다시 입으로 피를 뿌리며 튕겨 날아갔다.

그때 허공에서 그림자 하나가 뇌정갑의 위로 떨어져 내리고 있었다. 협봉검을 머리 위로 쭉 뻗은 이막하였다. 방천화극과 좌장을 모두 출수한 그 찰나의 순간, 뇌정갑의 머리 위쪽에 빈틈이 생겼던 것이다.

스캉!

뇌정갑은 하늘을 올려다보는 모습 그 상태에서 정수리부터 가랑이까지 '쩍!' 하고 갈라져 버렸다.

눈 깜짝할 사이에 두 쪽이 되어 철썩 넘어가는 그의 모습은 너무나 비현실적이었다.

강물에 붉은 피가 번지고, 내장으로 보이는 것들이 둥둥 떠올랐다. 뇌정갑의 일부였던 것들은 누구로부터 애도를 받을 사이도 없이 빠른 물살에 떠내려가기 시작했다.

하지만 바닥에 꽂혀 있는 방천화극을 잡은 손과 그 손에 연결된 다른 반쪽의 몸뚱어리는 흐르는 물살 방향으로 누운 채 아직도 매달려 있었다.

한 인간의 집요함이 어느 정도까지 지독해질 수 있는지를 보는 것 같았다.

"곡주님!"

"곡주님!"

도화곡의 제자 수십 명이 서둘러 여종매에게 달려가 그녀를 에워쌌다. 그 바람에 바깥에선 그녀의 상태를 전혀 알 수가 없었다.

한편, 똑바로 서 있는 사천구룡방의 결사대는 이제 서른 명도 채 남지 않았다. 그에 반해 도화곡의 제자들은 아직도 이백오십 명을 그대로 유지했다. 승기가 확실하게 기울면서 더는 희생자가 나오지 않은 탓이다.

또 하나, 쓰러진 사천구룡방의 흑도들은 죄다 죽거나 중상을 입고 죽어갔다. 그러나 크고 작은 상처를 입은 도화곡의 제자 쉰 명은 모두 안전한 강기슭으로 빠르게 후송되어 당문 의원들의 집중 치료를 받는 중이었다.

그런 와중에 뇌정갑이 그만 지옥으로 가버렸다. 더 이상의 싸움은 무의미했다. 살아남은 사천구룡방의 흑도들은 전의를 완전히 상실했다.

마지막까지 오대장로들을 괴롭혔던 흑갈자 노청봉과 각주급 고수들을 시작으로 하나둘씩 칼을 버렸다. 이어 양손을 뒤통수에 붙이더니 모랫바닥에 무릎을 털썩 꿇었다. 한 식경에 걸쳐 펼쳐졌던 처절한 전투가 마침내 도화곡의 압승으로 끝나는 순간이었다.

강의 양쪽에서 지켜보는 수천 무림인들과 언덕배기 위에서 구경하던 일만 군중은 모두 공황 상태에 빠져 버렸다.

뇌정갑이 저렇게 허무하고도 비현실적으로 죽어버릴 줄도, 도화곡이 이렇게 압도적으로 사천구룡방의 결사대를 몰살해 버릴 줄도 까맣게 몰랐던 탓이다.

그 무렵 향주들과 오대장로들을 비롯한 도화곡의 모든 수뇌부는 상처를 입어 쓰러진 여종매에게 가 있었다.

수천 무림인들과 일만 군중의 시선 또한 여종매를 에워싸고 있는 도화곡의 제자들에게서 떠날 줄을 몰랐다.

쥐 죽은 듯한 침묵이 흐르길 잠시, 도화곡의 제자들이 하나둘씩 일어나 옆으로 물러났다. 그리고 모습을 드러낸 것은 초췌할망정 꼿꼿하게 서 있는 여종매와 웃으며 그녀의 곁을 지키고 선 이막하였다.

사람들은 소스라치게 놀랐다.

뇌정갑의 장법이 어디 보통 장법이겠나. 십중팔구 양패구상으로 죽었을 거라 생각한 그녀가 멀쩡하게 살아 있으니 놀라 자빠질밖에.

여종매는 이막하와 함께 내가 인질들을 잡고 있는 강 이쪽으로 돌아섰다. 그러자 도화곡의 제자들 전부가 그녀들을 따라서 이쪽을 바라보았다.

여종매가 협봉검을 오른쪽 아래로 늘어뜨린 채 우렁우렁한 음성으로 외쳤다.

"도화곡의 제자들은 사곡천을 건너 성도의 장원으로 들어가려 하외다. 이를 막아서려는 곳이 있다면 지금 당장 나서서 실력을 보이시길 바라오!"

대기가 떵떵 울리는 것이 내상을 입은 사람이라곤 믿어지지 않을 만큼 웅혼한 내공이었다.

어느 문파의 누구도 함부로 입을 열지 못하는 상황에서 서로의 눈치만 보았다.

나는 그제야 인질로 잡고 있던 뚱보 노인을 놓아주었다. 나를 따라 서호삼견과 호리독사, 남궁소소, 당군백, 두소부도 차례로 인질들을 놓아주었다.

이 상황에서 만약 우리를 해치려고 든다면 그거야말로 정말 미친 짓이다. 천룡표국과 사천당문과 청성파를 상대로 전쟁을 하겠다는 뜻이니까.

그때 사천구룡방의 일당주인 혈염도 냉목풍이 앞으로 걸어 나갔다. 그는 물가에 이르러 강 건너 모래섬의 여종매를 향해 공손히 포권지례를 한 후 말했다.

"방규에 따라 사천구룡방의 새로운 방주가 된 냉목풍이라고 합니다. 오늘 이 자리에 모인 성도의 무림문파들을 대신해 도화곡을 환영하는 바입니다."

"와아아아아!"

동시에 터져 나오는 일만 군중의 함성.

냉목풍의 말은 사실상 조건 없는 항복을 선언한 것이었다. 덧붙여 20년 넘게 이어진 사천구룡방의 독재와 폭거가 종식을 고하는 순간이었다. 이것이 일만 군중이 도화곡의 성도 입성을 산천초목이 떠나갈 듯한 함성으로 환영하는 이유였다.

도화곡 제자들의 얼굴에 들불처럼 번져가는 환희와 기쁨의 표정을 나는 아마 평생토록 잊을 수 없을 것 같았다.

모래섬 위에 서 있는 이백오십 명의 여자들과 강 건너 기슭에서 치료를 받고 있는 오십여 명의 여자들은 터져 나오려는 눈물을 가까스로 삼키고 있었다.

그리고 모두가 모르는 나만의 감격스러움이 있었다.

전생에서 도화곡은 화양표국과 함께 여정을 시작해 결국 성도에 도착한다. 하지만 화양표국은 이백 대 분량의 수레에 싣고 온 온갖 짐들만 장원에 부려놓고는 떠나 버렸다.

밀림과도 같은 성도에 홀로 남은 도화곡의 제자들은 채 반년이 지나지 않아 절반가량이 죽었고 나머지는 뿔뿔이 흩어져 버렸다. 이후 흑도의 고수들이 도화곡의 신비로운 무공비급을 구술받기 위해 흩어진 제자들을 추적하기도 했다.

그런데 이번 생애에서는 그럴 일이 없을 것 같다.

아무도 알아주지 않겠지만 나는 그 어느 때보다 표사가 된 나 자신이 자랑스럽고 뿌듯했다.

그때 남궁소소가 나를 돌아보며 조용히 말했다.

"다른 사람들은 몰라도 나는 알아요. 귀하가 이 일에 얼마나 헌신적인 노력을 쏟아부었는지. 그리고 아마 도화곡의 제자들도 모두 알 거예요."

남궁소소의 말에 서호삼견과 호리독사, 당군백, 두소부가 동시에 나를 돌아보았다. 그리고 자신들도 안다는 듯 고개를 끄덕였다.

"다음부터는 우리를 찾지 말게. 매번 느끼는 거지만 자네는 너무 위험해."

"특별수당 챙겨주는 거 잊지 말고."

"간단한 일들은 깔짝깔짝해도 되지 않을까요?"

"저는 아무래도 상관없습니다."

일견, 이견, 삼견, 호리독사가 차례로 한 말이었다.

"우리에게는 보은패를 이미 써버렸으니 어쩌나?"

"전 그래도 도울 일이 있으면 언제든 돕겠어요."

"군백이 이렇게까지 누굴 신뢰하는 건 처음 보는걸. 부럽군."

두소부와 당군백 그리고 다시 두소부가 한 말이었다.

성도의 서쪽 외곽에 몇백 년은 된 듯한 낡고 오래된 장원이 하나 있었다.

야트막한 산비탈에 지어진 이 장원의 전 주인은 차마고도를 통해 서장과 교역하던 마방주(馬幇主)였다고 한다.

하지만 그 역시도 불과 삼십 년 정도를 살다가 떠났을 뿐이어서, 최초로 장원을 짓고 살았던 주인이 누구였는지는 알 수 없다. 다만 한쪽 구석에 석등이라든가, 종각의 흔적 등이 남아 있어 처음 지어질 땐 작은 절간으로 쓰였을 거라고 짐작했다.

쉽게 말해 승이 떠나고 새로운 주인들이 계속해서 고치거나 증축을 하면서 다섯 배 정도 커진 것이 지금의 낡고 오래된 장원이었다.

대별산을 떠나 성도로 들어온 도화곡 제자 삼백 명은 바로 그 장원에 둥지를 틀었다. 청소를 하고, 마당에 가득한 풀을 뽑고, 부서진 문짝과 비 새는 지붕들을 수리했다. 개중에는 남자들이나 할 것 같은 험하고 힘든 일도 많았지만, 도화곡에서도 늘 하던 일인지라 어려움 없이 척척 해냈다.

장원은 비록 좁고 낡았지만 그 나름의 고아한 멋도 있었다. 무엇보다 장원 한가운데 흐르는 맑고 시원한 냇물이 도화곡을 연상시켜서 좋다고들 했다.

하지만 누구 하나 기뻐하는 사람이 없었다. 아니, 부상자들이 모두 완쾌되길 기다렸다가 함께 기쁨을 나누려고 꾹꾹 참고 있었다.

어제의 전투로 말미암은 부상자는 모두 일흔아홉 명에 달했다. 쉰 명 정도만 후송이 되었다고 생각했는데, 상처를 입고도 끝까지 버티고 선 사람들이 적지 않았던 모양이다. 그리고 일곱 명은 아직도 사경을 헤매고 있었다.

곡주인 여종매도 그중 한 사람이었다.

"오늘 밤이 고비입니다. 할 수 있는 치료는 다 해보겠지만, 내장을 완전히 진탕 당하시는 바람에 이제는 스스로 회복하지 않는 이상 도리가 없습니다."

칠순의 노의원이 한 말이었다. 당문에서도 최고의 실력자를 모셔왔다고 했으니 틀림없는 사실일 것이다.

알고 보니 여종매는 뇌정갑에게 일장을 맞은 후 피를 한 바가지나 토했다고 한다. 하지만 약한 모습을 보이지 않기 위해 사력을 다해 버티면서 성도 무림인들과 냉목풍으로부터 항복을 받아낸 것이었다. 어제의 전투는 끝났지만 그녀의 싸움은 아직 끝나지 않았다.

장원엔 밤이 늦도록 횃불이 밝혀졌다. 삼백여 명의 제자들 모두가 뜬눈으로 밤을 새웠다.

부상자들이 누워 있는 방마다 늙은 의원들이 대여섯 명씩 달라붙어 공언한 대로 할 수 있는 모든 치료를 다 했다.

그리고 아침이 되자 의원들은 저승 문턱까지 넘었던 여섯 명의 멱살을 잡아끌고 다시 이승으로 돌아왔다. 모두가 기적이라고 했다.

"당분간 누워서 지내야 하겠지만 적절히 약만 쓰면 목숨엔 지장이 없을 것입니다. 하지만 곡주님께선 아무래도 오늘을 넘기지 못하실 듯합니다. 모두 마음의 준비를 하시길……."

노의원의 한마디는 청천벽력과도 같았다. 가슴 졸이며 이틀째 밤을 새운 도화곡의 제자들은 하나같이 망연자실한 얼굴이 되어 털썩 주저앉아 버렸다.

그러나 오대장로들은 이미 각오하고 있었는 듯했다. 이종산도 짐작한 일인 듯 차분하게 받아들였다.

그날 밤, 여종매는 섭부용을 통해 이종산과 남궁세옥에게 잠시 자신의 처소로 들었으면 좋겠다는 말을 전해왔다.

나와 남궁소소도 함께 오라고 했다.

여종매는 푹신한 이불을 깐 의자에 반쯤 묻히듯이 앉아 있었다.

그녀의 앞에는 숯이 발갛게 익어가는 커다란 청동화로가 놓여 있었다.

다시 좌우에는 오대장로들과 팔대 제자 일부, 그리고 구대 제자들 중 향주급 고수들이 모여 앉아 차분한 분위기에서 임종을 준비하고 있었다.

"어서들 오세요."

여종매는 죽음을 앞둔 사람이라고는 믿기지 않을 만큼 환하게 웃는 모습으로 우리를 맞았다. 다만 실낱같은 목소리에는 기력이 거의 남아 있지 않았다.

그녀가 이종산에게 말했다.

"우리 이만하면 잘한 거겠지요?"

"더할 나위 없었습니다."

"처음 도화곡을 떠나기로 결심했을 때는 막막하기가 꼭 망망대해에 혼자 서 있는 것 같았습니다."

"저라도 그랬을 겁니다."

"국주님을 만나 정말 다행이었습니다."

"곡주님을 모시게 되어 영광이었습니다."

여종매는 남궁세옥과 남궁소소 남매를 돌아보았다. 그리고 마치 손자와 손녀를 바라보는 할머니처럼 자애로운 표정으로 말했다.

"자네들도 고생이 많았네."

"저희 역시 영광이었습니다."

남궁세옥이 포권을 취며 대표로 말했다.

남궁소소는 금방이라도 울음이 터지려는 걸 가까스로 참고 있었다.

여종매가 옆을 돌아보며 고개를 끄덕였다. 그러자 이막하가 비단 보자기에 정성스럽게 싼 무언가를 가져와 남궁세옥의 앞으로 밀어놓았다.

여종매의 말이 이어졌다.

"약속했던 천금풍의 비급이네. 원본은 그 자체로 도화곡의 보물인지라 부득불 필사를 했음을 조부님께 잘 말씀드려 주시게."

이야기가 여정이 시작되기 전으로 돌아갔다.

애초 여종매는 도화곡의 성도 이전을 성공적으로 완수해 주는 문파에게 천금풍의 비급을 주겠다고 했었다.

문파의 영혼과도 다름없는 비급을 내놓은 것은 정말 찢어지도록 가난했기 때문이었다. 이에 남궁세가를 비롯한 여러 무림문파에서 표국을 동원해 입찰한 것이고.

남궁유룡은 천금풍에 남궁세가의 제왕검을 파해(破解)하는 묘리가 깃들어 있다고 생각했다. 해서 천금풍을 입수하고 연구한 다음 제왕검의 약점을 보완하려 한다는 게 사람들의 생각이었다.

그리고 무사히 도화곡을 이전한 지금, 여종매가 약속대로 천금풍을 남궁세옥에게 준 것이었다.

남궁세옥은 가만히 비단 보자기를 풀었다. 이어 새로 필사를 하고 가죽끈까지 끼워 묶은 비급을 한 장 펼쳐 보지도 않고 그대로 청동화로에 집어넣었다.

비급은 순식간에 불타오르기 시작했다.

"이게 뭐 하는 짓인가!"

이막하가 목구멍을 쥐어짰다.

모두 소스라치게 놀라서 불타는 비급과 남궁세옥을 번갈아 보았다. 남궁소소조차도 두 눈을 동그랗게 뜨고 오라버니를 노려보았다.

나는 순간적으로 남궁세옥이 미친 줄 알았다.

남궁세옥이 천천히 말했다.

"지금부터 곡주님과 여러 장로님들께 할아버지의 말씀을 전하겠습니다. '남궁가는 천금풍이 다른 문파로 흘러 들어가는 걸 막은 것만으로 족하다. 부디 성도에서 번영창성(繁榮昌盛) 하시라'라고 말씀하셨습니다."

눈치를 보아하니 표행을 떠날 때 남궁유룡이 이미 남궁세옥에게 당부한 말인 듯했다.

상상치도 못한 노강호의 배포와 결단에 나는 무언가 알 수 없는 감정이 휘몰아쳤다. 내가 이런데 당사자인 도화곡의 제자들은 어떻겠나. 오대장로와 팔대 제자들, 그리고 향주들은 순식간에 눈동자가 뜨거워지고 있었다.

순간, 나는 사람들의 시선이 남궁세옥에게 쏠려 있는 틈을 타 여종매가 얼른 눈물을 훔치는 걸 놓치지 않았다.

여종매가 말했다.

"가주님의 배려는 감사한 일이나 천금풍을 받지 않으면 남궁세가는 손에 쥐는 것도 없이 거액의 표행비만 부담하게 되지 않겠나? 그건 우리로선 너무 염치없는 일이지."

"애석하게도 남궁가는 표행비를 지급할 수가 없게 되었습니다. 천룡표국의 국주님께서 한사코 거절을 하셨기 때문입니다."

이번엔 모두의 시선이 이종산을 향했다. 하나같이 이게 무슨 황당한 소리냐는 표정들이었다.

여기까지 오는 동안 동원된 인력이며 치른 싸움이 얼마인데 돈을 한 푼도 받지 않겠다고? 이건 나 역시도 금시초문이어서 깜짝 놀란 얼굴이 되어 이종산을 바라보았다.

이종산이 나지막하게 말했다.

"천룡표국은 중단한 표행에 대해 표비를 받은 역사가 없습니다. 표규에 따르면 오히려 실패의 책임을 지고 두 배로 보상을 해야 하지요. 하지만 비록 천룡표국은 실패했어도 도화곡은 실패하지 않았으니……."

"이보세요. 국주!"

"표규는 국주라고 해서 함부로 어길 수가 없습니다. 더는 불필요한 논쟁이 될 터, 부디 말씀을 아끼십시오."

여종매는 지금 남은 진기를 모두 쥐어짜 자신이 벌인 일들을 하나씩 정리하는 중이었다. 한 마디 한 마디가 금덩이보다 더 소중하다. 아끼고 또 아껴서 남은 말들은 제자들과 작별 인사를 나누는 데 써야 하지 않겠나.

여종매는 눈물이 글썽이더니 조용히 고개를 끄덕였다.

그리고 잠시 후 나를 돌아보며 말했다.

"다른 사람들에겐 섭섭한 말이 될지 모르겠으나, 누구보다 자네가 없었으면 성공하지 못했을 것이네."

"좀 더 안전하게 모시지 못해 죄송합니다."

"삼백의 제자들 중 단 한 명의 희생자도 없다고 들었네. 천하의 누가 이보다 더 안전하게 호송할 수 있단 말인가."

"하지만 곡주님께서……."

여기까지 말을 하는데 조금 떨어진 곳에 앉아 있던 남궁소소가 더는 참지 못하고 눈물을 뚝뚝 떨구었다.

여종매가 빙그레 웃으며 말했다.

"두 사람 다 이리 가까이 오시게."

나와 남궁소소가 그녀의 앞에 가서 한쪽 무릎을 꿇고 앉았다.

여종매는 양손을 내밀어 우리 두 사람의 손을 하나씩 잡더니 말했다.

"참 예쁜 아이들이구나. 울지 말거라. 내 나이 벌써 팔순을 넘겼다. 어차피 가야 할 길, 두어 해 앞서가는 것뿐이니라."

후배를 대하는 듯한 말투에서 갑자기 제자나 사손을 대하는 듯한 말투로 바뀌었다.

"내게 원하는 것이 있더냐?"

남궁소소는 눈물을 뚝뚝 흘리며 고개를 가로저었다.

나는 사실 모든 일이 순조롭게 끝나면 한 가지 부탁하려던 것이 있었다. 그건 사천성 성도에 천룡표국의 분타를 세울 수 있도록 도와달라는 것이었다. 한데 지금 그 얘기를 하면 쓰레기가 되겠지?

"저도 없습니다."

"하면 내가 선물을 하나씩 주랴?"

"……?"

"……?"

여종매는 우리 두 사람의 손을 가만히 놓더니 자신의 머리에 꽂아

놓은 복숭아 꽃가지 모양의 은잠(銀簪)을 뽑아 남궁소소에게 주었다.

"이건 감히 제가 가질 물건이 아닌 듯합니다."

"받아두거라."

남궁소소가 어쩔 줄을 몰라 하며 남궁세옥을 돌아보았다.

남궁세옥이 가만히 고개를 끄덕였다. 받으라는 뜻이었다. 남궁소소는 두 손으로 공손히 은잠을 받았다.

"고이 간직하겠습니다."

"시집갈 때 꽂으면 좋으련만."

"꼭 그렇게 할게요."

남궁소소는 얼굴이 발개지면서도 씩씩하게 대답했다.

여종매는 이어 나에게 잠시 시선을 주더니 이종산을 돌아보며 물었다.

"국주께서는 아들이 많으시다지요? 해서 한 명은 제게 주십사 부탁을 드리고 싶습니다. 성도로 터전을 옮기면서 문규를 약간 손보았는데, 이제부터 속가제자만큼은 엄격한 심사를 통과한 자라면 남자도 들이기로 했습니다."

힘이 드는지 여종매는 잠시 사이를 두었다가 말했다.

"이 아이를 도화곡의 첫 번째 속가제자이자 저의 마지막 전인(傳人)으로 삼고자 합니다. 이 늙은이의 부탁을 들어주시겠습니까?"

이게 무슨 황당한 소리란 말인가.

이미 세상으로 나왔지만, 여자들만 제자로 들인다는 문규가 있으니 본가와 구별하기 위해 속가를 따로 두는 건 이해할 수 있다.

한데 왜 하필 나를?

속가제자가 되면 그 문파의 무공을 배우는 대신 일정 부분 헌신을 하거나 돈을 벌어다 바쳐야 한다. 하지만 천리만리 밖에 있는 내가 그럴 수는 없다. 여종매도 그런 뜻으로 한 말이 아니라는 것쯤은 누구나 알 수 있었다.

그녀는 지금 내게 도화곡의 무공을 주려는 것이다. 그중에서도 특히 천금풍을 염두에 둔 것 같다. 아마, 내 경신공이 일신에 지닌 다른 무공들에 비해 터무니없이 모자란 것을 눈여겨보았던 모양이다.

한마디로 속가제자가 되면 사실상 의무는 없고 혜택만 한 보따리 짊어지고 가게 된다. 게다가 장차 성도무림의 거목으로 성장할 도화곡을 사문으로 둔다면 든든한 배경이 되었으면 되었지 방해가 될 일은 없을 것이다.

또 하나. 무림문파의 제자들과 달리 세가의 혈족들은 다른 스승을 모시거나 하는 데 딱히 제약이 없었다. 가령, 화산파의 제자가 무당파의 제자로 들어가면 큰 문제가 되겠지만, 남궁세가의 혈족인 남궁소소가 무당파의 제자가 되는 것은 얼마든지 가능한 일이었다.

여종매의 파격적인 제안에 사람들은 모두 깜짝 놀랐다. 사전에 전혀 얘기가 없었는지, 오대장로들조차 어리둥절해 했다.

그러나 누구 하나 반대를 하는 사람은 없었다. 자기도 모르게 고개를 끄덕이거나 살짝 웃기까지 하는 것이, 정말 좋은 일이라고 생각하는 기색들이 역력했다.

이종산이 정중한 어투로 말했다.

"말씀은 감사한 일이나 저의 자식을 제자로 들이시어 무공을 전수하신다면 남궁세가와 가주께 실례가 될까 두렵습니다."

"남궁가주께서는 오히려 아주 좋아하실걸요."

"예?"

"때가 되면 자연히 알게 되실 겁니다."

알쏭달쏭한 말을 해놓고 여종매는 재밌는지 빙그레 웃기까지 했다.

무슨 말인지 못 알아듣기는 나와 다른 사람들 역시 마찬가지였다. 하지만 남궁세옥만큼은 무언가 짐작하는 바가 있는 듯 입가에 작은 미소가 어렸다.

나는 가만히 남궁소소를 돌아보며 표정으로 저게 무슨 소린지 아느냐고 물었다. 그녀는 촉촉이 젖은 눈썹을 하고는 자기도 모른다고 미세하게 고개를 가로저었다.

"어쨌거나, 싫지는 않으신 게지요?"

"그 무슨 말씀을. 못난 저의 자식에게 이처럼 큰 은혜를 베푸시니 아비로서 실로 몸 둘 바를 모르겠습니다. 무얼 하느냐, 어서 사부님께 배사지례(拜師之禮)를 올리지 않고."

이종산이 말미에 나를 돌아보며 조용히 협박했다.

여종매도 이종산도 내 의견 따윈 관심도 없었다. 구태여 도화곡의 제자가 되기 싫은 건 아니지만, 설사 그렇다고 해도 거절을 할 수 있는 분위기가 아니었다.

마침 쓸 만한 경신공이 필요한 참이긴 했는데…….

'에라 모르겠다.'

나는 자리에서 일어나 격식을 갖추어 아홉 번의 큰절을 올렸다. 여종매 역시 고개를 세 번 숙이는 맞절로 제자를 맞는 예를 취했다.

"병신년 칠월 초파일 항주부 동산평에서 태어난 이정룡이 사부님을 뵙습니다. 도화곡의 팔대 속가제자로서 어떠한 경우에도 사문의 명예를 지킬 것을 맹세합니다."

"오늘 하루 세상에 나처럼 행복한 노파는 없을 것이다. 내게 남은 시간이 그리 많지 않으니 천금풍의 구결부터 가르쳐 주마."

여종매가 여기까지 말을 했을 때 이종산을 비롯해 남궁세옥과 남궁소소가 서둘러 자리에서 일어났다. 그리고 여종매를 향해 마지막 포권지례로 조용히 작별 인사를 한 후 밖으로 나갔다. 문파의 구결이 전해지는 걸 외부인이 지켜보면 안 되기 때문이다.

방 안엔 이제 나와 여종매 그리고 도화곡의 수뇌부 이십여 명만 남게 되었다.

여종매가 내게 말했다.

"천금풍의 첫 번째 구결은 왕희지가 남긴 말에서 따온 것으로, 비인부전(非人不傳) 부재승덕(不才勝德)의 여덟 글자다. 너는 이 글귀의 뜻을 잘 알고 있겠지?"

"인간이 아닌 자에게는 전수하지 말고, 재주가 덕보다 앞서게 하지도 말라는 뜻입니다."

"너는 심성이 올곧고 나보다 배움이 깊으니 중언부언하지 않겠다. 항상 지금처럼 초심을 잃지 말거라."

"명심하겠습니다."

"나머지 구결은 비급과 사저들의 말씀을 통해 배우도록 하거라."

하루라도 도둑질을 하면 죽을 때까지 도둑이다. 스승과 제자의 사이도 이와 같다. 하나를 가르치고 배웠어도 사승은 사승이다. 더구나 그 가르침이 평생의 교훈으로 삼아야 할 한 마디라면 더 말할 것도 없다.

그때쯤엔 여종매의 눈동자에 깃든 촛불이 점점 빛을 잃어가고 있었다. 이제야말로 작별의 시간이 임박했음을 느낀 나는 가만히 포권지례를 하고 물러나려 했다.

그러자 이막하가 말했다.

"앉아 있거라. 너도 이제 도화곡의 제자니라."

"예? 예."

나는 다시 자리에 앉았다.

여종매가 조용히 이막하에게 말했다.

"이보게. 오장로."

"말씀하십시오. 곡주님."

"이제부터는 자네가 곡주일세."

"그, 그게 무슨!"

"성도에서는 무공보다는 장사꾼의 지혜가 필요할 일이 훨씬 많을 것이네. 자네는 우리 중 세상 경험이 가장 많은 데다 상재도 뛰어나니 잘할 수 있을 걸세."

"하지만 칠대 사숙들께서 계신데 어찌 제게 그런 중책을……."

"새로운 도화곡은 자네처럼 젊은 사람이 이끌어야 해. 저 할망구들은 이제 너무 늙어서 밥 먹고 욕이나 할 줄 알지 머리가 돌아가지 않아. 안 그런가들?"

오대장로들 중 네 명은 여종매와 같은 항렬인 칠대 제자들이고 이막하만 팔대 제자였다. 칠대에서 팔대로 넘어갔으니 사실 그리 파격적인 인사는 아니었다.

"그래도 이빨은 제가 곡주 사저보다 많아요."

"혹시나 우리 중 누가 막하를 죽이고 곡주 자리를 빼앗을까 봐 그러시는 거라면 염려 놓으세요. 젊었을 때라면 모를까, 지금은 그럴 기력도 없어요."

"여기 걱정은 말고 편안히 가세요. 노구를 이끌고 한 달이나 걸었는데도 멀쩡한 걸 보면 저는 좀 더 있다가 가야 할 것 같아요."

"그래도 사저는 좋으시겠어요. 저승에서 사부님을 뵈면 도화곡을 무사히 옮기고 왔노라고 자랑하실 수 있잖아요."

여종매는 다시 이막하에게 말했다.

"자네도 보았겠지? 저 할망구들이 얼마나 악담을 잘하는지."

"곡주님……."

"구대 제자들은 젊으니 낯선 곳에서도 얼마든지 새로 시작할 수 있을 것이네. 하지만 저 할망구들은 틀려먹었어. 그러니 자네가 외롭지 않게 각별히 신경을 좀 써주시게. 그래 봐야 몇 년 못 살 걸세."

곡주와 장로라는 지위를 벗어놓고 보면 이들은 작게는 50년에서 길게는 60여 년 동안 희노애락을 함께한 사이였다.

때론 친구였고 자매였고 남편이기도 했던 사람들. 그런 세월이 단절되는 순간의 고통과 상실감이 어떠할지 나로서는 상상조차 할 수 없었다.

"그럼 잘들 계시게."

그 말을 끝으로 여종매는 마치 낮잠을 자는 것처럼 차분하고 조용하게 생을 마감했다.

마지막까지 담담했던 장로들을 시작으로 모두가 흐느껴 울기 시작했다.

나는 그제야 조용히 일어나 밖으로 나왔다. 이제야말로 친정 큰 언니 혹은 어머니와도 같은 그녀와 각자가 이별할 시간이라고 생각했기 때문이다.

사흘 후 여종매는 새 장원이 내려다보이는 뒷산 양지바른 곳에 묻혔다.

도화곡의 제자들은 새롭게 만든 조사전(祖師殿)에 그녀의 위패를 모셨다. 위패가 바라보는 조사전의 앞쪽 벽에는 대별산을 떠나기 직전 안여여가 도화곡의 마지막 풍경을 그린 그림이 걸려 있었다.

사대장로는 조사전 앞에 제자들을 전부 모이게 한 다음, 여종매를 대신해 이막하를 장문인에 임명하는 의식를 치러주었다.

그녀들은 먼저 사조들에게 개파조사의 유지에 따라 성도로 터전을 옮겼음을 고했다. 이어 전대 곡주의 유지에 따라 팔대 제자인 이막하가 새로운 곡주가 되었음도 알렸다.

이막하는 향을 피우고, 세 번 절하고, 술 석 잔을 바침으로써 마침내 도화곡의 여덟 번째 곡주가 되었다.

그때부터 이막하가 의식을 주관했다.

그녀는 나를 불러다 자신이 했던 것처럼 향을 피우고, 삼배와 술 석 잔을 바치게 했다. 이어 사조들에게 첫 번째 속가제자가 탄생했음을 고했다.

나는 사문의 어른들을 대하는 예로써 사대장로들과 이막하 그리고 팔대 제자들에게 차례로 큰절을 올렸다.

"팔대 제자 이정룡, 장로님들을 뵙습니다."

"팔대 제자 이정룡, 곡주님을 뵙습니다."

"팔대 제자 이정룡, 사저들을 뵙습니다."

그렇게 인사를 하고 나자 이번엔 깨끗한 의복으로 갈아입고 조사전 앞마당에 도열해 있던 이백여 명의 구대 제자들이 일제히 나를 향해 큰절을 올리며 합창했다.

"구대 제자들이 사숙을 뵙습니다."

"사질들을 뵈어 반갑습니다."

이백 명의 구대 제자들 중에는 나보다 나이가 많은 사람들도 많았다. 대표적으로 칠검향의 고수들과 향주인 섭부용만 해도 그렇다. 그런데도 나를 깍듯이 사숙으로 모셔야 한다. 내가 하필 칠대 제자를 사부로 모셨기 때문이다.

세상에, 도화곡주와 사형제라니.

마당을 지나 저 뒤쪽에는 이종산, 양진각, 남궁세옥, 남궁소소, 당군룡, 당군백, 제운학, 두소부, 서호삼견, 호리독사가 나를 무슨 신기한 원숭이 쳐다보듯 구경하고 있었다.

여종매의 장례를 치른 지 닷새쯤 지나자 장원이 어느 정도 자리를 잡기 시작했다. 이제 슬슬 떠날 때가 된 것이다.

본래 한 달 정도의 장거리 표행을 한 다음에는 표사며 쟁자수들 모두 열흘 정도는 푹 쉬게 해준다. 안 그러면 골병이 들기 때문이다. 하지만 지금은 국주가 표국을 비운 지 너무나 오래되어 더는 지체할 수가 없었다.

대신 돌아가는 길은 배를 타고 장강을 따라 내려가기로 했다. 물이 흐르는 방향 따라 흘러가기만 하면 되니 배 안에서 충분히 쉴 수 있다.

남궁세옥과 남궁소소도 항주의 다선초당으로 돌아갈 거라고 했다. 해서 비검대와 함께 자연스럽게 동행을 하게 됐다.

당군룡과 제운학은 당분간 성도에 머물면서 분타를 새롭게 재정비할 거라고 했다. 사천구룡방의 힘이 약해졌으니 이때를 놓치지 않고 성도에서의 영향력을 키우려는 것이다.

세를 키우다 보면 도화곡과 경쟁을 하게 될 때도 있을 것이다. 하지만 그것보다 훨씬 많은 일들을 서로 협력할 것이다. 비록 함께 피를 흘리지는 않았지만, 이천팔백여 명이 참전하지 못하도록 하는 데 지대한 영향력을 끼친 당문과 청성파는 이제 도화곡의 혈맹이나 다름없었다.

성도를 떠나는 날 아침 봄비가 내렸다.

잠깐 비가 그치는 틈을 타서 구대 제자들이 장원 곳곳에 땅을 파고 무언가를 심기 시작했다. 그 속에 서호삼견과 호리독사도 있었다. 옆에는 남궁소소가 서서 이래라저래라 열심히 지시를 하고 있었고.

서호삼견은 함부로 다른 사람의 말을 들을 위인들이 아니었다. 특히 여자의 말은 귓등으로도 듣지 않는 노친네들이었다.

돈을 얼마나 준다고 했길래…….

그나저나 뭘 저렇게 열심히 심는 걸까?

"복숭아씨를 심는 것입니다."

말과 함께 나타난 사람은 섭부용과 칠검향의 고수들이었다.

나는 금방 어색해지면서 뭐라고 얘기를 해야 할지 몰라 혀로 입술을 핥았다.

섭부용이 알아서 말해주었다.

"대별산 도화곡에서 씨를 잔뜩 가져왔거든요. 장원에 다 심고 나면 산비탈에도 심을 겁니다. 십 년쯤 후면 여기도 진짜 도화곡으로 바뀔 거예요."

"그렇군…… 요."

"말씀을 편하게 하셔요."

"그럼 그럴까?"

"남궁 소저에게 다 들었어요. 우리가 성도에 도착하기 전 사흘 동안 얼마나 동분서주하며 뛰어다니셨는지."

"그게 내 일이니까."

"모두가 애를 써주셨지만 사숙님의 헌신이 아니었다면 절대 성공하지 못했을 거예요. 이 은혜는 언젠가 꼭 갚겠어요. 저희가 다 갚지 못하면 다음 세대에서라도."

"진짜 싸움은 이제부터야."

"잘 알고 있습니다."

"무림의 선배로서 한마디 조언을 하자면, 어린 사제들 앞에서는 절대 힘든 모습을 보이지 마라. 네가 두려워하면 사제들은 의지할 사람이 없어져."

"명심하겠습니다."

"그리고 모두 공평하게 대해주고. 사질도 사람인지라 마음이 더 가고 덜 가는 사형제들이 있겠지만 절대로 내색해선 안 돼."

"그것도 명심하겠습니다."

이건 내가 전생에서 신입 쟁자수들을 받아서 키우고 가르치면서 깨달은 것들이었다. 선임자에게 듬직함과 공정한 만큼 중요한 덕목은 없었다.

"또 오실 건가요?"

갑자기 저쪽에서 누군가 불쑥 물었다.

소리가 난 곳을 보니 열예닐곱 살의, 섭부용 못지않게 예쁘게 생긴 여자아이가 흙이 잔뜩 묻은 손을 하고선 나를 바라보고 있었다.

저 녀석을 기억하고 있다. 녹림맹의 본산인 흑두산장을 앞두고 잔뜩 겁먹은 얼굴로 우리 중 몇 명이나 죽을 것 같냐고 물었던 바로 그 녀석이었다.

"물론이지."

"언제요?"

"사천으로 오는 일이 있을 때마다 꼭 성도에 들러 곡주님을 찾아뵐 것이다. 그때까지 예홍이 너도 섭 사저의 말씀 잘 듣고 수련을 게을리하지 말거라."

"제 이름을…… 아세요?"

예홍의 눈동자가 별처럼 반짝반짝 빛났다. 주변에 흩어져 있던 다른 제자들 전부가 깜짝 놀라더니 부러워 죽겠다는 표정으로 예홍을 바라보았다. 그러다 하나둘씩 풀 죽은 모습이 되었다.

나는 아차 싶었다. 내가 예홍의 이름을 기억하는 것은 흑두산장에서 산적 놈이 그녀를 희롱했다고 누군가 고자질을 할 때 이름을 언급했기 때문이다. 하지만 다른 제자들은 예홍의 용모가 워낙 출중해서 내가 특별히 이름을 기억한다고 생각하는 것이 분명했다.

좀 전에 섭부용에게 차별하지 말라고 했는데, 돌아서기도 전에 내가 먼저 실수를 하게 생겼다. 이런 난감할 때가 있나.

그때 섭부용의 다급한 전음이 들려왔다.

[왼쪽에 머리를 땋은 녀석부터 오른쪽으로 여영, 예예, 홍아, 효봉, 기영, 수옥…….]

나는 머릿속으로는 섭부용의 전음을 듣고, 입으로는 한 명 한 명의 이름을 전부 언급하기 시작했다.

저만치에서 서호삼견과 호리독사를 호령하던 남궁소소가 그대로 석상처럼 굳더니 눈이 동그래져서 나를 보았다. 서호삼견과 호리독사도 일을 하다말고 '저 인간이 미쳤나?'라는 표정으로 나를 보았고.

"……채령이까지 전부, 수련을 게을리하지 말거라."

"예, 사숙님!"

오십여 개의 입에서 동시에 우렁찬 대답이 터져 나왔다.

가까스로 위기를 넘긴 나는 안도의 한숨을 쉬었다.

섭부용이 잘하셨다는 듯 웃으며 고개를 끄덕였다. 사정을 눈치챈 칠검향의 고수들은 터져 나오려는 웃음을 참느라 얼굴이 시뻘게졌다.

잠시 후, 복숭아씨를 심고 있던 오십여 명의 제자들은 손에 들고 있던 것들을 전부 던져 버리고 우르르 몰려와 나를 에워쌌다. 한 달 동안 나를 어려워만 하더니 이름 한번 불러줬다고 이렇게 친한 척을 할 줄이야.

몰려온 여자들 속에서 예홍이 환한 얼굴을 하고 말했다.

"만약 사천행 의뢰가 들어오면 무조건 사숙께서 표행을 맡겠다고 약속해 주세요!"

"약속해 주세요!"

"약속해 주세요!"

"약속해 주세요!"

그때 남궁세옥이 밖으로 나왔다가 그 광경을 보았다.

구대 제자들의 시선이 한순간 전부 남궁세옥을 향했다. 그러다 다시 내게로 돌아와서는 눈을 동그랗게 뜨고 내 입만 바라보았다.

이제는 나도 조금 무서웠다.

해가 중천에 이르자 우리는 민강에서 미곡을 옮기는 데 쓰는 조운선 세 척을 어렵지 않게 빌릴 수 있었다.

이제부터는 말을 탈 일도 없고 거추장스럽기만 하기 때문에 이종산이 전부 도화곡에 줘버렸다. 속가제자의 아비가 본산에 바치는 예물이라나.

어쨌든 그 바람에 손해는 좀 봤을지언정 몸도 마음도 모두 홀가분한 상태로 배에 오를 수 있었다.

그리고 배 위에서 놀라운 사람을 만났다.

"저를 기억하시겠는지요?"

"당신은."

가릉강에서 만났던 전대 조양방주의 아들 장소보였다.

그는 얼굴에 칼자국이 가득한 수하들을 이끌고 와서 만약 사천구룡방을 칠 생각이라면 함께 가겠다고 했었다. 이종산은 점잖게 꺼지라고 호통을 쳤었고.

"어찌 된 일이오?"

"제가 여러분을 장강까지 모시겠습니다."

"귀하가 어찌하여?"

"먼 곳에서 오신 선친의 옛 벗을 배웅해 드리는 것이라고 생각해 주십시오."

요 며칠 조양방에 큰 싸움이 나서 방주가 바뀌었다는 얘길 들었다. 아무래도 그가 새로운 방주가 된 모양이었다.

마침내 배가 출발했다.

도화곡의 제자들은 삼백여 명 전부가 강가로 나와 손을 흔들어주었다. 그중엔 상처를 입은 제자들도 적지 않았는데, 기어이 목발을 짚거나 붕대를 친친 감고서라도 나와 우리가 떠나는 걸 지켜보았다.

점점 소리가 들리지 않고, 이윽고 얼굴마저 알아볼 수 없게 되었을 때 도화곡의 제자들 전부가 우리를 향해 큰절을 올리기 시작했다.

천룡표국의 표사들과 쟁자수 그리고 비검대의 고수들도 모두 그녀들을 향해 마주 포권지례를 올렸다.

남궁소소가 내게 물었다

"항주까지 얼마나 걸릴까요?"

"보름쯤?"

"그렇게 오래 걸려요?"

"그나마 강물을 따라 흘러가기 때문에 그 정도밖에 안 걸리는 거요. 걸어서 가려면 한 달은 족히 걸릴걸."

"그럼 보름 내내 배 안에 있어야 하나요?"

"한 방에 장강하구까지 가는 배가 없을 테니 갈아타기 위해서라도 가끔 포구에 들러야 할 거요. 그때 밥도 사 먹고 여각에서 잠도 자고 하면서 느긋하게 갑시다."

"휴우. 그렇군요."

남궁소소가 땅이 꺼져라 한숨을 쉬며 강변 쪽으로 고개를 돌렸다. 앞에는 당군백이 난간에 기대어 서서 역시 고즈넉한 강변의 풍경을 바라보는 중이었다.

배 안에는 당군백 외에도 당문의 무사 십여 명과 의원 일곱 명이 타고 있었다. 사정을 들어보니 당문에서 절강성에도 작은 거점이 될 의원을 열기 위해 현지답사를 가는 거라고 했다.

'천하제' 객점의 황 노인은 돼지고기 몇 점을 삶아놓고 죽엽청을 홀짝이고 있었다. 앞에는 열네 살짜리 양강과 하오문 성도 분타의 향주 장인보가 앉아서 열심히 돼지고기를 집어 먹는 중이었다.

"다섯 점은 남겨둬라. 나도 먹어야지."

그러자 두 사람의 젓가락질이 뚝 그쳤다.

그 모습이 안쓰러워진 황 노인이 다시 말했다.

"그냥 다 먹어라."

젓가락이 다시 덤벼들었다.

장인보가 먹으면서 말했다.

"어젯밤 냉목풍이 자객의 칼에 맞았습니다. 사천구룡방의 내전이 점점 파국으로 치닫고 있습니다. 아마 한동안은 다른 곳을 돌아볼 여력이 없을 듯합니다."

"도화곡은 좀 어떻더냐?"

"상단주들이 뻰질나게 도화곡의 문턱을 넘고 있습니다. 봄이 되어 물동량이 폭증하는데 믿을 만한 무인들을 충분히 거느린 곳은 도화곡이 유일하기 때문이지요. 조양방의 새로운 방주도 하루가 멀다 하고 도화곡을 찾아가 조운선들의 호위를 부탁하는 모양입니다."

"굶어 죽을 일은 없겠구먼."

"그리고 한 가지 사건이 있었습니다."

"무슨 일이더냐?"

"지난밤, 냉목풍이 중원 각처에서 잡아다 놓은 첩 스무 명이 감쪽같이 사라졌습니다. 사천구룡방의 혼란을 틈타 도망쳤다고 하는데, 확인해 보니 고도의 솜씨를 지닌 전문가들이 빼돌린 듯합니다."

"전문가?"

"들고 나는 솜씨나 방식이 아무래도 살수 비기를 익힌 자들 같습니다. 계속 추적을 한 다음 말씀드리도록 하겠습니다."

"그럴 필요 없다. 누가 그랬는지 알고 있으니."

"누가……."

"알 필요 없다."

"예. 알겠습니다."

"사부님?"

양강이 돼지고기를 질겅질겅 씹으며 불쑥 물었다.

"어찌 그러느냐?"

"문파란 무엇입니까?"

"갑자기 그건 왜 묻는 것이더냐?"

"이번 도화곡 일을 보면서 문득 궁금해졌습니다. 도대체 문파가 무엇이길래 삼백 명이나 되는 제자들이 한 명도 도망치는 법 없이 하나로 똘똘 뭉쳐서 한 달이나 걸리는 길을 걸어왔나 싶어서요."

"너는 하오문이 어려워지면 도망칠 테냐?"

"글쎄요."

"이 녀석 대답하는 것 좀 보게."

"저는 솔직히 하오문이 어떻게 되든 별로 상관없어요. 문도들이 누구인지도 잘 모르고요. 하지만 절 거둬주시고 먹여주신 사부님의 곁은 절대로 떠나지 않을 거예요. 벽에 똥칠을 하셔도요."

"쯧쯧쯧. 저거 올해는 어떻게든 학당부터 보내야 할 텐데. 눈치만 빠르지 배운 게 없으니 말하는 게 너무 무식해서리."

"저도 궁금합니다. 문파란 무엇인가요?"

이번엔 장인보가 물었다.

황 노인은 창밖으로 시선을 던지며 말했다.

"글쎄다. 예전엔 안다고 생각했다만 이제는 나도 잘 모르겠다. 어째 늙어갈수록 모르는 것이 더 많아지는지 모르겠구나. 그러고 보니 이것도 모르는군. 껄껄껄."

그날 밤 황 노인은 홀로 천하제 객점의 지하실에서 누렇게 색이 바랜 책 한 권을 꺼냈다.

건드리면 바스라질 것처럼 오래된 양피지의 겉면에는 '무림십대 살문

비록(武林十大 殺門秘錄)'이라고 씌어 있었다.

그는 조심스럽게 책장을 넘기다가 한 곳에서 뚝 멈추었다. 책장 속에는 각기 다른 필적을 지닌 사람들이 수십 년의 간격을 두고 적어 넣은 내용들이 있었다.

그는 일렁이는 촛불에 기대어 먹을 갈고 붓을 찍었다. 이어 가장 마지막 내용을 천천히 적어 내려가기 시작했다.

〈八. 천살귀검문(擅殺鬼劍門)〉

〈一. 성도의 서쪽 외곽 산비탈에 절간으로 위장. 검법이 잔인하고 경신공이 무림일절이라 잡히거나 흔적을 남기는 법이 없다. (칠대 하오문주 냉무독)

二. 지난 십 년 동안 백골마존, 청포검객, 칠각승, 삼황자 외 스물일곱 명의 절정고수들이 천살귀검문에 암살당한 것으로 추정. (팔대 하오문주 조영득)

三. 살행을 떠났던 여제자 하나가 돌아오지 않음. 사형과 정분이 나 아이를 배자 청부를 거부하고 도주한 것으로 확인. 남제자를 인질로 삼은 상태에서 수십 명의 살수가 그녀를 추적했으나 칠 년이 넘도록 찾지 못함. (구대 하오문주 녹류강)

四. 정체를 알 수 없는 세력에 의해 전원 몰살당함. 천살귀검문은 이제 더는 존재하지 않음. 삼십 년 전 도망친 여제자가 살아 있다면 무맥이 존재할 가능성도. (십대 하오문주 뇌천주)

五. 변동사항 없음. (십일대 하오문주 능운파)

六. 변동사항 없음. (십이대 하오문주 단경산)

七. 변동사항 없음. (십삼대 하오문주 도효광)

八. 변동사항 없음. (십사대 하오문주 양화채)

九. 변동사항 없음. (십오대 하오문주 서일풍)

十. 남직예의 대별산에서 천살귀검문의 것으로 추정되는 무맥을 발견. (십육대 하오문주 우중산)

十一. 탈주 제자의 후예들이 본래의 장원으로 귀환. 은둔의 살문이었던 천살귀검문은 이제 완전한 백도무림의 문파가 되었음. (십칠대 하오문주 황가량)〉

"이제 도화곡이 없는 성도무림은 생각할 수 없겠는걸."

2장
표두가 되다

항주에 돌아왔을 때는 봄이 한창이었다.

저잣거리는 온통 도화곡과 천룡표국에 관한 소문들로 가득했다. 그 중에서도 이종산이 녹림도왕 백군악을 꺾고 새로운 천하십검의 반열에 오른 것이 단연코 화제였다.

천룡표국이 탄생한 이후 가주가 천하십검의 한 자리를 차지한 것은 처음 있는 일이었다. 표왕이라는 칭호에 이어 또 하나의 대기록을 세우는 순간이었다.

성도 입성을 코앞에 두고 이종산이 표행의 중단을 선언한 것도 대단한 화제였다. 표왕의 역사상 처음 있는 표행의 실패였으니까.

하지만 이종산과 천룡표국의 신뢰에 치명적인 악영향을 줄 거라는 일부의 우려와 달리 그의 명성은 오히려 더욱 하늘을 찌를 듯했다.

강호인들은 말했다. 표행의 완벽한 성공을 위해 자신의 경력에 큰 오점을 남기는 것도 서슴지 않았으니, 이는 오직 표왕만이 할 수 있는 판단이자 가장 아름다운 실패였다고.

여파는 컸다. 귀환을 했더니 표행 의뢰가 그야말로 물밀듯이 몰려들고 있었다. 덕분에 천룡표국은 유례가 없는 대호황을 누리는 중이었다.

"전부 우리와는 상관없는 이야기입니다. 십칠각을 찾는 의뢰야 끊임없이 들어오지만 대부분 장거리 표행에 관한 것입니다. 한데 아시다시피 아직까지 우리는 표행을 맡을 수가 없습니다."

전립성이 한 말이었다.

현재 십칠각의 표사는 나를 포함해 가불염과 십칠왕삼뿐이었다. '십칠왕삼'은 십칠각의 왕씨 성을 쓰는 표사 세 명을 일컫는 말이었다. 이들은 내가 백발노성을 호위해 무림맹으로 떠나기 직전 뽑은 신입표사들로, 현재는 항주 시내의 주루를 보호하는 일에 집중 투입되고 있었다.

"대신 오당십육각에서 의뢰를 싹쓸이해 가고 있습니다. 그중에서도 오당이, 다시 그중에서도 강룡당과 복룡당이 가장 많은 혜택을 누리고 있고요."

이갑룡과 을룡이 당주로 있는 두 당은 가장 많은 표사와 쟁자수를 거느렸다.

일거리가 없을 때에는 표사들 많은 것이 큰 부담으로 작용했다. 하지만 지금과 같은 호황일 때는 그만큼 많은 의뢰를 처리할 수 있으니 그야말로 꿀을 빨았다.

이건 시작에 불과했다. 곧 대형 상단들이 보리를 비롯한 미곡을 본격적으로 유통하기 시작하면 그야말로 전쟁이 벌어진다.

"오당 전부 표사들을 적게는 열 명에서 많게는 쉰 명까지 증원했습니다. 열여섯 개의 각에서도 서너 명씩이라도 뽑아 증원을 했고요."

"쉰 명이라고요?"

"강룡당과 복룡당의 이야깁니다."

강룡당과 복룡당은 지금도 표사들의 숫자가 백여 명을 헤아린다. 여기에 쉰 명씩을 더 증원했다면 거의 오(五) 할의 성장을 하는 것이다.

"그리고……."

"또 뭐가 있습니까?"

"대장궤께서 말씀하시길, 몰려드는 의뢰를 감당하기 위해 열일곱 개의 각 중 한 곳을 당(堂)으로 승격해야 할 거라셨습니다."

"손 백부께서요?"

"대장궤께서 무언가를 말씀하시면 항상 그대로 이루어졌습니다. 만약 이번에도 그렇게 된다면 무려 삼십 년 만에 여섯 번째 당이 탄생하는 것입니다."

"천룡표국이 한 걸음 더 도약하는군요."

"그런 셈이지요."

"한데 표정이 어째 그렇습니까?"

"돌아가는 분위기도 그렇고, 서열로 봐도 그렇고. 여섯 번째 당은 병룡 공자께서 이끄는 칠각이 가장 유력합니다."

그럴 법한 일이다. 이병룡의 나이 이제 스물여섯, 슬슬 당을 만들어 줄 때도 되었다.

외가에서 인맥을 동원해 표행을 몰아준 덕분에 지난 몇 년 동안의 실적도 매우 좋다고 들었다. 거기에 의뢰가 넘쳐나고 있으니 지혜가 뛰어나다는 그의 어머니 청화부인이 이때다 싶어 이종산에게 적극적으로 요청을 했을 것이다.

나는 전립성이 떨떠름한 이유를 알 것 같았다. 열심히 밭을 일군 사람은 따로 있는데 엉뚱한 사람들이 추수를 하고 있으니 점잖기 이를 데 없는 그도 살짝 배알이 뒤틀리는 모양이었다.

한데 전혀 부러워할 필요가 없다. 그들이 당과 각을 키워서 얻을 수 있는 건 이종산으로부터 인정을 받거나 지금보다 좀 더 큰돈을 만지는 게 고작이다. 하지만 나는 이미 이종산으로부터 충분히 인정을 받았다. 돈도 강룡당이 지난 일 년 동안 벌어들인 것의 절반에 육박하는 액수를 사실상 혼자 벌었다. 그리고도 모자라 지금 그 돈을 다시 몇 배로 부풀리기 직전이었고.

"목장 상황은 좀 어떻습니까?"

나와 이종산이 도화곡을 호송해 대파산맥을 넘을 때쯤 북방에서 대규모 전란이 일어났다. 그러자 전선이 인접한 북방삼성에 소금과 철에 이어 말의 개인 간 거래를 금지하는 금매령(禁賣令)이 내려졌다. 말값을 안정시켜 전마의 수급에 차질이 없도록 하려는 조치다.

전쟁이 나도 백성의 삶은 계속되고, 천하의 수많은 상단과 표국 등은 말을 필요로 한다.

남선북마라는 말도 있거니와, 말이 주요 교통수단인 강북은 특히 수요가 많았다. 해서 처음엔 북방삼성 아래에 있는 하남성과 산동성의 말값이 폭등했다. 다음엔 그 아래 호광성과 남직예성의 말값이 폭등했다. 그리고 한 달여가 지난 지금, 파도는 기어이 장강을 넘어 절강성에까지 미쳤다.

"전쟁이 장기화될 거라는 소문이 돌자 발 빠른 산서상인들이 목장들을 찾아다니며 말을 대량으로 사들이고 있습니다. 하루가 멀다고 찾아오는 산서상인들 때문에 천목산 목장주가 골머리를 앓고 있습니다."

휘주상인이 강남에서 일어나 대륙의 상계를 주름잡는 거대 상인세력이라면, 산서상인은 강북에서 일어나 거만의 부를 축적한 상인세력이었다. 강호인들은 이들 두 곳을 일컬어 대륙의 양대 상인세력이라고 했다.

산서상인의 전설은 본래 전쟁터에 군량과 물자를 공급하는 일로 큰돈을 벌면서 시작되었다. 그런 산서상인들이 이런 절호의 기회를 놓칠 리가 없었다.

"가격은 어떻습니까?"

"수말은 반년 전에 비해 두 배, 암말은 세 배, 새끼를 밴 암말은 무려 다섯 배까지 치솟은 상태입니다."

"오를 만큼 올랐군요."

"혹시 전쟁이 날 걸 알고 계셨습니까?"

"우연히 시기가 맞았을 뿐입니다."

전립성의 표정이 살짝 시무룩해졌다. 내가 제대로 말을 해주지 않으려 한다고 생각한 모양이었다.

나는 다시 입을 열었다.

"북방 이민족들을 상대로 하는 관무역에서 관부와 조정의 패악질이 점점 심해진다고 들었습니다. 약속을 어기고 물건값을 제대로 지불하지 않는 일도 허다하고요. 이대로 가면 호전적인 기마민족들이 무슨 일을 내도 낼 거라고 생각했습니다."

"그렇군요. 실로 대단하십니다. 덕분에 엄청난 시세 차익을 얻게 됐습니다."

천목산 목장을 통해 지금까지 내가 사들인 말은 총 삼천여 필, 백여 필의 종마를 제외하고는 전부가 언제든 새끼를 밸 수 있는 젊은 암말이었다. 원래 오백 필이었던 것을, 한 달 전 백발노성으로부터 받은 금전 일천 냥까지 몽땅 젊은 암말을 사는데 털어 넣은 탓이었다. 그 바람에 천목산의 목장만으로는 감당이 되지 않아 다른 곳에 위치한 목장 세 곳을 임시로 대여한 상태였다.

"전부 팔아치워 버리세요."

"전부 말입니까?"

"그렇습니다."

"삼천 필의 말을 한꺼번에 풀면 일시적으로 가격이 크게 떨어질 겁니다. 금방 끝날 전쟁이 아닌 듯한데, 서너 달에 걸쳐 나눠 파시는 게 어떠할는지요?"

"조금 떨어져도 상관없습니다. 투자할 곳도 얼마든지 있고요. 걱정하지 마시고 제가 시키는 대로 하십시오. 길어도 보름 안에는 전부 처분해야 합니다."

"그렇게 빨리요?"

"어렵겠습니까?"

"말을 사겠다는 상인들이 줄을 섰으니 마음만 먹으면 열흘 안에도 가능합니다. 한데 목장은 어떻게 할까요?"

"말이 없는 목장이 무슨 필요가 있겠습니까? 사겠다는 사람이 있으면 그것도 전부 팔아버리십시오. 목장주에게는 조용한 곳에서 평생 먹고살 만한 돈을 챙겨주시고요."

"알겠습니다."

애초 내가 목장에 투자한 액수는 금전 천백 냥. 별다른 일이 없다면 나는 이번 일로 세 배인 약 삼천삼백 냥 정도를 손에 쥐게 될 것이다. 거기에 무림맹으로부터 백발노성 및 죽간본 호송 건으로 금전 삼백 냥을 받았고, 이중 절반을 천룡표국에 상납하고 남은 백오십 냥이 있었다.

이것들을 전부 합하면 금전 삼천사백오십 냥이 된다. 전생에서는 그야말로 상상도 할 수 없었던 거액이었다.

이 정도 돈이면 이제 표국을 차리고도 남았다. 무슨 일을 꾸미고 벌이든 돈 때문에 답답할 일은 없을 것이다.

그러나 진검 승부는 이제부터였다.

반년 전 회시에 장원급제한 후 이종산으로부터 십칠각의 열쇠를 하사받으며 나누었던 대화를 떠올렸다.

"말씀은 감사합니다만, 사양하겠습니다."

"주는 건 사양하지 않는 주의라더니?"

"제가 이 열쇠를 받는다면 앞으로 십칠각에서 일어나는 모든 걸 전부 보고드려야 하고, 때에 따라서는 지시도 받아야 할 것입니다. 그건 온전히 저의 각이 아닙니다."

"내가 왜 그럴 것이라 생각하느냐?"

"형들이 모두 그러고 있으니까요."

"네 눈에는 형들이 불쌍해 보였느냐?"

"부럽진 않았습니다."

"상금으로 받은 금전의 용처 역시 내게 가르쳐 줄 생각이 없겠구나."

"외람되지만 그렇습니다."

"금전 백 냥이 얼마나 큰 돈인지는 아느냐?"

"항주 시내에서 가장 잘나가는 기루를 통째로 살 수 있는 돈입니다."

"설마 기루를 살 생각이더냐?"

"물론 아닙니다."

"용처가 있기는 있나 보군."

"그렇습니다."

"나랑 내기해 보겠느냐?"

"……?"

"반년 후, 내가 금전 백 냥의 행방을 찾아내지 못하면, 그땐 십칠각에 대한 그 어떤 간섭도 영구적으로 하지 않을 것이다. 너 또한 아무리 큰 일이라도 내게 보고할 필요가 없느니라."

"……."

"그러나 만약 내가 금전의 행방을 모두 찾아낸다면, 너는 앞으로 형들처럼 십칠각에서 일어나는 모든 일을 내게 보고하고 회계장부까지 감사를 받아야 하느니라."

"좋습니다."

그리고 지금, 딱 반년이 흘렀다.

이종산이 이기면 나는 지금까지 키운 십칠각과 금전 백 냥을 고스란히 바쳐야 한다. 반대로 내가 이기면 형들과 달리 천룡표국 안에서 또 하나의 독립된 나만의 표국을 갖게 된다.

성공만 한다면 이것 또한 유례가 없는 천룡표국의 전설이 될 것이다.

천룡표국으로 돌아온 지 보름째 되는 날 아침, 나는 십칠각의 앞마당에서 홀로 무공을 수련하고 있었다.

현재 내 공력은 꽉 찬 백 년이었다.

이제 내 몸에서 천지령의 진기는 한 줌도 남아 있지 않았다. 화조신옹은 천지령의 천년진기를 백년공력으로 바꾸기까지 족히 이십 년은 걸릴 거라고 했다. 그걸 단 반년 만에 끝내 버렸으니 실로 어마어마한 속도였다.

대신 천지령의 진기가 모두 녹아버렸으므로 이제부터는 그런 비약적인 내공 증진은 없을 것이다. 다른 평범한 무인들처럼 조석으로 운기행공을 통해 차곡차곡 공력을 쌓아야 한다.

이것만으로도 충분히 만족했다. 현재 천룡표국 안에서 단순히 공력으로만 따졌을 때 나를 능가하는 사람은 이종산이 유일했다.

이런 가공할 공력에 어울리지 않게 내가 익힌 천무십검, 박룡수, 귀영무, 십초박 등의 숙련 정도는 고작 몇 년 안팎에 불과했다. 시간을 느리게 흐르도록 하는 이능력으로 모자라는 숙련도를 보완하고 있을 따름이었다.

한데 이 능력으로도 보완이 되지 않는 무공들이 있었다.

도화곡에서 받은 무공비급은 모두 세 권이었다.

첫 번째는 그 유명한 천금풍이라는 경신공이었다. 두 번째와 세 번째는 잠백비행(潛魄秘行)이라는 은잠술과 잠백지둔(潛魄地遁)이라는 지둔술이었다.

지둔술은 두더지처럼 땅을 파고 그 안에 들어가 사흘이고 나흘이고 숨어 있는 공부를 말한다. 은잠술이야 그렇다고 쳐도, 지둔술이 왜 도화곡에 있는지 도대체 알다가도 모를 일이었다.

곡주인 이막하도 잘 모른다고 했다. 다만 강호에 알려지지 않았지만 잠백비행 또한 천금풍 못지않게 고절한 무공인데, 잠백지둔과 쌍을 이루는 공부라 함께 준다고 했다.

그리고 닷새 동안 내게 세 가지 무공의 묘리를 촌각까지 아껴가며 전수해 주었다. 일단 가르쳐 준 것들만 깨우쳐도 일성의 성취를 이룰 거라고 했다. 그러면서 도화곡을 조금 안정시키고 난 후 쓸 만한 제자 몇 명을 보내 수련을 이어나갈 수 있도록 도와주겠노라고도 약속했다.

나는 우선 천금풍과 잠백비행부터 익혔다.

잠백비행은 한 곳에 몸을 숨기는 은형술과 몰래 움직이는 잠행술을 하나로 합친 공부였다.

성도에서 배를 타고 여기까지 오는 동안 보름, 그리고 다시 이곳에 도착한 후 보름. 도합 한 달 동안 나는 천금풍과 잠백비행에 매달렸다. 그 결과 천금풍은 대체 이게 무슨 귀신의 조화인가 싶을 만큼 비약적인 발전이 있었다.

이 괴현상에 대해 총표두 곽석산에게 물었더니 이런 대답이 돌아왔다.

"경신공은 본래 공력이 칠 할이다. 그러나 나머지 삼 할의 묘리로 하

늘과 땅만큼의 차이가 나지.”

천무십검과 십초박 그리고 귀영무가 이능력의 덕을 크게 본다면 천금풍은 공력의 덕을 크게 보는 것이다.

남은 것은 잠백비행이었다. 이건 공력도, 이능력도 크게 도움이 되질 않았다. 오로지 끊임없는 수련을 통해 실력을 배양하는 수밖에 없었다.

그게 지금 내가 처마의 그늘 속에 박쥐처럼 거꾸로 달라붙어 있는 이유였다.

은신의 첫 번째는 주변의 경물에 자신을 자연스럽게 녹아들도록 만들어 사람들의 눈을 희롱하는 것이었다. 이막하는 한 자리에 오래 머물며 자신을 관조할 수 있어야 비로소 은신의 묘(妙)가 보이고 이(理)가 보이다가 끝내 술(術)이 보일 거라고 했다. 그래서 한 식경 째 이러고 있었다.

온몸에서 식은땀이 나고 사지가 달달 떨렸다. 특히 나무를 움켜쥐고 있는 손가락이 금방이라도 풀릴 것처럼 고통스러웠다. 나는 지금 어느 정도의 경지에 와 있을까? 아침에 출근하는 사람들은 과연 몇 명이나 나를 발견할 수 있을까?

“공자님, 거기서 뭐 하십니까?”

장삼이었다. 빗자루를 들고 쫄레쫄레 오더니 늘어지게 하품을 하다가 나를 딱 발견하고는 저렇게 물으면서 빤히 쳐다보았다.

“운동 중이다.”

“무슨 운동을 처마에 거꾸로 달라붙어서 하십니까?”

“악력을 기르는 중이다.”

"그러시군요."
그때였다.
"각주님을 뵙습니다."
"각주님을 뵙습니다."
"각주님을 뵙습니다."
우렁찬 목소리와 함께 세 명이 전각 모퉁이를 돌며 나타났다. 속칭 십칠왕삼이라 불리는 세 명의 신입표사. 왕대표, 왕중표, 왕소표였다. 그들의 뒤에는 가불염과 객원표사 신분인 호리독사도 서 있었다.
호리독사 나를 올려다보며 물었다.
"거기서 무얼 하십니까?"
"악력을 기르는 중이시랍니다."
장삼이 대신 설명을 해주었다.
그때 또 다른 목소리가 들려왔다.
"너 거기서 뭐 하냐?"
이번엔 뜻밖에도 이병룡이었다.
그가 나타나자 십칠각의 표사들과 장삼은 일제히 포권지례를 하고는 양 떼처럼 흩어져 버렸다. 이른 아침부터 이병룡이 십칠각을 찾았을 때는 무언가 할 말이 있어서 온 거라고 생각한 것이다.
털썩.
나는 한 손을 바닥에 짚으며 멋지게 떨어져 내릴 생각이었다. 하지만 너무나 오래 매달려 있었던 탓에 다리가 말을 듣지 않았다.
하는 수 없이 떨어지는 순간 나려타곤의 수법을 펼치며 옆으로 한 바퀴 데구르르 구른 후에야 비로소 손바닥을 툭툭 털며 일어날 수 있었다.

"뭘 하고 있는 거냐?"

"낙법을 수련하고 있었습니다."

이병룡은 내가 떨어져 내린 땅바닥과 조금 전까지 붙어 있던 처마 밑을 한참이나 번갈아 보았다.

"형님께서 아침부터 어쩐 일이십니까?"

"너도 내가 이끄는 칠각이 당으로 승격할 거라는 얘기는 들었겠지? 아무래도 오늘 밤 열리는 장로회의에서 최종 결정이 날 것 같다."

"축하드립니다."

"늦었지만 너도 축하한다."

"예?"

"도화곡의 제자가 된 것 말이야."

이 인간이 오늘따라 왜 이러시나. 나라면 잡아먹지 못해 안달을 하던 분께서 축하한다는 말을 다 해주시고.

"그래 봐야 속가세사일 뿐일걸요."

"그러니까 더 잘됐지. 의무는 없고 무공만 전수받으면 되니까. 벌써 천금풍이라는 경신공의 비급을 손에 넣었다지?"

"경신공은 천룡표국에도 있습니다."

"천룡표국의 여러 무공 중 천무추영(天武趨影)이 가장 보잘것없다는 건 강호에 모르는 사람이 없다. 그에 비하면 천금풍은 가히 신공절학이지."

안타깝지만 어느 정도 사실이었다.

이종산의 말에 따르면 개방과 하오문에서는 얼마 전에 작고한 여종매를 무림에서 가장 빠른 열 명의 고수들 중 한 명으로 평가한다고 했다. 그래서 별호도 일추천리(一追千里)였다.

한데도 그녀는 천금풍을 전체 십이성 중 구성밖에 익히지 못했다고 들었다. 구성을 익히는 것만으로도 무림에서 가장 빠른 십 인의 고수 중 한 명이 될 수 있을 만큼 천금풍은 가공할 경신공이었다.

그건 그렇고 오늘따라 이병룡이 매우 이상했다. 분명 무언가 꿍꿍이가 있다.

"제게 무슨 부탁하실 거라도 있습니까?"

"그렇게 보여?"

"솔직히 우리가 이런 대화를 나누는 사이는 아니잖습니까? 빙빙 돌리지 말고 시원하게 말씀을 해보세요. 도와드릴 만하면 도와드리겠습니다."

"정말이냐?"

"물론입니다."

"하면 십칠각을 나에게 다오."

"예?"

"칠각에서 십칠각을 흡수해 여섯 번째 당으로 만들려고 한다. 대신 너의 지분은 확실히 챙겨주지. 이대로 두면 어차피 형님들에게 빼앗길 각, 너도 그편이 훨씬 나을 것이다."

나는 하마터면 이병룡의 입에 두 손가락을 넣어 쫙 찢어버릴 뻔했다. 십칠각에 들인 공이 얼마인데 그걸 날로 처먹겠다고?

가까스로 화를 억누르고 말했다.

"그게 무슨 뚱딴지같은 소립니까?"

"네가 아무리 표행에 뛰어난 재주를 지녔다고 해도 결국은 천출에 서자일 뿐이다. 무림에 제법 대단한 인맥을 만들어두었다고 의기양양 해할지 모르나 그들의 말은 결코 천룡표국의 담장을 넘어올 수 없다."

"요점이 무엇입니까?"

"내가 너의 기반이 되어주겠다. 나를 이용해 네 꿈을 마음껏 펼쳐라. 원하는 건 무엇이든지 할 수 있도록 해주마. 어떠냐?"

나를 이용해 제 꿈을 펼칠 생각이면서 마치 자기가 내 편의를 봐주는 것처럼 말하는 꼬라지 좀 보소. 뻔뻔한 인간인 줄은 알았지만 이 정도로 철면피일 줄이야.

"저더러 준마가 되어 형님이 탄 표마차를 끌고 마음껏 달리라는 말씀으로 들립니다만."

"장자방이 되어 나를 왕으로 만들어달라는 소리다. 유방이 한나라를 창업한 이후 장자방을 어떻게 대접했는지 너도 알 것이다."

왕 같은 소리 하고 자빠졌네. 이 새끼는 자기가 무슨 대단한 인재라도 되는 줄 아는 모양이다. 능력이라고는 부모를 잘 만난 것밖에 없으면서. 하긴 세상에 그것보다 더 좋은 능력이 없기는 하다만.

"결국 책사에 머무르라는 말씀이시군요. 조금 전엔 무엇이든 할 수 있도록 해주신다더니."

"그게 네가 오를 수 있는 가장 높은 자리다. 그 이상은 욕심을 내서도 안 되고 가능하지도 않다. 너는 나보다 똑똑하니 무슨 말인지 잘 알 거라 믿는다."

"솔직하시군요."

"너의 재주와 나의 배경이 만나면 얼마든지 형님들을 밀어내고 우리가 천룡표국을 차지할 수 있다. 물론 내 외가에서도 전폭적으로 지원해 줄 것이고."

만금전장, 대륙의 스물아홉 개 도시에 분타를 거느린 거대한 전장이었다. 이병룡의 어머니인 청화부인은 바로 전장주의 딸이었고.

현금 동원 능력으로는 만금전장이 천룡표국을 훨씬 능가했다. 무엇보다 만금전장 역시 산서상인 출신으로 다른 산서상인들에게 미치는 영향력이 막강했다.

그런가 하면 두 번째 부인인 자화부인의 친정 자강상단은 대륙 제일의 상인세력이라는 휘상, 즉 휘주상인이었다.

북쪽에서 내려온 산서상인과 남쪽에서 올라온 휘주상인들은 지금 경항대운하를 따라 발달한 강동의 대도시 전역에서 전쟁을 방불케 하는 경쟁을 벌이는 중이었다.

또한 산서상인과 휘주상인은 천룡표국의 가장 큰 고객들이었다. 만약 두 상인세력이 동시에 의뢰를 끊어버리면 천룡표국의 전체 매출 중 사(四) 할이 날아갈 정도였다.

"기왕 말이 나왔으니 저도 솔직하게 한 말씀 드려도 될까요?"

"물론이지."

"어차피 장자방 역할을 할 것이라면 셋째 형님보다는 둘째 형님이, 둘째 형님보다는 첫째 형님을 모시는 게 제 입장에서는 훨씬 낫지 않을까요? 자질로 보나 배경으로 보나."

순간 이병룡의 입술이 파르르 떨렸다.

그가 이갑룡과 을룡에게 가지고 있는 뿌리 깊은 열등감을 나는 잘 알고 있었다. 당장 주먹이라도 내지를 법한데 오늘은 어쩐 일인지 화를 꾹 눌렀다.

이건 평소 그의 모습이 아니었다. 아무래도 청화부인으로부터 어떻게든 나를 포섭하라고 명령을 받은 모양이었다.

"네 말이 맞을지도 모르지. 하지만 형님들은 나처럼 너와 손을 잡기보다 아예 화근을 제거해 버리는 쪽을 택했다. 첫 번째 제물은 십칠각이 될 것이고."

"그게 무슨 말씀입니까?"

"네가 왜 아무리 용을 써도 안 되는지 가르쳐 주랴? 바로 지금처럼 칼이 턱밑에 붙었는데도 불구하고 아무것도 모르고 있기 때문이지."

"칼이라고요?"

"오늘 밤 장로회의가 열리기 전에 세 분의 어머니께서도 참석하시는 가족 모임이 먼저 있을 것이다. 큰어머니들께서는 그 자리에서 십칠각의 운명을 결정지을 생각이시지."

"……!"

"명심해라. 네가 그나마 지금처럼 사공자의 지위라도 누릴 수 있도록 도와줄 사람은 오직 나와 나의 어머니뿐이라는 걸."

가족회의는 표왕부가 아니라 세 번째 정실부인의 거처인 청화각(青花閣)에서 열렸다. 그것도 내실이 아니라 푸른 정원 한가운데 있는 누각에서.

청화부인은 볕 좋은 날이면 가끔 이곳으로 이종산을 청해다 아들

이병룡과 함께 셋이서 식사를 하곤 했었다.

그녀는 지금 이종산을 포함한 자신과 아들의 사적인 공간으로 다른 사람들을 초대한 것이다. 본격적인 식사를 하기도 전에 기선부터 제압하고 보려는 청화부인의 뻔한 의도가 느껴졌다.

사방이 탁 트인 누각에 모인 사람은 모두 여덟, 상석의 이종산을 기준으로 오른쪽에는 이화부인과 자화부인과 청화부인이 차례로 앉았다. 맞은 편에는 이갑룡과 을룡과 병룡과 내가 역시나 나이 순서대로 앉았다.

그 바람에 모두의 앞에는 각자의 어머니가 앉아 있었지만, 나만 빈 자리를 마주 보게 되었다.

그리고 총표두 곽석산이 한쪽에 시립했다.

그는 이종산의 의제였고, 나를 비롯한 네 아들의 의숙이었으니 얼마든지 한 자리를 차지하고 앉을 자격이 있었다. 부인들도 예의상 두어 차례 권했다.

하지만 본인이 한사코 거절했다. 그는 아는 것이다. 함께 자리를 하는 순간 싫든 좋든 치맛자락이 일으키는 격랑에 휘말릴 수밖에 없다는 것을.

어린 시비들이 한참이나 줄을 서더니 커다란 나무 탁자가 순식간에 따끈따끈한 산해진미들로 채워졌다. 특히 돼지고기를 두껍게 썰고 갖은 양념과 향신료를 가미해 삶아낸 요리가 내 식욕을 자극했다.

성도의 천하제 객점에서 황 노인이 만들어준 돼지고기 요리가 생각나 입안 가득 침이 고였다. 이럴 줄 알았으면 노친네를 졸라 만드는 법이나 알아둘 걸 그랬다.

"음식들을 준비하느라 고생이 많았겠군."

이화부인이 가볍게 덕담을 했다.

쉰 살의 나이에 도도한 기품이 흐르는 그녀는 이종산이 처음 맞이한 정실부인으로 본래 이름은 백리하상이었다.

이름에서도 짐작할 수 있다시피 그녀는 백리세가(百里世家)의 핏줄이었다.

호광성에 뿌리를 둔 백리세가는 사천당문이나 남궁세가처럼 강호인들이 말하는 오대세가의 반열에까지 들지는 않았다. 하지만 호광성 하고도 속칭 호남성이라고도 불리는 동정호의 아래쪽에서는 상당한 영향력을 지닌 호족 가문이자 무림문파였다.

예로부터 호남·호북·광동·광서의 사성(四省)에 풍년이 들면 온 대륙이 풍족하다는 말이 있을 만큼 호남성은 광활한 곡창지대로 유명했다. 해마다 봄과 가을이 되면 호남성에서는 엄청난 양의 보리와 미곡이 산출된다. 그걸 천룡표국이 다른 어느 표국보다도 먼저 그리고 많은 양을 강동과 강북으로 운송할 수 있는 것은 순전히 백리세가 덕분이었다.

"고생이랄 게 뭐 있나요. 전부 숙수들과 시비들이 준비한 것을요."

청화부인이 겸양의 말을 했다.

젊은 시절 소주(蘇州)에서 다섯 손가락 안에 드는 미녀였다는 그녀는 올해 마흔두 살이 되었어도 여전히 시들지 않은 아름다움을 간직하고 있었다.

"사람을 부리는 것이 가장 어려운 법. 이렇게 음식이 정갈한 걸 보니 청화각의 기강이 엄격함을 알겠네. 이는 표국 일로 바쁘신 국주께서 신경을 쓰시지 않도록 하는 것이니 충분히 칭찬할 일이지."

칭찬이라는 한마디가 어쩐지 가시처럼 뾰족하게 들렸다. 이화부인은 지금 비록 청화각으로 초대되어 왔어도 웃어른은 어디까지나 자신임을 분명히 한 것이다.

"큰형님께서 그리 말씀해 주시니 몸 둘 바를 모르겠군요. 혹시 상공께서도 그렇게 생각하시는지요?"

청화부인이 이종산을 지그시 바라보며 끼를 부렸다.

앞서 이화부인이 국주라고 호칭한 반면 그녀는 지극히 사적인 명칭인 상공이라고 했다. 서열은 당신이 높을지 몰라도 이종산과는 열 살이나 젊은 내가 훨씬 더 가깝다고 말하는 것 같았다.

한 방 먹었다면 먹은 것인데, 이화부인은 조금의 흔들림도 없었다.

이종산은 이종산대로 대답 없이 조용히 술잔을 기울일 뿐이었다. 여자들의 기 싸움에 괜히 끼어들고 싶지 않은 것이다.

"청화각의 기강이 엄격한 줄은 모르겠으나 정원은 삭막하기 그지없군. 봄이 온 지가 언제인데 꽃 한 송이 피지 않은 정원이라니. 본시 정원은 가꾸는 사람의 마음이 비치는 것이거늘."

일침을 가하고 나선 사람은 둘째 부인인 자화부인이었다.

다소 뾰족한 인상의 그녀는 본래 언사에 거침이 없었다. 이을룡의 성급한 성정은 딱 그녀에게서 물려받은 것이었다.

처음 시집을 왔을 당시 이화부인은 배꽃을 좋아해 본인의 거처에 배나무를 잔뜩 심고 이화각(梨花閣)이라는 이름까지 지었다.

두 번째 시집온 자화부인은 이것저것 여러 가지 꽃을 심었다.

한데 이종산이 첫 번째 부인의 거처를 찾을 때마다 질투심을 견디지 못한 나머지 하인들에게 배꽃을 연상시키는 흰 꽃들을 전부 뽑아

버리게 했다.

그런데 밤에 하인들이 흰 꽃과 노란 꽃을 구분하지 못하고 그만 두 가지 색깔의 꽃들을 전부 뽑아버렸다. 이후 그녀의 정원엔 공교롭게도 자줏빛 꽃만 남게 되었다고 한다.

세 번째 시집온 청화부인은 더욱 질투심이 심해서 아예 꽃이 피지 않는 대신 사철 푸른 나무들로만 심었다. 자화부인은 지금 청화부인의 그런 극단적 성격을 지그시 꼬집은 것이다.

청화부인도 당하고만 있지 않았다.

"봄만 되면 정원 전체가 한 가지 색깔의 꽃으로만 출렁이는 것도 이상하지 않나요? 전 이화각이나 자화각을 찾을 때마다 어떤 집요함 같은 것이 느껴져 불편하던데."

"나를 걸고넘어지는 건 그렇다고 쳐도, 큰형님까지 끌어들이는 건 어디서 배워먹은 버르장머리지? 웃어른으로서 단지 자네를 칭찬하셨을 뿐인데."

"제 나이 올해 마흔둘이에요. 자식들이 지켜보는 앞에서 버릇없다는 소리를 듣게 해주시는 둘째 형님도 예법에 썩 밝다고는 못 하겠군요."

"부끄러운 줄을 아는 걸 보니 아직은 가르치면 개선의 여지가 있겠군. 그래. 그게 어디야. 그렇지?"

"말씀이 지나치십니다!"

"잔머리 굴릴 생각 말고 국주님 얼굴에 먹칠이나 하고 다니지 않도록 조심해. 지난번 향시 때 자네의 친정에서 지부대인을 돈으로 구워삶았다는 소문이 저자에 파다한 걸 내가 모를 줄 아나?"

"누가 그런 터무니없는 모함을……."

텅!

이종산이 거칠게 술잔을 놓았다. 그 바람에 두 부인의 기 싸움이 한참 재밌어지는 대목에서 그만 뚝 그쳐 버렸다.

휘주상인들과 산서상인들이 치열하게 경쟁하듯 천룡표국 내에서도 자화부인과 청화부인은 본래 사이가 나쁘기로 소문이 자자했다.

이종산이 나직한 음성으로 말했다.

"아이들 앞에서 이 무슨 추태들이오!"

"모두 제가 어질지 못한 탓이에요. 역정은 그만 내시고 어서 식사하셔요. 그래야 아이들도 요기를 하지요."

이화부인이 조용히 달랬다. 그러자 이종산이 못 이기는 척 젓가락을 집어 들었다.

사람들도 그를 따라 식사를 시작했다.

'귀부인들도 별거 없구나.'

새삼 사람 사는 거 다 거기서 거기라는 생각이 든다.

워낙 쟁쟁한 가문의 혈족들이어서 싸울 때도 범부의 아낙들과는 좀 다를 줄 알았다. 한데 머리끄덩이만 붙잡지 않았을 뿐, 딱히 다른 것 같지도 않았다.

아니다. 다른 게 한 가지 있다.

범부의 아낙들은 욕 좀 하고 머리카락 좀 뽑히는 것으로 끝난다. 하지만 이들이 본격적으로 싸우면 사람들이 수도 없이 죽어 나간다. 방금 오고 간 말 속에도 사람 죽이는 칼이 숨겨져 있었을 것이다.

나는 잠시 방심했던 마음을 팽팽하게 다잡았다.

"여섯 번째 당은 병룡에게 주세요."

식사 중 이화부인이 불쑥 내뱉은 말이었다.

갑작스러운 그녀의 말에 모두가 당황한 기색을 감추지 못했다.

누구보다 당황한 것은 당사자인 이병룡과 그의 친모인 청화부인이었다. 특히 청화부인의 눈동자가 튀어나올 것처럼 커졌다.

오늘 이 자리를 마련한 것도, 구태여 사람들을 이곳으로 유인(?)한 것도 모두 이종산으로부터 칠각의 당(堂) 승격 약속을 확실히 받아내기 위해서다. 한데 가장 걸림돌이 될 줄 알았던 이화부인이 오히려 먼저 얘기를 꺼내면서까지 지지를 해주니 어안이 벙벙할밖에.

이종산이 물었다.

"반대를 할 줄 알았더니."

"갑룡이와 을룡이 모두 스물다섯 살에 강룡당과 복룡당의 당주가 됐어요. 병룡의 올해 나이 스물여섯, 충분히 당을 맡아도 될 나이예요. 그게 밖에서 보기에도 좋고요."

"밖에서 보기에?"

"안에서는 싸워도 세상 사람들의 눈에는 화목해 보여야 하지 않겠어요? 그리고 자식들끼리 싸우는 건 모든 세가들이 대를 이어 겪는 문제이니 아우님들을 너무 나무라지도 마세요. 따지고 보면 이게 다 당신 탓이라는 것을 이제 와서 부인하시진 않겠지요?"

그녀가 말한 아우들이란 자화부인과 청화부인이었다.

나는 이화부인에게서 싸움닭 두 마리 사이에서 홀로 고고한 기품을 뽐내고 앉아 있는 봉황을 보았다.

그래, 웃어른이라면 자고로 저래야지. 게다가 단 한마디 말로 이종산을 꼼짝 못 하게 하는 저 압도적인 위엄까지.

"참고하겠소."

"대신 조건이 있어요."

"무엇이오?"

"강룡당과 복룡당의 표사를 쉰 명씩 더 증원할 수 있도록 허락해 주세요."

천룡표국 내의 모든 당과 각은 표사들과 쟁자수들을 증원할 때 반드시 표왕부의 재가를 받아야 한다. 다만 빠른 일 처리를 위해 극히 소수의 인원일 경우 당주의 직권으로 선 고용 후 재가를 받아도 크게 문제 삼지 않았다. 그러나 고용을 한 이후 일급표사나 표두로 승진시킬 때에는 또 반드시 표왕부의 재가를 받아야 한다.

한마디로 모든 인사권을 표왕부에서 쥐고 있었다.

이것이 중요한 이유는 사람은 누구나 자신의 생사여탈권을 쥔 사람에게 충성하기 때문이다. 인사권을 표왕부가 쥔 상태에서는 이갑룡과 이을룡이 아무리 노력해도 자신들의 세력을 키우는 데 한계가 있었다.

나는 이종산이 인사권을 쥐고 절대로 놓아주지 않는 이유를 오늘에서야 알 것 같았다. 그랬다간 천룡표국이 자식들의 외가에 의해 벌써 갈기갈기 찢어졌을 것이다.

그러면 그렇지. 칠각을 순순히 당으로 승격하라더라니. 다 주고받는 노림수가 있었던 것이다.

한데 이건 이병룡에게도 결코 나쁜 일이 아니었다. 강룡당과 복룡당의 표사들을 증원하면서 여섯 번째 당의 표사들 숫자를 묶어놓으라고 하지는 못할 테니까.

눈치 빠른 청화부인이 한마디 끼어들 법도 한데 가만히 입을 다물고 있는 이유가 바로 이것이었다. 싸울 때 싸우더라도 공동의 이익을 위해서는 똘똘 뭉치는 것이 바로 저들 세 부인이었다.

"이미 쉰 명이나 증원을 허락해 주었소만."

"여름이 되고 가을이 되면 물동량은 더욱 폭발적으로 늘어날 거예요. 지금부터 표사들을 증원해 두면 표국을 훨씬 더 큰 규모로 키울 수 있어요."

"표국은 신뢰가 생명이오. 덩치를 키우는 것보다 쓸 만한 표사와 쟁자수들을 뽑아 그들을 내 손발처럼 부릴 수 있도록 훈련시키는 것이 더욱 중요하오. 지금의 강룡당과 복룡당의 저력으로는 쉰 명이 한계요."

"광야도 달려보고 달리는 말에서도 떨어져 봐야 아이들이 성장하지 않겠어요? 장차 당신의 뒤를 이어 표국을 이끌 재목들인데. 그리고 한 가지 더 있어요."

"또 무엇이오?"

"십칠각을 쪼개어 다른 각에 골고루 편입시켜 주세요. 정룡이는 갑룡이나 올룡이가 데려다가 가르쳐 쓰도록 하고요."

너무나 놀란 나머지 나는 씹고 있던 돼지고기를 하마터면 탁자 위에다 뿜을 뻔했다.

참지 못하고 한마디 하려는데 곽석산의 전음이 들려왔다.

[기다려라!]

경거망동하지 말라가 아니라 기다리란다. 이종산이 해결할 때까지 일단 지켜보라는 뜻이다.

나는 목구멍까지 올라온 말을 마른침과 함께 꿀꺽 삼켰다.

그리고 주변을 살폈다. 자화부인과 청화부인은 물론이고 이갑룡·을룡·병룡까지 전부 알고 있는 일인 듯 담담한 표정들이었다.

이종산이 착 가라앉은 음성으로 물었다.

"이유는?"

"그게 밖에서 보기에도 좋아요."

"그 말을 마치 전가의 보도처럼 쓰시는구려."

"당신이 천룡표국의 국주일지는 몰라도, 강호인들이 천룡표국을 두고 말할 때는 그 속에 우리와 내 아이들의 얼굴도 함께 들어 있어요."

"정룡이 정실부인들과 적자들의 체면을 깎기라도 했단 말이오?"

"정룡에게 죄가 없다는 것 잘 알아요. 하지만 혼례조차 제대로 올리지 않은 천출의 서자인 것 또한 틀림없는 사실이죠."

그놈의 천출과 서자 타령. 아주 귀에 딱지가 앉을 지경이었다.

나의 기분과 상관없이 이화부인은 작심한 듯 말을 이어갔다.

"무릇 가문이 부흥하려면 혈통이 깨끗하고 위계가 바로 서야 해요. 천출의 서자가 정실부인들에게서 난 형님들을 밟고 올라서는 건 안 돼요. 설사 형님들보다 재주가 뛰어나더라도. 그건 제가 이씨가문의 맏며느리 자리를 차지하고 있는 한 두고 보지 않겠어요. 정룡의 자리는 갑룡이나 을룡의 수족까지예요. 그게 정룡을 위해서도 좋은 일이고요."

그동안 내가 벌인 일들이 부인들을 크게 자극한 모양이었다. 긴가민가하고 지켜만 보다가 그녀들이 생각했던 것 이상으로 비상하자 더 높이 날아오르기 전에 날개를 꺾어 새장에 가둬두려는 것이다. 두 형님들은 아예 화근을 제거해 버리는 쪽을 택할 거라던 이병룡의 말을 이제야 확실히 이해할 수 있었다.

내가 잘못 봤다. 이화부인은 고고한 기품이 흐르는 봉황이 아니라 늙은 암호랑이였다. 평소엔 동굴 속에 가만히 웅크리고 있지만 한번 나서면 확실하게 상대를 물어뜯어 쓰러뜨리고야 마는 호랑이. 아무리 그래도 이렇게까지 대놓고 목을 물어뜯을 줄이야. 화끈하기 짝이 없는 여자였다.

이종산의 말이 이어졌다.

"부인들께서 정룡에게 이처럼 관심이 많은 줄은 몰랐구려. 녀석이 기루와 도박장을 제집처럼 드나들 때는 수수방관하시더니."

"그땐 천출의 삶다웠으니까요."

"한데 녀석이 정신을 차렸으니 어쩌겠소. 그것도 제법 쓸모있는 모습으로. 해서 난 녀석이 제풀에 쓰러질 때까지는 계속해서 기회를 줄 생각이오."

"무슨 말씀인가요?"

"녀석과 내기를 한 가지 했었소. 회시에 장원급제한 후 받은 금전 백 냥의 행방에 관한 것이었는데, 반년 후 내가 금전 백 냥의 소재를 찾아내지 못하면 십칠각에 대한 인사와 감사는 물론 그 어떤 간섭도 영구적으로 하지 않겠다고 했었지."

여기까지 말을 했을 때 모두의 얼굴이 돌덩이를 집어삼킨 것처럼 딱딱하게 굳었다. 특히 이갑룡·병룡·을룡의 얼굴이 그랬다. 자신들은 언감생심 꿈도 꿔보지 못한 인사권을 주고 감사를 면제해 준다고 하니 기절초풍할밖에.

그들이 정말로 까무러치기 전에 이종산의 말이 이어졌다.

"반대로 내가 정확히 찾아낸다면 형들처럼 십칠각에서 일어나는 모든 일을 내게 보고하고 회계장부까지 감사를 받아야 하오. 그러니 부인의 말을 들어주고 말고는 우선 내가 내기에서 이겨야 하오. 설마하니 나를 한 입으로 두말하는 아비로 만들지는 않으시겠지요?"

"국주께서 일부러 모른 척해주지 않는다는 걸 어떻게 믿죠?"

둘째인 자화부인이 불쑥 물었다. 그러자 청화부인이 염려 말라는 듯 말했다.

"그건 제가 알아차릴 수 있으니 염려 마세요."

"자네가 어떻게 알아차린다는 거지?"

"그 돈의 행방을 제가 잘 알고 있으니까요. 저도 아는 걸 천하의 상공께서 모르신다는 건 말이 안 되지 않겠어요?"

그러면서 청화부인이 이종산을 살짝 흘겨보았다.

순간 나는 그녀의 친정인 만금전장이 산서상인들과 밀접한 관계라는 사실이 퍼뜩 생각났다. 지난 보름 동안 내 말들을 사 간 사람들이 바로 전부 산서상인들이었다.

이종산은 좀처럼 감정을 드러내지 않았다. 그러나 그의 복심이랄 수 있는 곽석산의 눈동자가 크게 흔들리고 있었다. 청화부인이 알고 있을 거라는 예상은 전혀 못 했던 눈치였다.

꿀꺽.

내가 마른침 삼키는 소리였다. 사방이 쥐 죽은 듯 고요한 가운데 울리다 보니 꼭 천둥소리 같았다. 그 바람에 모두가 잠시 나를 바라보았다.

돌아가는 분위기를 눈치챈 이화부인이 말했다.

"좋아요. 만약 정룡이 이기면 방금 한 말은 없었던 것으로 하죠. 대신 당신이 이기면 십칠각은 전부 쪼개 세 아이에게 나눠주고 정룡은 갑룡의 밑으로 보내주세요."

"아무것도 약속해 줄 수 없소. 다만 부인과의 대화가 모두 쓸모없는 것이 될 수도 있기에 미리 확인해 보려는 것일 뿐."

이종산은 이화부인의 말을 간단하게 묵살한 후 내게 물었다.

"돈은 잘 굴렸느냐?"

"시간이 촉박해 많이 굴리진 못했습니다."

"천목산 비탈이 제법 길었을 터인데."

"알고…… 계셨습니까?"

"말했지 않느냐? 항주에서 일어나는 일 중 내가 모르는 것은 없다고. 하물며 내 집에서 나간 돈을 어찌 모르리."

"그러셨군요."

"한데 어찌하여 말이 오백 필에서 두어 달 사이에 갑자기 삼천 필로 불어난 것이더냐?"

나는 이번에야말로 깜짝 놀랐다. 천목산에서 키운 말 오백 필은 그렇다고 쳐도, 다른 목장을 임대에서 키운 이천오백 필의 말은 또 어떻게 알아차렸을까? 전문가인 전립성까지 고용해 그렇게 조심하고 또 조심했건만.

곽석산과 손지백의 솜씨가 틀림없다. 이종산의 최측근인 의형제들이 얼마나 무서운 사람들인지를 새삼 실감 났다.

한데 나보다 더 놀란 사람들이 있었다.

내가 말을 삼천 필이나 소유했었다는 말에 세 명의 부인들과 아들들은 그야말로 소스라치게 놀랐다. 내 돈의 행방을 잘 알고 있다던 청화부인도 삼천 필까지나 될 줄은 몰랐는지 연거푸 마른침을 꼴깍꼴깍 삼켰다.

이종산이 내기에서 이겼다는 사실에 대해서는 누구도 놀라지 않았다. 마치 처음부터 그렇게 될 걸 알고 있었다는 듯.

"백발노성을 호송해 무림맹으로 가는 길에 여러 가지 사고가 좀 있었습니다. 그때 백발노성이 제 꾀에 빠져 엉뚱하게 자신의 목숨을 노리는 살수들을 불러들였지요. 그러자 백발노성이 제게 전 재산인 금전 천 냥을 줄 테니 무림맹까지 안전하게 호송해 달라고 했습니다."

금전 천 냥이라는 말에 세 부인과 세 아들은 다시 한번 얼굴이 굳어졌다. 이제 내기의 승부 따윈 아예 관심이 없었다. 그저 내 손에 금전 천 냥이 들어왔었다는 사실에 모두 얼얼해했다.

"그때 받은 금전으로 전부 말을 샀다?"

"그렇습니다."

"전란이 벌어질 줄은 어떻게 알았던 것이더냐?"

전립성과 똑같은 질문이었다. 전부 새끼를 칠 수 있는 암말로만 사서 전쟁이 벌어진 틈을 타 크게 시세 차익을 보았으니 공교롭기가 귀신의 조화처럼 느껴질 수밖에.

나는 전립성에게 했던 것과 똑같은 대답을 해주었다.

"이민족들을 상대로 하는 국경지대의 관무역에서 관부와 조정의 패악질이 점점 심해진다는 얘길 들었습니다. 이대로 가면 호전적인 기마민족들이 무슨 일을 내도 낼 거라고 생각했습니다. 역사를 되짚어보면 그들은 항상 그랬으니까요."

"흐음. 그렇군."

이종산은 가볍게 고개를 끄덕일 뿐이었다. 그러나 찢어져 올라가려는 입꼬리를 잡아당기느라 한순간 입술이 살짝 떨리는 걸 나는 놓치지 않았다.

한바탕 폭풍 같은 칭찬을 늘어놓고 싶은 걸 다른 부인들과 아들들 앞에서 사력을 다해 참고 있는 것이다. 그가 나를 칭찬하면 할수록 부인들과 자식들에게 표적이 될 거라는 걸 잘 알기 때문이다.

이윽고 이종산의 입이 다시 열렸다.

"결국 표행을 의뢰받았다는 이야기인데, 편승표물은 일반표물과 달리 표비의 일 할을 표국에 상납하는 것이 관례다. 너도 잘 알고 있겠지."

"물론입니다. 하지만 그걸 상납하면 곽 숙부께서 나머지 구백 냥의 존재를 아실 것이고, 그 돈의 흐름을 추적하시면 앞서 투자한 백 냥과도 만나실 것이기에 부득불 감추었습니다. 아시다시피 금전 구백 냥은 은밀히 움직이기에는 너무 큰 액수입니다."

"무슨 말인지 알아들었느니라. 이제 정리를 하자꾸나. 너는 회시의 상금으로 받은 금전 백 냥으로 허수아비를 앞세워 말을 샀고, 지난 보름 동안 그 말들을 모두 산서상인들에게 처분했고, 대략 세 배의 차익을 남겨 금전 삼천삼백 냥을 손에 쥐었다. 그리고 그 돈은 지금 전액 용화전장(龍貨錢莊)에 있느니라. 어떠냐?"

금전 삼천삼백 냥이라는 말에 두 명의 부인과 세 아들은 이제 입에서 게거품을 물고 까무러치기 직전이었다. 그나마 이화부인만이 가까스로 평정심을 유지하고 있었다.

삼천삼백 냥이면 백 명의 표사와 이백여 명의 쟁자수들을 거느린 강룡당과 복룡당이 일 년을 꼬박 쉬지 않고 벌어들인 총매출보다도 훨씬 많은 액수였다. 그걸 내가 혼자서 고작 반년 만에 벌어들인 것이다. 저들에겐 내가 마치 괴물처럼 느껴질지도 모르겠다. 그래서 더더욱 날개를 꺾어야 한다고 생각을 하겠지.

"축하드려요. 아무래도 당신이 내기에 이긴 듯하군요. 이제 십칠각의 운명에 대해 계속해서 얘기를 나눠볼까요?"

한참 만에 이화부인이 한 말이었다. 하지만 나는 그녀가 원하는 대로 흘러가도록 놔둘 생각이 눈곱만큼도 없었다.

"죄송합니다만, 내기는 제가 이긴 것 같습니다."

사람들의 시선이 일제히 나를 향했다. 하나같이 그게 무슨 개소리냐는 표정들이었다.

이종산이 호기심 가득한 얼굴로 물었다.

"어찌하여?"

"그 돈은 오늘 아침 용화전장에서 전부 뺐습니다."

"설마 전장에서 네 주머니로 옮겨 간 것을 두고 위치가 바뀌었다는 말을 하려는 건 아니겠지? 그건 너무 궁색한 변명이다만."

"표국에 상납할 금전 백 냥을 제외하고는 전부 해룡선방(海龍船幇)에 맡겨 범선 다섯 척의 건조를 주문했습니다."

곽석산이 아무리 많은 사람들을 풀어도, 천룡표국이 제아무리 뛰어난 정보망을 가지고 있어도 오늘 아침 일어난 일까지 알 수는 없다. 내가 전립성을 닦달해 최대한 빨리 말들을 정리한 것도 이런 이유에서였다. 마지막 순간 한 번 더 꺾기 위해서.

때문에 이건 처음부터 내가 이길 수밖에 없는 내기였다.

"대체 범선은 왜……?"

"바다 건너 양인들이 타는 범선은 커다란 삼각돛을 여러 개 다는데, 덕분에 맞바람에도 앞으로 나아갈 수가 있습니다."

"그래서?"

"이 범선들을 장강에 띄울 겁니다. 하면 무한(武漢)까지는 거뜬히 물살을 거슬러 올라갈 수 있을 거라고 확신합니다. 아시다시피 무한은 호남성 전역에서 산출된 미곡이 모이는 곳. 무한에서 미곡을 범선에 싣고 장강을 따라 동진하면 운송량을 비약적으로 늘릴 수 있습니다."

"조운(漕運)을 하겠다는 뜻이냐?"

"범선 한 척이 표마차 백 대를 대신할 겁니다. 물론 배가 들고 날 수 있는 구간에 한정한 얘기지만요."

"쉽지 않을 것이다."

"무엇이든 처음은 있는 법이죠. 저와 십칠각이 개척해 보겠습니다. 만약 실패를 한다고 해도 배가 남으니 손해 볼 건 없습니다."

"적지 않은 인원이 필요할 것이다."

"표사와 쟁자수들은 물론이고 능숙한 뱃사람들을 증원할 것입니다."

세 부인과 그녀들의 세 아들은 그야말로 까무러치기 직전이었다. 지난 천룡표국의 역사를 통틀어 누구도 가보지 않은 길을 내가 얘기하고 있으니 지금쯤 머리끝이 쭈뼛쭈뼛 설 것이다.

그러거나 말거나 나와 이종산은 서로에게서 눈을 떼지 않았다.

이종산은 무슨 경이로운 생물을 쳐다보듯 나를 바라보았다. 어느 때보다 깊고 좁아진 그의 동공에선 뭐라 말할 수 없는 희열 같은 것이 느껴졌다.

이윽고 그가 입을 열었다.

"아무래도 내기는 내가 진 것 같구나."

"양보해 주셔서 감사합니다."

"인재들을 품으려면 그에 걸맞은 지위와 집이 필요할 터. 오늘부터 너를 표두로 임명하고 십칠각을 당(堂)으로 승격하겠다. 또한 약속대로 인사권을 포함해 네가 만든 당에 대한 어떤 간섭도 영구적으로 하지 않을 것이니라."

"……!"

생각지도 않았던 포상에 나는 순간적으로 번개가 관통하고 지나간 것 같은 충격을 느꼈다. 천룡표국 안에 나만의 또 다른 표국을 만드는 것으로도 충분히 만족할 지경인데, 당으로 승격까지 시켜주겠다고?

곧장 칼처럼 날카로운 소리들이 귓구멍을 파고들었다.

"국주!"

"여보!"

"상공!"

세 부인이 동시에 외쳤다. 얼굴이 노래진 것이 꼭 쥐약이라도 한 사발씩 들이킨 사람들 같았다.

이종산은 그녀들의 부름에는 아랑곳하지 않고 이갑룡·을룡·병룡을 노려보며 말했다.

"아우가 당주인데 형이 각주 노릇을 하고 있을 순 없지. 칠각부터 먼저 여섯 번째 당으로 승격시켜 주겠느니라. 하지만 체면을 봐주는 건 이번이 마지막이다. 동생을 수족으로 부리고 싶다면 먼저 그만한 실력을 보여라. 알겠느냐?"

"명심하겠습니다."

"명심하겠습니다."

"명심하겠습니다."

"왜들 소리가 작은 것이더냐?"

"명심하겠습니다!"

"명심하겠습니다!"

"명심하겠습니다!"

우렁우렁한 호통에 세 아들이 큰 소리로 합창했다.

이종산은 이어 세 명의 부인들을 한번 쓰윽 쓸어 보고는 말했다.

"한 번만 더 아이들을 앉혀놓고 엉뚱한 말들을 늘어놓을 땐 바깥에 장원을 지어주고 그리로 쫓아버릴 테니 그리들 아시오."

"국주, 어찌 그런 말씀을!"

"그리고 한 가지 더. 아이들의 외가에도 똑똑히 전하시오. 암중에서 외질과 외손을 돕는 것까진 묵인하겠으나, 감히 내가 살아 있는 동안에 표국의 경영에까지 간섭하려 한다면 이씨가문과 연을 끊을 각오부터 하셔야 할 거라고."

이종산의 서슬에 놀란 세 명의 부인들은 찍소리도 하지 못했다.

이화부인도 이번만큼은 입을 꼭 다물었다. 이종산이 한번 입으로 뱉은 말은 반드시 지키는 위인이라는 걸 잘 알기 때문이다. 그녀들이 원하는 건 천룡표국을 각자의 아들 손에 쥐어주는 것이지, 결코 판을 엎는 것이 아니었다.

"그만 가세!"

이종산이 자리에서 일어나 누각을 나가 버렸다.

곽석산이 얼른 그의 뒤를 따랐다.

표왕부로 향하던 중 이종산이 곽석산에게 물었다.

"일곱 척이라고 하지 않았나?"

"일곱 척이 맞습니다."

"잘못 들은 게 아니고?"

"해룡선방의 방주에게 직접 들었습니다. 그가 천룡표국과 저를 우습게 본 게 아니라면 거짓말을 했을 리가 없겠지요."

"고얀 녀석. 그 와중에 또 두 척을 숨기다니."

"국주님과 달리 사기꾼 기질이 다분한 녀석입니다. 게다가 어찌나 영리하고 신출귀몰한지, 정신 바짝 차리고 지켜보아야 합니다. 안 그러면 언제 뒤통수를 맞을지 몰라요. 이번에도 보십시오. 장로회의가 열리는 날 아침에 돈을 빼다가 다른 곳으로 옮겨둘 줄을 누가 알았겠습니까."

"나더러 뛰어다니란 말은 아니겠지?"

"뛰는 건 제가 해야죠."

"자네만 믿겠네."

"최선을 다하겠습니다."

"헐헐헐. 범선이 일곱 척이라니."

칠각과 십칠각이 당으로 승격하면서 천룡표국의 내부조직은 오당십칠각에서 칠당십오각으로 바뀌었다.

육당과 칠당의 이름은 각각 묵룡당(墨龍堂)과 비룡당(飛龍堂)으로 장로회의에서 바로 결정이 되었다. 천룡표국의 모든 당은 천룡에서 따온 룡(龍)자를 가운데 넣는 것이 규칙이었다. 이병룡은 어땠는지 모르겠는데, 나는 전혀 고민이 없었다. 비룡당은 명표 설인탁이 지어준 내 무림 별호 풍운비룡에서 따온 것이었다.

"당이라고요?"

"이렇게 갑자기요?"

"제가 줄은 확실히 잘 선 모양이군요. 껄껄."

장삼과 호리독사와 용소백이 차례로 한 말이었다.

용소백은 강룡당에 있다가 늙었다는 이유로 쫓겨나자마자 내가 가로채서 모셔 온 바로 그 상자수 노인이었다.

세 사람뿐만이 아니었다. 이른 아침부터 호출에 불려 나온 십칠각의 식구들 전부가 어리둥절해서는 한동안 입을 다물지 못했다.

"아무튼 그래서 이제부터 십칠각은 비룡당입니다. 다들 호칭에 혼선이 생기지 않도록 주의해 주십시오."

'여기서 호칭은 나를 부르는 호칭이다'라는 말까지는 차마 나오지 않았다.

장삼이 갑자기 닭똥 같은 눈물을 뚝뚝 흘렸다. 그동안의 고생이 주마등처럼 스쳐 가는 모양이었다.

"그렇게 좋으냐?"

"공자님은 안 좋으십니까?"

"뭐 그럭저럭."

다른 사람들보다 장삼이 이렇게 격한 감정의 반응을 보이는 데는 이유가 있다.

그는 이 몸뚱어리 원래 주인의 찌질했던 과거를 가장 가까이에서, 그리고 가장 오랫동안 지켜봐 온 사람이었다. 호수에 몸을 던져 죽으려는 걸 제 손으로 살려낸 주인이 각주가 되고 당주가 되었으니 감개무량할밖에.

"그럼 우리 별호는 어떻게 되는 거지?"

십칠왕삼 중 셋째인 왕소표가 머리를 긁적이며 혼잣말을 중얼거렸다. 십칠각의 왕 씨 표사 세 명이라는 뜻에서 십칠왕삼이라는 별호를 얻었는데, 비룡당으로 바뀌었으니 이제 어떻게 되는 거냐는 뜻이었다.

"어떻게 되긴, 비룡왕삼이 되는 거지."

"비룡왕삼? 갑자기 멋있어졌는데요."

"내가 말하고도 깜짝 놀랐다."

왕대표와 중표가 주고받은 대화였다. 과연 그렇다는 듯 왕소표도 얼굴이 환해졌다.

갑자기 전립성이 일어나 나를 향해 정중하게 포권지례를 했다.

"당주님을 뵙습니다."

뒤이어 가불염, 용소백, 왕대표·중표·소표, 그리고 언제 또 술을 처먹었는지 불콰한 얼굴의 호리독사가 차례로 일어나 포권지례를 올려왔다.

"당주님을 뵙습니다."

"당주님을 뵙습니다."

"당주님을 뵙습니다."

"갑자기 다들 왜 이러십니까? 앉으세요. 앉으세요."

사람들이 다시 자리에 앉자 장삼이 말했다.

"그런데 좀 짧은 거 같지 않습니까?"

"뭐가?"

"감축 인사요. 고작 일곱 명이 인사를 올리고 나니 뚝 끊어지잖습니까. 함께 당으로 승격된 칠각에서는 표사가 쉰 명에 쟁자수만도 백여 명에 이르니 조금 거짓말을 보태면 한나절은 이어질 겁니다."

"부럽냐?"

"우리도 언젠간 그렇게 되겠죠?"

"지금 당장 해치워 버릴까?"

"예?"

나는 씨익 웃고는 전립성을 돌아보며 명령했다.

"지금 있는 전각은 너무 좁습니다. 솜씨 좋은 목수들을 불러다 옆에 새로운 전각을 세 채 정도 더 짓도록 하십시오."

"세 채씩이나요?"

"두 채는 표사와 쟁자수들의 거처로 쓰고, 한 채는 표고(鏢庫)로 쓸 것입니다."

표고라는 말에 각사 직군은 다르지만 표국에서 잔뼈가 굵은 전립성, 용소백, 가불염, 장삼이 눈을 크게 부릅떴다.

표고는 원래 의뢰가 들어온 표물을 쌓아놓는 창고를 말한다.

천룡표국에는 천룡각이라 불리는 초대형의 표고가 한 채 있었다. 천룡표국으로 들어오는 모든 표물은 일차로 천룡각에 쌓였다가 대장궤 손지백과 그가 부리는 장궤들에 의해 각 당과 각으로 분배된다. 이것을 배표식이라고 한다. 그만큼 중요한 장소이기에 표고의 이름에 천룡(天龍)이라는 두 글자가 붙은 것이다.

한데 지금 나는 새로운 표고를 만들겠다고 했다. 이는 비룡당이 천룡표국 내에서도 독립적으로 운영된다는 상징이자 증거였다.

앞서 이미 당 내의 인사권을 내가 가짐은 물론이거니와 표왕부에 그 어떤 보고도 할 필요가 없다고 말했었다. 그때는 반신반의하던 사람들이 새로운 표고라는 말이 나오자 이제야 무슨 일이 벌어지고 있는지 제대로 실감을 한 것 같았다. 특히 독립된 당의 의미를 가장 잘 아는 전립성과 용소백은 기뻐서 어쩔 줄 모르는 눈치였다.

노인네들의 심장을 향한 내 공격은 계속 이어졌다.

"그리고 항주 전역에 내달 일 일부터 한 달 동안 표사와 쟁자수들을 대거 모집한다는 방을 붙이도록 하십시오."

"대거라면 어느 정도나……."

"일단 표사는 쉰 명, 쟁자수는 배수인 백 명 정도로 시작을 하죠. 대우는 업계 최고 수준으로 맞춰준다고도 쓰십시오."

"업계 최고 수준이라면 어느 정도나……."

"동일한 경력일 때 천룡표국 내 다른 당에서 받는 보수의 오(五) 할을 더 줄 것입니다. 쟁자수들을 지원하는 사람들 중 열에 아홉은 글자를 모를 테니, 열 손가락 위에다 다섯 손가락을 한 번 더 그려 넣으시고요."

"그렇게나 많이요?"

전립성을 비롯해 함께 앉아 있는 사람들 전부가 입이 쩍 벌어졌다.

천룡표국은 절강성의 패자로 군림하는 초대형 표국인 만큼 표사와 쟁자수들에 대한 보수 또한 업계 최고였다. 한데 그것보다 오 할을 더 준다고 했으니 다들 놀라 나자빠질밖에.

하지만 나는 전생에서 잘 뽑고 키운 표사와 쟁자수 하나가 어지간한 표사와 쟁자수 두 사람 몫을 하는 걸 너무나 많이 봐왔다. 비룡당을 표국업계의 전설로 만들기 위해서라면 오 할의 임금 상승은 결코 많은 액수가 아니었다.

"문제는 결국 돈입니다. 대형 전각을 세 채나 올리는 것도 그렇지만, 제아무리 뛰어난 실력을 지닌 표사와 쟁사수들을 모집한다고 해도 현장에 투입할 때까지는 적지 않은 시간 동안 훈련을 시켜야 할 겁니다. 그때까지 버티려면 그동안 주루들을 보호해 주고 번 돈으로는 턱도 없……."

텅!

이럴 땐 긴말이 필요 없는 법이다.

나는 탁자 위에다 금전이 가득 든 전낭 하나를 올려놓았다. 장삼을 비롯해 여덟 명 전부가 눈이 동그래졌다.

전립성이 말을 하다말고 물었다.

"이게 뭡니까?"

"잊으셨습니까? 제겐 아직 무림맹 일로 벌어들인 금전 백오십 냥이 있습니다. 아끼지 말고 팍팍 쓰십시오. 금방 또 벌어서 드리겠습니다."

전립성이 입을 귀밑까지 찢으며 전낭을 집었다.

이어 자신의 품속으로 챙기려다 말고 무언가 이상한지 두어 번 들어보는 시늉을 했다.

장삼이 물었다.

"왜 그러십니까?"

"한 열 냥 정도 모자라는 것 같은데……."

"들어만 보고 그걸 아십니까?"

"매일같이 하는 일이다 보니……."

여덟 명의 시선이 일제히 호리독사를 향했다.

호리독사가 깜짝 놀라서는 손사래를 쳤다.

"제가 안 훔쳤습니다. 정말입니다. 천룡표국 안에서는 먹고 자는 게 다 해결되기 때문에 돈을 훔칠 필요가 없어요. 술이라면 모를까."

"열 냥은 제가 따로 챙겼습니다."

사람들의 시선이 다시 나를 향했다.

"당분간 저도 이래저래 쓸 돈이 필요해서요."

이른 아침부터 비룡당의 앞마당이 사람들로 북적거렸다. 대충 보아도 일천여 명은 될 것 같았다.

그러고도 모자라 계속해서 꾸역꾸역 몰려드는 중이었다. 급기야 비룡당의 앞마당으로는 감당할 수가 없어서 천룡표국의 모든 표마차들이 들고나는 대마장으로 집결 장소를 옮겼다.

그 바람에 다른 당의 표사들이며 쟁자수들까지 전부 지나가다 멈춰서서 구경을 하고 난리도 아니었다.

"줄을 서시오. 줄을!"

"표사는 오른쪽, 쟁자수는 왼쪽이오!"

"거기, 새치기하지 마시오!"

"뒷간은 전각 모퉁이 돌아 왼쪽이오!"

"뒷간 줄이 길다고 아무 데나 오줌을 싸다 들키면 면접이고 뭐고 그 즉시 밖으로 쫓겨날 테니 그리 아시오!"

"대마장을 함부로 벗어났다가는 자객으로 오인당하여 칼 맞을 수도 있으니 다들 길을 잃지 않도록 조심하시오!"

몰려온 사람들은 비룡당에서 모집하는 표사와 쟁자수에 응시하려는 이들이었다. 방을 붙인 지 고작 보름째, 약속한 내달의 첫날이 되자 그만 이 사태가 벌어졌다.

이건 다른 당들이 증원을 할 때는 없었던 일이었다. 그만큼 나와 이제는 비룡당이 된 십칠각의 명성이 드높아졌기 때문…….

"돈 때문입니다. 업계 최고 대우를 약속한다고 했더니 사람들이 아주 그냥 물밀듯이 밀려오는군요. 역시 이번에도 당주님의 작전이 주효했습니다."

"십칠각이 유명해진 탓도 조금은 있지 않을까요?"

"돈이 먼저입니다. 돈벌이가 되고 나서야 선망하는 곳도 있고 더 끌리는 곳도 있는 법이죠. 그런 걸 두고 보통 '기왕이면'이라고들 표현하지요."

전립성은 사람들이 몰려온 게 돈 때문이라고 확신을 했다.

나도 그걸 아주 부정하는 것은 아니다. 세상에 수많은 도리가 있어도 돈이 없으면 아무것도 할 수가 없는 법이니까.

주변을 다시 한번 훑어보았다.

응시자들 중에는 정말 별의별 놈의 인간들이 다 있었다. 뜬금없이 칠현금을 들고 와서 뜯고 앉아 있는 무인, 번견 다섯 마리를 끌고 와 멈춰·앉아·꿇어·짖어·물어·맡아·먹어 등의 명령으로 묘기를 선보이는 사람까지.

그런가 하면 한쪽에선 이발 재주를 보여주겠답시고 응시자들을 앉혀놓고 즉석에서 이발을 해주는 사람, 수레를 끌고 와 눈 깜짝할 사이에 바퀴를 떼었다가 붙이길 반복하는 사람도 있었다.

비룡당의 무과(?)가 본격적으로 시작되기까지 기다리는 동안 그야말로 각양각색의 재주들을 연습하는 것이다. 묘기백출이 따로 없었다.

그중에서도 단연코 사람들의 시선을 끄는 것은 군데군데 섞여 있는 십수 명의 젊은 여검사들이었다. 딱 봐도 표사직에 지원을 하려는 것 같은데, 여자가 표사 일을 하려는 것도 신기하지만 무슨 조화인지 용모가 다들 기생 뺨칠 정도로 출중했다. 만약 용모만 보고 뽑는다면 열 명 전원 합격이었다.

한참 구경하는 재미에 빠져 있는데 용소백이 다가와 고개를 절레절레 흔들며 말했다.

"표사도 표사지만, 비룡당의 쟁자수가 되겠다며 몰려온 사람들이 압도적으로 많습니다. 아무래도 업계 최고 대우를 해준다는 소문 때문인 것 같습니다."

"저도 잘 알고 있습니다."

"한 명씩 면접을 보다가는 며칠이 걸려도 다 끝내지 못할 겁니다. 오늘은 어찌어찌 넘긴다고 쳐도 내일은요. 점점 소문이 멀리까지 퍼지면서 사람들이 구름처럼 몰려올 텐데……. 무언가 특단의 조처를 해야 합니다."

용소백이 잘 몰라서 그러는데, 비룡당이 십칠각이던 시절 이미 한 차례 표사 모집이 있었다. 그때도 모두에게 면접의 기회를 주지는 않았다.

주변을 보니 지원자들은 어느새 천여 명을 훌쩍 넘긴 상태였다. 이대로라면 저녁 무렵엔 이천 명에 육박해 버릴 것 같았다.

일거리를 찾는 사람들이 이렇게 많을 줄이야.

나는 가불염을 돌아보며 말했다.

"수석 표사님께서는 전각 신축 공사장으로 가서 기둥으로 쓰려고 쌓아놓은 통나무들 중 삼백 근쯤 되는 놈으로다가 두 개만 가져오세요. 혼자서는 무리일 테니, 접객당의 무사들을 몇 명 데려가십시오."

"알겠습니다."

역시 가불염이다. 밑도 끝도 없이 삼백 근이나 되는 통나무를 가져오라고 하면 이유가 궁금할 법도 한데 그는 절대 되묻는 법이 없다.

이어 용소백을 돌아보며 말했다.

"용 노사께서는 황룡당과 청룡당으로 가셔서 쟁자수들에게 부싯돌을 있는 대로 빌려달래서 가져오십시오. 아마 모른 척하지는 않을 겁니다."

"알겠습니다."

가불염이 시작을 잘 끊어준 탓인지 용소백도 이유를 묻지 않는다.

마지막으로 비룡왕삼에게 말했다.

"왕대표 표사께서는 마구간의 건초장으로 가서 작년 가을에 베어 말린 건초들을 물에 한 번 담갔다가 꺼낸 후 수레에 가득 싣고 오세요."

"건초를 물에 담갔다가 꺼내라고요?"

"그렇습니다. 왕중표 표사와 왕소표 표사께서는 식당의 건목장으로 가서 역시 말린 나무 부스러기며 껍질들을 비롯해 불에 탈 만한 것들은 최대한 많이 주워다가 물에 한 번씩 담근 다음 수레에 싣고 오세요."

"알겠습니다."

먼저 도착한 것은 통나무였다.

나는 통나무 두 개를 대마장 왼쪽에 놓아두도록 하고는 표사직에 지원한 사람들을 뒤쪽에 두 줄로 서게 만들라고 지시했다.

뒤이어 도착한 물에 담근 건초와 나무 부스러기는 대여섯 장쯤 떨어진 곳에다 수레째 부어놓게 했다. 그리고 앞에는 용소백이 황룡당과 청룡당의 쟁자수들에게서 빌려온 부싯돌을 각 두 개씩 열 곳에 놓아두도록 했다. 마지막으로 쟁자수직에 지원한 사람들을 열 줄로 만들어 부싯돌 뒤쪽에 세웠다.

무슨 영문인지를 모르는 사람들이 각자의 추측으로 말을 섞기 시작하면서 한순간 대마장 일대가 벌집을 건드린 것처럼 웅웅거렸다. 그러다 어느 순간 웅성거림이 벌 떼를 넘어 어디 불이라도 난 것처럼 커지더니 사람들의 시선이 일제히 한곳을 향했다.

무심코 돌아보니 이종산을 비롯해 총표두 곽석산, 대장궤 손지백과 육당의 당주들이 무슨 재미난 구경거리라도 생긴 것마냥 우르르 걸어오고 있었다.

사람들의 시선을 끈 것은 단연코 이종산이었다.

"저분이 표왕인가?"

"이제는 천하십검의 한 분이시지."

"과연 엄청난 기도를 풍기시는군."

나는 얼른 자리에서 일어나 이종산을 맞았다.

"여긴 어쩐 일이십니까?"

"내 표국에서 재밌는 일이 벌어진다고 하길래 구경을 왔느니라. 독립을 보장받았다고 설마 이것까지 볼 수 없다고 말하려는 건 아니겠지?"

"그럴 리가요. 금방 자리를 마련하겠습니다."

"그럴 필요 없다."

이종산이 뒤를 돌아보자 표왕부의 무사들이 언제 갖고 왔는지 대나무 의자를 쫙 깔았다. 거기에 이종산을 비롯한 수뇌부가 앉았다.

대충 장내가 정리되자 나는 왕대표·중표·소표에게 고개를 끄덕였다. 그러자 세 사람이 방법을 설명했고, 잠시 후부터는 일차 관문을 향한 지원자들의 도전이 시작되었다.

면접의 기회를 얻기 위한 일차 관문은 간단했다.

표사를 지원한 사람들은 삼백 근이나 되는 통나무를 양팔로 들어 올려서 자기 어깨 위로 넘길 것. 쟁자수들은 물에 담갔다가 꺼낸 건초와 나무 부스러기를 각자가 알아서 한 줌씩 골라온 다음 부싯돌을 최대 열 번까지만 쳐서 불을 피울 것.

효과는 생각했던 것보다 훨씬 강력했다. 표사고 쟁자수고 간에 한 식경이 넘도록 단 한 명의 통과자도 나오지 않았다.

두 식경이 지나고 세 식경이 지났지만 조금도 달라지지 않았다.

바글바글하던 지원자들 수가 빠르게 줄어들어서 좋기는 했다만, 통과자가 너무 없으니 여기저기서 불만들이 터져 나오기 시작했다. 급기야 표사를 지원한 사람들 중 장대한 체구의 털북숭이가 통나무에 깔렸다가 낑낑대며 나오더니 심사위원석 쪽을 향해 용기를 내 소리쳤다.

"거, 문턱이 너무 높은 거 아닙니까? 그래 봐야 표사일 뿐인데, 삼백 근이나 되는 통나무를 대체 무슨 수로……."

"어어……."

털북숭이의 항의가 지원자들의 갑작스러운 함성에 묻혀 버렸다. 그의 뒤쪽에서 비룡왕삼 중 막내인 왕소표가 통나무 하나를 두 팔로 안아서 번쩍 들어 올리고 있었던 것이다.

얼마나 무거웠던지 몸 전체가 동지섣달 비 맞은 개처럼 바르르 떨리고, 목이며 소매 밖으로 드러난 팔뚝에서는 지렁이 같은 핏줄이 파바박 섰다.

쿵!

비록 죽을힘을 다했을망정 그는 기어이 통나무를 자신의 어깨 뒤로 넘기는 데 성공했다. 그리고 털북숭이 사내를 돌아보며 도발적인 표정으로 물었다.

"나는 석 달 전에 들어온 비룡당의 막내 표사요. 할 말 있소?"

털북숭이는 물론이거니와 아직 백여 명이나 남은 지원자들 전부 합죽이가 되어버렸다. 일부는 기가 질렸는지 슬그머니 일어나서는 아예 도전을 포기하고 가버리기도 했다.

문제가 된 것은 표사 쪽 관문만이 아니었다. 쟁자수들 쪽에서도 한 사내가 실패를 하자 제법 강단 있는 태도로 심사위원석 쪽을 향해 말했다.

"감히 비룡당의 당주님께 한 말씀 올려도 되겠습니까?"

"말씀해 보세요."

"구태여 왜 젖은 나무 부스러기며 건초를 갖다 놓고 불을 피워 보라고 하시는 건지요?"

"강남은 일 년 삼백육십 일 중에서 백 일 정도 비록 소나기일망정 비가 옵니다. 비가 오고 나면 꼬박 하루가 지나야 겨우 나무가 마르기 때문에 사실상 이백 일은 마른 나뭇잎을 구하기가 어렵지요. 하지만 그런 날에도 표행은 계속되고 쟁자수들은 불을 피워야 합니다."

"무슨 말씀을 하시려는 건지 충분히 알아들었습니다. 노파심에서 말씀드리자면 소인은 금룡표국에서 오 년간 쟁자수 노릇을 했습니다."

그 말에 잠시 장내가 술렁거렸다. 금룡표국은 최근 항주에서 급격하게 부상하고 있는 표국이었기 때문이다. 몇 달 전에는 이화원에서 진왕을 보호하는 일로 천룡표국과 부딪히기도 했던 바로 그 표국이었다.

사내의 말이 계속됐다.

"외람되오나 당주님께서는 아무래도 표행을 시작하신 지 얼마 안 된데다 처음부터 표사로 발을 들여놓으시다 보니 하찮은 쟁자수들 일을 잘 모르시는 것 같습니다."

"저자가 감히……."

평소 점잖기로 유명한 가불염이 발끈하며 일어섰다. 처음 보는 자가 수많은 사람이 지켜보는 앞에서 은근슬쩍 주군을 멕이니 살짝 평정심을 잃은 것이다.

그러다 이종산의 옆에 앉아 있던 곽석산이 '커험' 하고 헛기침을 하자 화를 억누르며 다시 앉았다. 표사로서도 최고 선배인 데다 그 자신을 발탁해 천룡표국으로 데려온 사람 역시 곽석산이어서 가불염은 곽석산을 매우 어려워했다.

그런데 나는 사내의 '표행을 시작한 지 얼마 안 되어'라는 말보다 '하찮은 쟁자수들 일'이라는 말에 눈살을 찌푸렸다. 그 자신도 쟁자수였다면서 말을 저딴 식으로 하다니. 저런 자가 선배 쟁자수로 있다면 밑에서 배우는 쟁자수들 역시 자존감이 낮을 수밖에 없다.

나는 착 가라앉은 음성으로 물었다.

"가르침을 주시겠습니까?"

"방금 당주님께서 말씀하신 것과 같은 이유로 오랜 경력의 쟁자수들은 작은 대나무 통 속에 목화를 다져 넣고 다닙니다. 그래서 불은 어떻게든 젖은 나무를 말려가며 땐다고 할지라도 일단 불씨는 목화로 일으키지요."

"만약 상자수가 목화 통을 잃어버렸다면? 혹은 여정이 생각보다 길어져 목화를 다 써버리고 없다면? 그리고 그때가 하필 눈 내리고 삭풍까지 부는 겨울 저녁이라면 어쩌시겠습니까?"

"……!"

"대수롭지 않은 한 번의 실수로 무공을 모르는 쟁자수들 전부가 밤사이 얼어 죽을 수도 있습니다. 금룡표국에는 지난 십 년 동안 그런 일이 한 번도 없었었나요?"

실제로 전생에서 그런 일이 몇 차례 있었다. 아마 표국업 전체로 따지면 겨울에 동사하는 쟁자수들의 숫자가 훨씬 늘어날 것이다. 동사까지는 아니지만 동상을 입어 손가락 발가락을 잘라내거나 입이 돌아가는 경우는 기강이 엄격하기로 유명한 천룡표국 안에서도 매우 흔한 일이었다.

표행은 생각보다 훨씬 위험한 일이다. 십 리를 갈 때는 비바람에 대비하고, 백 리를 갈 때는 춥고 더운 날씨에 대비하고, 천 리를 갈 때는 생사에 대비하라는 말이 쟁자수들 사이에 괜히 있는 게 아니다.

"적지 않은 쟁자수들이 겨울에 동상을 입어 평생 불구로 산다는 건 저도 겪어봐서 잘 알고 있습니다. 하지만 이렇게 방금 물에 담갔다가 꺼낸 건초와 나무 부스러기만으로는 누구라도 불씨를 일으킬 수가 없습니다."

그때쯤엔 대마장이 비룡당의 무과를 구경하러 나온 다른 당과 각의 사람들로 바글바글했다. 당연하게도 그들은 전부 표사와 쟁자수들이었고, 매우 흥미롭게 지켜보던 중이었다. 한데 대부분의 쟁자수들이 사내의 말에 공감한다는 듯 고개를 끄덕였다.

하지만 일부 늙은 상자수들은 가만히 고개를 가로저었다. 특히 내 옆에 앉아 있던 용소백은 입술까지 씰룩거렸다. 그도 나처럼 쟁자수들 일을 우습게 보는 사내에게 살짝 화가 난 듯했다.

아니, 어쩌면 나보다 더 화가 났을 것이다. 전대 국주 때부터 천룡표국에 몸담아 온 그야말로 한평생을 쟁자수 일에 바친 사람이었으니까. 아마도 자신의 삶을 통째로 부정당하는 기분일 것이다.

그가 내게 말했다.

"잠깐만 시간을 주시면 소인이 저자의 입에서 나오는 소리가 얼마나 개소리인지를 증명하고 들어오겠습니다."

"상자수님까지 나설 필요 없습니다."

"예?"

지원자들은 그렇다고 쳐도 천룡표국의 표사와 쟁자수들까지 대다수 저자의 말에 수긍하는 것은 매우 심각한 문제였다.

"쟁자수들 일이 결코 하찮은 게 아니라는 걸 가르쳐 줘야겠습니다. 그러려면 아무래도 제가 나서는 것이 좋겠습니다."

"당주님께서 어떻게 불을……."

"직접 보시지요."

귀하게 자라신 공자님께서 어떻게 젖은 건초와 나무 부스러기로 불을 피우냐고? 이래 봬도 내가 전생에서 30년 동안 쟁자수를 했던 몸이시다.

나는 지원자들이 불을 피우려고 갖다 놓은 첫 번째 무더기로 갔다. 앞선 사람들이 계속해서 실패를 하다 보니 건초며 나무 부스러기가 잔뜩 쌓여 있었다.

그것들을 뒤적이다 쑥대를 하나 찾았다.

당연히 물에 담갔다가 꺼냈기 때문에 살짝 젖어 있는 상태였다. 한 번 바싹 마른 풀은 잠깐 물에 담갔다가 꺼낸다고 해서 절대 촉촉한 생초로 돌아가지 않는다.

쑥대를 양 손바닥 사이에 넣고 열심히 비볐다. 일체의 내공을 끌어올리지 않고 오로지 손바닥의 힘으로만. 그러자 잠시 후 잎 부스러기가 전부 가루가 되어 떨어지고 누리끼리한 섬유질만 솜처럼 남았다.

손바닥의 마찰열에 의해 쑥솜의 작은 습기조차 모두 사라진 상태였다. 나는 쑥솜이 바람에 날아가지 않도록 작은 나무꼬챙이에 찍어 땅바닥에 쿡 꽂았다. 그런 다음 부싯돌을 집어 들었다.

탁탁!

단 두 번이면 족했다. 쑥솜으로 튄 불똥이 불씨가 되고 다시 솔잎과 새 다리 같은 작은 나뭇가지들로 옮겨붙기까지는 순식간이었다.

"와아아!"

구경을 하고 있던 쟁자수들 사이에서 함성이 터져 나왔다. 한 시진이 넘도록 단 한 명도 성공하지 못해 답답해 죽으려는 찰나 내가 최초로 성공을 했기 때문이다.

나는 거기서 그치지 않고 다음 무더기로 갔다.

소 여물통 두 개쯤은 채울법한 무더기를 뒤져 보니 팔뚝만 한 대나무가 나왔다. 당연히 말린 대나무였고 물에 한 번 담갔다가 꺼낸 것이었다. 강남으로 표행을 다니다 보면 가장 흔하게 만나는 것이 바로 대나무 숲이었다.

부싯돌의 날카로운 면으로 대나무 표면을 긁었다. 그러자 대나무 섬유질이 실처럼 가느다랗게 벗겨지면서 도르륵 말려 올라왔다.

스무 번 정도 긁어모으자 메추리알만 한 크기로 뭉쳐졌다.

탁탁!

이번에도 딱 두 번. 여지없이 불씨가 살아났고 금방 한 줌 정도의 크기로 불을 피우는 데 성공했다.

그리고 또다시 터지는 함성.

"와아아!"

세 번째 무더기로 갔다.

이번에도 대충 뒤적거리자 손바닥만 한 크기의 두꺼운 소나무 껍질이 보였다. 건초도 그렇지만 나무 역시 일단 바싹 마른 이상 물에 한 번 담겼다가 꺼내는 것으로는 절대 속까지 젖지 않는다.

소나무 껍질을 반으로 뚝 부러뜨린 다음 잘린 단면을 서로 세게 비볐다. 그러자 속의 마른 부위가 밀가루처럼 잘게 부서져 내리며 바닥에 쌓이기 시작했다.

탁탁!

이번에도 역시 두 번. 불똥이 불씨가 되고 불씨는 순식간에 작은 불이 됐다.

나는 그렇게 열 개의 무더기 중 여덟 개를 옮겨가며 전부 다른 방식으로 불을 피웠다. 이 정도면 지금 당장 비를 맞는 것이 아닌 이상 거의 모든 상황에서 불을 피울 수 있음을 증명한 것이다.

한데 함성은 다섯 번째에서 절정으로 치달았다가 점점 잦아들었다. 뒤늦게 하찮은 쟁자수들이나 하는 일을 이렇게 완벽한 솜씨로 해내는 사람이 표사이고, 나아가 당주이며, 표왕의 넷째 아들이라는 고귀한 신분임을 자각하기 시작한 것이다.

이윽고 아홉 번째 불을 피우고 열 번째 무더기로 옮겨 갈 때 지원자들 중에서 한 사람이 번쩍 손을 들고 일어섰다.

“마지막 한 개는 제가 붙여도 되겠습니까?”

스물대여섯 살이나 되었을까? 아직 자기 차례가 되려면 한참이나 남은 사람이었다. 결정적으로 그는 쟁자수 쪽 줄이 아니라 표사 쪽 줄에서 있었다.

“귀하는 표사 쪽 지원자인 것 같소만.”

“혹시 불을 피우면 추가 점수라도 좀 주실까 해서요.”

지원자와 구경꾼들 사이에서 왁자지껄 웃음보가 터졌다. 부싯돌로 불 피우는 것이 보기에는 쉬워 보이니 새파랗게 젊은 친구가 물색 모르고 나선다고 생각한 것이다.

“귀하가 이 불을 피운다고 해도 저 통나무를 자신의 어깨너머로 넘기지 못하면 탈락이오. 쟁자수를 지원한 것이 아니라면 말이오.”

“허락을 해주신 것으로 알겠습니다.”

작지만 단단한 체구의 사내는 앞으로 종종걸음을 치며 걸어 나왔다. 이어 돌연 통나무를 잡고는 번쩍 들어다가 뒤로 홱 던져 버렸다.

“읏차!”

쿵!

생각지도 않았던 돌발 행동에, 그리고 그 결과에 지켜보고 있던 사람들 모두가 뜨악했다.

좌중이 갑자기 찬물을 끼얹은 것처럼 고요해졌다.

심사위원석에 나란히 앉아 있던 곽석산과 손지백, 황자충, 양진각, 유지평은 점점 재밌어진다는 듯 손으로 허벅지까지 치며 껄껄거렸다. 이종산도 국주라는 체면 때문에 대놓고 손짓까지 하지는 않지만 치아까지 드러내며 활짝 웃는 것이 간만에 재밌는 구경을 한다는 표정이었다.

사내는 이어 또다시 종종걸음을 치며 마지막 남은 무더기 쪽으로 왔다. 그러더니 고민할 것도 없이 무더기 속에서 짤막한 명아주 막대기를 집어 들었다. 명아주는 본래 들판에서 흔하게 볼 수 있는 풀인데, 가을이 되면 사람 키보다 어깨 하나는 더 높이까지 자랐다가 바싹 말라 죽는다.

사내는 허리춤에서 싸구려 박도를 쓱 뽑더니 명아주를 반쪽으로 쩍 갈랐다. 그런 다음 칼끝으로 하얗고 푹신푹신한 명아주 속살을 잔뜩 긁어모아 부싯돌을 치기 시작했다.

탁! 탁! 탁! 탁!

단 네 번 만에 불똥이 옮겨붙어 불씨로 살아났다.

사내는 끝내 주먹만 한 모닥불을 피운 후에야 손을 탁탁 털고 일어났다.

그리고 나를 돌아보며 공손한 태도로 말했다.

"다했습니다. 당주님."

좌중이 다시 한번 쥐 죽은 듯 고요해졌다.

함께 표행을 하지만 표사들은 의외로 쟁자수들 일을 잘 모른다. 반대로 쟁자수들은 표사들 일을 잘 알지만 무공을 모르기에 감히 흉내 낼 수가 없다. 그래서 쟁자수 일을 흉내는 내도 두 번 손이 안 갈 만큼 잘하는 표사를 찾기란 정말 어렵다. 그것도 새파랗게 젊은 표사에게서는 더더욱.

"쟁자수 일을 해본 적 있소?"

"진운표국(陣雲鏢局)이라고, 복건성 남쪽 끝에 있는 작은 표국에서 오(五) 년 동안 쟁자수 노릇을 했습니다."

"일신에 상당한 무공을 지닌 것 같은데 어찌하여 쟁자수 노릇을 하고 있었던 것이오?"

"쟁자수 노릇을 하면서 언제가 표사가 될 생각에 죽으라고 수련을 했습니다. 다행히 열심히 하는 제 모습이 기특하다시며 국주님께서 무공을 가르쳐 주셨고요."

"국주님께서?"

"표사와 쟁자수를 모두 합쳐 백 명이 채 안 되는 작은 표국이다 보니."

사내가 민망한지 뒤통수를 벅벅 긁었다.

"좋은 국주님이셨던 것 같은데 왜 떠난 것이오?"

"표국이 망해 버렸습니다. 국주님은 빚쟁이들을 피해 처자식들과 함께 해남도로 도망가 버리시고, 저는 산속으로 들어가 오 년 동안 죽으라고 수련만 하다가 표사가 되기 위해 하산을 한 것입니다. 그리고 정말 운 좋게도 천룡표국에서 표사들을 모집한다는 소문을 들었고요."

사람이 어떤 일에 대해 목표와 신념을 가지면 그것만 바라보고 앞으로 나아가게 된다. 그런 사람들은 반드시 남들과 다른 속도의 발전이 있다. 여기에 재능이 더해지면, 그리고 만약 신념의 대상이 무공이라면 그중 일부가 절정고수도 되고 천하십검도 되고 하는 것이다.

"이름이 무엇이오?"

"독고완입니다."

"독고완, 귀하는 오늘부터 대천룡표국 비룡당의 신입표사요."

"면접을 통과해야 한다고 들었습니다만……."

"이미 내가 다 치렀소."

"가, 감사합니다! 감사합니다!"

사내는 허리가 부러져라 인사를 했다.

지켜보고 있던 천룡표국의 쟁자수들 사이에서 천둥 같은 함성이 터져 나왔다.

"와아아아!"

3장

소나기는 종일 내리지 않는다

늦은 밤, 이종산은 일과가 끝나고 간만에 자신을 찾아온 두 명의 의형제와 함께 술을 마시고 있었다.

손지백이 곽석산에게 물었다.

"비룡당의 표사 모집이 끝났다지요?"

"표사 쉰 명에 쟁자수 백 명만 딱 모집하고 끝내 버렸습니다. 하나같이 최고의 표사와 쟁자수들로만 뽑았다더군요."

"당으로 승격도 했겠다. 표물을 맡기겠다는 사람들도 줄을 섰겠다. 충분히 더 욕심을 낼 만도 하건만."

"과하면 모자라는 것만 못하다는 이치를 아는 것이지요. 배움이 깊은 녀석이라 그런지 매사에 빈틈이 없습니다."

"욕심이 어디 배운다고 절제가 된답디까. 타고난 성품이 그러한 것이겠지요. 아니면 무서울 정도로 치밀한 두뇌의 소유자이든가."

"경영 수완은 그렇다고 쳐도 노련한 표두와 상자수를 보는 듯한 표행 실력은 어떻게 받아들여야 할지 모르겠습니다."

"다른 건 다 필요 없고, 대체 불 피우는 건 어디서 배웠답디까? 그 정도 솜씨라면 웬만큼 늙은 상자수들조차 쉽게 흉내 낼 수 없는 것이거늘."

"제 형들이 무공을 수련할 때 녀석은 기루를 섭렵하는 척하며 오랜 시간 혼자 표행에 필요한 일들을 수련한 게 아닐까요? 그게 아니라면 도무지 설명이 되질 않습니다."

"혼자 표행에 필요한 일들을 수련했다는 것도 이상하지만, 그게 아니라고 해도 또 이상하군. 아무튼 물건이로세. 물건이야."

"이제는 당주까지 되었으니 그야말로 날개를 단 격이 아닐까 합니다. 지금 당장 천룡표국에 의뢰가 넘쳐나는 것도 따지고 보면 정룡의 공이 가장 크고 말입니다."

아들에 대한 칭찬이 절정에 이르자 이종산이 못 이기는 척 끼어들었다.

"황새기 풍광 좋은 소나무 꼭대기에 둥지를 틀었다지만 숲 전체로 보자면 고작 나뭇가지 하나를 차지하고 앉았을 따름입니다. 두 사람은 너무 그렇게 호들갑을 떠실 것 없습니다."

그러면서 이종산은 시비를 불러 간만에 의형제들이 모였으니 사흘 전에 들어온 더덕주를 내오라고 일렀다. 백 년 묵은 더덕으로 담갔다는 술은 표행을 잘 끝내주어서 감사하다는 의미로 어느 상단의 단주가 보내온 것이었다.

손지백과 곽석산은 서로에게 수고했다는 듯 잠시 은밀한 눈길을 주고받았다.

시비가 오는 동안 이종산이 손지백에게 물었다.

“또 다른 이야기는 없습니까?”

“무얼 말이외까?”

“무엇이든요.”

“글쎄요. 뭐가 있으려나.”

“더 할 얘기가 없으시다면 밤도 늦었고 하니 술은 다음에 마시도록 하지요. 호위장은 시비에게 일러 더덕주는 필요 없다고…….”

“젊은 쟁자수들 사이에서 밤마다 무공을 수련하는 것이 크게 유행하고 있습니다.”

갑자기 끼어든 사람은 곽석산이었다. 손지백의 얼굴이 노래진 사이 곽석산이 얼른 말을 이어갔다.

“아무래도 보름 전 쟁자수 출신의 독고완이라는 젊은 친구가 비룡당의 표사로 발탁되는 걸 보고 다들 고무된 듯합니다.”

“그날 일은 정말 볼만했지. 독고완이라는 그 젊은 친구도 대단했고 말이야. 단언하건대 그는 십 년 이내에 일급표사가 될 걸세.”

“집 안에 오동이 있으니 봉황을 부른 게지요.”

“오동?”

“정룡이 말입니다.”

“이 친구 누가 사부 아니랄까 봐 끝을 모르는구만.”

“사실이 그런 걸 어쩌겠습니까.”

“알았으니 그만하게. 그나저나 쟁자수들이 자발적으로 무공을 수련하는 건 좋은 일이지. 최소한 자기 자신을 지키는 데는 크게 도움이 될 테니 말일세.”

"저도 그렇게 생각합니다."

"젊은 쟁자수들이 상시 무공을 수련할 수 있는 장소를 마련해 주고, 무공을 가르칠 교두도 몇 명 붙여주시게. 아울러 만약 쟁자수가 표사들 중 누구에게라도 도전해 쓰러뜨린다면 그 즉시 표사로 승격시켜 준다는 령도 내리고."

"예?"

"안 그래도 다들 타성에 젖어 있는 것 같았는데 모처럼 활기가 도는군. 이참에 나도 불씨를 꺼뜨리지 말고 모닥불로 한번 키워볼까 하네. 그리고 더덕주는 다음에 마시도록 하지."

"예?"

"예?"

"다들 놀라시기는. 대신 삼백 년 묵은 산삼주로 하지요. 오래된 더덕이 좋다고 한들 산삼만 하겠습니까?"

"감사합니다!"

"존경히외다!"

드디어 휘하에 쉰 명의 표사와 백 명의 쟁자수를 거느리게 됐다.

기존의 전각은 방이 스무 개밖에 되지 않아 백오십 명이나 되는 인원을 전부 수용할 수가 없었다. 해서 새 전각이 지어지기 전까지는 접객당의 빈방들을 쓸 수 있도록 표왕부로부터 진작에 허락도 받아놓은 상태였다.

비룡당이 경영의 독립권을 보장받았다고 해도 천룡표국의 처마 밑에 있는 한 여전히 벌어들이는 수익의 절반은 상납해야 한다. 그러니 표왕부로서도 도와주지 않을 이유가 없었다.

표사와 쟁자수들의 잠자리가 해결되고 난 이후 가장 먼저 한 일은 갑자기 커진 조직을 재편하는 일이었다.

우선 가불염을 일급표사에서 나와 같은 직급인 표두로 임명했다. 다음에는 비룡당을 세 개의 각(閣)으로 나누고 왕대표·중표·소표를 일급표사로 승진시킨 후 하나씩 맡게 했다.

왕대표와 중표가 각 스무 명씩의 표사와 쟁자수 오십을 거느리게 했고, 왕소표에게는 표사들만 열 명을 주었다.

왕소표가 이끄는 삼각(三閣)은 항주의 주루를 보호하는 일에만 투입되었다. 이들의 주된 일과는 비룡당의 관리하에 있는 주루를 종일 도는 것이었다. 그러다 다른 주루에서라도 사고가 터졌다는 소식이 들리면 곧장 출동해 문제를 해결하는 식이었다.

대부분의 문제는 천룡표국이라는 이름만으로도 해결되었고, 그게 안 될 때는 가불염이 직접 나서는 경우도 가끔 있었다. 아직은 가불염까지 나서서 해결되지 않은 일은 한 건도 없었다.

"십칠각이 비룡당으로 승격했으며 표사와 쟁자수들을 보강했다는 소문이 퍼지면서 본격적인 표행 의뢰가 밀려들고 있습니다."

"표사들은 경력자의 비율이 압도적으로 많아 애초의 우려와 달리 간단한 교육만 끝내면 금방이라도 표행에 투입될 수 있을 것 같습니다."

"쟁자수들도 마찬가지입니다. 경력자들이 이렇게까지 많이 지원을 할 줄은 몰랐습니다. 덕분에 일이 아주 수월해졌습니다."

전립성과 가불염과 용소백이 차례로 한 말이었다.

사람들은 모두 잔뜩 고무된 듯했다. 다른 표국들은 의뢰를 유치하지 못해 난리인데, 우리는 반대로 의뢰를 골라서 받게 생겼으니 신이 날 수밖에.

하지만 내 생각은 달랐다. 전립성이 올린 보고서의 목록을 읽어 내려가는 내 표정은 좀처럼 밝아질 줄 몰랐다.

전립성이 물었다.

"무슨 문제라도 있는지요?"

"전부 단발성 의뢰들뿐이군요."

단발성 의뢰는 소나기와 같다. 언제 내릴지도 모르지만 한번 내릴 때 폭우처럼 쏟아지는 경우가 많다. 이러면 장기적인 계획을 세울 수가 없다.

당을 키우려면 정기적인 표물을 받아야 한다. 그래야 물동량의 예측이 가능하고, 예측이 가능해야 표행의 계획도 효율적으로 짤 수가 있다. 그러려면 역시 꾸준한 의뢰가 있는 상단과 계약을 맺어야 한다.

"아시다시피 거상들은 짧게는 몇 년에서 길게는 몇 대를 걸쳐서까지 한 곳과 거래를 합니다. 그들로 하여금 거래처를 옮기게 만드는 건 매우 어려운 일입니다."

전립성의 말도 맞기는 하다. 하지만 이 정도로 명성을 떨쳤으면 상단들이 시험 삼아서라도 작은 표물 정도는 맡겨볼 만하다. 한데도 상단에서 들어온 의뢰가 전혀 없었다.

전립성은 내게 실례가 될까 봐 말을 아꼈지만 사실 이유가 있었다. 세 명의 부인이 각자의 친정을 동원해 상계의 표물이 비룡당으로 흘러 들어가지 않도록 모종의 영향력을 행사하고 있는 것이다.

충분히 예상했던 일이다. 다만 갑자기 당으로 승격을 하는 바람에 생각했던 것보다 빨리 당면했을 뿐.

"너무 걱정들 마십시오. 제가 지난 반년 동안 걸어온 길이 기적이었듯 앞으로도 계속 기적을 만들며 나아갈 것입니다. 그러니 당분간은 지금의 성취를 즐기도록 하지요."

그제야 잠시 굳었던 사람들의 얼굴이 다시 활짝 펴졌다.

나는 보고서를 날인한 후 전립성에게 돌려주며 말했다.

"언제나처럼 가 표두와 상의해서 의뢰를 선별 수용하십시오. 다만 한 가지, 당분간은 열흘 안쪽의 짧은 표행만 맡도록 하는 것이 어떻겠습니까?"

"표사와 쟁자수들의 호흡을 완벽히 맞추는 게 먼저라는 말씀이시겠지요?"

"그렇습니다."

"명을 받들겠습니다."

"명을 받들겠습니다."

오향장육과 검남춘 한 병을 사서 월성교 아래를 찾았을 때는 해가 중천에 뜬 상태였다.

북해투왕 혁방세는 누더기를 벗어 이를 잡다 말고 봄 햇살에 꾸벅꾸벅 졸고 있었다.

조는 와중에도 오향장육 냄새는 또 귀신같이 맡아서 코를 킁킁거리더니 눈을 번쩍 떴다.

"또 오향장육이냐?"

"어제까지는 잘 드셨잖아요."

"맛난 음식도 하루 이틀이지."

"다음부턴 다른 걸로 갖고 오겠습니다."

"그냥 오향장육으로 갖고 와라."

"내일 되면 또 딴소리를 하시려고요?"

"그건 내일이 되어봐야 아는 거고."

혁방세가 음식 보자기를 가로채더니 의자로도 쓰고 밥상으로도 쓰는 바위 위에다가 척척 풀기 시작했다.

잠시 후 검남춘에 오향장육 한 점을 먹은 혁방세는 금방 세상 부러울 것 없는 표정으로 말했다.

"역시 검남춘에는 오향장육이지. 이것 때문에라도 오향장육을 끊을 수가 없다니까."

"이제 그만 움막 생활 청산하시고 천룡표국으로 들어오시죠. 표사들 무공을 조금씩 손봐줄 실력 있는 교두가 필요합니다."

"쓸데없이 표사와 쟁자수들을 잔뜩 뽑았다는 소문은 들었다. 조심하거라. 욕심이 많으면 반드시 탈이 나게 마련이다."

"국주님께는 이미 허락을 받았습니다. 가짜 신분도 따로 만들어놓았고요. 원하신다면 죽림 속에 조용한 전각도 마련해 드리겠습니다."

"네 녀석이 지금은 승승장구하지만 언젠가 한 번은 거꾸러질 날이 반드시 있을 것이다."

"천룡표국이 싫으시면 다른 곳은 어떻습니까? 바닷가 한적한 곳이든, 항주 유흥가의 심처이든 원하시는 곳에 따로 거처를 마련해 드리겠습니다."

"네 아버지도 너무 믿지 마라. 골짜기에 물이 아무리 넘쳐나도 결국은 윗 논부터 채우고 내려오는 법이다."

"편하게 모시겠다는데도 구태여 이런 곳에서……."

"계속할 테냐? 그러면 이제부터는 거지 생활 십 년 동안 갈고닦은 육두문자로 상대해 주마. 너의 출신이며 부모까지 싸잡아 잘근잘근 씹을 것인데 감당할 수 있겠느냐?"

"그만하겠습니다. 어서 식사나 하십시오."

"흥, 한 입 거리도 안 되는 것이 어딜."

나는 그가 이러는 이유를 잘 알고 있었다. 함부로 신세를 졌다가 나와 천룡표국에 피해라도 줄까 봐 몸을 사리는 것이다.

혁방세는 저만치 시선을 던졌다. 개울 건너 응달과 양달이 반복되는 작은 낭떠러지 아래에 흔한 봄꽃들이 어지럽게 피어 있었다.

"저기 있는 진달래, 벚꽃, 개나리 중에 어느 것이 가장 먼저 피는 줄 아느냐?"

"말씀하신 순서대로 아닌가요?"

"천만의 말씀. 햇빛을 가장 많이 받은 꽃이 제일 먼저 피느니라. 하면 어떤 꽃이 먼저 지는지 아느냐?"

"가장 먼저 핀 꽃이 제일 먼저 지지 않을까요?"

"천만의 말씀. 비바람을 견디지 못하는 꽃이 제일 먼저 지느니라."

"……?"

"기왕에 시작한 일이니 앞만 보고 달려가거라. 늦게 피었다고 초조해할 것도, 비바람이 몰아친다고 두려워할 것도 없느니라. 본래 기둥감은 정원이 아니라 거친 바깥에서 길러지는 법."

"명심하겠습니다."

해가 뉘엿뉘엿 지기 시작할 무렵이었다. 표사와 쟁자수들이 각자의 처소로 떠난 비룡당 본각은 쥐 죽은 듯 고요했다.

나는 처마 밑에 매달려 도화곡에서 얻은 잠백비행의 은잠술을 수련하고 있었다.

벌써 두 달이 되어가건만 무슨 벽을 만났는지 좀처럼 진전이 없었다. 해서 오늘은 옷부터 해 질 무렵의 처마 밑 그늘과 비슷한 암녹색으로 바꾸어 보았다.

그때 호리독사가 나타났다. 초저녁부터 어디서 또 술을 퍼마셨는지 얼굴이 불콰했다.

'이번에는 기필코!'

나는 호흡을 멈추고 기운을 안으로 갈무리한 다음 미동조차 하지 않았다.

호리독사는 내가 있는 쪽으로 휘적휘적 다가오더니 아무렇지도 않게 올려보며 말했다.

"또 악력을 기르고 계십니까?"

"그렇소."

"그럼 수고하십시오."

"사람들에게는 나를 봤단 말 하지 마시오."

인사를 꾸뻑하고 돌아가려는 호리독사에게 내가 한 말이었다.

호리독사는 잠시 걸음을 멈추더니 뒤돌아 다시 나를 올려다보며 말했다.

"형(形)을 감추려면 먼저 형을 없애야 합니다."

"……?"

"사람의 눈은 생각보다 많은 것을 보지 못합니다. 가만히 정면을 한번 응시해 보십시오. 뚜렷하게 볼 수 있는 건 중앙의 아주 좁은 부위일 뿐입니다. 좌우로 보이는 것들은 시야에 들어오기는 하지만 흐릿하게 인식만 하는 상태이지요. 이걸 가짜라는 뜻에서 가시(假視)라고 부릅니다."

호리독사는 지금 내게 은잠술의 묘리에 대해 조언을 해주고 있었다.

그가 술주정뱅이기 이전에 대도 공령신투의 제자라는 걸 상기했다. 은잠술에 관한 한 천룡표국 내에서 호리독사를 따라갈 만한 사람이 이종산과 곽석산을 제외하고 과연 있을까? 어쩌면 이종산과 곽석산조차도 은잠술만큼은 호리독사에게 한 수 뒤질지도 모른다.

불치하문이라는 말도 있거니와 지금은 체면을 따질 때가 아니었다. 나는 호리독사가 시키는 대로 정면을 응시했다.

과연 그의 말처럼 선명하게 보이는 것은 중앙의 일부분이고 좌우의 풍경은 흐릿하게 인식만 할 뿐이었다.

"그 상태에서 무언가 움직임이 느껴지거나 혹은 내가 익히 알지만 그 자리에 있으면 안 되는 어떤 것의 형(形)이 감지되면 바로 알아차리는 것이지요. 여기까지 이해가 되십니까?"

"이해는 되오만, 무슨 술을 마셨길래 오늘따라 입에서 이렇게 비린내가 진동을 하는 것이오? 말을 할 때마다 아주 확확 풍겨오네."

"그럼 또 뵙겠습니다."

"참아보겠소."

"뭐라고요?"

"참아보겠다고 했소."

"뭘 참으신다고요?"

"귀하를 천룡표국에서 쫓아내 버리고 싶은 마음이 굴뚝같지만, 혹시라도 쓸모가 있을지 몰라 꾹 참겠다는 뜻이오."

호리독사가 한순간 마른침을 꿀꺽 삼키더니 말을 이었다.

"네발 달린 짐승에게는 네발 달린 짐승의 형이 있고, 두 발 달린 짐승에게는 두 발 달린 짐승의 형이 있지요. 어느 쪽이든 사지를 숨기는 것이 첫 번째고 머리를 숨기는 것이 두 번째입니다."

"사지와 머리는 어떻게 숨기는 것이오?"

"세상의 모든 형(形)은 선(線)으로 이루어져 있습니다. 내 신체가 지닌 선을 주변의 경물이 지닌 선에 동화시키는 것이지요. 이 경지를 넘어가면 그때부턴 은잠술이 아니라 환영술(幻影術)이 됩니다."

그때 어디선가 다급한 발걸음 소리가 들려왔다.

"제가 한번 보여 드리겠습니다."

말과 함께 호리독사가 돌연 번쩍 뛰어오르더니 나와 조금 떨어진 처마 밑에 박쥐처럼 찰싹 달라붙었다. 그러자 놀랍게도 호리독사는 사라지고 처마의 목재 구조물과 어두컴컴한 그림자만 남았다.

두 눈으로 보고도 믿을 수 없는 신기에 나는 그만 입이 쩍 벌어졌다. 새삼 호리독사가 다시 보였다.

잠시 후, 씩씩거리며 경내로 들어선 사람은 비룡왕삼의 세 사람이었다. 그들은 주변을 두리번거리다 처마 밑에 붙어 있는 나를 차례로 발견하고는 움찔 놀라며 얼른 딴청을 피웠다.

"보신 거 알고 있습니다."

"당주님을 뵙습니다. 악력을 기르고 계신 것 같아 방해하지 않으려는 것이 그만 결례를 범했나 보군요."

왕대표가 대표로 인사를 했다.

"무슨 일 있습니까?"

"그게……."

"비룡당에서 일어나는 일 중 내가 모르는 것이 있으면 곤란하지 않을까요?"

"혹시 호리독사를 못 보셨는지요?"

"호리독사는 왜요?"

"두 달 전에 어떤 루주가 어른 장딴지만 한 궐어(鱖魚) 세 마리를 주었기로 쓸개를 떼다 아무도 모르는 곳에 말려두었지요. 각주로 승진한 것을 기념할 겸 오늘 아우들과 함께 술에 타 먹으려고 찾아봤더니 감쪽같이 없어졌지 뭡니까?"

예로부터 술꾼들에게 궐어의 쓸개는 웅담을 능가하는 영약으로 알려져 있었다. 특히 봄에 잡은 궐어의 쓸개는 독성이 가장 강한 때라 효험도 여름에 잡은 것에 비해 두 배라고 했다.

호리독사가 말을 할 때마다 입에서 뿜어져 나오던 그 비린내의 정체가 무엇인지 이제야 알 것 같았다. 귀신이 따로 없다. 꽁꽁 숨겨두고 말리던 것을 대체 어떻게 알고 찾아서 훔쳐 먹었을까?

호리독사를 못 봤냐는 질문에 아직 대답을 안 해서인지, 비룡왕삼은 가지도 않고 나를 물끄러미 바라보았다.

'이걸 가르쳐 줘 말어?'

그때 갑자기 장삼이 헐레벌떡 나타났다. 그는 미처 예의를 갖출 겨를도 없이 내게로 달려와 목구멍을 쥐어짰다.

"남궁 소저께서 지금 말을 타고 이리로 오고 계십니다."

"남궁소소가 이 시간에 왜?"

"공자님께서 아무도 모르게 목장을 운영해 금전 삼천삼백 냥을 남기셨다는 걸 어디서 들으신 모양입니다."

"뭐! 그걸 누구한테 들어?"

"저도 그것까지는 잘."

깜짝 놀란 나는 손가락에 힘이 풀리면서 땅바닥으로 뚝 떨어졌다. 그리고 무언가 이상해서 다시 한번 장삼에게 물었다.

"말을 타고 온다고?"

"그렇습니다."

"천룡표국 안에서?"

"그렇다니까요."

"예쁘다 예쁘다 했더니 이 여자가 점점 안하무인이 되어가네. 외부인인 주제에 감히 말을 타고 천룡표국의 경내를 가로지른다고? 오면 눈물이 쏙 빠지도록 만들어줘야겠군."

"그게 아니고요. 정문을 통과한 소저께서 목적지를 밝히며 말고삐를 접객당의 수문무사에게 넘기려고 하시자, 수문무사가 비룡당은 한참을 걸어가야 하니 편하게 타고 가시라며 도로 고삐를 내주었습니다."

"이런 정신 나간 인간들을 봤나. 말에서 강제로 끌어내려도 모자랄 판에 고삐를 아예 갖다 바쳤다고? 목이 달아나 봐야 천룡표국의 기강이 무서운 줄을 알 모양이군."

"그게 아니고요. 남궁 소저께서 그건 법도가 아니라며 사양하시자 접객당의 무사가 남궁 소저께는 특별히 하마령(下馬令)과 해검령(解劍令)을 면제해 드리라는 상부의 명령이 있었으니 안심하시라고 그러더라고요."

"뭐?"

외부인이 천룡표국을 방문하면 두 가지의 엄격한 규칙을 적용받는다. 말에서 내려 걸어야 한다는 하마령과 모든 무기를 풀어서 접객당에 맡겨두어야 한다는 해검령이다.

접객당은 정문의 경계와 손님들의 접객을 책임진 별외조직이다. 칠당십오각의 편제에 들지 않는 만큼 오직 표왕부의 명령만 받았다. 그러니 접객당의 수문무사가 말한 상부는 바로 표왕부를 두고 하는 말이었다. 그리고 표왕부에서 나왔다는 모든 말은 곧 이종산의 지시나 다름없었다.

갑작스러운 장삼의 말에 나는 얼떨떨했다.

하마령과 해검령은 천룡표국의 위엄을 지키는 일인 만큼 강호의 명숙들이 찾아와도 함부로 면제해 주는 법이 없었다. 객원표사 몇 번 했다고 아예 한 식구 취급을 해주시는 건가?

한데 비룡왕삼의 표정이 아까부터 좀 이상했다. 싱글벙글 웃으며 자기들끼리 눈까지 맞추는 것이 무슨 좋은 일이라도 있는 듯했다. 그러다 나랑 눈이 마주치자 세 사람 모두 언제 그랬냐는 듯 재빨리 표정을 굳혔다.

"왜들 그러십니까?"

"아닙니다. 아무것도."

아무것도 아닌 게 아닌 것 같은데.

그때였다. 또각또각 말발굽 소리와 함께 누군가 비룡당의 경내로 들어서는 기척이 느껴졌다.

"왔다!"

장삼이 목구멍을 쥐어짰다.

나도 모르게 귀영무의 신법으로 훌쩍 뛰어올라 처마 밑에 찰싹 달라붙었다. 동시에 호흡을 멈추고 기척을 숨기는 한편 사력을 다해 잠백비행의 은잠술을 펼치기 시작했다.

'그런데 내가 왜 숨는 거지?'

나도 나지만 장삼도 웃긴 놈이었다. 갑자기 '풀을 뜯엇!'이라고 작게 외치더니 밑도 끝도 없이 쭈그리고 앉아 마당에 자라는 풀을 뜯기 시작했다. 비룡왕삼이 영문도 모른 채 장삼을 따라 쭈그리고 앉아 풀을 뜯었다.

잠시 후, 한껏 멋을 낸 궁장 차림의 남궁소소가 백마를 타고 나타났다. 그녀가 말에서 훌쩍 뛰어내리더니 말했다.

"안녕하세요."

"누구…… 엇!"

장삼이 깜짝 놀란 척을 하며 일어났다.

"아가씨께서 여긴 어쩐 일이십니까?"

"볼일이 있어 잠시 들렀어요. 오랜만이네요?"

"예? 예. 그러게 말입니다. 정룡 공자님께서 십칠각을 하사받으신 직후에 오시고 처음이시니 넉 달은 된 듯합니다."

하인이라고 본체만체 않고, 마치 오래 알고 지낸 사람처럼 친근하게 대해주니 장삼은 살짝 당황한 것 같았다.

"그런데 이분들은……."

"표사 왕대표입니다."

"표사 왕중표입니다."

"표사 왕소표입니다."

"세 분께서 비룡왕삼이시군요. 늦었지만 각주로 승진하신 것 축하드려요. 다선초당에서 지내고 있는 남궁소소라고 해요."

"저희를 어떻게……?"

"일 차 표사 모집 당시 엄청난 경쟁률을 뚫고 당당히 합격하신 표사님들이라고 들었어요."

"저희야말로 뵙게 되어 영광입니다."

비룡왕삼은 황송해 죽겠다는 듯 연거푸 허리를 숙였다. 누가 보면 남궁소소의 부하들인 줄 알겠다. 항주 사대미인 중 한 명이자 대남궁세가의 영애인 남궁소소가 자신들을 알고 있자 아주 감격스러워 죽겠는 모양이다.

그제야 나는 세 사람이 조금 전 그렇게 싱글벙글했던 이유를 알아차렸다. 누군 심장이 철렁 내려앉는 것 같았는데, 저 인간들은 소문으로만 듣던 남궁소소를 마침내 직접 볼 생각에 한껏 들떴던 것이다.

남궁소소가 다시 장삼에게 물었다.

"당주께서는 어딜 가셨나요?"

"글쎄요. 어디 멀리 가셨는지 아침부터 통 보이질 않으십니다요."

순간, 나는 망치로 뒤통수를 맞는 것 같은 충격을 느꼈다.

'모르고 있어!'

틀림없다. 남궁소소는 지금 처마 밑에 숨어 있는 나를 전혀 발견하지 못하고 있었다. 궁하면 변하고 변하면 통한다고 하더니, 극한(?) 상황에서 나도 모르게 은신술의 묘리를 벼락처럼 터득한 모양이었다.

'하아!'

너무나 기쁜 나머지 아주 살짝 호흡을 흘리고 말았다.

그때였다. 남궁소소가 갑자기 찌릿한 표정과 함께 처마 쪽을 올려 보았다.

잠시 침묵이 흐른 후 그녀가 물었다.

"거기서 뭐 하세요?"

나는 아무렇지도 않게 바닥으로 툭 떨어져 내렸다. 이어 양손을 탈탈 털며 일어섰다.

이제는 자신 있게 말할 수 있었다.

"은잠술을 수련하고 있었소."

"은잠술을요?"

"그렇소."

"엇, 공자님, 거기 계셨습니까?"

장삼이 깜짝 놀란 표정으로 외쳤다. 비룡왕삼도 눈치를 보다가 뒤늦게 놀라는 시늉을 했다.

어색하다. 어색해.

남궁소소는 네 사람을 차례로 훑어본 후 다시 내게 말했다.

"엄청난 발전이군요."

"무슨 엄청난 발전까지나."

"아니에요. 성도에서 돌아오는 길에 범선 위에서 수련할 때는 아이들 숨바꼭질하는 것 같은 수준이었는데, 방금은 정말 감쪽같았어요. 호흡을 흘리지 않았다면 계속 몰랐을 거예요."

"한데 야심한 시각에 이곳까진 어쩐 일이오?"

"야심하다뇨. 이제 막 해가 지고 있는데."

"지금부터 다선초당으로 돌아가도 중간쯤에서 이미 깜깜한 밤이 될 거요."

"혹시, 저 불청객인가요?"

갑자기 그녀의 얼굴에 쓸쓸한 기색이 어렸다. 그러자 장삼과 비룡왕삼이 이건 좀 아니지 않으냐는 듯 떨떠름한 표정으로 나를 보았다. 이 인간들이 대체 누구 편을 드는 거야.

"소저가 걱정되어 한 말이오."

"난 또 빨리 가라고 눈치 주는 줄 알고 섭섭할 뻔했네요. 나름 십칠각이 비룡당으로 승격하는 데 공이 크다고 생각했는데."

"그 점은 항상 고맙게 생각하고 있소."

"늦었지만 당주가 되신 것 축하드려요."

"고맙소."

"이제 승승장구하는 일만 남은 건가요?"

"그건 너무 좋게만 보는 거고."

"지금까지 해온 것처럼만 하시면 앞으로도 크게 성공할 거예요. 누가 뭐래도 전 귀하를 믿어요."

나는 하마터면 말고삐는 장삼에게 줘버리고 안으로 들어가서 술이라도 한잔하자고 할 뻔했다.

"소저도 하는 일마다 다 잘 풀리길 바라오."

"고마워요."

"별말씀을."

"그래서 말인데 제 돈은 잘 있겠죠?"

마침내 올 것이 왔다. 절대로 당황해하는 모습을 보여선 안 된다. 어차피 들킨 거 마지막 체면은 지켜야 한다.

"물론이오."

"목장을 운영하신 줄은 까맣게 몰랐네요. 구경이라도 좀 시켜주지 그랬어요. 천목산이면 별로 멀지도 않은데. 서호에서 배를 타고 가면 풍광도 좋다더만."

"사정이 있었소."

"들었어요. 국주님과 내기를 하는 바람에 철저하게 비밀로 해야 했었다고. 그래도 제게는 말해줄 줄 알았네요."

그러면서 남궁소소가 내 눈을 지질 듯이 노려보았다.

사실 그녀와 나는 이미 둘만 공유하는 비밀이 두어 가지 있었다. 화조신옹의 죽음에 관한 사연이 그랬고, 그 늙은이에게서 내가 옛 마교의 보물인 용린신갑을 취했다는 사실이 그랬다.

그녀는 지금 시위를 하고 있었다. 나한테 정말 계속 이럴 거냐는.

"뭐 괜찮아요. 금전 삼천삼백 냥이 아주 없어진 것도 아니고. 장차 범선 다섯 척이 벌어들이는 돈의 일부는 제 몫이라는 거 아시죠?"

"대체 그런 얘기들은 다 어디서 들은 거요?"

"호리독사에게서요."

너무나 쉽게 나온 대답에 한순간 말문이 콱 막혔다.

그러면 그렇지.

지금쯤 호리독사의 정수리에서 김이 모락모락 나고 있을 것이다. 이제라도 튀어나와 남궁소소의 입을 막자니 비룡왕삼에게 잡혀 경을 칠 것 같고, 가만히 있자니 남궁소소가 무슨 말을 더 할지 모르고. 이 인간 어디 두고 보자.

"소저의 몫은 확실히 챙겨줄 테니 걱정 마시오. 예전에도 말했었지만, 소저가 그동안 나를 도와준 걸 생각하면 조금도 아깝지 않소."

"그거야 회계가 투명할 때의 얘기죠. 물 밖으로 나온 빙산의 일각만 가지고 제 몫을 조금 떼어주는 거라면 얘기가 다르지 않을까요?"

"언제는 나를 믿는다더니."

"돈 문제만 빼고요."

"원하는 게 무엇이오?"

"투명한 동업자 관계?"

"동업자라고 하기에는 액수 차이가 좀 크지 않소?"

"투자자를 잘못 말했어요."

은근슬쩍 지위를 격상시키는 거 보소. 이러다가 언젠가 통째로 잡아먹히는 건 아닌지 모르겠다.

"구체적으로 어떻게 해주었으면 좋겠소?"

"그걸 잘 모르겠어요. 저도 돈을 투자해서 무언가를 이렇게 키워본 건 처음이어서요."

대체 누가 무얼 키웠다는 거지?

이걸 적극적으로 반박을 하기도 그렇고, 가만히 있기도 그렇고.

"그건 차차 생각하기로 하고요. 비룡당으로 승격한 이후 표행 의뢰가 물밀듯이 들어온다면서요?"

"아직까지는 그렇소."

"그럼 지금 당장 표행을 또 맡기는 어려우려나?"

"무슨 표행인데 그러시오?"

"소주에 근거지를 둔 유가상단(柔家商團)이라고 있어요. 합비에 새로 분타를 만들면서 매달 소금 오천 관씩을 운송할 계획이라더군요. 한데 믿고 맡길 만한 표국을 찾지 못해 애를 먹는다고 들었어요. 한번 만나보는 게 어때요?"

유가상단은 대륙에서 열 손가락 안에 드는 염상(鹽商), 즉 소금을 전문으로 취급하는 상단이었다.

열 손가락 안이라는 말만 듣고 우습게 보면 큰코다친다. 나라에서 염전을 직접 관리하며 유통까지 엄격하게 통제하는 소금은 염인(鹽引)이라는 허가서를 받은 상인들만 운송과 판매를 할 수 있었다. 예로부터 소금은 큰돈이 되었고, 거만의 부를 축적한 상단들은 대부분 염상이었다. 이게 대륙에서 열 손가락 안에 드는 염상이라고 해서 함부로 무시하면 안 되는 이유다.

하지만 나를 정말 놀라게 한 것은 따로 있었다.

유가상단은 그 유명한 휘주상인이었다. 만약 유가상단과의 거래가 성사된다면 비룡당을 대상으로 자강상단이 휘주상인들에게 내린 금표령(禁鏢令)을 단번에 무력화시켜 버릴 수 있다.

아마 거래는 쉽게 성사될 것이다. 남궁세가의 은밀한 물밑 알선이 있었을 테니까.

뒤늦게 생각이 났는데, 남궁소소의 어머니인 연화부인이 바로 유명한 휘주상인의 딸이었다. 남궁소소는 전혀 내색을 않고 있지만, 이 모든 게 사실은 그녀가 만들어 온 그림이라는 걸 나는 알 수 있었다.

신기한 것은 그녀가 비룡당이 처한 상황과 문제점 그리고 해법을 정확히 꿰뚫어 보고 있다는 점이었다. 표국에 있었던 사람도 아닌데 어떻게 이런 통찰력을 지녔는지 그저 놀라움 따름이었다.

아무래도 나를 찾아온 진짜 목적이 이것인 것 같았다. 말을 타고 헐레벌떡 달려온 것 역시 기쁜 소식을 조금이라도 빨리 알려주려고 그런 것이었고. 그것도 모르고…….

"안 될까요?"

"안 되오."

"왜요?"

내가 매우 좋아할 거라고 기대했다가 단숨에 거절해 버리자 살짝 어처구니가 없는 모양이었다.

"이미 표행 계획이 꽉 찼소."

"잘 모르시는 것 같은데 유가상단은……."

"미안하오."

남궁소소는 한참이나 나를 뚫어지게 노려보다가 말했다.

"눈치챘죠?"

"그렇소."

"가끔 보면 진짜 산전수전 다 겪은 쉰 살 노인이 머릿속에 들어앉아 있는 것 같다니까."

나는 속으로 뜨끔했다.

“대체 왜 거절하는 거죠?”

“비룡당은 내 힘으로 키우고 싶소.”

“인맥도 힘이에요. 표국업계에선 매우 중요한 덕목이라고들 하던데.”

“유가상단은 소저의 인맥이지 내 인맥이 아니오.”

“대신 제가 귀하의 인맥이잖아요. 원래 인맥은 한 다리 두 다리 건너서 쓰는 거라고요. 그래서 인맥인 거고요.”

“소저는 내게 단순한 인맥이 아니라 고민을 함께 나누는 벗이오. 이런 식으로 이용하고 싶지는 않소.”

“사기나 치지 말아요. 그리고 걸핏하면 객원표사로 부려 먹더니 이제 와선 웬 딴소리래.”

“그것과는 다른 문제요.”

나는 그렇게 융통성 없는 사람이 아니다. 언젠가 그녀의 도움이 필요하면 내가 먼저 손을 내밀 것이다.

하지만 유가상단이라는 패는 너무 컸다. 남궁소소는 아직 어려서 잘 모르겠지만, 그런 큰 힘은 결정적인 순간 딱 한 번만 빌려 써야 하는 법이다.

“여전히 이해는 안 되지만 결정은 존중할게요.”

“고맙소.”

“그리고 오해하지 말아요. 다선초당에 오신 외종숙께서 마침 분타를 새로 내셨다기에 세옥 오라버니가 최고 실력의 표사들을 아는데 소개해 드릴까 하고 여쭈었고, 외종숙께서 누구냐고 물으셨고……. 그런데 내가 이런 얘기를 왜 하고 있지? 아무튼, 내가 귀하를 위해 동분서주하며 뛰어다녔다는 그런 망상은 안 했으면 좋겠어요."

"걱정 마시오."

"그렇다고 내가 힘을 전혀 안 쓴 것도 아니에요."

"알고 있소."

유가상단주가 외종숙이었나 보다.

외종숙이면 연화부인의 사촌 오라버니쯤 될 것이다. 생각했던 것보다 훨씬 가까운 사이에 나는 속으로 적지 않게 놀랐다.

"기왕에 해도 넘어갔는데 안으로 들어가서 술이나 한잔하고 가시오. 갈 때는 표사들 몇 명을 호위로 붙여주겠소."

"저희가 모시겠습니다."

왕대표가 포권지례까지 하며 불쑥 끼어들었다. 왕중표와 소표가 덩달아 포권을 취며 허리를 숙였다.

비룡당의 각주씩이나 되는 인간들의 허리가 저렇게 쉽게 구부러져서야. 호리독사도 그렇고, 비룡왕삼도 그렇고. 남궁소소가 돌아가고 나면 연무장이나 몇 바퀴 돌려야겠다.

"김샜어요. 그냥 갈래요."

그러면서 남궁소소가 말고삐를 추려 잡았다.

나는 끝까지 범선은 다섯 척이 아니라 일곱 척이라는 말을 하지 않았다. 무릇 사내는 품속에 항상 주먹 하나쯤은 숨겨두어야 하는 법이다.

그때 인기척과 함께 가불염이 저만치 비룡당의 앞마당으로 들어섰다. 뒤로는 대여섯 명의 무인들이 더 따라오고 있었다. 그중에는 쭉 빠진 몸매에 눈이 번쩍 뜨일 정도로 예쁜 여자가 세 명이나 있었다.

등자에 한 발을 척 끼우고 말안장에 막 올라타려던 남궁소소가 그대로 멈추더니 물었다.

"저 여자들은 누구예요?"

"신입표사들이오."

"이번에 새로 뽑았다는 그 신입표사들 말인가요?"

"그렇소."

"여자들이 스스로 지원했다고요?"

"그렇소."

"왜요?"

"당연히 표사가 되기 위해서겠지."

"여자들이 표사직에 지원을 하는 게 자주 있는 일인가요? 아무리 생각해도 여자 표사는 처음 들어보는 것 같아서요."

"당연히 그럴 것이오. 예전에는 여자를 표사로 뽑는 표국이 아예 없었으니까. 나도 표사 모집 방을 붙일 적에 반신반의하며 '여자도 가능'이라고 한 마디 적어 넣으라고만 했는데, 정말로 지원을 하는 사람들이 있을 줄은 몰랐소."

"처음부터 여자를 뽑으려고 했다고요?"

"그렇소."

"왜요?"

"당연히 표사로 쓰기 위해서지. 이상하다. 아까부터 왜 했던 말을 반복하고 있는 것 같은 기분이 들지?"

"표사는 노숙을 예사로 해야 하는 데다 하나같이 험하고 거친 일들뿐인데, 과연 여자들이 그 일을 제대로 할 수 있을 거라고 생각해요? 그것도 시커먼 남자들 사이에서?"

"나도 예전엔 그렇게 생각했소. 하지만 소저를 보고 나의 그런 생각이 아집과 편견이었다는 걸 깨달았소."

"저요?"

"그렇소."

"……!"

의뢰를 맡다 보면 여자 무사들의 손길이 필요한 경우가 생각보다 많다.

가령 호위나 호송을 하는 대상 중에 귀부인이 있다고 치자. 호위의 첫 번째는 그림자처럼 따르며 의뢰인에게서 시선을 떼지 않는 것이다. 한데 호위의 철칙을 지키겠답시고 귀부인이 생리적인 문제를 해결하는 곳까지 남자 표사가 따라다니며 지켜볼 수는 없지 않겠나. 한데 자객은 상대가 볼일을 보고 있다고 해서 끝날 때까지 기다려 주지 않는다.

이것 외에도 몸이 닿을 정도의 밀착 경호를 하거나, 잠자리를 지키거나, 업고 달려야 할 때도 많다. 지금까지는 그때마다 위험을 무릅쓰고서라도 밀착 경호를 포기하거나, 무례를 무릅쓰고서라도 밀착 경호를 하거나 둘 중 하나였다. 이젠 그럴 필요가 없다.

"내가 알기로 정식으로 채용된 여자 표사는 오직 천룡표국 하고도 비룡당에만 있소. 잘만 키우고 훈련하면 다른 표국들과의 경쟁에서 엄청난 장점으로 작용할 것이오. 정말 획기적이지 않소?"

이런 우쭐한 생각을 하는 사이 가불염과 신입표사들이 내가 있는 곳까지 도착했다.

그들은 먼저 나에게 동시에 포권지례를 올렸다.

이어 가불염은 남궁소소에게도 인사했다.

"오랜만에 뵙겠습니다."

"표두가 되신 것 축하드려요."

"모두 소저께서 도와주신 덕분입니다."

"제가 뭘 했다고요."

"소저께서 당주님을 도와 어려운 표행들을 성공적으로 이끌어주신 덕분에 제가 내부의 일에만 전념할 수 있었습니다. 항상 감사드리고 있습니다."

"그 일이라면 제가 사고를 치긴 친 것 같네요."

가불염은 이어 뒤를 돌아보며 신입표사들에게 말했다.

"모두 인사들 드려라. 남궁세가의 영애이신 남궁소소 소저이시다. 십칠각이 만들어지기 전부터 객원표사로서 당주님과 함께 표행을 하신 분으로, 우리 비룡당과는 인연이 깊으시니 다들 소저를 뵈면 선배 표사를 대하듯 깍듯이 예를 갖추도록. 특히 여표들은 배울 점이 많을 것이다."

"명심하겠습니다."

우렁찬 여섯 개의 대답이 동시에 터져 나왔다.

그리고 앞다투어 남궁소소에게 자신들을 소개하며 포권지례를 올렸다. 비룡왕삼이 그랬던 것처럼 신입표사들도 소문으로만 듣던 남궁소소를 직접 보게 된 것이 매우 신기한 듯했다.

"신입표사 독고완입니다."

…….

"신입표사 염지약입니다."

"신입표사 여소옥입니다."

"신입표사 운휘향입니다."

마지막 세 명은 공교롭게도 모두 여자였다.

나이는 셋 모두 스물서너 살 어림이었고, 하나같이 간편한 무복에 청건을 썼으며, 허리에는 장검을 찬 상태였다.

여성스러움을 완전히 제거한 이 복장은 내가 시키지 않아도 자기들이 알아서 착착 준비한 것들이었다. 그래도 타고난 여성스러움과 부모로부터 물려받은 용모는 감출 수가 없었다.

"남궁소소라고 해요. 그런데 세 분 소저는 여자의 몸으로 왜 굳이 이렇게 위험하고 거친 일을 하려는 거죠?"

"멋있어서요."

"진짜 무인이 되려고요."

"세상 경험을 쌓고 싶어서요."

앞으로의 세상은 어떨지 모르나 지금 시대에 여자들이 할 수 있는 일이란 그렇게 많지 않다. 잘 풀려야 상계에 몸을 담는 것인데, 그것도 상재가 없으면 평생 남자들이 하는 일을 옆에서 보조해 주는 역할밖에 못 했다.

남궁소소는 잠시 어벙벙한 표정을 지었다. 솔직하고 당당한 신입 여표사들의 대답에 같은 여자로서 생각이 많아지는 것 같았다.

다른 여자들은 몰라도 그녀는 이해할 것이다. 여자의 몸으로 유가문파의 개파조사가 되겠노라는 야망을 품은 여걸이니까.

대충 인사가 끝나자 내가 가불염에게 물었다.

"그런데 이 시간에 여긴 어쩐 일입니까?"

"신입표사들에게 교육을 하고 난 후 저녁이나 먹고 헤어질 생각에 함께 식당으로 가던 중, 묵룡당의 표사들에게서 이상한 이야기를 들었기로 잠깐 들렀습니다."
"무슨 이야기를요?"
"삼공자님께 변고가 생긴 듯합니다."
"변고라뇨."
"삼공자님께서 열흘 전 표사 열 명을 이끌고 합비로 표행을 떠나셨는데, 도착 예정일보다 닷새가 지났음에도 불구하고 아무런 소식이 없다고 합니다."
"전부 실종되었다는 뜻입니까?"
"그런 것 같습니다."
"잘못 들으신 거 아닙니까? 어젯밤 장로회의에 셋째 형님이 불참은 했어도 표왕부에서 아무런 말씀이 없었거늘."
"사흘 전 묵룡당의 표두들이 표왕부에 보고를 하려는 걸, 혹여라도 삼공자님께 흠이 될까 봐 청화부인께서 막으셨다고 합니다."
"이런 멍청한!"
그걸 청화부인에게 물어본 표두들도 멍청한 것들이고, 욕심에 눈이 멀어 중요한 시간을 놓쳐 버린 청화부인도 멍청하기 짝이 없는 인간이다.
"그럼 지금까지 손을 놓고 있었단 말입니까?"
"사흘 전부터 청화부인께서 만금산장에 부탁하시어 은밀히 추적을 해오셨다고 합니다. 하지만 아무래도 사태가 심상치 않은 듯하자 오늘 낮 국주님께 말씀을 올리신 것 같고요."
다른 표국도 마찬가지지만, 천룡표국에서 출발하는 모든 표행단은 총타로의 회귀본능을 가진 전서구 두 마리씩을 가지고 가도록 되어 있다. 한 마리는 목적지에 도착한 후 모두 무사함을 알리기 위해, 다른 한 마리는 표행 중 표물을 노리는 자들의 습격으로 몰살당할 위기에 처했을 때 구원 요청을 하기 위해.

말이 좋아 구원 요청이지 사실은 복수를 위한 단초를 남기고 죽으려는 마지막 몸부림이었다.

이 때문에 표행 중 전서구를 담당한 표사는 매일 아침 어디에서 출발해 어디로 향하는 중인지를 기록해 전서구의 다리에 묶어둔다. 갑자기 비적에게 기습을 당하면 자세한 내용을 쓰고 앉아 있을 겨를이 없기 때문이다.

이렇게 총타로 날아온 전서구는 실종된 표행단을 추적하는 중요한 단서가 된다.

한데 닷새가 넘도록 전서구가 도착하지 않았다는 것은 흉수들이 전서구를 가장 먼저 제거해 버렸음을 의미한다. 고도의 전문가들이라는 뜻이다. 마치 전생에서 나와 표사들을 몰살시켰던 그 정체불명의 고수들처럼.

"대체 무슨 표물을 옮기는 중이었답니까?"

"그건 저도 잘 모르겠습니다."

"그건 제가 말씀드리지요."

갑작스러운 목소리와 함께 나타난 사람은 전립성이었다. 종종걸음으로 달려오다시피 한 그는 남궁소소에게 잠깐 포권지례를 올리고는 얼른 내게 보고를 시작했다.

"보름 전 묵룡당을 지목해서 의뢰가 하나 들어 왔었습니다. 천룡각의 장부에는 가격이 맞지 않아 거절한 것으로 기록되었는데, 실제로는 삼공자님께서 은밀히 표행단을 꾸리셨던 모양입니다."

"혹시 암표(暗鏢)였습니까?"

"아무래도 그런 것 같습니다."

표사 일을 처음 해보는 신입 여표사들은 암표가 무엇인지 몰라 나만 빤히 바라보았다. 그러자 이때다 싶었는지 남궁소소가 가까이 오라는 듯 세 명을 손짓해 불렀다. 이어 선배 표사가 후배 표사를 가르치듯 작은 소리로 조곤조곤 설명해 주었다.

"암표는 표물이 무엇인지 일절 묻지 않고 목적지까지 운송해 주는 걸 말해요. 경우에 따라서는 기록을 남기지 않기 위해 표행을 의뢰한 사실까지도 비밀로 하고요."

"표물을 모르면 표비는 어떻게 책정하죠?"

"정확한 책정이 불가능해요. 그러니까 우리 입장에서는 일단 터무니없이 높은 액수를 불러놓고 상대의 반응을 살펴가며 조정하는 거죠."

"이문이 많이 남겠네요."

"대신 보통의 표행보다 몇 배나 위험하죠."

"그건 왜요?"

"만에 하나 표행 정보가 누설되면 비적들의 목표가 되기 쉬우니까요. 암표는 그 특성상 표물을 잃어버려도 표주가 찾지 않는 경우가 많아요. 해서 표물만 전문으로 노리는 비적들은 암표를 두고 임자가 없는 물건이라고들 하죠."

일전에 내가 해준 얘기를 앵무새처럼 그대로 말하고 있었다.

설명이 끝나자 남궁소소는 나를 바라보았다. 세 명의 신입 여표들도 따라서 다시 내게로 시선을 고정했다.

"묵룡당으로 승격까지 했으면서 왜 그런 무리를 했답니까?"

"위로는 두 분 형님들이 승승장구하시고, 아래로는 당주님께서 사실상 자신을 일찌감치 앞지르고 계시니 마음이 급하셨던 게지요. 해서 이번 표행을 성공적으로 끝낸 후 국주님께 인정을 받고 싶으셨던 것 같습니다."

"대체 얼마를 받기로 했답니까?"

"금전 백 냥이었다는 말이 있습니다."

순간, 좌중이 갑자기 찬물을 끼얹은 것처럼 조용해졌다. 특히 단일 표행으로는 상상하기 힘든 액수에 신입표사들 입이 쩍 벌어졌다.

하지만 다른 사람들은 그다지 놀라지 않았다. 이미 내가 몇 차례나 그것보다 높은 액수의 표행들을 해냈기 때문이다.

나는 잠시 생각에 잠겼다.

이 무렵 이병룡의 실종은 전생에선 없던 일이다. 이번 일만이 아니었다. 지금 내 주변에서 일어나는 많은 일들이 이미 전생과 달라진 지 오래였다. 모두 나라는 존재가 일으킨 일종의 지진이었다.

지금까지는 대부분 좋은 방향으로였는데, 갑자기 이병룡 이 멍청한 인간이 사고를 칠 줄이야.

"그래서 지금 어쩌고 있답니까?"

"일단 합비 분타에 전서구를 보내 방초산 분타주로 하여금 인근을 수색하라는 명을 내렸다고 합니다. 그리고 천룡표국에서는 표왕부의 명으로 총표두님께서 추적대를 꾸리시는 중이고요."

여기서 합비까지는 오백 리도 넘는 길. 거리도 멀거니와 무엇보다 시간이 너무 지체되었다. 어느 길로 갔을지 모르고, 어디쯤 갔을지도 모르기에 제아무리 노련한 표사들로 추적대를 꾸린다고 한들 쉽지 않을 것이다.

표사 일이 이런 게 위험하다. 표행을 하는 동안엔 운 좋게 분타를 스쳐 가는 게 아니라면 총타와 연락을 주고받을 방법도, 도움을 받을 방법도 사실상 없다. 때문에 출발하고 도착할 때까지의 안전은 오직 표행단 내에서 알아서 지키는 수밖에 없다.

그래도 표물을 노리는 비적들은 언제나 있어왔다. 표국업의 역사는 표물을 노리는 비적들과 지키려는 표사들 사이의 끝없는 전쟁의 기록이었다.

지금까지 표국들의 사후 유일한 대책은 흉수들을 찾아내 씨를 말릴 정도의 무자비한 보복을 감행하는 것이었다. 만약 표물을 노리는 비적들이 있다면 자기 표국의 깃발만 보고도 오줌을 지리도록.

그 방면으로 천룡표국은 대륙의 모든 표국들 중에서도 가장 악명이 높았다. 누군가 이병룡과 표사들의 목숨을 취했다면 철저히 흔적을 지우고 조용히 숨어 지내야 할 것이다. 조금이라도 꼬리를 들켰다가는 몇 명이 되었든, 정체가 무엇이든 소굴이 통째로 몰살당하고 말 테니까.

아무래도 표왕부로 가보아야 할 것 같다.

가불염을 돌아보며 말했다.

"표사들을 몇 명을 뽑아 남궁 소저를 다선초당까지 안전하게 모셔다드리고 오도록 하세요."

"제가 신입표사들을 이끌고 직접 모시겠습니다."

"그렇게 하세요."

나는 다시 남궁소소를 돌아보며 말했다.

"소저, 다음에 또 봅시다."

"제 걱정은 말고 어서 가보세요."

"장삼과 호리독사는 나를 따라오도록."

"알겠습니다."

장삼이 씩씩하게 대답했다.

호리독사는 대답이 없었다.

하지만 사람들은 모두 나를 의아한 표정으로 바라보았다.

당연하다. 그들의 눈에 호리독사는 보이지 않았으니까.

"명령에 불복종한 표사는 그 즉시 퇴출이오만."

툭!

저만치 옆에서 시커먼 그림자 하나가 묵직하게 떨어지며 바닥에 착지했다.

모두가 뜨악했다. 특히 비룡왕삼과 남궁소소의 얼굴이 서로 다른 의미로 딱딱하게 굳었다.

그 사이 몸을 쓰윽 일으킨 호리독사가 내게 말했다.

"죄송합니다. 깜빡 잠들었습니다."

예상했던 대로 표왕부는 발칵 뒤집혀 있었다.

이종산의 집무실까지 들어갈 것도 없었다. 넓은 정원과 앞마당을 백여 개의 횃불로 대낮처럼 밝힌 상태에서 이백여 기의 말과 표사들이 북적거리고 있었다.

그런가 하면 한쪽에선 번견 오십여 마리가 한곳에 잔뜩 쌓여 있는 옷가지들을 킁킁대며 냄새 맡고 있었다. 이병룡과 실종된 표사들의 옷가지일 것이다.

천룡표국에서 기르는 번견은 아무 데서나 흔히 볼 수 있는 그런 개들이 아니었다. 쟁자수들 사이에 전해오는 말에 따르면, 천룡표국의 삼(三)대 국주였던 선조께서 서장의 고산족들로부터 구해온 종견 열 마리를 번식시킨 것이 오늘에 이르렀다고 한다.

어디까지 사실인지는 알 수 없다. 다만 한 가지, 길거리에 돌아다니는 족보 없는 개들보다 후각이 몇 배나 발달한 것만큼은 틀림없었다. 덕분에 열흘이 지났건 스무날이 지났건, 실종자들의 체취가 조금이라도 남아 있으면 반드시 찾아낸다. 사납고 싸움도 잘해서 다섯 마리만 있으면 늑대를 물어 죽이고, 열 마리가 있으면 웬만한 호랑이와도 백중세를 이루었다.

이백여 명의 표사에, 말에, 번견들까지. 평소라면 절대로 있을 수 없는 풍경이었다.

표왕부는 소위 말하는 용혈과 칠당의 당주들조차도 허락 없이는 함부로 드나들지 못하는 곳이었다. 다른 넓은 장소가 얼마든지 있음에도 불구하고 굳이 이곳에 추적대를 집결시킨 이유는 표사들의 실종 사건이 벌어질 때마다 항상 있어왔던 전통이기 때문이었다. 표왕부에서 직접 챙긴다는 인상을 줌으로써 실종된 표사들의 동료와 가족들로 하여금 조금이라도 안심을 시키려는 의도였다.

그나저나 사람이 이렇게까지 모였는데도 불구하고 내게 소식이 전해지지 않았다는 사실이 놀랍다.

처음이 아니다. 인사권과 경영권을 가진 채 비룡당으로 독립을 하고

난 이후 표왕부의 무사가 직접 알려오는 소식이 아니라면 항상 한 박자씩 늦었다.

어지럽고 무질서한 가운데에도 경장 차림에 무장까지 갖춘 곽석산과 이갑룡과 이을룡이 보였다. 세 사람은 이십여 명의 표두들에게 둘러싸인 채 통나무 탁자 위에 커다란 지도를 펼쳐놓고 무언가를 열심히 의논하는 중이었다.

뒤쪽으로 나머지 세 당의 당주들, 그리고 이종산과 세 명의 부인들도 보였다. 비록 자신의 배로 낳지는 않았지만 아들이 실종됐으니 속마음은 어떨지언정 다들 얼굴이라도 비추어야 하지 않겠나.

이병룡의 친모인 청화부인은 마치 혼백이 빠져나간 사람 같았다. 그도 삼십 년 가까이 천룡표국에 살았기에 이런 경우 십중팔구 살아서 돌아오지 못한다는 걸 잘 아는 것이다.

나는 이종산을 비롯한 세 부인에게 다가가 차례로 포권지례를 올렸다. 이종산만 굳은 표정으로 고개를 끄덕여 주었을 뿐, 세 부인은 인사를 받는 둥 마는 둥 했다.

대충 인사가 끝나자 청룡당주 유지평에게 슬며시 다가갔다. 천룡표국 내에서 머리가 가장 비상한 사람이니 상황 파악도 빠를 것 같아서였다.

"어떻게 된 겁니까?"

"어디까지 알고 있나?"

"실종된 지 닷새가 지났다고 들었습니다."

"딱히 달라진 상황은 없네."

"추적대는 어떻게 꾸리기로 한 겁니까?"

"합비로 가는 길이 워낙 여러 갈래로 흩어지고 모이는 데다 시간까지 지체되어 아무래도 추적대를 몇 개로 쪼개야 한다는 것이 모두의 생각이네."

"추적대의 대주는요."

"총표두님, 강룡당주, 복룡당주. 현재로선 이렇게 셋이네."

"의뢰를 한 자는 밝혀졌습니까?"

"배석했던 표사들이 모두 함께 표행을 떠나는 바람에 현재로선 정확히 알 수가 없네. 남은 유일한 목격자라고는 처음 지명표를 받았던 천룡각의 장궤인데, 그가 본 사람은 자신을 복건성에서 온 상인이라고만 밝힌 칠순의 노인이었다고 하네."

"그 노인부터 찾아야겠군요."

"남은 표사들이 총출동해 항주 시내를 이 잡듯이 뒤지고 있네. 국주님께서 지부대인에게 도움을 요청하시어 정용과 포쾌까지 수백 명이 동원되어 길목마다 검문검색을 하고 있는 상태이고."

"아직 소식이 없나 보군요."

"아직도 항주에 머무르고 있을 가능성은 희박하지. 암표의 특성상 전달자에 불과한 장궤에게 진짜 신분을 밝혔을 가능성도 낮고."

"물건이 제대로 전달되지 않았다는 걸 알면 어떤 식으로든 먼저 연락을 취해오지 않을까요?"

"그 역시 아직까진 소식이 없네. 일반적인 암표의 경우에 비춰보자면 아직 상황을 모르고 있을 확률이 높지. 하지만 우리로선 무작정 기다릴 수가 없는 노릇이고."

암표가 이래서 위험하다. 애초 추적을 할 수 없게 하려고 만들어진 표행 방식인 만큼 중간에 문제가 생겨 버리면 도무지 핵심에 접근할 방법이 없다. 물론 그 모든 위험을 감수하느라 거액의 표비를 받기는 하지만.

이윽고 논의를 끝낸 세 사람이 이종산과 수뇌부가 있는 쪽으로 다가왔다.

이을룡이 뒤늦게 나를 발견하고는 대뜸 날 선 목소리로 말했다.

“어디에 있다가 이제야 나타나는 것이냐?”

“비룡당에서 무공을 수련 중이었습니다.”

“지금 한가하게 무공이나 수련할 때냐?”

“조금 전에서야 알았습니다.”

“일부러 늦게 온 건 아니고?”

“좋을 대로 생각하십시오.”

“뭐?”

“그만들 해라. 어른들 앞이다.”

이갑룡이 나직이 나무라고서야 이을룡의 입이 닫혔다. 누가 보면 자기는 평소에 이병룡을 잘도 챙겨준 줄 알겠네.

곽석산이 이종산에게 보고했다.

“일단 세 개의 대(隊)로 나누어 관도와 산길과 수로를 따라가며 추적하겠습니다. 뭐라도 발견하는 즉시 표국으로 전서구를 날리도록 하겠습니다.”

“만약 표사들을 찾지 못한다면 흉수들이 누구인지라도 반드시 알아 오게.”

이종산은 이 와중에도 병룡이라고 하지 않고 표사들이라고 하는 담대함을 보였다. 덧붙여 흉수의 정체를 알아 오라는 건 피의 복수를 준비하고 있겠다는 뜻이다.

"존명!"

"존명!"

"존명!"

세 사람을 필두로 스무 명의 표두들과 중무장을 한 이백여 명의 표사들이 전부 말에 올랐다.

이어 지축을 뒤흔드는 말발굽 소리와 함께 이백여 기의 인마가 썰물처럼 표왕부를 빠져나갔다.

두두두두두두…….

지금은 세 개 대(隊)지만 여정 중에라도 갈림길이 나오면 더 쪼개졌다가 다시 합쳐지길 반복할 것이다. 물론 쪼개진 사람들끼리 연락을 주고받기 위해 십 리 밖에서도 볼 수 있는 폭죽도 잔뜩 챙겼을 것이고.

그러나 아무리 철저히 준비해도 이건 모래사장에서 바늘 찾기다. 운 좋게 작은 단서를 찾으면 다행이지만, 그렇지 못하면 한없이 시간이 지체될 수밖에 없다. 시간이 흐를수록 실종된 사람들의 목숨은 배가해서 위험해진다. 매우 높은 확률로 이미 끝났을지도 모르고.

이종산이 내게 물었다.

"무공을 수련하던 중이었다고?"

"죄송합니다. 미처 소식을 듣지 못하여."

"무슨 무공을 수련하던 중이었더냐?"

"도화곡에서 받은 잠백비행술이라는 은잠술을 수련 중이었습니다."

"성취는 좀 있었고?"

"아직은 부끄러운 수준입니다."

"한시도 수련을 게을리하지 말아라. 너도 보았겠지? 표행 중 죽을지도 모르는 위기가 닥쳤을 때 믿을 건 오직 일신에 지닌 무공뿐이다."

"명심하겠습니다."

"그만 가보거라."

말을 끝낸 이종산이 돌아섰다. 세 명의 부인들과 그때까지 남아 있던 당주들도 하나둘씩 자리를 떴다.

모두가 사라지고 나서도 나는 한동안 그 자리에 멈춰 서 있었다. 마지막 순간 보았던 이종산의 눈동자가 너무나 힘들어 보였기 때문이다. 아무리 못났다고 해도 자식은 자식이다.

문득, 환생을 하고 난 후 처음으로 이종산과 독대하던 날이 생각났다. 이종산은 내 몸의 원래 주인이었던 이정룡도 항상 저런 눈빛으로 지켜보았을까?

만약 진짜 이정룡이 살아 있었다면 어떻게 했을까? 평생 자신을 괴롭힌 이병룡이니 죽든 말든 그대로 내버려 두었을까? 아니면 아버지를 생각해서라도 어떻게든 찾을 수 있도록 한 팔을 보탰을까?

진짜 이정룡이 어떤 선택을 했을지는 알 수 없다. 하지만 내 선택은 이미 정해졌다.

나는 호리독사를 돌아보며 물었다.

"어떻게 생각하시오?"

"저는 훔치는 쪽이지 강탈하는 쪽이 아닙니다. 하지만 표사들까지 실종되었다면 십 중 십 강도나 비적들의 소행입니다. 그쪽은 우리와 노는 세계가 달라요."

"귀하도 수채에 몸담았던 것으로 아오만."

"잠시 의탁을 한 적이 있었지요. 적극적으로 앞장서서 노략질을 하고 다니진 않았습니다. 설사 노략질을 해도 대부분 말로 끝냈지, 사람을 실종시켜 버리는 일은 없었습니다."

"쥐도 새도 모르게 나를 없애 버리려고 한 걸로 아오만."

"죄송합니다."

"됐고. 내 말은 추적이 가능할 것 같은지를 묻는 거요. 과거 귀하의 사부이신 공령신투 선배께서는 천리추종술(千里追從術)에도 대단한 조예를 지니셨다고 들었소."

"무림일절이셨지요. 목표로 삼은 물건과 그것을 가진 사람을 오랫동안 지켜보고 추적하다 보니 자연스럽게……."

"그래서 가능하겠소?"

"불가능에 가까울 겁니다."

"어째서요?"

"지난 보름 동안 이곳 항주에만 비가 세 차례나 내렸습니다. 다른 지역이라고 비가 오지 않았을 리 없지요. 흔적이 남아 있지 않을 겁니다."

"번견들을 오십 마리나 동원해도?"

"갈림길에서 도움이 될 수는 있겠죠. 운이 좋아 실종된 사람들과 사흘 이내로 가까워진다면 그땐 매우 높은 확률로 번견들이 찾아낼 겁니다. 하지만 역시 시간이 너무 지체되었습니다. 이런 일은 시간이 생명인데."

"결국 한 가지 방법밖에 없다는 소리군."

"천룡각의 장궤가 목격했다는 그 노인에서부터 시작하셔야 합니다. 당장 보기에는 느려 터진 것 같아도 가장 빠른 길이 될 겁니다. 다만 그 노인을 찾는 게 문제겠지만."

"하늘에서 뚝 떨어진 게 아니라면 항주 시내 어디에선가는 밥을 먹고 누군가와는 말을 섞었을 것이오. 운이 좋다면 아는 사람이 있을 수도 있고."

나는 품속에서 청홍색의 실로 정교하게 매듭을 묶어 장식한 수실을 꺼냈다. 전날 양주에서 하오문주의 칠제자인 소수옥녀 매용초에게서 받은 것이었다.

이어 수실을 검의 손잡이 끝에 매단 다음 통째로 장삼에게 건네주었다.

"지금 당장 이걸 어깨에 차고 항주 유흥가를 열심히 뛰어다녀라. 기녀들이나 도둑, 소매치기, 점소이 등이 많은 곳 위주로. 하면 누군가 접근해 수실에 관해 물을 거야. 그때 너의 신분을 밝히고 내가 백선객점에서 당신들의 향주를 만나고 싶어 한다고 전해."

"향주요?"

"그렇게만 전하면 그쪽에서 알아들을 거야. 다른 손님들과 마주칠 수도 있으니 역용을 하고 오시라는 말도 전하고."

"알겠습니다."

나는 호리독사에게도 말했다.

"하 표사는 지금 당장 서쌍교방으로 가서 서호삼절 선배들을 모시고 역시 백선객점으로 오시오. 비용 이야기를 꺼내면 만나서 나랑 직접 얘기하라 그러고."

"저기……."

"왜 그러시오?"

“기왕 손님들을 바깥에서 보실 거면 은하루(銀河樓)로 가시는 게 어떻겠습니까? 거기 소흥주가 기가 막힙니다.”

“은하루는 항주에서 가장 비싼 주루 중 하나인데 귀하가 무슨 돈으로 거기 가서 술을 마신 거요? 설마…….”

“절대 표사나 쟁자수들의 전낭에 손을 댄 적 없었습니다. 다만 남궁 소저께서 이따금 저를 은하루로 불러다가 술을 사주시면서 이것저것 물어보시…….”

“어디서 접선을 하나 했더니만 은하루였군.”

“죄송합니다. 남궁 소저의 꾐에 빠져 저도 모르게 그만. 하지만 아무리 취했어도 맹세코 당주님께 크게 해가 될 얘긴 한 적이 없습니다. 저도 나름대로 선이 있습니다.”

“아는 바가 없었겠지.”

“그것도 그렇고요.”

“그리고 선은 누가 정하는 거요?”

“앞으로는 당주님께서 정해주시는 대로 따르겠습니다.”

“그걸 지금 말이라고!”

움찔 놀란 독사가 일 장 밖으로 후다닥 떨어졌다.

“이 얘긴 나중에 따로 합시다.”

“그럼 은하루에서 뵙겠습니다.”

“닥치고 백선객점으로 오시오.”

“존명!”

장삼과 호리독사가 떠나자 나는 곧장 비룡당의 신입 쟁자수들이 묵고 있는 접객당의 임시 거처로 달려갔다.

그곳에서 위소방이라고 하는 젊은 쟁자수를 불러냈다. 그는 화방(畫房)에서 십 년 넘게 일하다 수전증 때문에 잘린 친구였다.

"혹시 화구를 가지고 있나?"

"한 벌 있기는 합니다만."

"당장 챙겨서 나를 따라와라."

위소방을 데리고 천룡각을 찾았을 때는 유(酉)시를 훌쩍 넘긴 시각이었다.

거기서 손지백의 도움을 받아 다시 정체불명의 노인을 목격했다는 장궤를 만났다.

"어떤 상황인지는 아시지요?"

"물론입니다."

"우선 이 친구에게 그 노인의 인상착의를 최대한 자세히 설명해 주십시오. 이 친구가 그림을 그리는 동안에는 노인과 나누었던 대화를 한 마디도 빼놓지 말고 제게 얘기해 주시고요."

"그렇게 하겠습니다."

"너는 장궤님의 진술을 근거로 지금부터 한 식경 안에 용모파기 두 장을 그려야 한다. 장궤님께서 지켜보시며 세세하게 바로잡아 줄 테니 너무 걱정하지 말고."

"해보겠습니다."

"그럼 모두 시작하죠."

백선객점을 찾았을 때는 삼경이 가까울 무렵이었다.

일 층부터 손님이 뜸하다 싶더라니, 삼 층으로 올라가자 딱 한 무리만 보였다.

그들을 향해 거침없이 걸어갔다.

탁자 위에는 소가 먹고 지나간 것 같은 온갖 산해진미들의 잔해와 값비싼 검남춘 호리병 이십여 개가 어지럽게 널려 있었다.

나를 발견한 호리독사가 벌떡 몸을 일으켰다.

일견과 이견은 만사가 귀찮다는 듯 고개만 돌렸다. 오직 삼견만이 그나마 손까지 흔들어 보이며 나를 반겼다.

"여어. 비룡당주!"

"오래 기다리시게 해서 죄송합니다."

"괜찮네. 우리도 마냥 기다릴 수가 없어서 먼저 먹었네. 저녁 식사는 했나?"

"아직요. 한데 뭘 이렇게 많이들 드셨습니까?"

"천룡표국의 비룡당주께서 승진 기념 턱으로다가 한잔 거하게 살 거라고 해서 평소에는 못 먹어본 것들을 좀 시켜보았지. 생각보다 양이 많아서 고생을 좀 했네."

그새를 참지 못하고 호리독사가 제 배 속에 술을 채워 넣으려고 수작을 부린 모양이었다.

문제는 검남춘 병들인데, 밀봉의 색깔이 꺼멓게 변색된 걸 보면 최소 십 년은 묵은 것 같았다. 저 정도면 은전 다섯 냥은 각오해야 한다.

그때였다.

"덥다. 더워."

유생 차림의 젊은 선비 하나가 쥘부채를 부치며 삼 층으로 올라왔다. 서른 살쯤이나 되었을까? 뽀얀 피부에 보석처럼 반짝이는 눈동자가 인상적인 사내는 아무렇지도 않게 내게로 다가왔다.

"저를 보자고 하셨다고요?"

"귀하가 누구인지에 달렸소만."

"목리극이라고 합니다."

사내가 정중하게 포권지례를 해왔다.

천 개의 귀와 눈을 가졌다고 하는 하오문 항주 분타의 향주였다. 나이부터 성별까지, 그는 모든 것이 장막에 가려진 사람이었다. 심지어 목리극이 이름인지 별호인지조차 아는 이가 없었다. 당연히 지금의 모습도 진면목이 아닐 것이다.

비록 역용을 했을지언정, 소문으로만 듣던 목리극의 등장에 서호삼견이 숨소리까지 죽이며 관심을 보였다.

"내가 누군지는 알 것이고, 귀하가 하오문의 향주라는 걸 어떻게 증명하겠소?"

"수실을 알아본 것만으로도 부족할까요?"

"워낙 중요한 일인지라."

"성도에서 사천구룡방과 결전이 있기 이틀 전, 여기 계신 객원표사들 중 한 분이 이당주로 변장해 일당주의 묘족 출신 첩이 기거하는 장원으로 침투, 그녀를 겁탈하려는 것처럼 하여 자중지란을 유도했었지요. 뿐만 아니라 전쟁이 끝난 후에는 이당주의 첩들을 전부 구출해 주었고요. 이걸 알 정도면 틀림없지 않을까요?"

"첫 번째 사건은 내가 일으킨 것이 맞소. 하오문 성도 분타 사람들의 도움으로. 하지만 냉목풍의 첩들을 탈출시켜 준 건 내가 한 일이 아니오만."

"우리가 한 일이네."

갑자기 끼어든 사람은 이견이었다.

이건 또 무슨 자다가 남의 다리 긁은 소리? 나는 눈이 동그래져서 이견을 바라보았다.

"언제요?"

"도화공주께서 서거하시고 표사들 전부가 닷새 정도 휴식을 취했잖나. 그때 뚝딱 해치웠네. 때마침 사천구룡방이 심각한 내전에 휩싸이는 바람에 생각보다 쉬웠지."

"왜요?"

"그야 돈을 준다고 했으니까."

"누가요?"

"남궁소소가."

"……!"

나는 냉목풍의 첩들을 이용할 생각만 했지, 짐승 같은 놈의 압제에서 구해줄 생각은 한 번도 해보지 않았다. 아마도 나 스스로 무림인이기보다는 표사라고 생각했기 때문인 것 같았다.

한데 남궁소소는 달랐다. 여자들의 억울한 사정을 그냥 넘어가지 않았던 것이다. 그녀는 뼛속까지 백도 무림인이었다.

"냉목풍의 첩은 스무 명이 넘는 걸로 아는데, 네 분이 전부 구출하기에는 좀 많지 않습니까?"

"섭부용이 우리 계획을 눈치채고는 칠검향을 이끌고 동참했네."

"구출한 여자들은 어떻게 됐습니까?"

"일부는 고향으로 돌아갔고, 일부는 새로운 도화곡주께서 당분간 비밀리에 보호해 주시기로 약속하셨다고 들었네."

"한데 제게는 왜 아무 말씀도 하지 않으셨습니까?"

"남궁소소가 말하지 말랬으니까."

"왜요?"

"그때 자네는 도화곡의 속가제자가 되어 잠자는 시간까지 아껴가며 신임 곡주로부터 무공구결들을 전수받고 있었지. 우리 계획을 들으면 반드시 동참하려 할 것이고, 그러면 귀한 시간을 뺏게 될 거라며 절대 알리지 말라고 했네."

나는 호리독사를 돌아보며 물었다.

"귀하도 동참했었소?"

"제가 여자들을 포대 자루에 담아 훔쳐 나오는 역할을 맡았습니다. 제일 중요한 역할이지요."

이쯤 되니 이 인간은 비룡당의 객원표사인지 남궁소소의 수하인지 살짝 헷갈릴 지경이었다. 어쨌든 이 정도라면 쥘부채가 상당한 지위의 하오문도라는 건 충분히 증명이 된 셈이었다.

"실례가 많았습니다. 앉으십시오."

"고맙습니다."

이렇게 해서 서호삼견과 하오문 향주를 한 자리에 모으게 됐다.

나는 용모파기 두 장을 탁자 위에 올려놓고 곧장 본론으로 들어갔다.

"다들 대충 얘기는 들으셨을 겁니다. 열흘 전 합비로 암표행을 떠난 천룡표국의 삼공자께서 도착 예정일보다 닷새가 지났음에도 불구하고 소식이 없는 상태입니다. 암표를 맡긴 자는 자신을 복건성에서 온 상인이라고 소개한 칠순 노인으로, 육척장신에 두상이 작고 길쭉하며……."

나는 장궤에게서 들었던 내용을 짧게 덧붙였다. 하지만 말투와 용모에 관한 것 몇 가지뿐, 딱히 특별한 것이 없었다.

"그도 사람인 이상 어디선가는 밥도 먹고 길도 묻고 했을 것입니다. 어쩌면 항주에 지인이 있어 만났을 수도 있고요. 이자를 보았거나 알 만한 사람이 있는지 최대한 빨리 수소문해 주십시오. 사례는 충분히 해드리겠습니다. 부탁드립니다."

"이거 어디서 많이 본 얼굴인데."

이견이 대수롭지 않게 툭 내뱉었다.

대번에 좌중의 공기가 팽팽하게 당겨졌다.

삼견이 착 가라앉는 목소리로 물었다.

"어디서요?"

"여기서."

"예?"

이견이 용모파기를 들어다 삼견의 얼굴 옆에 척 갖다 대며 말했다.

"너랑 닮았어."

"둘째 형님도 참, 오십 년 묵은 검남춘을 스무 병씩이나 얻어 마시고 지금 농담이 나오십니까?"

"농담이 아니야."

이견은 용모파기를 삼견에 이어 일견과 호리독사는 물론 내 얼굴에까지 척척 갖다 대고는 말했다.

"보시다시피 누구와 비교해도 조금씩 닮았을 만큼 평범한 얼굴이야. 하다못해 코밑에 점이 있다거나 눈 밑에 칼자국이라도 있어야지. 이래 가지고선 백사장에서 바늘 찾기나 마찬가지야."

"듣고 보니 그건 그렇네요."

저게 오십 년짜리 검남춘이었다고? 스무 병 전부? 이 노인네들이 진짜.

이후로도 삼견과 이견이 서로 한입씩 주고받으며 용모파기에 대해 한참이나 떠들어댔지만, 딱히 귀담아들을 만한 말은 나오지 않았다.

어차피 지금 당장 무언가를 알아낼 수 있을 거라는 생각은 하지 않았다. 내가 원하는 건 이들을 지렛대 삼아 족히 수천 명은 될 흑도와 하오문도들의 눈을 빌리는 것이었다.

그때였다. 용모파기를 본 직후부터 한마디도 않고 뚫어지게 노려보던 일견이 조용히 입을 열었다.

"이게 실제 모습을 그대로 묘사한 것인가?"

"왜 그러십니까?"

"자세히 보면 낯빛이 보통 사람들보다 조금 더 붉고 눈동자도 어쩐지 약간 푸른빛을 띠는 듯해서 하는 말이네. 우리가 돈 떼먹고 도망친 놈들을 추적하기 위해 용모파기를 숱하게 그려보니 화공들마다 사람을 그리는 자기만의 색감이 있더군. 그래서 혹시나 하고 물어본 것이네."

"실제 모습을 묘사한 것 맞습니다. 화공은 낯빛을 아예 채색하지 않으려 했는데 목격자가 그렇게 주문을 했습니다. 눈동자의 색깔도 그렇고요. 혹시 생각나는 사람이 있습니까?"

"한 명 생각나는 사람이 있긴 한데, 이게 살짝 말이 안 되는 것 같아서 말이지. 자칫하다간 혼선만 줄 수도 있네."

"그건 제가 판단하겠습니다."

"잘 기억도 나지 않고……."

나는 품속에서 어린아이 주먹만 한 가죽 전낭을 꺼내 탕 소리가 나도록 탁자 위에 올려놓았다. 약간 풀어진 입구 사이로 은전 세 개가 슬쩍 삐져나왔다.

"동호교방(東湖鮫幇)에 우리 말을 기가 막히게 하는 아라사 놈이 하나 있네. 20년 전 큰 태풍에 배가 난파당하자 널빤지를 타고 복건성 바닷가로 떠내려왔다더군. 이후 자기 나라로 돌아가지도 않고 눌러살면서 어찌어찌 항주까지 기어들어 온 모양일세. 힘이 장사인 데다 싸움을 어찌나 잘하는지 지금은 동효교방에서 데려다 쓰고 있지."

"혹시 벽안귀(碧眼鬼)를 두고 하시는 말씀입니까?"

"그렇네."

서호 주변에는 수백 곳을 헤아리는 주루와 기루가 성업 중이다.

워낙 숫자가 많다 보니 네 곳의 대형 흑도방파가 분할해 관리하고 있었다. 그중 서쪽을 먹은 것이 서쌍교방이고, 정확하게 호수의 건너편인 동쪽을 장악한 곳이 동호교방이었다.

바로 그 동호교방에 푸른 눈의 벽안귀가 하나 있다는 소문은 나도 들었다. 벽안귀가 천룡표국을 찾았을 리도 없지만, 설사 그랬다면 당연히 모두의 눈에 띄었을 것이다. 분명 무언가가 더 있다.

"아직 전낭값으로는 모자랍니다만."

"알다시피 이놈의 용모가 워낙 눈에 띄다 보니 가끔 살인을 하러 갈 때는 꼭 인피면구를 쓴다네. 그럼 이 용모파기처럼 낯빛은 불그스름하고 눈알은 푸른 모습이 되지. 다만 한 가지, 그놈은 육순 노인이 아니라 한창 기운이 펄펄한 사십 대일세."

육척장신에 두상이 작고 길쭉하며 붉은 낯빛과 푸르스름한 눈동자를 가진 자. 상당 부분이 일치한다. 나이 차이가 꽤 나지만 인피면구를 쓰면 나이를 속이는 것도 얼마든지 가능한 일이었다.

사실 이상한 점이야 한두 가지가 아니었다. 하지만 그냥 넘길 일도 아닌 것 같았다. 만약 벽안귀가 용모파기의 진짜 주인이라면 복건성 출신의 상인이라는 말은 새빨간 거짓말이 되는 셈이다.

"확인을 해봐야겠습니다."

"우린 더 이상 도와줄 수가 없네. 알다시피 동호교방과 서쌍교방은 서로 경쟁 관계에 있는 방파라서 우리가 나서면 항주에 전쟁이 벌어질 수도 있네."

"이미 충분히 도움이 됐습니다."

나는 그제서야 전낭을 누르고 있던 손을 뗐다.

일견이 고개를 끄덕이자 이견이 잽싸게 전낭을 채가서는 품속에 챙겼다.

나는 팔짱을 끼는 척하며 손가락 사이에 끼워둔 은전 세 냥을 소맷자락 속에 넣었다. 유일한 은전 세 개가 사라져 버렸으니 이제 이견이 가져간 전낭 속에는 동전만 가득 들어 있었다.

멋도 모르고 좋아라 하는 이견을 뒤로하고 목리극에게 물었다.

"지금 당장 벽안귀가 정확히 어디에서 무얼 하고 있는지 알아봐 주실 수 있겠습니까? 눈치를 채면 도망갈 수도 있으니 최대한 은밀하게. 부탁드립니다."

"누구 부탁이라고 거절하겠습니까. 한 식경만 기다려 주십시오."

"그렇게나 빨리요?"

"벽안귀가 어디에 있든 그가 있는 곳으로부터 삼십 장 이내에 저희 하오문도가 반드시 있을 겁니다."

서호의 동쪽은 항주에서도 가장 번화한 곳이다.

이곳도 풍광 좋은 호숫가에는 크고 화려한 주루와 기루들이 즐비했다. 하지만 조금만 안으로 들어가니 거미줄처럼 복잡하게 뻗은 골목길을 따라 오래되고 낡은 전각들이 끝없이 펼쳐졌다.

어디선가 고향을 그리워하는 노래가 끊이지 않고 흘러나온다고 해서 항주 사람들은 이곳을 망향가동(望鄕歌洞)이라 불렀다.

망향가동은 무려 천 년이나 된 매음굴이자, 매음굴에서 태어난 아이들과 그 아이들의 아이들이 대를 이어 살아가는 빈민촌이었다.

홍등이 사방에 내걸린 망향가동으로 들어온 지 일각. 길가는 남자라면 아무나 붙잡고 늘어지며 호객 행위를 하는 아이들이 이상하게 내게는 단 한 명도 달라붙지 않았다.

앞에서 걸어가는 녀석 때문이다. 열대여섯 정도의 나이에 벌써부터 얼굴에 칼자국을 세 개나 새긴 녀석은 하오문에서 붙여준 길잡이였다.

이윽고 사내아이가 어느 전각 앞에 이르자 붉은 대문에다 갑자기 코를 팽 풀었다. 그러고는 제 손을 배에 쓰윽 닦으면서 아무렇지도 않게 지나갔다.

"어이!"

사내아이가 슬쩍 뒤돌아보았다.

은전 한 냥을 허공에 튕겨주었다. 사내아이는 잽싸게 낚아채더니 이내 어둠 속으로 사라졌다.

나는 기감을 잔뜩 끌어 올린 다음 주변을 둘러보고 아무도 없음을 확인했다. 이어 지난 한 달 동안 죽으라고 수련한 잠백비행의 은잠술을 펼치며 사내아이가 찍어준 대문의 담장을 훌쩍 뛰어넘었다.

안으로 들어가자 좁은 마당을 가운데 두고 게 구멍처럼 똑같이 생긴 방들이 다닥다닥 붙어 있는 게 보였다.

그중 한 곳으로부터 무슨 일이 벌어지고 있는지 알 만한 소리가 흘러나오고 있었다.

이병룡의 생사조차 확인이 안 된 상태에서 거사가 끝날 때까지 한가하게 기다려 줄 수가 없었다. 문 앞으로 다가가 조용히 말했다.

"거 말 좀 물어봅시다."

방 안에서 나던 여러 가지 요란한 소리가 잠시 뚝 그치는가 싶더니 곧 다시 시작됐다.

"벽안귀를 찾고 있소만."

다시 소리가 그쳤다.

이번엔 옷을 주섬주섬 주워 입는 소리가 들렸다.

잠시 후, 육척장신에 푸른 눈을 가진 사내가 웃통을 깐 채 나타났다. 달빛 아래에 드러난 우람한 근육질의 상체가 온통 붉고 꼬불꼬불한 털로 뒤덮인 것이 꼭 산해경에나 나올법한 짐승처럼 보였다.

"뭐 하는 새끼야?"

이국적인 용모에 어울리지 않게 완벽한 우리말이 튀어나오자 나도 모르게 깜짝 놀랐다.

내가 놀라자 벽안귀는 더욱 기세가 등등해져서 다그쳤다.

"뭐 하는 새끼냐고 묻잖아!"

"난 이정룡이라고 하오."

"이정룡이 어떤 새낀지 내가 어떻게 알……."

말을 하던 사내의 표정이 흠칫 굳었다.

아직은 용모파기의 주인이라고 확신할 수 없다. 항주 유흥가에서 20년 이상 잔뼈가 굵은 놈이라면 내 이름과 신분 정도는 귀가 따갑도록 들었을 테니까.

"사공자께서 여긴 어쩐 일로……."

"내 형과 관련해서 몇 가지 묻고 싶은 것이 있소. 잠시 시간을 내주시겠소?"

"그걸 왜 저한테 묻는 겁니까?"

"우리 말을 잘하시는구려. 그것도 복건성의 사투리 위주로다가."

"여하튼 잠시만 기다리십시오. 뭐라도 좀 걸치고 나오겠습니다."

그러면서 사내가 방문을 닫고 들어갔다.

잠시 후, 방 안에 호롱불이 켜지는가 싶더니 '펑!' 소리가 들렸다. 이어 방 안 전체가 비정상적으로 밝아졌다.

"이런 미친 새끼!"

쾅!

나는 발로 문을 박차고 들어갔다.

방 안이 불길에 휩싸인 가운데 나신의 여자만 홀로 널브러져 있었다. 벽안귀가 여자를 때려눕힌 후 등잔 기름을 사방에 뿌려 불을 지른 다음 반대쪽 쪽문으로 도망친 것이다.

나는 전생과 현생을 통틀어 벌거벗은 여자를 처음 봤다. 하지만 조금의 딴생각이 들 틈도 없었다.

재빨리 여자를 이불로 감싸 안은 다음 밖으로 튀어나왔다. 그리고 목구멍이 찢어져라 외쳤다.

"불이야!"

낡고 오래된 전각들이 다닥다닥 붙어 있는 망향가동의 구조상 한번 불이 나기 시작하면 걷잡을 수가 없다. 실제로 십 년에 한 번씩은 꼭 큰불이 나 수백 명의 사람이 죽거나 터전을 잃었다. 망향가동의 사람들에게 화재는 자다가도 벌떡 일어나며 경기를 일으킬 악몽이었다.

아니나 다를까, 사방의 게 구멍에서 족히 스무 명은 될 것 같은 사람들이 우르르 쏟아져 나왔다. 이 작은 집구석에 이처럼 많은 사람들이 살고 있었다는 게 신기할 지경이었다.

사람들은 마당 곳곳에다 미리 준비해 둔 항아리의 물을 차례로 뿌리며 열심히 불을 끄기 시작했다. 다행히 일찍 발견한 탓에 금방 불길이 잡힐 것 같았다.

"이 새끼가 사람들이 자고 있는데 불을 질러?"

나는 물 항아리 하나를 빼앗아 몸에 끼얹었다. 그러곤 불 속으로 거침없이 뛰어들었다. 불길에 눈썹이 화르륵 말려 올라가는 게 느껴졌다.

놈이 사라진 쪽문을 관통하니 예상했던 대로 또 다른 골목이 나타났다.

불길 때문에 어느새 골목길이 환해져 있었다.

더욱 깊이 들어가는 쪽이라 생각되는 방향을 향해 냅다 달렸다.

몇 번을 꺾어지며 달리길 한참. 이래선 안 되겠다 싶어 옆에 있는 전각의 지붕으로 훌쩍 뛰어 올라갔다. 그런 다음 달빛 아래 파도처럼 너울지며 펼쳐져 있는 지붕들 위를 날아다녔다. 강호인들이 그토록 탐냈던 도화곡의 전설적인 경신공 천금풍을 펼친 것이다.

주변을 한참이나 훑으며 돌아다니던 끝에 마침내 후미진 골목길에서 꽁지가 빠져라 뛰어가고 있는 놈을 발견했다.

잠깐 사이 나는 놈의 머리 바로 위 오른쪽에서 달렸다.

같은 뿌리를 가진 무공이 으레 그러하듯 천금풍과 잠백비행의 궁합은 찰떡이었다. 천금풍의 경공술을 펼치며 잠백비행의 묘리를 담아내자 한 줄기 바람이 되어 아무런 발걸음을 소리도 내지 않고 달릴 수 있게 되었다.

"어이!"

놈이 달리는 와중에 힐끗 위를 올려다보았다.

그때쯤엔 공중으로 도약한 내가 놈의 면상을 향해 일각을 꽂아 넣고 있었다.

뻐억!

얼굴을 정통으로 얻어맞은 놈은 땅바닥을 데굴데굴 굴렀다.

한데 그대로 뻗어버릴 거라는 내 예상과 달리 벌떡 일어났다. 뿐만 아니라 허리춤에서 유엽비도 두 자루를 벼락처럼 뽑아 들고는 사뭇 도발적인 어투로 물어왔다.

"혹시, 혼자 왔나?"

"코피나 쳐 닦아. 개새끼야!"

귀영무의 보법을 펼치며 눈 깜짝할 사이에 놈의 전권을 파고들었다.

놈에게도 한 수는 있었다. 정면을 향해 좌도를 쭉 찔러오는 속도가 예사롭지 않았다. 아슬아슬하게 단도를 흘려보낸 나는 십초박의 선팔초를 놈의 상체에 소나기처럼 작렬시켰다.

퍽! 퍼퍼퍽!

두 자루 유엽비도를 피해가며 딱 사 초식을 펼쳤을 때였다. 놀랍게도 괴성과 함께 놈이 갑자기 왼쪽 어깨로 나를 힘차게 들이받아 버렸다.

"으아악!"

흡사 황소 뿔에 받힌 듯한 충격과 함께 나는 무려 네 걸음이나 주르륵 밀려났다.

그 틈을 이용해 놈이 미끄러지듯 달라붙더니 유엽비도를 난상으로 휘둘러 댔다. 힘과 속도 어느 것 하나 대륙의 일류 고수들에게 뒤지지 않았다. 아무래도 제가 사는 나라의 무슨 무술을 익힌 것 같았다.

결정적으로 이놈은 비슷한 키의 대륙인들에 비해 팔 길이가 한 뼘 정도는 더 길었다. 그만큼 궤적이 커서 공방을 주고받기도, 전권을 뚫고 들어가기도 어려웠다.

이럴 줄 알았으면 장검을 가져올 걸 그랬다. 일부러 사람들의 눈에 띄지 않으려고 빈손으로 온 것이 화근이었다.

할 수 없이 비격쌍뇌창을 풀어야겠다고 생각하는 순간, 놈의 한쪽 팔이 무슨 창처럼 훅 치고 들어왔다.

나는 놈의 칼끝에다 내 배를 정확히 맞추었다. 내가 전권을 뚫을 수 없다면 놈이 내 전권 속으로 들어오게 만들면 된다.

"죽어라. 애송이!"

푹!

유엽비도는 당연히 용린신갑에 가로막혔다. 용린신갑의 안쪽에는 백년공력을 품은 단단한 근육까지 버티고 있어서 아마 돌덩이를 찌른 것 같았을 것이다.

"어, 어떻게 한 거지?"

"일단 좀 처맞고 얘기하자!"

벼락처럼 금나수를 펼쳐 놈의 칼 쥔 왼쪽 손목을 꺾어 잡았다. 이어 그대로 놈의 오른쪽 볼따구와 어깨와 팔을 푹푹푹 찔러 버렸다.

깜짝 놀란 놈이 또다시 왼쪽 어깨를 황소처럼 부딪혀 왔다.

이미 이능력을 발동시키고 있던 나는 옆으로 한 걸음을 물러나는 것으로 놈의 돌진을 가볍게 피해 버렸다. 그리고 몸을 날려 놈의 왼쪽 옆구리를 힘차게 찼다.

뻑! 소리와 함께 벽으로 날아가 붙는 놈을 그대로 따라가서는 다시 한번 십초박의 선팔초를 작렬시켰다.

퍽! 퍼퍼퍼퍽! 퍽퍽!

양팔을 꺾고, 갈비뼈를 세 대나 부러뜨리고, 왼쪽 어깨의 쇄골을 주저앉히고, 오른쪽 눈알에다 쇠뭉치 같은 주먹을 묵직하게 꽂아 넣고서야 놈이 외쳤다.

"그, 그만!"

보통 사람은 눈에다 주먹질을 하면 뇌가 진탕 당하는 충격과 함께 그대로 정신을 잃고 만다. 한데 이 짐승 같은 놈은 알아들을 수 없는 말로 짧게 욕을 하더니 항복의 표시로 칼을 버리고 털썩 주저앉는 게 다였다.

"하아, 독종이네. 이거."

자기가 휘두른 칼에 세 방을 찔리고도 모자라 뼈까지 네 군데나 부러진 벽안귀는 만신창이가 따로 없었다.

한데도 입만큼은 펄펄 살아 있었다.

"대체 나한테 왜 이러는 거냐?"

"내가 묻고 싶은 말이야. 왜 도망친 거지?"

"난 네 형의 실종과 아무 관련이 없다."

"암표를 맡긴 늙은 상인이 너인 건 맞고?"

"난 단지 시키는 대로만 했을 뿐이야."

"누가 무얼 시켰지?"

"그거야 나도 모르지."

빽!

"아무리 때려도……."

빽!

"소용 없……."

빽!

성한 쪽 눈두덩을 주먹으로 세 방이나 연달아 맞은 벽안귀는 눈알을 허옇게 까뒤집는 것이 거의 까무러치기 직전이었다.

하지만 그것도 잠시, 어느 순간 동공이 다시 제자리를 잡는가 싶더니 기어이 정신이 돌아왔다. 맷집 하나는 가히 절정고수였다.

"다음엔 인중이다."

"(씨발 새끼!)"

"우리 말로 해 새끼야."

"진짜 몰라서 그런다고요!"

"모르면 처맞아야지."

내가 주먹으로 때리는 시늉을 하자 벽안귀가 부러진 팔을 들어 올려 황급히 인중을 막았다.

퉁퉁 부어오르는 눈두덩이 사이로 닭똥 같은 눈물이 뚝뚝 떨어졌다.

"보름 전 어떤 노인이 찾아와 한지로 겹겹이 싸서 밀봉한 죽통을 건네주며 천룡표국의 묵룡당주에게 암표를 의뢰하라고 했습니다. 자세한 주소를 물었더니 합비라고만 말하면 된다며 은전 두 냥을 주었습니다. 그만 좀 때리십시오."

"우리 말은 어디서 배웠어?"

"예?"

"우리 말을 어디서 배웠냐고."

"그냥 길바닥에서 이리저리 치이고 구르면서 배웠습니다. 중원인들은 워낙 큰 소리로 말해서 귀에 쏙쏙 들어와 박힙니다."

"말하는 것만 들으면 영락없이 중원인인 줄 알겠군. 지금부터 내가 묻는 말에 한 치의 거짓도 없어야 할 거야. 인중이 주저앉다 못해 이빨까지 몽땅 빠진 채로 살고 싶지 않으면."

"알겠습니다."

"그 노인은 누구야?"

"처음 보는 노인이었습니다."

"내 눈을 똑바로 보고 말해!"

"진짭니다."

"왜 하필 너지?"

"전 중원인들과 달리 아무런 배후랄 만한 게 전혀 없으니까요. 그러니 만약 실패를 하더라도 더 이상의 추적이 불가능하지요."

"동호교방은 어쩌고?"

"그게 의뢰인들이 원하는 겁니다. 만약 추적자가 있다면 동호교방으로 눈을 돌리게 한 다음 유유히 빠져나가는 거 말입니다."

"이런 일이 자주 있나 봐?"

"가끔 갖가지 위험한 청부들이 들어옵니다. 주로 누굴 불구로 만들어달라는 것들인데, 표행을 대신 의뢰해 달라는 건 이번이 처음이었습니다."

"동호교방에서 알면 싫어하겠군."

"그래서 말씀인데 제발 동호교방을 들쑤시고 다니지 말아주십시오. 방주께서 아시면 저는 죽은 목숨입니다."

"방주와 자꾸 선을 긋는 게 내가 보기엔 좀 수상하지 않을까?"

"방주가 시킨 일이라면 미치지 않고서야 장보도를 운송해 달라고 묵룡당에 맡겼겠습니까? 자기가 직접 찾아서 꿀꺽했겠지요."

"장보도?"

"그냥 제 추측입니다."

"인중 대!"

내가 왼손으로 놈의 턱을 잡고 오른손으로는 주먹을 말아 쥐었다. 깜짝 놀란 놈이 황급히 말을 쏟아냈다.

“물건을 전달한 다음 날 정체를 알 수 없는 복면인이 저를 찾아왔습니다. 그러고는 눈 깜짝할 사이에 손가락 하나로 저를 쓰러뜨리더니 다짜고짜 장보도를 내놓으라고 하더군요. 살다 살다 그렇게 빠른 점혈법은 처음 봤습니다.”

“죄다 불었겠군.”

“시퍼렇게 날이 선 비수를 일단 저의 아랫배에 푹 박아놓고 질문을 시작하는데 어쩔 수 없지 않겠습니까. 거짓말을 할 때마다 이 칼이 조금씩 배를 가르며 위로 올라갈 거라고요. 중원에 와서 별의별 미치광이들을 다 만나봤지만, 그렇게 섬뜩한 놈은 처음이었습니다.”

혹시나 싶어 벽안귀의 옷자락을 들치어 보니 과연 어설픈 솜씨로 다섯 바늘이나 꿰맨 상처가 있었다.

“그래서 뭐라고 그랬어?”

“장보도는 모르겠고, 죽통이라면 천룡표국의 묵룡당주에게 암표를 맡겼다고 했더니 그제야 물러나더군요.”

“왜 너를 살려두었을까?”

“제가 한 말이 거짓이라면 다시 돌아오겠다고 했습니다. 만약 돌아오지 않으면 하늘이 내린 기회인 줄 알고 멀리 도망가서 조용히 살라고 하더군요. 이후 저는 무서워서 계속 망향가동에 숨어 지냈고요.”

이 모든 게 사실이라면 누군가 벽안귀를 통해 장보도의 운송을 부탁했고, 제삼의 세력이 장보도를 손에 넣기 위해 이병룡을 납치했다는 말이 된다.

대체 무슨 장보도이기에 감히 천룡표국의 삼공자를 납치할 생각까지 했을까? 노인은 또 무슨 사정이 있었기에 처음부터 그런 귀한 물건을 남에게 맡겼을까?

그 순간, 이십여 장 정도의 앞쪽에서 인기척이 느껴졌다. 나는 천천히 몸을 일으키고는 목소리를 착 깔았다.

"쥐새끼처럼 숨어서 엿듣지 말고 나오지들 그래."

말이 끝나기 무섭게 어둠 속에서 한 무리의 복면인들이 갖가지 날붙이들을 꼬나 쥐고 나타났다. 연장이나 걸음걸이 등으로 미루어 칼밥을 먹는 자들이 분명했다. 숫자도 오십여 명이나 되었다.

나는 재빨리 왼쪽 허리춤으로 손을 가져갔다. 그러나 잡히는 건 허공뿐이었다.

아차!

장검을 두고 왔음을 다시 한번 깨달았다.

벽안귀가 말했다.

"크크크. 넌 이제 죽었어. 새끼야."

"너의 동료들인가?"

"아니면 누구겠어?"

"날 죽이고 뒷감당을 할 수 있겠어?"

"망향가동에서 수많은 자들이 살인을 당했지만 범인이 잡힌 적은 한 번도 없었지. 잘 가라. 시건방진 애송이 새끼야."

싸워서 이긴다는 보장도 없고, 싸우고 있을 시간도 없다.

뒤돌아 삼십육계 줄행랑을 치려던 나는 열 걸음도 가지 못해 또 다른 인기척을 느끼고 우뚝 멈추었다.

아니나 다를까, 잠시 후 뒤쪽 골목의 어둠 속에서도 또 다른 오십여 명의 복면인들이 모습을 드러냈다. 달빛 아래에 번뜩이는 날붙이들이 이리 떼의 이빨처럼 섬뜩하게 느껴졌다. 내가 혼자라는 걸 인지한 놈들은 빠르게 포위망을 좁혀 왔다.

그때였다. 갑자기 중간쯤의 담벼락에서도 한 무리의 복면인들이 벼락처럼 튀어나왔다. 어두워서 잘 몰랐는데 옆으로 빠지는 작은 골목길이 하나 있었던 모양이었다.

숫자는 고작 십여 명, 하지만 그 기세는 앞과 뒤에서 좁혀오는 복면인들을 월등히 뛰어넘는 것이었다.

"빌어먹을!"

꼭 길로만 다니라는 법은 없었다. 백 년의 공력 덕분에 경공술에도 자신이 있었던 나는 맞은편 전각의 지붕 위로 뛰어오르려고 했다.

"지붕 위로 달리면 표적이 되어 멀리서도 쫓아 올 수 있어요. 발밑 어디에서 갑자기 암기가 솟구쳐 올라올지 모르고요."

"누가 말한 거요?"

"저예요!"

누군가 손을 드는데 조금 전 옆 골목에서 튀어나온 복면인들 중 한 명이었다.

그러고 보니 골목의 앞과 뒤에서 포위망을 좁혀오던 복면인들이 살짝 당황해하고 있었다. 미리 매복해 둔 같은 편이 아니었던 것이다.

"저를 따라서 오세요!"

손을 든 복면인이 조금 전 자신들이 튀어나온 골목으로 빠르게 사라졌다.

나는 후다닥 달려가 벽안귀의 인중에다 냅다 발끝을 꽂아 넣었다.

뻑!

"한 번만 더 망향가동에다 불을 지르면 다시 찾아와 턱밑까지 배를 갈라 버릴 줄 알아!"

그런 다음 앞서간 복면인을 따라 골목길로 달려 들어갔다.

나머지 아홉 명의 복면인들이 후방을 엄호하며 뒤를 따랐고, 백여 명의 복면인들이 함성을 내지르며 추격해 왔다.

미로와 같은 골목길을 이리저리 꺾으며 달리길 한참, 복면인들과 함께 마침내 망향가동을 벗어나 서호의 동쪽 외곽에 있는 관제묘로 숨어드는 데 성공했다.

"당신들은 누구요?"

한 치 앞도 볼 수 없는 어둠 속에서 내가 물었다.

사람들이 복면을 벗는 기척이 느껴졌다. 그런 다음 누군가 부싯돌을 쳐서 대황촉에 불을 붙였다.

사위가 밝아지며 사람들의 얼굴이 드러나는 순간 나는 깜짝 놀랐다.

"당신들은……!"

"오랜만이에요. 정룡 공자님."

젊은 여자가 무거운 표정으로 인사를 건네왔다.

땀에 젖은 머리카락이 안 그래도 예쁜 얼굴을 더욱 청초해 보이도록 하는 여자는 융무관의 후예 진금봉이었다.

그 외에도 삼양문(三陽門)의 곽극산, 응조문(鷹爪門) 노효광, 진검문(眞

劍門) 능천비, 철사문(鐵獅門)의 등가걸 등등. 모두 항주 무림의 젊은 후기지수들로 이병룡의 이십 년 지기 친구들이었다.

"대체 어떻게 된 겁니까?"

"백선객점에서부터 뒤를 밟았어요."

"왜요?"

"공자께서 병룡 오라버니를 추적 중이라는 사실 알았거든요."

"무슨 뜻입니까?"

"표행을 떠나기 전날 밤 병룡 오라버니께서 우리를 찾아왔어요. 무슨 좋은 일이라도 있는지 그날따라 술이 거나하게 취해서는 이상한 이야기들을 했었죠."

"무슨 말들을 했습니까?"

"이번 표행만 성공적으로 끝내면 자기 수중에 금전 일만 냥은 족히 떨어질 것 같다고. 그러면 사람들이 다시는 자기를 무시하지 못할 거라고 했어요."

"금전 일만 냥이라고요?"

이번엔 등가걸이 대답을 이어갔다.

"원래도 허풍이 조금 센 친구라 그때는 한 귀로 듣고 한 귀로 흘렸지. 한데 오늘 낮, 병룡이 실종되었다는 소식을 듣고 아무리 생각해도 예사말이 아닌 것 같았네."

"잘못 들으신 게 아닙니까? 표행의 대가로 떨어지는 액수가 금전 일만 냥이 되려면 원래 표물의 가치는 통상 그 백 배에 달해야 합니다. 그런 어마어마한 표물을 과연 묵룡당에 맡기려고 하는 사람이 있을까요?"

금전 일만 냥의 백 배면 백만 냥이다. 전생에서 30년 넘게 쟁자수 노릇을 했지만 그런 엄청난 액수의 표물은 본 적이 없다.

백번 양보해서 현생에 그런 엄청난 가치를 지닌 표물이 있다고 치자. 하지만 내가 표주라면 표왕이 직접 운송해 달라고 큰소리를 쳤을 것이다.

"가능한 곳이 딱 한 군데 있지."

"그게 어딥니까?"

"만금전장."

"……!"

"그날 밤 술자리에서 병룡이 만금전장 얘기도 여러 차례 했었네. 외조부께서 대를 이을 후손이 없다 보니 외손인 자신에게 모든 걸 쏟아붓는다고 말이야. 그게 어떤 때는 힘이 되지만 어떤 때는 솔직히 좀 부담스럽다고도 했고."

"그래서요."

"그때는 각각 다른 이야기라고 생각했었는데, 지금 와서 돌이켜 보면 왠지 서로 연결되는 말이었다는 느낌을 지울 수가 없네."

이쯤에서 능천비가 끼어들었다.

"한데 난 아직도 가걸의 말을 반신반의하네. 만금전장이 암표를 맡긴 표주였다면 지금쯤 청화부인께서 천룡표국주님께 사실대로 말을 했어야 하지 않을까?"

노효광도 한입 보탰다.

"심지어 병룡이 실종된 후에도 초반 사흘 동안 청화부인께서는 만금전장을 동원해 열심히 추적했다고 들었네."

세 사람의 토막 같은 이야기가 끝나자 열 명 전부가 내 입만 뚫어지게 바라보았다. 마치 우리가 아는 건 여기까지니 나머지는 비상한 네가 알아서 조합을 해보고 제발 좀 가르쳐 달라는 듯.

정리를 좀 해보자.

첫째, 만금전장은 모종의 일로 보물이 숨겨져 있는 장보도를 손에 넣었다.

둘째, 한데 무슨 이유에선지 그걸 가내무사들을 동원해 직접 찾지 않고 대리인까지 내세워 암표의 형식을 통해 외손인 이병룡에게 맡겼다.

셋째, 이병룡이 이번 일만 성공하면 금전 일만 냥을 챙길 거라고 한 걸 보면 단순히 장보도를 누군가에게 전해주라는 의뢰가 아니다. 직접 가서 보물을 찾아오라는 외조부의 지시다.

넷째, 만약 그렇다면 보물의 가치는 금전 백만 냥이 아니라 십만 냥 정도일 가능성이 높다. 그것의 일할 정도를 외조부가 외손에게 수고비로 주려는 것이고.

물론 금전 십만 냥도 무시무시한 액수다.

다섯째, 한데 정체불명의 세력이 눈치를 채고 중간에서 그만 이병룡을 통째로 납치해 버렸다.

대충 이렇게 꿰면 그림이 가장 그럴듯해 보인다.

그렇다면 이병룡이 실종된 지금 상태에서조차 만금전장은 왜 침묵하는 걸까? 아무리 생각해도 답은 하나밖에 없다.

"만약 지금까지 하신 말들이 사실이라면 병룡 형님은 아직 살아 있는 것 같습니다."

"어째서?"

"죽은 손자를 인질로 잡고서는 할아버지의 입을 틀어막을 수 없기 때문이죠."

잠시 무슨 뜻인지를 생각하던 사람들의 얼굴이 갑자기 환해졌다. 조금 전만 해도 다들 납덩이를 집어삼킨 것 같은 표정들이었는데, 지금은 서로의 손을 잡고 흔들며 격려까지 했다.

"한데 이 얘기들을 왜 제게 해주시는 겁니까? 천룡표국으로 곧장 달려가서 추적대가 합비로 출발하기 전에 말씀을 드렸다면 훨씬 도움이 되었을 텐데요."

사람들은 서로 눈빛을 교환하며 잠시 망설이는 듯했다.

그러다 등가걸이 작은 목소리로 신중하게 말했다.

"범인이 누군지 몰라 모든 게 조심스러웠네."

"혹시 첫째 형님과 둘째 형님을 의심한 겁니까?"

대답이 없다. 집 한 채, 논 한 마지기를 가지고도 형제간에 칼부림을 벌이는 세상이다. 하물며 이 엄청난 재산들을 두고 무슨 일이 일어난들 이상할 것인가.

"꼭 형님들을 의심해서만은 아닐세."

"그럼요?"

"자네를 찾아가 보자는 건 조영영의 의견이었네. 지금은 다선초당에 머무르는 매소옥 소저가 실종되었을 당시 자네가 어떻게 그녀를 추적하고 찾았는지 모두 이야기 들었네. 자네라면 왠지 병룡을 찾아줄 수 있을 것 같았네. 해서 자네에게 가장 먼저 말을 하는 것이고."

"……!"

"기껏해야 친구에 불과한 우리가 핏줄인 자네에게 이런 부탁을 하는 건 좀 그렇지만, 병룡을 꼭 좀 찾아주게. 기회를 준다면 우리도 최선을 다해 돕겠네."

솔직히 좀 놀랐다. 이름만 친구일 뿐, 실제로는 서로가 서로를 필요에 따라 이용하는 관계일 거라 생각했다. 한데 이들에게도 진짜 우정이 있었을 줄이야.

"한데 조영영 소저는 왜 안 보이는 겁니까?"

"만금전장주를 만나 뵙겠다고 갔어요."

말은 한 사람은 진금봉이었다.

"거긴 왜요?"

"아무래도 만금전장에서부터 다시 시작하는 게 맞는 것 같다고요."

사람들과 함께 나를 만나러 오기가 껄끄러운 면도 있었을 것이다. 그것도 다름 아닌 이병룡을 찾는 일로.

지난번 매소옥을 구출하러 가는 여정에서도 느꼈지만, 조영영은 남궁소소 못지않게 머리가 비상한 여자였다.

한데 이번엔 너무 위험하다. 아직은 어디까지나 가정에 불과하지만, 만금전장이 정체불명의 세력으로부터 협박을 받고 있는 중이라면, 그걸 들쑤시고 다니는 것만으로도 위험해질 수 있다.

마음이 급해졌다.

"병룡 형님을 위해 이렇게 다들 나서주셔서 진심으로 감사드립니다. 저도 만금전장으로 가볼 테니 여러분께선 천룡표국으로 가서 대기해 주십시오."

"천룡표국의 어디로 가면 되겠나?"

"그거야 당연히 묵룡당이지요. 병룡 형님이 돌아왔을 때 자신이 없는 사이 친구분들께서 묵룡당으로 찾아와 표사들과 함께 밤을 지새우

셨다는 걸 알면 크게 기뻐하실 겁니다."

전혀 생각지 못했던 말인지 모두가 한순간 멍한 표정이 되었다. 멍했던 표정은 곧 온갖 복잡한 심경의 표정으로 변했다.

"그럼 다음에 또 뵙겠습니다."

만금전장은 경항대운하를 연한 항주의 북쪽 외곽에 자리하고 있었다.

말이 좋아 항주의 외곽이지, 실제로는 백 리가 넘는 길이었다. 백년 공력이 있으니 마음만 먹으면 그곳까지 경공을 펼쳐 가는 건 일도 아니었다. 대신 도착하면 진이 빠져서 한동안은 다리가 후들거릴 것이다.

천만다행으로 관제묘에서 그리 멀지 않은 곳에 다선초당이 있었다. 삼경을 훨씬 넘겼음에도 불구하고 다선초당엔 불이 환하게 켜진 상태였다.

이맘때면 휘영청 보름달이 뜬 밤마다 선등을 잔뜩 내걸고 유람을 나온 배들로 서호가 가득 찬다. 한데 재밌게도 호숫가에서 선등을 내건 수백 척의 배들을 바라보는 풍경 또한 일품이라 새벽이 깊어가도록 다원을 찾는 손님들이 제법 있었다.

남궁세옥이 깜짝 놀라며 나를 맞았다.

"정룡?"

때마침 사이좋은 자매들처럼 함께 차를 마시고 있던 세 명의 아리따운 여자들도 놀란 표정을 감추지 못했다.

"여긴 어쩐 일이세요?"

"은인을 뵙습니다."

"선배님!"

남궁소소, 매소옥, 당군백이 차례로 말했다.

당군백은 원래 항주에 분타를 세우기 위해 의원들과 무사들을 잔뜩 데리고 왔다. 한데 남궁소소가 용봉지회의 아끼는 후배를 여각에서 재울 수 없다며 한사코 다선초당에 머물게 했다. 덕분에 당군백은 물론 당문의 무사들과 의원들까지 전부 한 달째 다선초당에 머무르는 중이라고 들었다.

"놀라지들 마십시오. 잠깐 어디를 좀 가야 하는데, 쓸 만한 말이 있으면 한 마리 얻어 탈까 해서 들렀습니다."

"혹시 병룡의 일 때문인가?"

남궁세옥이 물었다.

"그렇습니다."

"다른 도울 일은?"

"천룡표국으로 사람을 보내 왕대표와 왕중표로 하여금 여정을 꾸린 채 다선초당으로 와서 대기하라고 좀 전해주십시오. 삼각을 제외한 비룡당의 표사들을 전부 이끌고요."

"알았네."

"번견도 몇 마리 끌고 오라고 하시고요. 무엇보다 호리독사를 꼭 찾아서 데려오라고 전해주십시오."

"알았네."

"그리고 또……."

"말만 빌리러 온 게 아니었군."

"갑자기 죄송합니다."

"무슨 섭섭한 말을. 뭐든 말해보게."

"검 한 자루만 빌려주십시오."

다선초당에서의 볼일을 끝낸 나는 곧장 만금전장까지 말을 달렸다.

마침내 도착했을 때는 새벽이 깊다 못해 머지않아 동이 터 오를 것 같았다. 사실 지금은 하루 중 가장 어두운 시간이었다. 때문에 살수나 표물을 노리는 비적들은 이때를 손꼽아 기다린다.

대륙의 스물아홉 개 도시에 분타를 거느린 대형 전장답지 않게 만금전장은 작고 소박했다. 이는 전장업의 특성상 표국이나 상단처럼 많은 인원이 필요치 않기 때문이다. 전해 듣기로 만금전장 항주 본장의 가솔은 행수와 호원무사들을 비롯해 하인들까지 전부 합쳐야 겨우 백 명을 넘긴다고 했다. 대신 분타로 파견된 인원들을 전부 합치면 엄청나게 늘어난다.

남의 집을 방문하기에는 지나치게 이른 시간이었다. 심지어 대문엔 노장주의 병환으로 당분간 손님을 맞지 않으니, 전장 업무를 볼 사람은 항주 시내의 분점을 이용하라는 안내문까지 붙어 있었다. 하지만 외손이 실종된 지금 만금전장의 사람들도 전부가 한가하게 잠들진 않았을 것이다.

쾅! 쾅! 쾅! 쾅!

몇 번 문을 두들기고 기다리자 잠시 후 대문이 열리며 대여섯 명의 호원무사들이 횃불을 밝힌 채 나타났다.

"누구시오?"

한 사람이 물었다.

검을 가슴에 품고 팔짱을 낀 사내였다. 왼쪽 눈 위를 사정없이 가로지르는 칼자국이 유난히 섬뜩했다. 눈동자도 상처를 입은 것 같은데 안대를 쓰지 않은 걸 보면 시력이 완전히 나간 건 아닌 모양이었다.

"천룡표국의 이정룡이오."

신분을 밝히자 사내가 움찔 놀랐다. 시건방지게 끼고 있던 팔짱도 슬그머니 풀더니 느릿느릿할망정 포권지례도 올려왔다.

"사공자님을 뵙습니다."

"이른 새벽부터 실례가 많소이다. 아시다시피 지금은 이것저것 따질 상황이 아니어서 말이오."

"별말씀을요. 한데 혼자 오셨습니까?"

말을 하면서 사내가 내 뒤쪽을 살폈다.

"그렇소."

"이 새벽에 호위무사도 없이 어찌……?"

"귀하에게 용건을 말해야 통과하는 것이오?"

"그럴 리가요. 어서 드시지요."

사내가 앞장서며 문을 활짝 열어주었다.

호원무사들을 지나쳐 안으로 들어가자 쾅 하고 대문이 닫혔다.

그때였다. 어디선가 휙 하고 한줄기 매서운 바람이 불어왔다. 동시에 호원무사들이 들고 있던 횃불이 전부 꺼져 버렸다.

무언가 잘못되었음을 깨달은 나는 반사적으로 검을 뽑아 들었다.

쓰캉!

검을 채 절반도 뽑기 전에 목덜미 세 곳에서 따끔한 고통이 느껴졌다.

나는 그대로 정신을 잃었다.

"정신이 좀 드세요?"

"소저!"

깜짝 놀란 나는 바닥을 짚고 벌떡 몸을 일으키려 했다. 한데 철거렁 소리와 함께 손이 말을 듣지 않았다.

정신을 차리고 돌아보니 손을 뒤로 한 채 굵은 쇠사슬에 허리가 친친 묶여 있었다.

발만 이용해 일어나 앉아 주변을 살폈다.

"여긴 어디요?"

"마차 안이에요."

그녀의 말처럼 덜컹덜컹 어디론가 가고 있는 마차 안이었다.

굵은 쇠창살로 만든 우리의 바깥에 판자를 덧대 실체를 감춘 마차 안에는 나 말고도 두 사람이 더 있었다. 한 명은 조영영이었고, 한 명은 누가 밟아대기라도 했는지 얼굴이 온통 시퍼렇게 멍들고 부풀어 올라 눈조차 제대로 뜨지 못하는 괴인이었다.

괴인은 백의 경장에 소매 없는 노루털가죽 저고리를 입고 있었는데, 이는 사냥꾼들이 흔히 하는 복장이었다.

조영영과 괴인도 양손을 뒤로한 채 쇠사슬에 묶인 상태였다.

"대체 어떻게 된 거요?"

"실종된 병룡 공자에 대해 무언가 단서를 찾을 수 있을까 해서 만금전장을 찾았는데, 정문을 통과하자마자 그만 훈혈(暈穴)에 침을 맞고 혼절했어요. 그리고 깨어보니 이러고 있더군요. 한나절이 지나고 난 후에는 당주님께서 똑같은 모습으로 들어오셨고요."

"우리를 납치한 자들의 정체는 아시오?"

"몰라요."

"얼굴은 본 적은?"

"없어요."

"혹시 만금전장에서 소저를 맞이해 준 호원무사도 왼쪽 눈 위에 칼자국이 있었소?"

"당주님도요?"

아무래도 만금전장에 큰 변고가 있는 것 같다.

생각할 수 있는 최악의 상황은 장원 전체가 정체불명의 세력에게 장악당한 것이다. 대체 얼마나 거대한 세력이라야 감히 천룡표국의 삼공자와 사공자를 납치하고도 모자라 만금전장을 이렇게 쥐도 새도 모르게 장악할 수 있는 걸까?

우선은 눈앞의 일에만 집중하자. 솔직히 만금전장까지 걱정해 주고 싶은 마음도 없고.

나는 살짝 경계하는 표정으로 만신창이가 된 괴인을 힐끗 본 후 조영영에게 물었다.

"어디 다친 곳은 없소?"

"없어요."

"다행이오."

"당주님은요?"

"워낙 순식간에 당해 버려서 그만."

"다행이에요."

반년 전 백선객점에서 처음 봤을 땐 오라버니라고 하고, 실종된 매소옥을 찾아 함께 몇 날 며칠을 다닐 때는 아예 부르지를 않더니, 지금은 또 당주님이라고 부른다.

잘됐다. 그나마 이렇게 부를 호칭이라도 생겼으니.

나는 옆에 있는 괴인에게 불쑥 물었다.

"귀하도 잡혀 왔소?"

"뭐 하는 수작이야?"

대뜸 공격적인 반말이 돌아온다. 한데 무슨 고초를 얼마나 겪었는지 목이 완전히 쉬어 숫제 쇳소리였다. 그나마도 있는 힘껏 쥐어짜야 겨우 알아들을 만큼 흘러나왔다.

"난 이정룡이라고 하오."

"이 자식이 미쳤나!"

"이 양반이 보자 보자 하니까……."

전생에서 쟁자수 생활 30년 동안 갈고닦은 내공으로 욕이란 어떻게 하는 것인지를 뼈저리게 가르쳐 주려는 순간, 조영영이 불쑥 끼어들었다.

"형님이세요."

"예?"

"형님이시라고요."

"병룡 형님 말이오?"

"예."

나는 다시 한번 괴인을 자세히 살펴보았다. 이목구비며 볼이 원래보다 최소 세 배는 부어 있어 여전히 잘 모르겠다. 하지만 싸가지 없는 말투를 보면 확실히 맞는 것 같다.

"아니, 형님께서 왜 아직까지 항주에 계십니까?"

"말 시키지 마. 목 아프니까."

"제가 대신 말씀드릴게요."

조영영의 얘기를 요약하자면 이랬다.

이병룡은 모두가 잠든 새벽 일급표사 열 명만 대동한 채 은밀히 표행을 떠났다. 암표행이 으레 그렇듯 자신과 표사들 전부 털가죽 옷을 입고 모피로 짐작되는 보퉁이를 말안장에 싣는 등, 철저하게 사냥꾼으로 위장했다.

한데 항주를 벗어나는 순간, 정체불명의 고수들을 만나 제대로 싸워보지도 못하고 전부 사로잡히고 말았다.

그때 당한 수법도 침혈, 즉 바늘 같은 암기에 훈혈을 맞고 정신을 잃어버린 것이다.

그리고 알 수 없는 곳으로 옮겨진 후 표사들과 떨어져 사흘 밤낮 이유도 모르고 두들겨 맞았다.

고문이 무엇인지, 공포가 무엇인지를 뼛속까지 가르쳐 준 후에야 그들은 장보도를 어디에 숨겨놓았는지 불라고 했다.

"하지만 형님께선 애석하게도 처음부터 장보도를 가지고 있지 않았다고 해요. 벽안귀가 가져온 것은 장보도가 아니라 만금전장이 장보도를 숨겨둔 장소를 밀어로 가르쳐 주는 서신이었고요."

아무래도 배달하는 과정에서 사고가 날까 봐 노련한 만금전장주가 한 번 더 안전장치를 해둔 모양이었다.

이병룡이 죽통을 받고 내용물을 읽어본 것은 겉에 역시 만금전장에서만 쓰는 밀어가 적혀 있었기 때문일 것이다.

만금장주는 대체 무슨 피치 못할 사정이 있었길래 직접 전하지 않고 이렇게 복잡하고 번거로우면서 위험한 과정을 거친 걸까?

"장보도를 숨겨둔 장소를 말하면 되잖소."

"그건 죽어도 말할 수 없었대요."

"왜?"

"그걸 말하는 순간 자신은 모르겠으나 함께 사로잡힌 표사들은 모두 죽여 버릴 것 같아서 최대한 버텼대요."

꼴에 제 표사들 귀한 줄은 알아가지고. 하기사 그것마저도 없으면 니가 인간이겠냐만.

"그래서 표사들의 생사는 확인했소?"

"사흘 전까지는 살아 있는 걸 확인했대요."

"마차는 언제부터 이동을 시작했소?"

"이틀 전부터요."

"내가 이틀이나 혼절해 있었소?"

"예."

"어쩐지 배가 고프더라니."

"……?"

다시 정리를 좀 해보자.

여태 항주에 머물고 있던 놈들이 갑자기 이동을 시작했다면 장보도를 손에 넣었기 때문일 공산이 컸다.

그동안 이병룡을 고문하는 한편, 만금전장주에게는 이병룡과 표사들을 인질로 삼고 장보도를 숨겨둔 위치를 말하라고 갖은 협박을 했을 것이다. 그런 상황에서 조영영과 나까지 차례로 나타나 인질로 잡히는 바람에 일이 걷잡을 수 없이 커지자 더는 감당할 수 없게 된 만금전장주가 장보도를 넘겨준 것 같다.

하지만 놈들은 장보도의 진위를 모르기 때문에 여전히 우리를 살려둔 채 장보도를 찾으러 가거나 혹은 이미 장보도를 손에 넣은 후 장보도에 표시되어 있는 장소로 떠나는 것이고.

"만금전장엔 왜 갔어?"

이병룡이 괴로운 듯 벽에 기대어 딴 곳을 보며 조용히 물었다.

"형님을 찾으러 갔지, 왜 갔겠습니까?"

"그런다고 누가 고마워할 줄 알고?"

"그런 기대는 터럭만큼도 안 했습니다."

"멍청한 놈."

"멍청하기로 따지면 일급표사들을 열 명씩이나 거느리고도 제대로 싸움 한번 못해보고 사로잡힌 사람이 더 멍청하지 않을까요?"

"난 나를 위해서 일하다 이렇게 됐지만, 너는 남을 위해서 설레발을 치다가 사로잡혔잖아. 그러니까 네놈이 훨씬 멍청한 거야."

"무언가 착각하시는 것 같은데, 전 사로잡힌 게 아니라 어떤 멍청이가 살해당하기 전에 최대한 빨리 찾아내기 위해 잠입을 한 것입니다. 그렇다고 이렇게까지 빨리 찾을 줄은 몰랐지만."

"……?"

"……?"

나는 고개를 옆으로 꺾은 다음 왼쪽 귀를 아래로 향하게 해서 한참을 흔들어댔다. 마치 귓구멍에 들어간 벌레를 털어내려는 듯.

어느 순간 감이 딱 오자 두 발끝을 앞으로 모으고 상체를 최대한 구부렸다. 이어 양발의 엄지발가락을 이용해 왼쪽 귓구멍에서 흘러나온 실을 잡아당겼다. 그러자 밀랍으로 겉을 얇게 싼 팥알만 한 알갱이 세 개가 줄줄이 딸려 나왔다.

나는 그중 한 개를 이빨로 뚝 끊어서 잘근잘근 씹어 먹었다. 갑자기 누가 방귀를 뀐 것 같기도 하고 똥을 싼 것 같기도 한 구린내가 마차 안 가득히 퍼졌다.

"그게 뭐야?"

"천리추향단(千里追香丹)입니다. 오른쪽 귓구멍에 세 개 더 있습니다."

"어디서 났어?"

"당군백에게 얻었습니다."

"언제?"

"오는 길에 다선초당에 들러서요."

"왜?"

"제가 만약 실종되면 호리독사가 번견을 앞세우고 추적해 올 수 있게요. 참고로 호리독사는 천리추종술에도 일가견이 있습니다. 이 인간 계속 비싼 공짜 밥만 먹이다가 이제 제대로 한번 써먹게 생겼네."

"납치될 줄을……. 알았다고?"

"제가 점쟁이도 아닌데 그걸 어떻게 알겠습니까? 다만 혹시 몰라 여러 가지 경우의 수를 준비해 뒀는데, 그중 하나가 맞아떨어진 거죠."

"그러다 놈들이 널 죽이기라도 하면 어쩌려고!"

"형님이 살아 있다면 저도 쉽게 죽이지 않을 거라고 생각했습니다."

"이런 미친놈!"

"행여나 형님을 구하기 위해 목숨을 걸었다는 착각은 하지 마십시오. 이번 일은 순전히 국주님…… 아니, 아버지를 위해서 하는 겁니다."

다선초당에 갔을 때 나는 남궁소소에게 용린신갑도 맡겼다. 오직 그녀만이 용린신갑의 비밀을 알기 때문에 다른 사람에겐 맡길 수가 없었다.

그 외 이부시랑에게서 받은 마패와 소수옥녀 매용초에게서 받은 붉은 수실도 함께 맡겼다. 하지만 비격쌍뇌창만큼은 남궁소소조차 모르게 다선초당의 문 앞 기둥에 끄트머리가 보이지 않을 정도로 깊숙이 박아두었다. 나중에 용린신갑을 찾으러 갈 때 비격쌍뇌창도 함께 회수하면 된다.

이렇게까지 한 이유는 간단했다. 만약 이병룡의 뒤를 추적해 가다 그를 납치해 간 세력에게 사로잡히면 철저하게 몸수색을 당할 것이기 때문이다.

덕분에 나는 지금 일신에 지닌 무공을 제외하면 완벽한 맨손이었다. 이 상태로 최대한 버티며 호리독사가 비룡당의 신입표사들을 이끌고 달려와 주길 기다려야 한다.

나는 양발의 엄지발가락을 이용해 남은 천리추향단 두 개를 다시 귓구멍으로 쑤셔 넣었다. 굵은 엄지발가락으로는 한계가 있어서 가늘고 긴 검지 발가락을 손가락처럼 벌려 쑤시고 돌리느라 한동안 애를 먹었다.

마침내 일을 마무리한 후 앞을 바라보니 이병룡과 조영영이 아직도 쩍 벌어진 입을 다물지 못한 채 나를 바라보고 있었다.

조영영에게 아까부터 궁금하던 걸 물었다.

"그런데 밥은 몇 시진마다 한 번씩 줍니까?"

4장
다시는 표사들을 무시하지 마라

이병룡과 조영영은 처음엔 당황했고, 다음엔 놀랐으며, 마지막으로 안도의 한숨을 내쉬었다.

"당주님이 오셔서 다행이에요."

조영영이 말했나. 짧은 한마디에서 지난 이틀 동안 그녀가 겪었던 두려움이 그대로 전해졌다.

만금전장을 장악하고도 모자라 천룡표국의 삼공자와 수향문의 후예인 조영영까지 납치한 걸 보면 보통 대범한 자들이 아니다. 원하는 걸 손에 넣은 후에는 흔적을 지우기 위해서라도 두 사람을 죽여 없애 버릴 것이 분명했다. 이젠 나까지 셋이다. 그러니 놈들이 원하는 걸 손에 넣기 전에 무사히 탈출해야 한다.

지금쯤 호리독사와 비룡당의 신입표사들이 추적해 오고 있을 테지만, 언제 무슨 일이 일어날지 모르니 나도 나름의 준비가 있어야 한다.

구타와 폭력의 후유증 때문인지 이병룡은 병든 닭처럼 구석에 온몸을 기대고 있었다.

"얼굴은 뭘로 맞은 겁니까?"

"약 올리는 거냐?"

"알아볼 게 있어서 그럽니다."

이병룡은 조영영을 힐끗 보더니 말했다.

"주먹으로 맞았다."

"역시 그랬군."

"알면서 왜 물어!"

"묶어놓고 때렸습니까?"

"지금 뭐 하자는 거냐?"

"조 소저와 저도 언제 형님처럼 불려가서 두들겨 맞을지 모르잖습니까. 마음의 준비라도 하고 있어야죠."

"묶을 필요도 없었다. 마혈을 짚어놓고 권법을 수련하듯이 닥치는 대로 팼다. 최소한 공방을 주고받다가 맞았으면 이렇게까지 억울하지는 않았을 것을……."

마혈을 짚이지 않는 것도 실력이다. 자기가 모자라서 붙잡혀 놓고 무슨 딴소리를. 조영영 앞에서 어떻게든 불가항력적인 상황이었다는 걸 말하고 싶은 건 알겠다만 속이 다 보인다.

"저들이 누군지는 알고 있고요?"

"전혀."

"짐작 가는 곳은요."

"없다."

"숫자는 몇 명이나 됩니까?"

"몰라."

"아시는 게 뭡니까?"

"밥은 매일 해가 진 뒤에 한 끼만 준다. 양은 딱 굶어 죽지 않을 정도고. 그마저 조금만 반항을 해도 건너뛰어 버린다. 나로 하여금 기력을 회복하지 못하게 하려는 수작이야. 기운을 차리면 아무래도 그만큼 탈출할 가능성이 높아질 테니까."

"똥오줌 때문에 그러는 겁니다."

"뭐?"

"많이 먹이면 똥오줌을 자주 쌀 테고, 그때마다 뒷간으로 데려가거나 요강을 비워줘야 하니 더럽고 귀찮아서 그러는 겁니다."

"그걸 네가 어떻게 알아?"

"표사 열 명을 순식간에 때려눕힌 자들입니다. 아무렴 형님이 기력을 차리는 게 무서워서 그랬을라고요. 똥오줌도 하루에 한 번 밥 먹을 때만 싸게 해줬죠?"

"그건……."

"그거 보십시오."

뒤늦게 현실을 자각한 이병룡은 상실감에 눈동자가 풀리고 어깨가 물 먹은 솜이불처럼 주저앉았다.

"또 뭐 아시는 거 없습니까?"

"없어!"

"보름이나 붙잡혀 있었으면서 알아내셨다는 게 밥때가 전부라고요?"

"밥때가 언제냐고부터 물은 사람이 누구더라?"

"장보도는 뭡니까?"

"그건 왜 물어?"

"장보도를 캐보면 놈들이 누군지 알 수 있을지도 모릅니다."

"나도 본 적이 없다."

"만금전장으로부터 언질을 받았을 것 아닙니까?"

"암표의 표물이다. 정확히 알지도 못하지만, 안다고 해도 다른 사람들에게 함부로 말할 수 없어. 네 눈엔 내가 한심해 보일지 모르지만 나도 엄연한 표사다."

"지금 이게 표행하는 것처럼 보이십니까? 이미 비적들에게 죄다 발각되어 장보도를 빼앗긴 것으로도 모자라 잡혀가기까지 하면서 같은 편끼리만 무슨 얼어 죽을 비밀. 그리고 조 소저는 무슨 죕니까?"

이병룡은 퉁퉁 부은 얼굴로 다시 조영영을 돌아보았다.

그나마 어려서부터 항주에서 함께 자란 정으로 자신의 뒤를 밟아보겠다고 왔다가 얼떨결에 잡힌 여자다. 책임감을 느끼지 않으면 사람이 아니다.

잠시 갈등하던 그가 마침내 입을 열었다.

"천하대광명종(天下大光明宗)이라는 게 있었다."

"그게 뭔데요?"

"오백 년 전 대설산을 본산으로 삼고 천하무림을 발아래로 굽어보았던 초거대 마도 세력이에요. 황제조차도 두려워했던 천하대광명종은 전란을 방불케 하는 내분에 휩싸여 여덟 개의 종파로 쪼개졌는데, 그중 한 곳이 바로 천마성교의 전신인 천성교(天星敎)였죠."

조영영의 설명이었다.

이병룡에게 먼저 들어서인지, 유력한 무림세가의 후예로서 이미 아는 얘기인지는 모르겠다. 다만 힘들어하는 이병룡을 돕기 위해 말을 조금 나누어 해주려는 것 같았다.

천마성교는 몇 달 전 무림맹의 죽간본을 호송할 때 나타났던 자들이 부흥을 하려던 마교다. 우리가 흔히 마교라고 부를 때의 그 마교.

천마성교라는 이름만으로도 침이 꼴깍 넘어갈 지경이다. 한데 그런 마교가 일곱 개나 더 있었고, 심지어 그것들 전부를 합친 것과 맞먹는 힘을 지닌 초거대 마도 세력까지 존재했었다고? 상상조차 하기 힘든 규모에 기가 질릴 지경이었다.

한편, 조영영이 끼어들자 이병룡은 조금 기운이 나는지 보다 적극적이고 자세하게 설명을 이어나갔다.

"이후 마교 분파의 시대가 무려 삼백 년 동안이나 이어졌지. 그러던 어느 해 마신의 경지에까지 오른 천성교 교주가 돌연 '마교통일대전'을 선언했다. 그리고 무려 삼십 년 동안이나 이어진 전쟁 끝에 마침내 마교를 일통하는 데 성공했지."

"그는 천성교의 이름을 천마성교로 바꾸고, 자신을 천마(天魔) 대종사라 칭했다고 해요. 한데 한 가지 심각한 문제가 있었어요."

"일곱 종파의 마교는 천마성교에 의해 멸망하기 직전 모든 성보(聖寶)와 금은보화들을 천하각처에 봉인한 다음 장보도를 남겨 훗날을 기약했다."

"강호인들은 이를 가리켜 일곱 마교의 영혼이 묻혀 있다고 해서 칠마총(七魔塚)이라 불렀죠. 이들 일곱 마교의 교맥과 성물을 손에 넣지 못한다면 천마는 결코 진정한 마도 대종사로 인정을 받을 수가 없었어요."

"천마는 수많은 교도들을 풀어 칠마총을 찾아다니게 했지만 끝내 찾지 못했다. 다음 세대의 천마도, 그다음 세대의 천마도. 그리고 수십 년 전, 천마성교는 무림맹을 중심으로 한 천하무림인들의 총공격을 받고 역사의 뒤안길로 사라져 버리고 말았지."

무슨 이유에선지 조영영이 다음 말을 받지 않았다. 몰라서라기보다 자신이 할 이야기가 아니라고 생각하는 것 같았다. 나아감과 물러남을 확실히 아는 모습이었다.

잠시 숨을 고른 이병룡의 말이 이어졌다.

"그때 봉인된 칠마총 중 한 곳의 장보도로 추정되는 고대 지도를 만금전장이 손에 넣었다. 어떻게 손에 넣었는지까지는 나도 모른다."

나는 충격으로 한동안 말을 잇지 못했다.

단지 이번 건을 무사히 끝내는 것만으로도 금전 일만 냥을 손에 쥘 수 있다고 해서 평범한 장보도가 아닌 줄은 알았다. 하지만 천마성교와 버금가는 고대 마교의 장보도일 줄은 꿈에도 몰랐다. 장보도가 진짜고, 전설이 사실이라면 보물의 전체 양은 금전 십만 냥이 아니라 백만 냥이 될지도 모른다.

"그걸 형님에게 맡긴 이유는 무엇입니까?"

"첫 번째는 모종의 세력으로부터 철저한 감시를 받아 가내 무인들을 움직일 수 없었기 때문이고, 두 번째는 장보도의 특성상 믿고 맡길 만한 사람이 없었기 때문인 것 같다."

세 번째는 외손이 공을 세울 수 있도록 힘을 실어주고 싶었을 것이다.

칠마총 중 한 곳을 이병룡이 찾아내는 데 성공했다면 그야말로 전 무림에 이병룡이라는 이름 석 자가 진동을 했을 것이다.

"천마성교와 버금가는 마교의 보물들을 모아놓은 거라면 그 양이 어마어마할 텐데 고작 표사 열 명으로 옮길 생각이셨습니까?"

"합비까지 간 다음 분타의 표사들을 동원하려고 했다. 닷새 이후부터는 어떤 의뢰도 받지 말라고 전서구까지 보내놓았었고."

나는 백발노성을 호송해 무림맹으로 가던 중 만났던 합비 분타주를 떠올렸다.

장비를 연상케 하는 방초산과 그가 직접 훈련한 수하 삼십 명이 가세하면 표사만 무려 사십여 명에 이르게 된다. 보물의 양이 얼마나 될지 모르지만, 그 정도면 결코 적은 전력이 아니었다. 그래도 모자라면 보물을 발견한 후 가까운 남경과 회안의 분타에 급히 지원을 요청할 수도 있는 것이고. 이병룡도 나름대로 꽤 머리를 짠 흔적이 보인다.

"내가 아는 건 여기까지다."

"짐작 가는 곳이라도 있나요?"

이병룡과 조영영은 마지막으로 한마디씩을 해놓고 나를 뚫어지게 바라보았다. 나만큼이나, 아니, 어쩌면 나보다 더 우릴 납치한 세력의 정체가 궁금한 모양이었다.

"아뇨."

"……!"

"……!"

두 사람 모두 실망한 기색이 역력했다. 무슨 시원한 대답이라도 나올 줄 알았나 보다.

조영영이 다시 말했다.

"삼뇌 뇌천자를 중심으로 천마성교를 부흥시키려는 세력이 있다던데, 혹시 그들이 아닐까요?"

"그럴 수도 있지요."

"아닐 수도 있고요."

그래도 웬만한 궁금증은 다 해결이 됐다. 남은 건 저들이 누구인지와 목적지가 어디인지만 파악하면 된다.

만금전장이 그 엄청난 장보도를 어떻게 손에 넣었는지는 조금도 궁금하지 않았다. 저절로 알게 되면 아는 거고, 아니면 말고.

"느릿느릿 서두르지 않는 걸 보면 일단 저들이 장보도를 손에 넣은 건 확실한 것 같소. 그렇다면 지금은 장보도에 표시된 장소를 찾아가는 것이겠군."

"그걸 어떻게 알죠?"

"장보도를 찾으러 가는 길이라면 이렇게 여유를 부리진 못할 테니까. 지금 이들의 목표는 사람들의 시선을 최대한 끌지 않고 목적지까지 가는 것이오."

"어느 방향으로 가는지만이라도 알았으면."

"한나절 내내 남서쪽으로 가고 있소."

"그건 또 어떻게……?"

조영영이 눈을 동그랗게 떴다. 이병룡도 부어오른 눈을 억지로 뜨고 나를 보았다.

쇠창살 바깥쪽에 빽빽하게 붙은 널빤지로 말미암아 밖에서는 안을 볼 수가 없고, 안에서는 밖을 볼 수가 없었다.

그럼에도 불구하고 이병룡과 조영영의 얼굴이 모두 식별되는 것은 천장 쪽 널빤지 사이가 약간 떴고, 그 사이로 빛이 쏟아져 들어오기 때문이었다.

빛이 있으면 반드시 그림자가 있고, 그림자는 시간에 따라 길이와 방향이 바뀐다. 마차의 바닥에 선처럼 길게 찍힌 햇빛 자국은 시간이 흐름에 따라 왼쪽에서 오른쪽으로 위치를 옮기고 있었다. 해가 동쪽에서 떠 서쪽으로 진다는 건 불변의 법칙이니, 햇빛의 자국이 이동하는 방향은 반대로 서쪽에서 동쪽이다. 다시 말해 이 마차는 지금 남서쪽으로 가고 있었다.

설명을 모두 들은 이병룡과 조영영은 그만 입이 쩍 벌어졌다.

그러다 조영영이 먼저 퍼뜩 정신을 차리고 말했다.

"천룡표국의 추적대는 합비로 갔지 않았나요?"

"그렇소."

합비는 북쪽이고, 곽석산을 비롯해 이갑룡과 을룡이 이끄는 이백여 명의 추적대 역시 북쪽으로 말을 달려갔다.

그제야 상황을 깨달은 이병룡도 얼굴이 노래졌다.

잠깐 남서쪽으로 가는 것이면 지형상의 문제겠거니 하겠다. 하지만 한나절 내내 남서쪽이라면 목적지가 명백히 합비가 아니라는 걸 의미했다. 이 모든 건 이병룡이 표사들에게 합비까지 표행을 다녀오겠다고 해서 생긴 일이었다.

조영영은 돌연 이병룡을 원망스러운 눈길로 바라보았다.

"노인이 가져온 표물의 밀어에 그렇게 적혀 있었다고! 합비로 가서 장보도를 찾으라고 말이야!"

"아무래도 만금전장주께서도 장보도를 완전히 손에 넣지는 못한 상태에서 형님께 의뢰를 하셨던 것 같군요."

나는 그제야 저들이 이병룡을 보름 가까이 이곳 항주에 억류하고 있었던 이유를 알 것 같았다. 누군가 합비까지 가서 장보도를 찾아오는 데 보름이 걸렸던 것이다.

조영영은 땅이 꺼져라 한숨을 내쉬며 말했다.

"휴우. 정룡 오라버니가 잠입을 해오지 않으셨다면 우린 영락없이 죽은 목숨이었겠군요. 생각만 해도 아찔하네요."

"……!"

"……!"

나도 이병룡도 한순간 표정이 굳었다. 조영영이 여태 나를 당주라고 부르다가 부지불식간에 그만 옛날처럼 오라버니라고 부른 탓이다.

뒤늦게 실수를 깨달은 조영영의 얼굴이 노래졌다. 얼마나 당황했는지 볼의 솜털까지 죄다 곤두섰다.

이병룡과 결혼할 게 아니라면 오라버니라는 호칭도 더는 실례가 아니다. 그런데 사실상 파혼을 한 게 아니었었나? 아니다. 따지고 보면 혼담만 오가다 말았을 뿐 약혼을 한 적도 없다. 나야 약혼을 하든 혼인을 하든 상관없지만.

잠시 어색한 침묵이 마차 안을 무겁게 짓눌렀다.

어느 순간, 덜컹하더니 갑자기 마차가 멈춰 섰다.

그러고 보니 천장으로부터 쏟아져 들어오던 햇빛도 사라지고 없었다. 빛이 전혀 없는 것은 아니나 불덩어리처럼 선명한 햇빛이 아니었다. 어디 그늘로 들어온 모양이었다. 그러니까 저녁 밥때가 되려면 아직 먼 셈이다.

한데 잠시 후, 멀지 않은 곳에서 부스럭부스럭 소리가 나더니 비린내가 솔솔 풍겨왔다. 자기들끼리 점심을 처먹는 모양이었다.

"이건 노루고기 같은데."

"그걸 어떻게 알죠?"

"노루 특유의 노린내가 있소."

"그렇군요."

"설마 날로 먹는 건가?"

"그건 또 어떻게 알죠?"

"날고기 특유의 비린내가 있소."

"흥, 개코가 따로 없군."

위기감을 느꼈는지 이병룡은 어떻게든 나를 깎아내리려고 했다. 하지만 조영영은 이미 무슨 괴물 쳐다보듯 나를 바라보고 있었다.

사실 냄새만으로 고기의 종류를 알아맞히는 건 오래된 쟁자수들이라면 누구나 할 수 있었다.

"혹시 오늘 아침 비가 왔었소?"

"한 식경 정도 소나기가 내렸어요."

"그래서 그랬군."

"어제도 한 차례 내렸고요."

"지금쯤 죽을 맛이겠군."

"그런데 저렇게 날고기를 먹어도 되나요?"

"신선하기만 하다면야 문제가 되질 않소. 물론 구워 먹으면 더 맛있겠지만. 말이 나온 김에 좀 얻어먹어 볼까?"

순간, 조영영과 이병룡이 동시에 눈을 반짝이며 마른침을 꿀떡 삼켰다.

이병룡은 보름째, 조영영은 사흘째 하루 한 끼씩만, 그것도 죽지 않을 만큼만 먹었으니 지금쯤 배 속에서 회충들조차 밥 달라고 아우성을 치고 있을 것이다.

"거 똥 좀 눕시다!"

나는 주먹만 한 자물통 세 개가 매달려 있는 쇠창살 문에다 대고 큰 소리로 외쳤다.

조영영과 이병룡이 깜짝 놀란 얼굴을 했다. 신분에 어울리지 않게 천박한 말도 말이지만, 먼저 사람들을 불렀다가 무슨 봉변을 당할지 모르기 때문이다.

그러나 눈치만 보며 시간을 보냈다간 아무것도 얻지 못한다. 무언가를 손에 쥐려면 반드시 위험을 감수해야 하는 법이다.

반응이 없자 다시 소리를 질렀다.

"알다시피 난 이틀 동안 혼절해 있었소! 지금 일을 보지 않으면 체면이고 뭐고 마차 안에다가 실례를 할 수밖에 없소. 그러면 당신들도 가는 내내 고약한 냄새 때문에……."

덜컹!

쇠창살 바깥의 널빤지 문이 먼저 홱 열렸다. 그러자 굵고 빽빽한 쇠창살 사이로 거대한 원숭이 한 마리가 불쑥 나타났다.

"아이, 깜짝이야!"

나뿐만 아니라 이병룡과 조영영도 놀란 나머지 '헛!' 하는 소리가 부지불식간에 튀어나왔다.

자세히 보니 원숭이가 아니라 입 주변과 턱과 양쪽 볼이 온통 검은 밤송이 같은 수염으로 뒤덮인 칠 척 거한이었다. 커다란 눈을 둥글게 부릅뜬 데다 노란 광채마저 깃들어 꼭 성난 야차 같았다. 등에는 길고 짧은 강철봉을 쇠사슬로 연결한 쇠도리깨를 차고 있었다. 무림인들은 저것을 장초자곤(長梢子棍)이라 부른다. 용도는 사람의 머리통을 부수어 죽이는 물건.

'인상 한번 더럽게 생겼네.'

비록 암수를 썼지만, 녹림맹 서열 삼 위인 파산신권 종추악도 쓰러뜨린 몸이시다. 이제 어지간해선 누구와 싸워도 지지 않을 자신이 있었다. 한데 상대가 워낙 험악하게 생기다 보니 나도 모르게 흠칫하는 마음이 들었다.

텅그렁!

야차가 쇠사슬 사이로 작은 놋요강을 던져 넣어주었다.

"장난하는 거요?"

"바닥을 더럽히면 저렇게 만들어주겠다."

야차는 흡사 호랑이가 그르렁거리는 듯한 목소리와 함께 이병룡을 손가락으로 가리켰다. 놀란 이병룡이 마차의 구석으로 몸을 구겨 넣었다.

그사이 야차가 널빤지 문을 쾅 닫아버렸다.

솔직히 다시 부르고 싶지 않다. 조영영한테 잠깐만 돌아앉아 있으라 그러고 그냥 여기다 쌀까?

인간의 존엄성이라는 게 있지 그럴 수는 없다.

"에라 모르겠다!"

쾅! 쾅! 쾅! 쾅!

나는 쇠창살 사이의 널빤지에다 대고 거침없이 발길질을 했다.

단 네 번 만에 널빤지 문 전체가 뜯겨 나가 버렸다. 이제 문이고 뭐고 쇠창살만 남은 상태였다.

야차가 성난 얼굴로 다시 나타났다.

"죽고 싶어?"

나는 그의 얼굴을 향해 놋요강을 발등으로 힘껏 찼다.

깜짝 놀란 놈이 반사적으로 얼굴을 뒤로 빼졌다. 하지만 요강은 쇠창살을 맞고 튕겨 나와서는 구석에 숨어 있던 이병룡의 머리를 정통으로 때리고 떨어졌다.

텅! 텅그렁~

야차를 화나게 하면 안 되니 일부러 쇠창살을 맞춘 건 맞지만, 이병룡의 머리통을 친 건 순전히 우연이었다.

철겅! 철겅! 철겅!

잠시 얼떨떨해하던 야차가 자물통 세 개를 차례로 열었다. 그런 다음 무슨 기둥뿌리 같은 손을 쑥 밀어 넣더니 내 멱살을 덥석 잡아 그대로 끌어냈다.

놈은 한 손으로 나를 번쩍 들고는 다른 팔 주먹으로 얼굴을 가격하려 했다.

"일단 볼일부터 좀 보고 맞읍시다! 맞다 보면 중간에 틀림없이 터져 버릴 것 같은데, 그럼 당신 옷에도 튈뿐더러 여긴 그냥 아수라장이 되는 거요!"

"……!"

"원하는 대로 해줘."

어디선가 귀에 익은 음성이 흘러나왔다. 고개를 돌려보니 만금전장에서 만났던 바로 그 '눈 위의 칼자국' 사내가 보였다.

'역시 한통속이었군.'

야차가 나를 툭 내려놓았다.

그제야 주변을 좀 돌아볼 수 있었다. 우리는 빽빽한 숲 사이로 맑은 개울이 흐르는 곳에 와 있었다. 그리고 십여 명의 사람들이 개울가 바위 서너 개를 탁자 삼아 둘러앉아서는 간장에 절인 채소와 떡과 날고기를 잘라 먹고 있었다.

마차는 우리를 싣고 가는 것 외에도 똑같이 생긴 것이 한 대 더 있었다. 그 마차의 오른쪽 모서리에 비봉표국(飛鳳鏢局)이라는 깃발이 척 꽂혀 있었다.

처음 들어보는 표국이었다. 하지만 실재하지 않는 곳이라고 단언할 수도 없다. 강호엔 오십 명 이하의 표사와 쟁자수로 운영되는 소규모 표국들도 구름처럼 많기 때문이다.

그러고 보니 이들은 모두 쟁자수나 표사의 복장을 하고 있었다. 최대한 사람들 눈에 띄지 않게 별 볼 일 없는 표국으로 위장하고 가는 모양이었다.

"급하다고 하지 않았나?"

눈 위의 칼자국이 말했다.

생리 현상이 급하다는 건 거짓말이 아니었다. 나는 쇠사슬에 양팔을 묶인 채로 종종걸음을 치며 숲으로 들어갔다.

야차의 도움을 받아 어찌어찌 볼일을 보고 나오자 돌 탁자 위의 날고기가 어느새 반쯤 없어진 상태였다.

당황한 야차가 서둘러 나를 나무에 묶으며 말했다.

"잠깐 기다리고 있어."

그러고는 얼른 돌 탁자 옆에 앉아 동료들과 함께 날고기를 집어 먹기 시작했다.

가만 보니 표사와 쟁자수들치고는 다들 용모가 지나치게 눈에 띄었다. 거대한 원숭이를 닮은 야차, 칼이 눈동자까지 가르고 지나갔는데도 안대를 하지 않은 사내, 허리춤에 쇠사슬을 친친 감은 곱사등이 노인, 대나무로 만든 허수아비에 옷을 입혀놓은 것 같은 말라깽이 장년인, 사람인지 하늘에서 내려온 선녀인지 모를 미녀 등등.

'음? 미녀?'

백의 궁장에 가느다란 칼을 허리에 찬 여자였다. 하얀 피부에 흑백이 뚜렷한 눈동자가 빨려 들어갈 것처럼 매혹적이었다.

한데 도무지 나이를 짐작할 수가 없었다.

'스물? 서른? 마흔?'

하나같이 괴상한 사람들 사이에 묘한 분위기의 미녀가 앉아 있으니 오히려 그녀가 가장 이상해 보였다.

궁장 여인은 혼자 돌 탁자 하나를 통째로 차지하고 앉아 조용히 식사를 하는 중이었다. 돌 탁자에는 다른 사람들과 똑같이 절인 채소와 떡과 날고기 몇 점과 술 한 병이 놓여 있었다. 하지만 날고기는 손도 대지 않고 술과 떡만 번갈아 조금씩 먹었다.

나는 그녀가 이 무리를 이끄는 우두머리임을 직감했다. 한데도 무림인 특유의 기도가 전혀 느껴지지 않았다.

둘 중의 하나다. 기도랄 것도 없는 하수이거나, 기운을 안으로 갈무리하는 수준의 고수이거나.

확인을 해보면 알겠지.

조용히 망혼소를 불며 조심스럽게 그녀의 단전을 더듬기 시작했다. 그리고 잠시 후, 깜짝 놀라고 말았다.

'이게 무슨!'

과거 나는 단전의 크기를 조류의 알에 비유해 내공 수련 정도를 나름대로 분석해 둔 적이 있다. 예를 들어 메추리알이면 10년, 달걀이면 2~30년, 오리알이면 3~40년, 거위알이면 4~60년 동안 내공을 수련했다는 식이다.

여자의 하단전엔 거위알 두 개가 들어 있었다. 두 개에 달하는 크기가 아니라 정말로 두 개.

하단전을 거위알 크기로 키운 고수도 드물었지만, 단전을 두 개씩이나 만든 무림인이 있다는 말은 들어본 적이 없다.

각기 다른 성질을 가진 두 가지 내공심법을 오십 년씩 수련한 걸까? 그러면 최소 백 살이라는 건데 이건 말이 안 된다. 워낙 괴이한 일이다 보니 무공 수준도 예측할 수가 없었다.

한 가지는 확실하다. 절대 나의 아래가 아니다.

"이틀째 날고기만 드셨다면서요?"

가볍게 던진 한마디에 열 명 모두 젓가락질을 뚝 멈췄다. 날고기 먹는 걸 보여준 적 없는데 내가 정확히 알고 있으니 당황한 것이다. 하지만 곧 다시 식사를 이어갔다. 대꾸를 해주는 사람은 아무도 없었다.

그냥 마차로 들어가면 저녁때까지 아무것도 못 하고 갇혀 있어야 할

터. 이대로 포기할 내가 아니었다.

"마차를 두 대나 끌고 표행을 가려면 돌덩어리 같은 떡 쪼가리나 벽곡단으로는 어림도 없죠. 제가 그 심정 잘 압니다. 한데 기왕이면 구워 드시지 그러세요."

"시끄러워!"

야차가 사람 머리통만 한 돌멩이를 한 손으로 주워 냅다 던졌다. 어깨며 팔뚝의 근육이 예사롭지 않더라니, 돌멩이는 정확히 내 얼굴을 향해 무슨 대포알처럼 날아들었다.

야차가 돌멩이를 집어 드는 순간부터 이능력을 발동하고 있던 나는 고개를 샥 꺾는 것으로 가볍게 피했다.

텅!

돌멩이는 내 얼굴이 있던 곳의 나무둥치를 찍고 떨어졌다. 그 힘이 어찌나 강맹했던지 굵은 나무가 한참을 부르르 떨었다.

나는 포기하지 않고 말했다.

"제가 구워 드릴까요?"

"저 새끼가!"

참다못한 야차가 쓰윽 몸을 일으켰다.

눈 위의 칼자국이 말했다.

"잠깐!"

야차가 우뚝 멈춰 서서 눈 위의 칼자국을 보았다. 여자가 우두머리고 눈 위의 칼자국이 두 번째 서열임을 알 수 있었다.

눈 위의 칼자국이 내게 물었다.

"만약 못하면?"

"실컷 때리십시오."

"그건 원래 예정되어 있던 거고."

"사흘 동안 식음을 전폐하겠습니다."

"전폐라는 말은 자발적일 때 쓰는 거 아닌가?"

"굳이 밥을 안 주셔도 자발적으로 굶겠다는 뜻입니다. 대신 제가 성공하면 같이 좀 먹게 해주십시오."

"때리지 말아달라고가 아니고?"

"그건 일단 먹고 나서 생각해 보죠."

대화를 하면서도 나는 계속 궁장 여인의 반응을 살폈다. 그녀의 정체를 파악해야 이들이 누구인지도 알 것 같아서였다. 하지만 궁장 여인은 눈길 한번 주지 않고 조용히 술만 홀짝이고 있었다.

"풀어줘 봐."

눈 위의 칼자국이 말했고, 야차가 아무렇지도 않게 쇠사슬과 연결된 강철완갑의 자물통을 풀어주었다.

내가 기습을 하거나 도망치는 것에 대한 걱정은 눈곱만큼도 하지 않았다. 그만큼 모두가 무공에 자신이 있는 거다.

"다들 식사 중단하세요. 금방 노릇노릇하게 구워 드릴 테니까. 거기 칼자국 대협께선 여기 있는 거한께 칼 좀 빌려주시죠. 거한께서는 칼로 저기 죽어 있는 참나무를 최대한 밑동부터 좀 잘라 오시고요. 부싯쇠와 부싯돌은 누가 갖고 있습니까?"

나는 비룡당의 표사들 부리듯 거침없이 명령을 내렸다.

야차가 잠시 어리둥절한 표정을 짓더니 눈 위의 칼자국을 바라보았다.

"시키는 대로 해줘."

대나무 허수아비가 품속에서 부싯쇠와 부싯돌을 꺼내 내게 던졌다.

그 사이 야차는 칼도 없이 내가 가리킨 참나무 곁으로 걸어갔다. 이어 두 다리를 벌리고 서서 참나무를 휘어 감듯 거꾸로 잡더니 그대로 힘을 주었다.

투두두둑둑 툭툭! 툭!

놀랍게도 어른 허벅지 두께의 참나무가 뿌리째 뽑혀 버렸다. 눈으로 보고도 믿지 못할 괴력에 나는 잠시 할 말을 잃었다.

야차가 참나무를 통째로 끌고 와서 내 앞에 툭 던지며 말했다.

"됐어?"

"한 자 정도의 길이로 자른 다음 칼로 최대한 가늘게 쪼개십시오. 대략 여덟 등분 정도면 될 겁니다."

야차는 참나무를 바위에 비스듬하게 걸쳐놓고 발로 밟아서 뚝뚝 부러뜨렸다. 그런 다음 토막 난 나무를 곱사등이 노인에게 휙 던졌다. 그러자 공중에서 참나무 토막을 낚아챈 곱사등이 노인이 흡사 용의 발톱 같은 손으로 쫙쫙 찢었다.

하얗게 속살을 드러낸 참나무 장작개비들이 잠깐 사이 그의 발아래 수북이 쌓였다.

'용조공(龍爪功)!'

세상에 수많은 조공(爪功)의 고수가 있지만, 저렇게 무지막지한 인간은 처음 봤다. 만약 저 손에 가슴을 잡히기라도 한다면 단숨에 심장이 드러날 정도로 찢어지고 말 것이다.

나는 애써 아무렇지도 않은 척 말했다.

"누가 단검 좀 빌려주시죠."

설마 이것까지 들어줄까 했는데, 눈 위의 칼자국이 품속에서 비도를 꺼내더니 정확히 내 심장을 겨냥해 던졌다.

한데 그 속도가 예사롭지 않았다. 조금 전 야차가 던진 돌멩이를 피한 게 실력인지 우연인지를 확인해 보려는 것이다.

나는 이능력을 발동함과 동시에 깜짝 놀라 손을 휘젓는 척했다. 그러면서 들고 있던 부싯쇠에 공력을 잔뜩 담아 비도의 옆면을 거세게 후려쳤다.

쩡!

둔탁한 소리와 함께 둘로 뚝 부러진 비도가 아직 쪼개지 않은 참나무 둥치에 탁탁 박혔다.

사람들의 표정이 싸늘하게 식었다.

"아이고. 이를 어쩌나."

나는 부러진 칼날을 주워들고는 눈 위의 칼자국을 보며 미안해 죽겠다는 표정을 지었다.

눈 위의 칼자국은 아무런 말이 없었다.

이 정도면 대충 사과 비슷하게는 한 것 같아서 곧장 비봉표국의 깃발이 펄럭이는 곳으로 갔다. 이어 대나무 깃대의 표면을 긁어 성긴 실뭉치처럼 만들고, 부싯돌에 부싯쇠를 쳐 불씨를 일으키고, 모닥불을 피우는 과정이 자연스럽게 이어졌다.

그런 다음 냇가에서 흔히 볼 수 있는 쌀밥과 보리밥을 섞은 듯한 문양의 넓적한 돌을 주워다 다른 두 돌 사이에 얹어 돌판을 만들었다. 이어 돌판 위에 날고기를 가득 얹고는 밑에서 열심히 불을 피웠다.

잠시 후, 고기에서 흘러나온 기름이 지글지글 끓기 시작하면서 맛있는 냄새가 숲에 진동했다.

사람들은 언제부턴가 말이 없어지더니 나만 바라보고 있었다.

"모두 저를 따라 하십시오!"

뒤늦게 퍼뜩 정신을 차린 사람들이 나를 따라 화덕을 만들고 똑같은 문양의 돌판을 찾아 얹고는 불을 옮겨 붙여 신나게 고기를 구워댔다.

그때쯤 나는 내가 굽고 있던 화덕의 모닥불을 죄다 빼버렸다. 돌판이 어느 정도 달구어졌기 때문에 남은 열로도 충분했다.

"자, 이제 익는 대로 드시면 됩니다."

임무를 완수한 나는 젓가락을 놓고 가만히 처분을 기다렸다.

눈 위의 칼자국이 내가 구운 돌판의 고기들을 가리키며 궁장 여인에게 말했다.

"이쪽으로 오셔서 뜨거운 걸 드시지요."

궁장 여인이 사양치 않고 다가왔다.

나는 조용히 일어나 다른 쪽 화덕으로 가서 슬그머니 한 자리를 차지하고 앉았다. 하필 옆에 앉아 있던 야차가 안 그래도 무서운 눈알을 크게 부라리며 말했다.

"저리 안 꺼져?"

"같이 먹기로 했잖습니까."

"먹고 남겨줄 때까지 기다려."

할 수 없이 입맛을 다시며 일어서려는데 궁장 여인이 말했다.

"이리 와서 함께 들지."

모두가 깜짝 놀라 궁장 여인을 바라보았다.

나는 잠시 눈치를 살피다가 얼른 다가가 맞은편에 앉았다.

당연한 말이지만 노루고기는 기가 막히게 맛있었다. 이틀을 혼절한 상태에서 쫄쫄 굶었는데 무슨 고기인들 맛이 없겠나.

그건 눈앞의 여자도 마찬가지일 것이다.

"재주가 많군."

다짜고짜 반말이다.

나이를 짐작할 수 없으니 뭐라고 할 수도 없다. 그게 아니어도 따질 형편이 안 되지만.

"표사라면 누구나 하는 것들입니다."

"전혀 무서워하지도 않고."

"몇 대 맞기밖에 더하겠습니까?"

"죽이지 않을 거라고 어떻게 확신하지?"

"만에 하나 장보도가 가짜라면 다시 인질이 필요할 테니까요. 그래서 우리를 산 채로 데려가는 것 아닌가요?"

"셋 중 하나쯤은 죽여도 될 것 같은데."

"꼭 죽이셔야겠다면 저희 형님부터 죽여주십시오. 보셔서 아시겠지만, 저는 여러모로 쓸모가 많습니다. 제가 있으면 남만까지 가는 동안 먹는 것 때문에 불편하실 일은 없을 거라고 확신합니다."

"……!"

여자가 젓가락질을 뚝 멈췄다.

다른 사람들은 고기가 아직 익지 않았으므로 젓가락질을 멈추는 대신 고개를 돌려 나를 보았다. 하나같이 얼굴이 돌덩이처럼 딱딱하게 굳은 상태였다.

여자가 착 가라앉은 목소리로 물었다.

"왜 남만으로 간다고 생각하지?"

"마차 지붕의 틈새로 들어오는 햇빛을 한나절 정도 살펴보니 남서쪽으로 향하는 것 같더군요. 진짜 표행을 가는 것이 아니니 마차 두 대 중 한 대에는 가는 동안 먹을 식량과 잠자리를 만들 때 깔개로 쓸 모피 따위를 실었을 겁니다. 고기만 먹었더니 느끼해서 그런데 술 한 잔 얻어먹을 수 있겠습니까?"

스릉!

단지 술 한 잔 얻어먹자고 했을 뿐인데 눈 위의 칼자국이 대번에 검을 뽑아 들고 일어섰다.

궁장 여인이 가만히 고개를 가로저었다. 이어 황송하게도 직접 자기가 마시던 술병을 들어 한잔 가득 따라 주었다.

나는 단숨에 술잔을 비웠다.

"크어. 좋군요. 감사합니다."

"계속하도록."

단순한 반말이 명령으로 바뀌었다. 착 가라앉은 목소리에서 항거할 수 없는 어떤 힘이 느껴진다. 이 여자 엄청난 고수다.

"일행이 열 명이고 표마차 한 대 분량의 식량이라면 대략 보름 정도 먹을 수 있습니다. 여기에 가는 동안 짐승을 잡아 고기로 절반 정도 배를 채울 거라고 계획을 짰다면 한 달 정도의 여정입니다. 항주에서 남서쪽으로 한 달이면 남만 하고도 광동이나 광서쯤 되겠군요."

좌중이 찬물을 끼얹은 것처럼 고요해졌다.

어느새 각자의 돌판 위에서 노루고기가 지글지글 익기 시작했다. 한데 누구 하나 먹을 생각을 못 했다.

잠시 후, 여자가 천천히 입을 열었다.

"표왕의 넷째 아들이라고?"

"그렇습니다."

"소문대로 눈썰미가 무섭군."

"제 장사 밑천입니다."

"눈에 띄는 닭이 먼저 잡아먹히는 법. 위험을 무릅쓰고 내게 재주를 자랑하는 데는 이유가 있겠지?"

"좀 전에 말씀드렸잖습니까. 만약 인질을 하나씩 제거해야 하는 상황이 오면 저를 마지막 순서로 해달라고요."

"한 번만 더 내게 장난을 치면 죽인다."

"장난이 아닙니다. 그리고 덧붙여 저를 객원표사로 고용해 주십시오."

"객원표사?"

"천룡표국은 무려 칠 대에 걸쳐 이백여 년 동안 남만에까지 표물을 운송해 왔습니다. 그리고 그 축적된 경험과 정보를 지도에 새기고 대대로 표사들에게도 진수했죠. 제 머릿속에 그 지도와 경험이 고스란히 들어 있습니다."

"길잡이가 되어주겠다?"

"대신 조건이 있습니다. 식사는 하루 세 번, 볼일은 원할 때마다 볼 수 있게 해주시고, 저 답답한 나무 판때기들도 전부 치워 버려 주십시오. 어차피 목적지도 들켰는데 더는 필요 없지 않습니까."

"아직 받아들인다고 하지 않았는데?"

"오늘이냐 내일이냐의 문제일 뿐 받아들이실 수밖에 없을 겁니다. 그럴 바에야 조금이라도 일찍 시작해 합을 맞추는 게 낫죠."

"어째서?"

"여기 있는 열 명 모두 남만은 처음이시라는 거 압니다. 칼날처럼 손등을 스치고 가는 독초의 풀잎, 자는 동안 목에 새카맣게 달라붙어 피를 쪽쪽 빨아먹는 거머리 떼, 잠깐 사이 사람의 눈동자에 알을 까고 날아가는 등에, 언제 발목에 독니를 박아 넣을지 모르는 수십 가지 독사들……. 감당하실 수 있겠습니까?"

"하하하. 협박을 꽤 잘하는군. 배짱도 마음에 들고. 좋아. 진지하게 한번 생각해 보지. 하지만 오늘은 도로 들어가 줘야겠어. 대신 수하들에게 때리진 말라고 하지. 고깃값이야."

나는 얼른 고기 한 점을 더 집어 먹었다.

야차가 쓰윽 몸을 일으켜 다가오더니 나를 번쩍 들어 올려서는 쇠사슬로 묶어 다시 마차 안에 처넣었다.

그때였다.

꽈앙! 꽈앙! 꽈앙!

귓구멍이 얼얼할 정도의 폭발음이 연달아 세 번이나 울려 퍼졌다.

깜짝 놀란 야차가 움찔 놀라며 뒷걸음질 쳤다.

그가 쇠창살 문을 닫기 전에 나는 얼른 고개를 밖으로 빼고 개울가를 구경했다. 내 위에 조영영의 머리가, 다시 그 위에 이병룡의 머리가 튀어나와서는 함께 구경했다.

모닥불이 폭탄이라도 맞은 것처럼 사방팔방으로 흩어진 가운데 세 개의 돌판이 흔적도 없이 사라진 상태였다.

좀 전까지 고기를 굽던 사람들은 대(大)자로 뻗거나, 개울에 코를 처박고 엎어져 있거나, 비틀거리며 한군데서 빙빙 돌고 있었다.

멀쩡한 사람은 궁장 여인과, 나를 마차에 집어넣기 위해 잠시 자리를 비운 야차와, 무엇에 맞았는지 코피를 철철 흘리고 있는 눈 위의 칼자국과, 돌판으로부터 조금 떨어져 있던 서너 명의 표사들뿐이었다.

이병룡이 목구멍을 쥐어짰다.

"대체 무슨 짓을 한 거냐?"

"화맥석으로 얼른 고기 한판 구워 먹고 왔습니다. 저는 대충 배를 채웠는데, 저 사람들은 한 점도 못 먹은 것 같군요."

"이런 미친놈! 큭큭큭!"

횡액을 피한 사람은 궁장 여인을 비롯해 고작 다섯 명에 불과했다. 그들은 쓰러진 사람들에게 달라붙어 부상 정도를 살피기 바빴다.

그 모습을 보고 이병룡은 이제야 조금 속이 풀리는지 처지도 잊은 채 죽겠다며 웃어 젖혔다.

조영영이 내게 물었다.

"화맥석이 뭐예요?"

"불에 달궈지면 폭발하는 돌이오."

"그런 돌도 있어요?"

"폭발하는 강도가 달라서 그렇지, 생각보다 많은 돌이 열을 받으면 폭발하오. 그중에서 화맥석은 적은 화력에도 불구하고 가장 빨리 그리고 크게 폭발하는 돌이고."

조영영은 그제야 알겠다는 듯 고개를 끄덕였다.

그리고 물었다.

"그런데 이래도 괜찮을까요?"

"당연히 안 되지."

그때 나를 마차 안에 처넣었던 야차가 정신을 차리고 외쳤다.

"머리들 집어넣어!"

우리 세 사람이 머리를 쏙 집어넣자 야차가 쇠창살 문을 닫고는 자물통을 찾아 잠그려고 했다.

순간, 나는 오른발에 육성의 공력을 담아 쇠창살 문을 박찼다.

콰창!

뻐억!

굉음과 함께 쇠창살 문이 터지듯 열렸다. 동시에 자물통을 잠그기 위해 고개를 숙이고 있던 야차의 머리통을 후려쳤다.

천하의 그 어떤 고수도 쇠몽둥이에 머리통을 맞고도 무사할 수는 없었다. 그러나 야차는 조금 달랐다. 정신이 오락가락하는지 휘청거리며 뒷걸음질을 치긴 했어도 쓰러지진 않았다. 항주의 망향가동에서 만났던 벽안귀랑 붙여놓으면 막상막하일 것 같았다.

그래도 시간을 벌기에는 충분했다.

"잠시 후 다시 봅시다!"

나는 황당해하는 조영영과 이병룡에게 말을 해놓고 마차에서 뛰어내려서는 산 아래쪽을 향해 냅다 달렸다.

"한 놈이 도망친다.!"

"내가 맡겠다!"

힐끗 뒤를 돌아보니 궁장 여인이 울퉁불퉁한 숲길을 경공술을 펼치며 그야말로 나는 듯 달려오고 있었다.

당연한 말이지만 나는 백년공력의 바탕 위에 도화곡에서 배운 천금풍의 경공술을 신나게 펼쳤다.

한참을 달리던 중 불안한 마음에 슬쩍 뒤를 돌아보았다. 한데 지금쯤이면 엉덩이까지 따라붙었어야 할 궁장 여인이 보이지 않았다.

'어떻게 된 거지?'

무심코 앞을 돌아보는데 놀랍게도 대여섯 장 앞에서 궁장 여인이 팔짱을 낀 채 서 있었다.

"헛!"

대경실색한 나는 귀영무의 보법을 펼치며 벼락처럼 오른쪽으로 방향을 꺾었다. 동시에 진각을 밟으며 마치 시위 떠난 화살처럼 신형을 쏘았다. 무림인들은 이를 통칭 궁신탄영(弓身彈影)의 수법이라고 한다.

그렇게 한참을 달렸나 싶었는데 또다시 앞을 막아선 궁장 여인과 맞닥뜨려야 했다.

"제기랄!"

이번엔 왼쪽으로 방향을 꺾었다. 그나마 다행인 것은 귀영무의 보법이 워낙 신출귀몰해서 아직까진 궁장 여인을 따돌렸다는 점이다.

나는 또다시 죽으라고 경공술을 펼쳤다.

"경신공의 이름이 뭐지?"

갑작스러운 목소리에 옆을 힐끗 돌아보니 궁장 여인이 왼쪽으로 대여섯 장 떨어진 곳에서 어깨를 나란히 하며 달리고 있었다.

내게 시선을 딱 고정해 놓은 채 앞을 보지도 않는데, 나무며 바위 등을 귀신처럼 피하고 밟으면서 달리는 중이었다.

"이런 미친!"

"양손을 뒤로 묶이고도 어떻게 그처럼 빨리 달릴 수가 있지? 갑자기 방향을 꺾는 것도 경신공의 묘리인가? 아니면 보법?"

표범은 달릴 때 기다란 꼬리를 움직여 중심을 잡는다. 꼬리가 없는 사람은 두 팔을 사용한다.

두 팔의 역할은 매우 중요하다. 한데 나는 지금 나는 두 팔을 뒤로 한 채 쇠사슬에 묶인 상태였다. 때문에 백년공력에다 천금풍의 경공술이 제아무리 무림일절이라고 해도 한계가 있었다. 정확히 말하면 본 실력의 오 할도 채 펼치지 못했다.

"대답하지 않을 거면 지금 잡고."

"경신공과 보법을 번갈아 펼치는 중이오."

"경신공의 이름은?"

"천금풍!"

"천금풍?"

"도화곡이라는 신비 문파의 절학이오. 나는 도화곡의 첫 번째 속가제자이고. 나를 죽이면 천룡표국뿐만 아니라 도화곡으로부터도 추적을 받게 된다는 뜻이지."

"천금풍이라, 멋진 이름이군."

"귀하가 펼치는 경신공은?"

"우리의 정체를 알고 싶어?"

"가는 게 있으면 오는 것도 있어야지."

"소용없는 짓이야. 우리는 사람이 아니라 유령들이거든. 우리가 익힌 무공 또한 이승의 것이 아니고."

"유령이 왜 대낮에 돌아다니는지 모르겠군."

"이제 그만하고 돌아가야겠어."

"그럼 다음에 또 봅시다."

텅!

나는 짧게 도약한 다음, 정면에 버티고 선 아름드리 고목을 두 발로 힘차게 찍으며 다시 한번 벼락처럼 방향을 틀었다. 동시에 사력을 다해 신형을 쏘았다.

힐끗 돌아보니 잠깐 사이 궁장 여인과의 거리가 십여 장이나 벌어진 상태였다.

순간, 그녀가 좌수를 뿌리듯 힘차게 펼쳤다.

'암기!'

진작부터 이능력을 발동하고 있던 나는 그녀의 소맷자락 속에서 번쩍이는 은침 세 개가 쏘아져 나오는 걸 똑똑히 보았다.

절체절명의 순간, 나는 은침 하나를 귓불 사이로 아슬아슬하게 흘려보내는 데 성공했다. 비켜 나간 은침은 수풀을 지나 앞쪽에 있던 도토리나무에 '툭!' 하고 박혔다.

하지만 앞에 하나를 피하기 위해 고개를 돌리는 순간 나머지 두 개가 내 뒷덜미에 정확히 꽂혔다.

"억!"

뜨끔해지는 느낌과 함께 사지가 마비되었다.

무얼 어찌해 볼 틈도 없었다. 달려가는 속도 그대로 엎어진 나는 배를 땅바닥에 갈면서 한참을 미끄러져 가다가 도토리나무에 머리를 '쿵!' 박고서야 멈춰 섰다.

'역시 이 여자였군!'

이병룡과 조영영을 사로잡은 정체불명의 고수, 만금전장에 들어서는 순간 눈 깜짝할 사이에 나를 쓰러뜨린 점혈법의 달인이 바로 저 여자였던 것이다.

잠시 후, 궁장 여인이 내 옆으로 사뿐하게 내려앉았다. 이어 목덜미에 박힌 은침 두 개만 뽑아 회수했다.

은침을 뽑혔어도 마비는 풀릴 기미가 없었다. 당연한 일이다. 평범한 점혈법도 계속해서 손가락으로 누르고 있는 게 아닌 것처럼.

“멋진 승부였소.”

“이런 것도 승부인가?”

“인생은 매 순간이 무언가와의 승부요.”

궁장 여인은 엎어진 내 배 아래로 발등을 집어넣더니 호떡 뒤집듯 홱 뒤집었다. 이어 희고 고운 손으로 배꼽 아래에 묶여 있는 쇠사슬을 잡아 번쩍 들어 올렸다.

그 상태에서 나를 무슨 짐짝처럼 들고는 다시 경공을 펼쳐 달려가기 시작했다. 백이십 근에 육박하는 짐짝을 들고도 그녀는 여전히 바람처럼 표표했다. 하지만 하늘을 향해 누운 채 끌려가는, 아니, 들려 가는 나는 상체와 하체의 무게로 말미암아 허리가 끊어질 것처럼 고통스러웠다.

“차라리 반대로 뒤집어 들어주시오. 허리가 아파 죽을 것 같소.”

“그러면 몸이 반으로 접히면서 내가 불편하지.”

“그럼 빨리라도 가주시오!”

“그런 속 편한 소리를 할 때가 아닐 텐데. 내 생각엔 아무래도 야차곤(夜叉棍)이 당신을 그냥 두지 않을 것 같거든.”

그 덩치의 별호가 야차곤이었나 보다. 곤(棍) 자가 붙은 건 아무래도 어깨에 메고 다니는 대초자곤 때문일 것이고.

어쩐지 야차라 부르고 싶더라니.

하지만 나는 누구처럼 그 괴수 같은 놈에게 두들겨 맞을 생각이 눈곱만큼도 없었다.

잠시 후, 궁장 여인과 나는 본래의 장소로 돌아왔다.

사람들은 어느새 모두 정신을 차린 상태였고, 이병룡과 조영영은 마차 안 쇠창살에 갇혀서 어안이 벙벙한 얼굴로 바깥을 살피고 있었다.

그러다 내가 꼴사나운 모습으로 잡혀 오는 걸 보고는 '그러면 그렇지' 하는 표정을 지었다.

"다친 곳은?"

"폭압 때문에 다들 잠깐 정신이 나가긴 했지만, 다행히 크게 다친 사람은 없습니다."

"너는?"

"보시다시피 멀쩡합니다."

"코피를 흘렸던 것 같은데."

"못난 꼴을 보였습니다."

"불가항력적인 상황이었음을 안다."

"죄송합니다."

궁장 여인이 눈 위의 칼자국과 나눈 대화였다.

쿵!

그녀가 뒤늦게 나를 바닥에 던져놓았다.

저만치에서 성난 야차곤이 나를 발견하고는 콧김을 펑펑 뿜어대며 달려왔다. 쇠창살에 맞은 이마가 주먹만 하게 부풀어 올라 있었다.

복수심에 눈이 먼 야차곤이 나를 냅다 걷어차려는 찰나. 나는 궁장 여인을 향해 회심의 일갈을 내질렀다.

"남곤산(南昆山)까지 10일 안에 데려다주겠소!"

퍽! 퍽! 퍽! 퍽! 퍽!

모든 게 항상 생각했던 대로 풀리는 건 아니다.

야차곤은 나를 일각이 넘도록 두들겨 팬 후에야 비로소 속이 좀 풀리는지 '후우' 하고 참았던 숨을 내뱉었다.

그나마도 궁장 여인 때문이었다. 그녀가 멈추라고 하지 않았으면 종일도 패고 앉았을 놈이었다.

나는 그제야 벌레처럼 웅크렸던 몸을 폈다. 온몸의 삭신이 쑤셔왔다. 그나마 백년공력을 끌어올려 호신강기를 펼쳤기에 망정이지, 안 그랬으면 지금쯤 뼈가 열 군데는 부러졌을 것이다.

궁장 여인이 다가와 말했다.

"우리가 남곤산으로 가는 건 어떻게 알았지?"

"항주에서 남만으로 가는 관도(官道–우마차가 다닐 수 있도록 관에서 관리하는 주요 도로)는 대부분 남곤산을 지나지. 표국으로 위장했다는 건 관도를 타겠다는 뜻 아니었소?"

"우리가 가진 지도에는 항주에서 남곤산까지 최소 20일이 걸린다고 적혀 있다. 이틀이 지났다고 해도 아직 18일이나 남았는데, 어떻게 10일 만에 도착할 수 있다는 거지?"

"그건 당신들이 나를 두들겨 패지 않았을 때나 나눌 이야기고, 이제는 물 건너갔으니 신경 쓰지 않아도 좋소."

"식사는 하루 세 번, 볼일은 원할 때마다 볼 수 있게 해주고, 널빤지는 물론 쇠창살에서도 꺼내주도록 하지."

"사람을 이렇게 두들겨 패놓고 계산을 그렇게 하면 안 되지. 식사, 볼일, 쇠창살 모두 받고 두 당 말 한 필씩 내어주시오. 그리고 저 거인 원숭이랑 정정당당히 한판 붙게도 해주고."

딱히 누구를 가리키지도 않았다. 한데도 궁장 여인을 비롯해 모두의 시선이 자연스럽게 야차곤에게로 향했다. 거인 원숭이라는 말에 물을 마시며 갈증을 달래고 있던 야차곤의 얼굴이 시뻘게졌다.

곳곳에서 사람들이 피식피식 웃음을 터뜨렸다. 거인 원숭이라는 말 때문이 아니었다. 야차곤에게 도전한 내가 가소롭기 짝이 없는 것이다.

궁장 여인이 다시 내게 물었다.

"정정당당한 싸움이 아니어서 야차곤에게 맞은 것 같아?"

"승부를 보려는 게 아니오. 사람을 통나무처럼 옴짝달싹 못 하게 만들어놓고 두들겨 패는 당신들에게 무인이 마땅히 지켜야 할 도리가 무엇인지를 가르쳐 주려는 것일 뿐."

내가 무도(武道)를 논하자 모두의 표정이 굳었다. 자존심이 크게 상한 모양이었다.

이들의 정체가 무엇인지 몰라도 최소한 여자를 사고파는 흑도들처럼 생으로 무도(無道)한 무리는 아니었다. 어딘지 기품이 느껴지는 궁장 여인의 언행도 그렇고, 엄격한 상하 간의 규율도 그렇고, 아무리 보아도 꽤 족보 있는 세력의 후예들인 것 같았다.

"한데 그렇게 맞고도 싸울 수 있나?"

"기회만 주시오."

"좋아. 야차곤이 이십 초식을 펼칠 때까지도 서 있다면 원하는 걸 모두 들어주지. 대신 쓰러진다면 당신은 남곤산까지 가는 동안 나의 충견이 되어야 할 거야."

"이미 끝난 계산에 자꾸 뭘 붙이시네. 그럼 나도 하나를 더 얻어야 저울이 맞지. 만약 내가 거인 원숭이를 쓰러뜨리면 귀하의 이름을 가르쳐 주시오."

"……!"

"그리고 가는 동안 거인 원숭이를 나의 충직한 하인으로 부리겠소. 그 정도는 되어야 서로 계산이 맞지 않겠소? 께름칙하다면 없던 걸로 하고."

"하겠습니다!"

갑자기 끼어든 자는 야차곤 본인이었다. 자신을 계속해서 거인 원숭이라 부르고 무시하는 내 말에 약이 바짝 오른 것이다.

궁장 여인과 눈이 마주치자 야차곤은 다시 한번 자신 있게, 그러나 매우 조심스러운 태도로 말했다.

"하게 해주십시오!"

궁장 여인은 잠시 야차곤을 뚫어지게 바라보더니 천천히 내게로 고개를 돌렸다. 이어 착 가라앉은 음성으로 말했다.

"단단히 각오해야 할 거야."

"덩치 크다고 소가 왕 노릇 하지 않는 법이오."

"두고 보면 알겠지."

칠척장신에 울퉁불퉁한 근육, 얼굴의 절반을 뒤덮은 철사 수염, 노란 동공에 커다랗게 부릅뜬 눈. 야차곤은 단지 마주하는 것만으로도 상대로 하여금 주눅 들게 하는 흉성이 있었다.

그러나 한편으로는 거인 원숭이라는 한마디에 얼굴이 시뻘겋게 달아오를 만큼 순진했다. 결정적으로 자신이 질 거라는 생각은 조금도 하지 않는 오만함도 있었다.

누군가 내게 검을 휙 던졌다. 공중에서 낚아채고 보니 다선초당에서 남궁세옥에게 빌렸던 바로 그 검이었다. 내 흔적을 남기지 않기 위해 아예 갖고 왔나 보다.

철거렁~ 철거렁.

야차곤이 등에 메고 있던 장초자곤을 풀었다.

"머리통을 박살 내주마!"

저 묵직한 것이 머리통에 떨어질 것을 생각하니 벌써부터 오금이 저렸다.

싸움의 첫 번째는 상대의 유리함은 빼앗고 나의 유리함은 앞세우는 것이다.

툭!

나는 들고 있던 장검을 던져 버렸다.

"원숭이 한 마리 상내하는데 무슨 검씩이나."

"뭐?"

"갈등할 필요 없소. 장초자곤이 당신의 성명병기인 줄 알고 있으니 부끄러워 말고 마음껏 휘둘러 보시오. 난 적수공권으로 상대할 테니."

"후후, 검법보다는 권법이 그나마 조금 더 나은 모양이지? 오냐, 나도 맨손으로 상대해 주마. 어디 덤벼보……."

빠억!

발끝에 무려 구성의 공력을 모아놓고 있던 나는 야차곤의 말이 채 끝나기도 전에 귀영무의 보법을 펼쳤다. 이어 왼 주먹으로 콩팥이 있는 오른쪽 옆구리를 힘차게 가격했다.

거의 동시에 상체를 비틀며 오른 주먹을 비정상적인 각도로 뻗어 올려 놈 턱주가리를 후려쳤다.

뻐억!

주먹 끝에 욱씬하게 느껴지는 타격감이 턱뼈를 제대로 가격했음을 알 수 있었다.

숨돌릴 틈도 없이 오른 주먹을 그대로 잡아당기며 놈의 명치에 팔꿈치를 내리꽂았다.

뻐억!

이어 앞으로 질풍처럼 솟구치고 회전하며 야차곤의 왼쪽 귓방망이를 우장(右掌), 즉 오른쪽 손바닥으로 올려붙였다.

뻐엉!

'철썩!'이 아니라 '뻐엉!' 하고 터지는 소리가 나는 것은 장이 부딪히는 순간 손바닥을 살짝 오므렸기 때문이다. 이렇게 하면 풍압이 귀를 파고들어 고막을 때린다. 야차곤은 귓속에서 흡사 천둥이 친 것과도 같은 충격을 느꼈을 것이다.

이 수법이 무서운 이유는 고막이 터지면서 뇌에도 막대한 충격을 주기 때문이다. 콩팥에, 턱에, 명치를 가격당한 것으로 모자라 고막까지 터져 버린 야차곤은 눈을 허옇게 뒤집어 뜬 채 금방이라도 쓰러질 것처럼 비틀거렸다.

그때까지도 놈의 손에는 장초자곤이 들려 있었다. 그야말로 눈 깜짝할 사이에 벌어진 일이다 보니 미쳐 버릴 틈조차도 없었던 것이다.

그때부터 나의 일방적인 구타가 시작되었다.

빠버버버버버버벅!

빽!빽!빽!

어느 순간, 눈 위의 칼자국이 바람처럼 날아들었다.

그는 체공 상태에서 두 발을 번갈아 내뻗으며 내 주먹을 받아내고 밀어냈다. 놈의 발바닥을 통해 전해오는 반탄력이 예사롭지 않더라니, 무려 다섯 걸음이나 물러난 끝에 멈춰 설 수 있었다.

채앵!

일 장 앞으로 떨어져 내린 그가 돌연 검을 뽑았다.

"멈춰!"

궁장 여인의 일갈이었다.

검은 정확히 내 목으로부터 오른쪽으로 팔 하나의 거리에서 뚝 멈추었다.

"나를 욕보일 셈이냐!"

"죄송합니다!"

그때였다.

털썩!

묵직한 소리에 옆을 돌아보니 야차곤이 장초자곤을 쥔 채 대자로 쓰러져 있었다.

나는 손을 탈탈 털며 말했다.

"별것도 아닌 게 죽으려고."

말은 그렇게 했지만 솔직히 나도 속으로 깜짝 놀랐다. 앞서 흠씬 두들겨 맞는 바람에 나야말로 약이 바짝 올라 죽을힘을 다하긴 했지만, 이렇게 손발이 빠르게 움직여 줄 줄이야.

한편 궁장 여인과 눈 위의 칼자국을 비롯한 사람들은 모두 석상처럼 굳어 있었다. 야차곤이 쓰러졌다는 게 도무지 믿기지 않는 모양이었다.

나는 궁장 여인에게 당당하게 물었다.

"그래서 귀하의 존성대명은?"

"……!"

"이제 와서 딴말할 사람으로 보진 않았소만."

"연…… 소교."

"연소교라, 예쁜 이름이군. 난 이정룡이라고 하오. 만나서 반갑소."

소교(小嬌)는 작고 예쁜 딸을 말한다. 당연한 말이지만, 그녀도 무림인이기 이전에 누군가의 귀한 딸이었던 것이다.

나는 쓰러진 야차곤에게 다가가 품속을 뒤지기 시작했다.

말라깽이 장년인이 황급히 내게로 신형을 쏘았다. 그러자 눈 위의 칼자국이 나지막하게 일갈했다.

"내버려 둬!"

열쇠를 찾은 다음 마차의 쇠창살 우리로 다가가 자물통을 열기 시작했다.

쿵쾅대는 소리만 들었지, 정확히 어떤 일이 벌어지는지 알지 못했던 조영영과 이병룡은 어안이 벙벙한 얼굴들이었다.

"어떻게 된 거예요?"

"네가 이겼어? 설마 그 짐승을?"

"빨리 나오기나 하세요."

말과 함께 쇠창살 문을 확 열어젖혔다.

조영영과 이병룡은 처음엔 눈치를 보며 슬금슬금 걸어 나왔다. 그러다 누구 하나 말리는 사람이 없자 그제야 행동에 조금 자신감이 들어가기 시작했다.

나는 쇠창살이 실려 있는 마차를 통째로 발로 차서 개울가에 처박아 버렸다. 그런 다음 두 사람을 묶은 쇠사슬 중 양손과 허리를 연결한 부위를 풀려고 했다.

"무슨 짓이냐?"

말라깽이가 버럭 외쳤다.

"양손을 뒤로해서 말을 탈 순 없소. 설마 이런 사소한 것까지 약속에 없던 거라며 시비를 걸 생각이오?"

말라깽이가 눈 위의 칼자국을 보았고, 눈 위의 칼자국이 내버려 두라는 듯 조용히 고개를 끄덕였다.

다시 두 사람의 쇠사슬을 풀어주었다. 그러자 비록 양손은 수갑으로 묶였을지언정, 허리로부터는 자유를 얻게 되었다. 이제 뒤로 돌려진 양손을 아래로 해서 타고 넘으면 자연스럽게 앞쪽으로 오게 되고 움직임도 한층 자유로워질 것이다.

나는 이어 결투를 하기 전 저만치 풀어놓은 내 수갑도 주워다가 스스로 철컹철컹 채웠다. 타고 갈 말을 달라고 했지 완전한 자유를 달라고 하진 않았으니 나도 수갑은 차는 게 맞다.

그리고 마지막으로 마차를 끌던 말 한 마리에 훌쩍 올라타서는 고삐를 잡아채며 말했다.

"오늘 저녁은 저기 보이는 능선에서 먹을 거요. 다들 서두르시오. 이랴!"

말이 경쾌하게 걸음을 옮겼다.

힐끗 스치며 본 사람들은 어처구니없음에 말릴 생각도 못 하고 하나같이 넋 나간 표정들만 짓고 있었다.

그러거나 말거나 계속해서 나아갔다.

적당히 멀어졌다고 생각되었을 때 왼쪽 팔뚝을 꾹꾹 눌러 살 속에 박혀 있던 바늘을 뽑았다. 아까 도망칠 때 궁장 여인 연소교가 쏜 암기 세 개 중 하나를 가까스로 빗나가게 만든 다음 몰래 회수한 것이었다.

상황이 다급한 데다, 연소교가 워낙 빨리 도착하는 바람에 제대로 숨길 사이도 없이 일단 팔뚝에 쑤셔 넣고 보았다. 아파 죽는 줄 알았다.

'암기 하나 얻기 더럽게 힘드네.'

사람들이 눈치채지 못하도록 바늘을 소맷자락 속 삼중으로 덧댄 천에 조심스럽게 끼워놓았다. 본래는 비격쌍뇌창을 안전하게 보관하기 위해 만든 곳이었다.

고생은 했지만 마치 창 한 자루를 손에 넣은 것처럼 든든했다.

항주에서 남곤산으로 가는 길은 산과 구릉과 강의 연속이었다.

한데 산이든 구릉이든 온통 울창한 숲으로 뒤덮인 것은 매한가지였다. 이런 현상은 남쪽으로 갈수록 점점 더해졌는데, 급기야 무이산맥(武夷山脈)을 만나면서 절정에 달했다.

강서성과 복건성의 경계를 이루며 남서로 달리는 무이산맥은 대자연의 거대한 장벽인 동시에 길이기도 했다. 두 성(省)을 각각 가로질러 흐르는 수많은 강들이 바로 이 무이산맥을 만나 방향을 꺾기 때문이다.

쉽게 말해 무이산맥은 강을 건너지 않고도 광동성의 남곤산까지 갈 수 있는 유일한 길이었다.

이는 가는 동안 계속해서 땅에, 나무에, 풀잎에 천리추향을 묻히고 남겨야 하는 내게 아주 중요한 문제였다. 위험을 무릅쓰고서라도 부득불 길잡이가 된 첫 번째 이유가 바로 이것이었다.

한데 궁장 여인 연소교의 눈썹미가 예사롭지 않았다.

"사흘째 왜 강이 한 번도 나타나지 않는 거지?"

"산맥의 기슭으로 난 길만 타고 가는 중이기 때문이죠."

"그러니까 왜."

"남선북마(南船北馬)라는 말을 아십니까?"

"질문은 나만 한다."

"아시는 바대로 강남에선 강과 호수가 많아 어딜 가나 배를 탈 수밖에 없습니다. 어떤 날엔 하루에 강을 네 번이나 건너야 할 때도 있지요. 한데 강마다 마차와 말을 싣고 옮길 배가 상시 대기 중인 것이 아닙니다. 아예 큰 배가 없는 곳도 많고요."

"표국들은 어떻게 하지?"

"당연히 관도를 탑니다. 관도가 강을 만나는 곳에는 말과 마차들을 옮길 나룻배가 항시 있으니까요. 숫자도 많고."

"그러면 뭐가 문제지?"

"배가 많다는 것은 건너려는 사람들도 많다는 걸 의미합니다. 배가 있는 곳은 있는 곳대로 표국과 상단들이 몰리기 때문에 하세월을 기다려야 하고, 없는 곳은 없는 곳대로 대책 또한 없지요."

나는 잠시 고삐를 놓고 물통을 꺾어 물을 한 모금 마신 후 다시 말을 이어갔다.

"양손이 묶여 있으니 여간 불편한 게 아니네. 아무튼 그런 시행착오가 반복되면 하루로 족할 거리를 사나흘 동안 가는 것도 예사가 되어버립니다. 한마디로 관도를 타면 편안하고 안전은 하지만 날짜를 예측할 수가 없지요."

"이 길은 어떻게 알았지?"

내 말이 제법 그럴듯해서인지, 아니면 며칠 전 싸웠을 때와 달리 꼬박꼬박 공대를 해서인지 잠깐 사이에도 질문하는 어투가 많이 부드러워졌다.

"표국들이 표마차 없이 말로만 빠르게 이동할 때 자주 이용하는 길입니다. 하지만 보통의 여행객들이나 간담이 작은 상인들은 얼씬도 하지 않습니다."

"그건 왜지?"

"왜냐하면……."

선두에서 길을 잡으며 가고 있던 나는 갑자기 입으로 하는 말과 타고 있던 말을 동시에 뚝 멈추었다. 산모퉁이를 돌아서는 순간, 저만치 길 한복판에서 각종 연장을 찬 오십여 명의 장한들이 말을 탄 채 버티고 서 있었기 때문이다.

"바로 저들 때문입니다."

"저들이 누군데."

"딱 보면 모르시겠습니까?"

"녹림도?"

"잠마채(潛魔寨)라고 무이산맥 일대에서 활약하는 일곱 개 녹림산채들 중 머릿수가 가장 많고 사람을 쉽게 죽이기로 유명한 곳입니다. 특히 채주인 육지도마(六指刀魔) 적출은 언월도의 달인으로 인근에서 적수를 찾기 어려운 고수죠."

"그리 많아 보이진 않는데."

스릉!

"저희가 길을 열겠습니다."

눈 위의 칼자국이 검을 뽑아 들고 앞으로 나왔다. 뒤이어 야차곤, 곱사등이 노인, 말라깽이 등도 각자의 병장기를 뽑아 들고 좌우로 늘어섰다. 하지만 연소교가 허락하지 않은 탓인지 무작정 튀어 나가진 않았다.

그 순간, 녹림도들이 버티고 선 뒤쪽의 좌우 숲으로부터 날카로운 화살을 앞세운 궁수들이 새까맣게 쏟아져 나왔다. 족히 백 명은 될 것 같았다.

"화살촉을 자세히 보시면 색깔이 거무튀튀할 겁니다. 무이산 명물인 독개구리 능껍질을 붙여 만든 독화살이죠. 스치기만 해도 세상이 캄캄해지면서 한나절은 조상님들을 만나고 돌아와야 합니다. 재수가 없으면 조상님들 따라 아예 저쪽 세상으로 갈 수도 있고요."

금방이라도 튀어 나가서 쓸어버릴 것 같던 연소교의 수하들은 갑자기 꿀 먹은 벙어리가 되었다.

연소교가 내게 말했다.

"저들을 만날 줄 알았어?"

"잠마채의 눈에 띄지 않고 무이산맥을 통과하는 건 불가능한 일이죠. 남은 여섯 개의 산채들도 마찬가지고요."

"그렇다면 대책도 있겠지?"

"그건 제 역할이 아닌 것 같습니다만."

"표사로 고용해 달라고 하지 않았었나? 녹림이 길을 막고 나타났으면 표사가 해결해 주는 건 당연한 일인 걸로 아는데.

"표사들은 보통 표비를 받고 일하죠."

"햇빛, 말, 세 끼 식사. 이미 지불한 것 같은데."

"거기다 은전 열 냥만 더 추가하시죠."

"점점 요구하는 게 많군."

"원래 서면 앉고 싶고, 앉으면 눕고 싶은 게 인지상정 아니겠습니까? 그런가 하면 '좋은 게 좋은 거다'라는 옛 성현들의 말씀도 있고요."

연소교가 품속에서 전낭을 꺼냈다. 이어 번쩍번쩍 빛나는 은전 열 냥을 세어 집더니 옆을 돌아보며 말했다.

"산노(山老)."

곱사등이 노인이 추려 잡았던 쇠사슬을 다시 허리춤에 감고는 얼른 말을 몰아 나를 지나쳐 연소교의 옆으로 다가갔다.

연소교가 은전 열 냥을 산노라 불린 곱사등이 노인에게 건네주며 말했다.

"이 고개를 넘어갈 때쯤 말들에게 삶은 콩을 충분히 먹이고 싶다고 말해줘. 사람들이 마실 술과 건량도 보충해 달라고 하고. 말 세 마리는 편자도 갈아야 할 것 같아."

"알겠습니다."

"그럴 리 없겠지만, 만약에 돈 냄새를 맡고 더 뜯어내려 하면 산노가 하고 싶은 대로 해도 좋아. 뒷일은 내가 책임질게."

"은전 열 냥이면 채주 놈 뺨도 한 대쯤 때릴 수 있을 겁니다. 그래도 만약 시비를 걸어오면 말씀하신 대로 속하가 알아서 합지요. 그럼."

딱 적절한 때에 필요한 조치들을 취한다. 그것도 산적들과 산채를 역이용해서.

잠시 후, 잠마채의 채주를 만나러 갔던 곱사등이 산노가 돌아왔다.

그가 이쪽으로 오는 동안 이미 길을 채웠던 녹림들은 썰물처럼 갈라지고 수뇌부로 짐작되는 십여 명만 남았다.

"모든 조건을 수용하겠답니다. 더불어 비봉표국 이라는 이름은 처음 듣는다며 채주라는 자가 표두님을 뵙고 잠시 인사라도 나누고 싶답니다."

"어려울 것 없지."

곱사등이 산노가 다시 말을 몰아 산도적 놈들에게로 달려갔다.

신생 표국이나 상단이 녹림도가 장악한 산길을 처음 지나가는 걸 길을 연다는 뜻에서 개도(開道)라 하고, 이때 주는 돈을 개도비라 한다.

통상 개도비는 평소 통행세의 두 배를 주는 게 관행이었다. 한데 무려 열 배나 쾌척하는 통 큰 표두를 만났으니 육지도마의 입이 귀에 걸릴밖에.

연소교가 내게 말했다.

"앞으로는 돈값을 좀 했으면 좋겠군."

"돈은 산적들에게 주신 걸로 압니다만."

"나로선 똑같은 결과이지 않을까?"

"절 주셨으면 은전 열 냥으로 남은 산채들까지 전부 해결을 보았을 겁니다."

"대신 당신에게도 열 냥을 주었어야 했겠지."

"합쳐 스무 냥이면 그래도 더 남습니다만."

"내가 왜 다음번에 만나는 산적들에게도 은전 열 냥씩을 줄 거라고 생각하는 거지?"

"……!"

"우숙(愚叔)."

"하명하십시오."

"세 사람을 잘 지켜봐. 여길 지나가는 동안 만약 죽립을 들어 올려 녹림들에게 자신들의 얼굴을 보인다거나 밀마를 남기는 기미가 있으면 바로 죽여."

"알겠습니다."

말라깽이 장년인이 나와 이병룡과 조영영의 뒤쪽으로 말을 몰아왔다. 그의 등에는 시퍼런 낫 두 자루가 엇질러 꽂혀 있었다.

이 여자 보통 내기가 아니다.

이병룡이 내게 전음을 보내왔다.

[장사 자알 한다.]

[저도 좀 남겼습니다.]

[뭘 남겼는데?]

[곱사등이 노인과 말라깽이 장년인의 호칭을 알아냈잖습니까. 이름 같지는 않고 아마도 별호인 듯합니다.]

[많이도 남겼다.]

이병룡은 비웃었지만, 나는 생각이 조금 달랐다.

사흘 만에 처음으로 연소교가 다른 사람을 저렇게 부르는 걸 들었다. 이는 우리 세 사람을 대함에 있어 그녀의 심경에 어떤 변화가 있음을 의미했다.

'일이 끝난 후 죽여 버리겠다는 건가?'

칠 일째 되는 날, 우리는 마침내 무이산맥을 지나 광동성으로 들어섰다. 속칭 남만이라고 부르는 땅이 본격적으로 시작된 것이다.

그때부터는 한여름을 방불케 하는 더위와 싸워야 했다.

내공의 고수들은 한서가 불침한다지만 그것도 잠깐일 때 얘기다. 모두가 겉옷을 한 겹씩 벗어버렸다. 연소교도 궁장을 벗고 얇은 적삼에 소매 없는 배자를 덧입는 것으로 복장을 바꾸었다. 그러자 안 그래도 아름다운 몸매가 한층 더 매력적으로 드러났다.

연소교처럼 미리 복장을 준비하지 않았던 조영영은 단지 장삼만 벗었다. 그것만으로도 그녀가 왜 항주 사대미인 중 한 명으로 불렸는지 충분히 증명하고도 남았다.

둘 중 어느 쪽이 더 빼어난 지를 비교하는 것은 의미가 없었다. 두 여자 모두 보통 사람들은 평생을 가도 만나보기 어려울 만큼 아름다운 얼굴과 몸매를 자랑했으니까.

사람들을 괴롭히는 것은 더위만이 아니었다.

사흘에 한 번씩 비가 내렸지만, 물은 상류의 맑게 흐르는 물이 아니면 절대 마시질 못하도록 했다. 언제 어디서 나타날지 모르는 독사 때문에 걸을 때는 항상 땅을 바라보았다. 이따금 나타나는 늪지대를 지날 때는 모두가 말에서 밧줄로 서로의 몸을 묶고 걸어야 했다.

"여기서부터 마차는 버리고 갑니다. 야차곤은 남은 식량을 사람들이 타고 온 말의 잔등에 나눠 실은 후 내게 보고하도록."

절벽 아래의 그늘에서 잠시 쉴 때 내가 한 말이었다.

이유를 물을 법도 하지만 누구 하나 말을 하는 사람이 없었다. 시도 때도 없이 끊어지는 길을 따라 마차를 끌고 오느라 죽을 고생을 했기 때문이다.

특히, 야차곤이 그랬다.

마차의 바퀴가 웅덩이나 개골창에 빠질 때마다 나는 야차곤을 불렀다. 오르막길에서 말이 헉헉거릴 때도, 말이 지쳐 누군가 대신 마차를 끌어야 할 때도 야차곤에게 시켰다.

한마디로 나는 그를 소처럼 부려 먹었다.

그때마다 야차곤은 눈알을 부라렸지만, 내뱉은 말이 있어서인지 꼬박꼬박 시키는 대로는 했다. 만약 야차곤을 수족으로 부리지 못했다면 전부 나와 이병룡과 조영영이 했어야 할 일들이었다.

구 일째 되는 날 아침, 마침내 우리는 남곤산을 하루 정도 앞두고 어느 이름 모를 협곡을 지나고 있었다.

깎아지른 산비탈 사이로 난 길은 그늘을 드리운 데다 발아래의 계곡에서 냉기까지 올라와 한결 시원하고 좋았다.

그러던 어느 순간 길을 막아선 한 무리의 말 탄 칼잡이들과 맞닥뜨렸다. 머릿수가 열 명 정도로 선발대치고는 좀 적었다.

"천지에 산적들이군."

"여긴 산적이 출몰하는 곳이 아닙니다."

"그럼 저것들은?"

"글쎄요. 마적들인가?"

"무슨 차이지?"

"산적은 한 곳에 뿌리를 내린 자들이라 그 나름의 족보도 있고 규칙도 있습니다. 대화가 가능한 족속들이란 뜻이지요. 한데 마적들은 그야말로 떠돌아다니는 떼강도들이기 때문에 당최 말이 통하지 않습니다. 탈탈 털어먹지요. 젊은 여자들이 있으면 욕도 보이고요."

"산적이든 마적이든 크게 신경 쓸 게 있나. 고작 스무 명밖에 안 되는데. 주변에 매복을 한 징후나 기척도 전혀 느껴지지 않고."

나와 연소교의 대화에 이병룡이 불쑥 끼어들었다. 조영영 앞에서 내가 표사 노릇을 하며 사람들을 이끄는 게 부러웠던지, 오는 내내 뭐라도 끼어들 틈이 있으면 저렇게 아는 체를 했다.

지금도 그랬다. 제 일도 아닌데 괜히 나서서 대담한 척을 하고 자빠졌다. 누가 보면 연소교의 수하인 줄 알겠다.

그때였다. 나는 황급히 뒤를 돌아보았다. 뒤쪽으로부터 무언가 수상한 기운을 느꼈기 때문이다. 한데 연소교도 거의 동시에 뒤를 돌아보았다.

영문을 모르는 나머지 사람들이 전부 우리 두 사람을 따라 말 머리를 돌려 섰다. 하지만 한참이 지나도 아무 일이 일어나지 않자 이병룡이 내게 물었다.

"왜, 무슨 일인데 그래?"

"쉿!"

잠시 후, 땅에서 조금씩 진동이 느껴졌다.

진동은 점차 커지더니 머지않아 지축을 뒤흔드는 소리로 바뀌었다. 그리고 곧 모퉁이를 돌아 칼과 창과 활 등으로 중무장한 삼백여 기의 인마가 나타났다.

갑작스러운 병력의 출현에 놀란 말들이 투레질을 하며 잠시 이쪽저쪽으로 왔다 갔다 했다.

사람들은 전부 입이 쩍 벌어지고 말았다.

"워워!"

기마인들은 십여 장까지 다가오더니 한 사람의 신호에 맞춰 한 몸인 듯 일사불란하게 멈춰 섰다. 그 모습이 마치 명장 밑에서 잘 훈련된 기마병들을 보는 것 같았다.

"이건 또 뭐야?"

이병룡이 목구멍을 쥐어짰다.

무심코 고개를 돌려 연소교를 바라보았다. 길을 막고 선 자들을 바라보는 그녀의 눈동자가 마치 철천지원수라도 만난 것처럼 이글이글 불타오르고 있었다. 눈 위의 칼자국 설표(雪彪)도, 곱사등이 산노도, 말라깽이 우숙도, 거대 원숭이 야차곤도 그리고 나머지 다섯 명도 하나같이 눈동자에서 새파란 불똥이 튀었다.

'아는 자들인 모양이군.'

당연한 말이지만 앞쪽에서 길을 막고 선 자들은 일종의 선발대고, 뒤쪽에서 나타난 자들이 본대였다.

잠시 후, 본대의 적 진영이 쩍 갈라지더니 건장한 사내들이 사인교를 메고 나타났다.

귀한 흑단으로 만든 사인교 위에는 백발에 쭈글쭈글한 노인이 호랑이 가죽을 깔고 앉아 있었다.

'뇌천자!'

틀림없다. 지난날 무림맹의 죽간본을 무당파로 옮기던 중 천중산 칠량 협곡에서 맞닥뜨렸던 천마성교의 마지막 군사 삼뇌 뇌천자가 분명했다.

그때 그가 끌고 왔던 천마성교의 잔당들, 혹은 추종세력 삼백여 명은 무림맹주인 설산신검 장초풍이 이끌고 온 오백의 타격대에 의해 사실상 궤멸적 타격을 입고 사로잡히거나 도주했다. 한데 아직도 저렇게 많은 잔존 세력이 있을 줄이야.

게다가 칠량 협곡에서 만났던 잔당들은 어딘지 모르게 여기저기서 끌어다 모은 느낌이 있었다. 그러나 지금 나타난 자들은 오랜 시간 훈련한 정병들 같았다.

사람들의 면면을 살피던 나는 뒤늦게 그 이유를 알아차렸다.

앞줄의 수뇌부로 보이는 자들 중 곰을 연상시키는 거대한 체구에 등에는 두 자루 판부를 가로질러 멘 장년이 있었다.

'흑산적웅!'

칠량 협곡에서 삼뇌가 나타나기 전 먼저 모습을 드러내고 무림맹 군사 사마옥과 잠시 설전을 벌였던 고수였다.

한데 주변엔 흑산적웅과 비슷한 수준의 기도를 뿜어내는 자들이 무려 다섯 명이나 더 있었다. 아무래도 지난날 칠량 협곡에서 만난 것과 같은 규모의 세력 다섯 개가 합쳐진 것 같았다. 그때와 달리 하나같이 군기가 바짝 들어 보이는 것은 정예의 고수들만 골라서 왔기 때문이고.

전생에서도 마교 부흥을 위한 잔당과 추종세력들의 시도는 꾸준히 있어왔다. 내가 죽을 무렵에는 그 세가 최고조에 달해 수백 명이 죽는 큰 싸움도 여러 차례 일어났었다.

하지만 불행하게도 이 무렵 일어난 일들에 대해서는 내가 아는 바가 그리 많지 않았다. 특히 지금처럼 남만에서의 일들은.

삼뇌가 연소교를 향해 음산한 목소리로 말했다.

"네가 백골시마(白骨屍魔)의 제자더냐?"

"뇌천 선배님을 뵙습니다."

"선배라, 감히 허락할 수 없는 호칭이구나. 앞으로는 군사부주님이라 부르거라."

"저희는 천마성교의 교도가 아닙니다만."

"매화나무에 열리는 것은 결국 매실일 수밖에 없는 법. 네가 누구인지는 처음부터 이미 정해진 것이다. 이제 그만 운명을 받아들이거라."

"진작에 가지를 꺾어 다른 곳에 옮겼습니다."

"옮겨 심었다고 매화나무에 살구가 열린다더냐?"

"귤이 회수를 건너면 탱자가 된다는 말이 있기는 하지요."

"시건방지기 짝이 없구나. 네 사부가 배교(背教)의 대가가 무엇인지는 가르쳐 주진 않은 모양이지?"

"십만대산의 매화나무는 수십 년 전에 이미 태풍과 벼락을 맞고 쓰러져 생명이 다한 줄 압니다. 고목의 그루터기에서 잠시 새순이 날 수는 있으나 가지가 되어 다시 기둥감으로 자랄 수는 없는 법. 선배님이야말로 이제 그만 헛된 욕망을 버리고 초야로 돌아가시는 게 어떨는지요."

천하의 뇌천자를 상대로 훈수질을 하다니.

아니나 다를까. 흑산적웅이 발끈하고 나섰다.

"저런 무엄한!"

"물러서라!"

"복명!"

삼뇌의 짧은 일갈에 흑산적웅이 움찔 놀라서 물러났다.

삼뇌의 눈동자가 하염없이 깊어졌다.

잠시 쥐 죽은 듯한 침묵이 이어지는 틈을 타 이병룡에게 재빨리 전음을 보냈다.

[백골시마가 누굽니까?]

[나도 모르지.]

[그런 것도 모릅니까?]

[그러는 넌 알아?]

[전 당연히 모르죠.]

[그게 무슨 무논리야!]

[조 소저에게 한번 물어보세요.]

[이미 물어봤다.]

[그녀도 모른답니까?]

[아는 게 있었으면 내가 너한테 욕을 먹었겠냐?]

그래도 소득이 전혀 없는 건 아니다.

대화로 미루어 연소교나 그녀의 사부는 과거 천마성교의 교도였음을 알 수 있었다. 하지만 무슨 이유에선지 탈교를 했고, 지금은 자신들만의 길을 가려 하고 있었다.

'마교가 다시 분파한 건가?'

그때 뇌천자가 갑자기 시선을 내게로 옮겼다.

"네가 풍운비룡이더냐?"

순간, 연소교 일당은 물론 이병룡과 조영영까지 깜짝 놀란 얼굴을 했다. 이병룡은 빠르게 전음까지 보냈다.

[저 영감탱이가 누군지 알아?]

[천마성교의 마지막 군사입니다.]

[한데 왜 모른 척했어?]

[말을 안 했을 뿐입니다.]

[그러니까 왜 말을 안 했냐고?]

[같은 당주끼리 제가 다 일일이 보고해야 합니까? 정신 사나우니까 가만히 좀 계세요.]

[뭐?]

이병룡과 조영영은 그렇다고 쳐도 연소교 일당이 나와 삼뇌의 관계를 모른다는 건 좀 의외였다. 무림맹의 죽간본을 운송할 당시 기문진에 갇힌 무림맹의 무사 수십 명을 내가 구해준 건 이미 강호에 소문이 자자한 일…….

'이런 미친!'

불현듯 떠오른 생각에 나는 정신이 번쩍 들었다.

일단 대화부터 해봐야 한다.

가까스로 마음을 진정시키고 포권지례를 올렸다.

"무림 말학 이정룡, 선배님께 인사드립니다."

"우린 구면이지?"

"칠량 협곡에서 한번 뵈었습니다. 아시다시피 그땐 많은 후기지수들 중 한 명에 불과했던지라 미처 인사를 드릴 틈이 없었습니다."

"그 많은 후기지수들 중 한 명에 불과했던 표사가 쉰 명의 고수들을 이끌고 구곡미혼진을 뚫었다지?"

천만다행이다. 내가 낱 가지로 존재하던 죽간본의 순서를 모두 꿰맞추었다는 건 까맣게 모르는 것 같았다.

만약 내가 자신들이 목숨 걸고 찾던 죽간본의 순서를 맞춘 것으로도 모자라 그 공능까지 흡수했다는 걸 알면 어떤 표정을 지을까? 표정은 모르겠으나 나를 잡아다가 죽을 때까지 고문하면서 복각본을 만들라고 할 것이다. 다 만들면 만드는 대로 쥐도 새도 모르게 없애 버릴 것이고.

"운이 좋았습니다."

"구곡미혼진은 운으로 뚫고 나올 수 있는 것이 아니다. 오늘 내가 다시 여기다 새로운 진(陣)을 펼칠 터이니 다시 한번 실력을 발휘해 보겠느냐?"

"잠깐만요! 무언가 크게 오해를 하고 계시는 것 같은데, 저희는 이자들과 한패가 아닙니다. 보시다시피 인질로 사로잡혀 끌려가는 중이지요. 장보도도 진작에 빼앗겼고 말입니다."

그러면서 나는 양손에 묶여 있는 수갑과 쇠사슬을 철거렁 철거렁 흔들어 보였다. 이병룡과 조영영도 얼른 나를 따라 했다.

"여기까지 길 안내를 하느라 수고했다. 남은 길은 우리가 알아서 찾아갈 것이니라. 그러려면 먼저 너희를 잡아 장보도부터 회수해야겠지."

"저희 세 사람은 무조건 항복입니다."

그러면서 나는 삼뇌와 삼백의 마교도들이 있는 쪽으로 미친 듯이 말을 달렸다. 이병룡과 조영영도 얼떨결에 나를 따라왔다.

그러자 '척척척' 소리와 함께 수십 명이 화살을 시위에 재고 겨누었다. 나와 이병룡과 조영영은 절반쯤 달려가다가 그대로 멈출 수밖에 없었다.

그때였다.

땡그렁~!

뒤쪽으로부터 익숙한 소리가 울렸다.

황급히 돌아보니 언제 나타났는지 요사스러운 복장을 한 열두 명의 술법사들이 어린아이 머리통만 한 요령을 신나게 흔들어댔다.

일전에 칠량 협곡에서 구곡미혼진을 펼쳤을 때보다 요령도 크고 술법사도 세 명이나 더 많았다.

땡그렁~! 땡그렁~! 땡그렁~!

구곡미혼진의 무서움을 온몸으로 겪은 나는 몸서리가 쳤다. 더구나 지금은 구곡미혼진 속에서 활로를 열어주었던 용린신갑도 입고 있지 않았다.

"미치겠네."

"강마진(降魔陣)을 펼쳐서 돌파한다!"

연소교의 짧은 일갈이 떨어지기 무섭게 그녀의 아홉 수하가 술법사들을 향해 말을 달렸다.

고작 아홉 명이 말을 타고 달리는데도 불구하고 그 기세가 무슨 산이 밀고 들어가는 것 같았다.

하지만 웬걸.

뻐엉!

갑작스러운 굉음과 함께 거대한 연기가 피어오르더니 순식간에 아홉 명을 집어삼켜 버렸다. 동시에 연기 속에서는 천둥 번개가 꽝꽝 쳐댔다.

석 달 전 칠량 협곡에서 보았던 것과 똑같은 상황이었다. 다만 그때보다 훨씬 빠르고 강력했다. 또한 연기 덩어리가 한 곳에 멈춰 있지 않고 맹렬하게 소용돌이치며 천천히 이쪽으로 다가왔다.

"제기랄!"

갑자기 뒤쪽으로부터 깡깡 쇳소리가 울렸다. 황급히 돌아보니 언제 신형을 쏘았는지 연소교가 적 진영에서 홀로 악전고투를 펼치고 있었다.

"저긴 언제!"

"저길 대체 왜!"

"수하들에게 시간을 벌어주려고 그런 거예요!"

나와 이병룡과 조영영이 차례로 목구멍을 쥐어짰다.

조영영의 말처럼 수하들에게 살길을 열어주기 위해 자신은 자살행위나 다름없는 짓을 한 것 같았다.

한데 턱없이 무모한 작전도 아니었다. 기문진에 잠깐 한눈을 파는 사이 그녀의 주변엔 무려 십수 명이나 되는 마교도들이 쓰러져 나뒹굴고 있었다. 암기를 쏘아 적들을 마비를 시킨 모양이었다.

암기술과 점혈 공부도 대단했지만, 도법은 더욱 예사롭지 않았다. 가느다란 칼 한 자루를 뽑아 들고 홀로 적진을 종횡무진하는데, 그 속도가 가히 상상도 할 수 없을 만큼 빨랐다.

이능력을 펼치고 있는데도 불구하고 검의 궤적을 제대로 쫓기가 어려웠다. 내가 이럴진대 다른 사람들은 어떻겠나. 아마도 벌새가 날갯짓하는 것처럼 보일 것이다.

그래서인지 삼백 명이 둘러싸고도 감히 그녀 하나를 어쩌지를 못했다.

"무슨 검법이……!"

"저게 인간의 속도라니……."

조영영과 이병룡이 또 목구멍을 쥐어짰다.

잠깐 사이에 일곱 명이 그녀의 칼에 맞아 쓰러졌다.

가만 보니 그녀는 단순히 적진을 헤집어놓고 다니는 것이 아니었다. 적들과 싸우면서 조금씩 삼뇌를 향해 다가가고 있었다.

'인질로 잡을 생각이야!'

하지만 적 진영에도 사람은 있었다.

그녀의 주변이 점점 더 강한 고수들로 채워지더니 칼이 둔해지고 걸음도 느려졌다. 그러다 어느 순간 칼 부딪히는 소리가 뚝 그쳤다. 그녀의 가늘고 하얀 목에 사방에서 뻗어온 칼 수십 자루가 꽃받침처럼 달라붙은 것이다.

"허억, 허억, 허억……."

거친 숨소리와 함께 그녀의 가슴이 부풀어 올랐다가 꺼지기를 반복했다. 땀으로 젖은 얼굴에선 잠깐의 격전에 얼마나 많은 진기와 공력을 쏟아부었는지 알 수 있었다. 빠른 속도만큼 공력은 두 배로 소모되는 모양이었다.

쨍그렁!

그녀가 결국 칼을 버렸다.

"장보도는 제 머릿속에 있어요. 순순히 내어드릴 테니 죽일 생각이 아니라면 이제 그만 진 속의 수하들을 전부 풀어주세요."

삼뇌가 한 손을 들었다.

누군가 삼뇌의 명령을 전달하듯 호각을 길게 불었다. 그러자 요령 소리가 뚝 그치면서 천둥 벼락을 품은 거대한 연기 덩어리가 순식간에 흩어져 버렸다.

그리고 나타난 광경은 놀라웠다. 어찌 된 영문인지, 앞서 길 한복판을 막아섰던 스무 명의 무인들 전부가 기문진 속으로 들어와 있었다. 한데 그중 열 명 정도가 피를 뿌리며 쓰러져 뒹굴었다.

멀지 않은 곳에서는 설표를 비롯해 아홉 명이 피가 뚝뚝 흐르는 각자의 병장기를 꼬나 쥔 채 저승사자와 같은 모습으로 숨을 헐떡이는 중이었다. 비록 압도적인 숫자와 기문진에 밀렸지만, 저들도 보통 인간들이 아니었던 것이다.

홀로 적진으로 뛰어든 연소교의 목에 수십 자루의 칼이 붙어 있음을 확인한 그들이 하나둘씩 무기를 버리기 시작했다.

화전민들이 떠난 산속 마을은 폐허나 다름없었다.

삼뇌가 이끄는 삼백의 마교도들은 마을 한가운데서 모닥불 수십 개를 피워놓고 멧돼지를 잡아 와 신나게 구워댔다.

연소교 일당과 나는 화전민들이 공동 창고로 썼을 것 같은 크고 튼튼한 통나무 구조물 속에 갇혀 있었다. 쇠사슬로 손은 물론이고 서로의 등까지 붙여 꽁꽁 묶어놓은 상태였다.

"사람 일은 한 치 앞을 알 수가 없다니까. 아니, 나를 납치해 가던 놈들과 함께 붙잡혀 이렇게 밤을 새울 줄을 누가 알았겠냐고."

"닥쳐!"
"너나 조용히 해. 원숭이 새끼야."
"죽고 싶어?"
"네 목숨이나 걱정해. 등신아. 나보다 네가 먼저 죽을 확률이 열 배는 더 높아. 상황 파악이 그렇게 안 돼?"
이병룡과 야차곤이 나눈 대화였다.
이제 똑같은 처지의 포로가 되어버리자 이병룡은 더는 저들을 두려워하지도, 말을 조심하지도 않았다. 오히려 그동안 맞은 것에 대해 분풀이라도 하려는 듯 계속해서 야차곤에게 시비를 걸었다.
조영영이 연소교에게 물었다.
"이제 좀 털어놓아도 되지 않아요?"
"무얼 말이지?"
"당신들은 누구이며, 장보도에 표시된 칠마총에는 어떤 보물들이 숨겨져 있는지."
"우리가 누군지는 대충 짐작을 하지 않았나?"
"역시 천마성교의 분파인가요?"
연소교는 대답하지 않았다. 인정을 한다기보다 구태여 설명을 해주고 싶지 않은 것 같았다.
하지만 조영영은 그녀를 쉽게 놓아주지 않았다.
"왜 분파를 하려는 거죠? 교리가 마음에 들지 않아서? 아니면 폭정 때문에?"
"내가 왜 대답을 해야 하지?"
"혹시 또 알아요? 우리 중 누군가 한 명이라도 살아서 나간다면 이곳에서 일어났던 일들을 당신의 사부께 전해줄 수 있을지."

"내 사부님께선 돌아가셨다."

"……!"

조영영은 살짝 당황해하더니 김이 빠졌는지 더는 묻지 않았다.

한데, 잠시 후 연소교가 알아서 조용히 입을 열었다.

"강호의 수많은 세력들이 칠마총의 장보도를 찾으려고 노력했지. 만금전장도 그중에 하나였다. 그리고 마침내 장보도를 찾는 데 성공했어."

이건 처음 듣는 얘기다. 나도 조영영도 눈동자를 반짝였다.

"만금전장의 엄청난 금력(金力)이 그것을 가능케 했지. 한데 그래선 안 되는 거였어. 직접 장보도를 찾는 대신 그것을 찾는 세력들을 주시하는 눈이 있었거든."

"삼뇌!"

"칠마총의 보물이 삼뇌의 수중에 떨어지면 천하무림은 머지않아 큰 전란에 휩싸일 거야. 최악의 경우 오백 년 전 천하대광명종처럼 황실까지 위협할 수도 있어."

"당신들의 손에 들어가는 건 괜찮고요?"

"우리는 보물을 차지하려고 남만으로 온 게 아니야. 그것들을 찾아 없애 버리려고 온 거지."

"그걸 믿으라고요?"

"믿든 말든 상관없어. 하지만 보물을 챙길 생각이었다면 보물을 싣고 갈 수레도 없이 고작 열 명만 데리고 올 만큼 난 멍청하지 않아."

"……!"

"……!"

조영영과 이병룡의 얼굴이 딱딱하게 굳었다.

사실, 나는 진작부터 이 점을 이상하게 여겼었다.

이병룡은 칠마총의 보물을 운송하기 위해 노련한 표사 사십 명을 동원할 생각이었다. 그마저도 부족하면 가까운 분타에 지원 요청을 할 수도 있었고. 삼뇌는 무려 삼백여 명을 동원했다.

한데 달랑 열 명으로 보물을 옮긴다? 어림 반 푼어치도 없는 소리다. 보물의 양이 문제가 아니라 그것을 호송하는 동안 찾아올 비적과 무림인들이 문제다.

하지만 보물을 찾아서 인근의 세찬 강물이나 깊은 늪에 던져 없애 버리는 건 열 명만으로도 얼마든지 가능했다.

앞뒤가 딱 맞아떨어진다.

이병룡 저 개자식 때문에 아무래도 골치 아픈 일에 휘말린 것 같다. 그렇다고 이제 와서 발을 빼기엔 너무나 많은 걸 알고 또 깊이 개입해 버렸다.

내가 말했다.

"아직 표행은 끝나지 않았습니다."

쥐 죽은 듯한 침묵 속에서 흘러나온 한 마디였다.

연소교를 비롯한 열두 명 전부가 놀란 얼굴로 나를 바라보았다.

"애초의 의뢰는 남곤산까지 길 안내를 하는 것이었고, 우리는 아직 남곤산에 도착하지 않았습니다. 그러니 저의 표행도 끝난 것이 아닙니다."

"뭔 헛소리를 하는 거냐?"

이병룡이 어처구니없다는 듯 물었다.

그때였다. 부스럭거리는 소리와 함께 입구로부터 반대쪽 벽체의 바닥에 구멍이 솔솔 뚫리기 시작했다.

이어 두 손이 보이더니 잠시 후에는 제법 구멍이 커졌다.

"저건 또 뭐야?"

이병룡이 목구멍을 쥐어짰다.

밑도 끝도 없는 상황에 모두가 숨을 죽이고 구멍만 바라보았다.

어느 순간 양손이 사라졌다.

잠시 후. 낯익은 얼굴 하나가 거북이 대가리처럼 불쑥 튀어나왔다.

모두가 깜짝 놀랐는데, 얼굴은 더욱 놀라더니 숨죽여 외쳤다.

"헛, 뭔 사람들이 이렇게 많지?"

낯선 얼굴의 등장에 사람들은 하나같이 어리둥절해했다.

그러거나 말거나 통나무 벽 아래에서 튀어나온 얼굴은 이리저리 주변을 훑어보더니 나를 발견하고 반색을 했다.

"당주님!"

"쉿! 조용히 하시오."

얼굴의 주인은 호리독사였다.

연소교 일당은 물론이거니와 조영영까지 눈이 휘둥그레졌다.

호리독사의 얼굴을 아는 이병룡은 또 이병룡대로 이제 살았다는 안도감에 얼굴이 환해졌다.

그 사이 호리독사는 머리를 이쪽저쪽으로 흔들어댔다.

"뭐 하는 거요?"

"들어가려고요."

"그 좁은 구멍으로?"

"머리통만 들어가면 나머진 다 들어갑니다."

그러더니 어느 순간 정말로 미꾸라지처럼 쑥 들어왔다. 일시적으로 관절을 꺾거나 어긋나게 만들어 몸을 축소하는 축골공을 펼쳤기 때문이다. 이걸 가장 잘하는 건 역시 남의 집을 내 집처럼 넘나드는 양상군자들이다. 호리독사가 그쪽 출신이라는 걸 잠시 깜빡했다. 전후 맥락을 알고 보니 머리통만 들어가면 다 들어간다는 말이 얼마나 엄청난 말인 줄을 알겠다.

"공자님 앞에서 문장을 걱정했군."

"별말씀을요."

"그런데 이렇게 함부로 드나들어도 되는 거요?"

"밖에서 독고완이 망을 보고 있습니다."

"그래도 문밖에 보초가 있을 텐데."

"당군백 소저께서 준 미혼약으로 잠시 재워두었습니다. 당 소저의 말씀이 일각 정도 후에 깨어나면 자기들이 깜빡 졸았다는 것도 모를 정도로 감쪽같을 거라고 하더군요."

"당군백도 왔소이까?"

"남궁 소저께서도 오셨습니다."

"그 여자들이 왜요?"

"당주님께서 만금전장으로 가시는 길에 다선초당에 들르시어 자신들을 먼저 객원표사로 고용해 두었다고 하시던데요?"

이 여자들이 또 이렇게 한밑천을 잡으려고.

"또 누가 왔소?"

"주루 보호 문제로 빠진 삼각을 제외한 비룡당의 표사 전원이 지금 산꼭대기에 숨어서 대기 중입니다. 가 표두님께서 직접 이끌고 오셨고요."

"가 표두가 직접요?"

"그렇습니다."

"수고들 많았소."

"별말씀을요. 그런데……."

[저자들은 왜 함께 잡혀 있는 겁니까?]

[갑자기 왜 전음으로 묻는 거요?]

[워낙 무서운 자들이어서요.]

[저들을 아시오?]

[음양쌍교(陰陽雙敎)의 추종자들이잖습니까. 제 짐작이 맞는다면 짝눈은 설표, 곱사등이 노인은 산노, 사마귀는 우숙, 거인은 야차곤이라는 별호를 쓸 겁니다. 한데 저 미녀도 마인들과 한패입니까?]

[……!]

오호라. 이것 봐라.

[음양쌍교가 무엇이오?]

[과거 천마성교 내에 도사리고 있던 여덟 개 마교 교파 중 한 곳입니다. 음양쌍교는 그중에서도 가장 강력한 세를 자랑했다더군요.]

[교(敎) 안에 또 교(敎)가 있었다고요?]

[그 얘기를 하려면 좀 복잡합니다.]

[최대한 간략하게 해보시오.]

[아주 오래전 천성교라는 마교 일파에서 전설로만 전해지던 마신이 탄생했습니다. 기록에 따르면 그의 무공은 인간의 경지를 넘어선 것이었다고 합니다. 당연하게도 그 시대의 천하제일인이었고요.]

이후 마신이 중원 전역에 흩어져 있던 여덟 마교를 하나로 모으는 마교통일대전을 펼친 이야기가 잠시 이어졌다. 이미 이병룡과 조영영에게서 들은 것들이었다. 하지만 이야기가 조금 더 진행되자 두 사람에게서는 듣지 못한 내용들이 나왔다.

[삼백 년의 세월은 무서운 것이어서 일통이 된 후에도 일곱 마교의 불빛은 완전히 꺼지지 않았습니다. 그들은 깊은 숲속에서, 어두운 동굴 속에서, 외딴 섬에서 자신들만의 교리와 무맥을 은밀히 이어나갔지요. 무려 이백 년 동안이나.]

천마 대종사가 된 마신이 일곱 마교의 영혼이 묻혀 있다는 칠마총을 찾아 성물과 성보를 손에 넣으려고 한 것도 그 때문이었을 것이다.

[지금까지 그 맥이 이어졌군.]

[그렇습니다.]

[현재의 세는 어느 정도나 되오?]

[글쎄요. 한 줌이나 되려나.]

[그 정도밖에 안 되오?]

[마교통일대전 당시 천성교를 제외한 일곱 마교의 비전절기들, 그러니까 오직 교주를 통해서만 전승되던 마공들이 대부분 소실되고 극히 일부만 전해진 탓이 큽니다.]

[그것과 세가 무슨 상관이오?]

[등잔불이 작으면 몰려드는 부나비도 적은 법이지요.]

부나비라는 말이 귓속에 콱 박힌다. 보통 사람들의 눈엔 마교에 투신해 자신의 모든 걸 바치는 교도들이 그렇게 보인다.

"두 사람 전음으로 무슨 얘길 나누는 거지?"

이병룡이 불쑥 물었다. 대화가 갑자기 끊어지면서 호리독사와 내가 입술만 달싹거리자 모두가 궁금한 표정이 되어 우리를 바라보고 있었다.

“작전 짜고 있습니다.”

“같이 짜자고. 같이.”

“비밀작전입니다.”

나는 다시 전음으로 호리독사에게 물었다.

[한데 이런 건 다 어떻게 아는 거요?]

[사부님께 들었습니다.]

[사부님요?]

[그렇습니다.]

[혹시 칠마총에 대해서도 아시오?]

[그 얘기도 해달라고요?]

[안 해도 되오.]

이미 충분한 대답이 되었다.

전설적인 대도 공령신투가 전설적인 보물의 행방을 연구하고 추적하지 않았다면 말이 되겠나. 호리독사가 저들을 보고 음양쌍교의 추종 세력임을 단박에 알아차린 것 역시 사부로부터 전해 들은, 혹은 함께 추적하는 과정에서 알아낸 정보 때문이었을 것이다.

[백골시마가 누군지 아시오?]

[음양쌍교의 재건을 도모하는 무리의 수장입니다. 천마성교가 멸망하기 전에는 팔대 호교사자들 중의 한 명이었지요.]

[저 여자가 그의 제자라던데.]

[천살마녀(天煞魔女)!]

[그건 또 뭐요?]

[백골시마에게 여제자가 하나 있는데 그녀의 별호가 천살마녀라 불린다고 들었습니다. 맙소사. 소문으로만 떠돌던 천살마녀를 내 눈으로 직접 보다니.]

[만약 백골시마가 죽으면 어떻게 되는 거요?]

[저 여자가 뒤이어 음양쌍교를 수호하는 호교사자가 되겠지요. 그러다 실전된 마공을 찾아 익히기라도 하면 그날로 교주가 되는 거고요.]

조금 전 백골시마가 죽었다는 이야길 연소교로부터 들었다. 사부의 생사를 놓고 거짓말할 리 없으니 틀림없는 사실일 것이다.

왠지 저 여자의 목적이 보물을 찾아 전부 없애 버리는 것만은 아닐지도 모르겠다는 생각이 들었다.

그나저나 호리독사는 저들이 이병룡을 납치한 자들이라는 것에까지는 생각이 미치지 못한 모양이었다. 하기야 번견들을 앞세우고 주야장천 남만의 밀림 속을 달려왔다면 어떻게 돌아가는 상황인지 모를 수도 있을 것 같았다. 아니면 아예 머리 굴리는 걸 싫어하거나.

그때 호리독사가 들어온 구멍으로 또 다른 얼굴 하나가 불쑥 들어왔다. 신입표사 독고완이었다.

그가 다급하게 작은 소리로 말했다.

"누가 오고 있습니다."

그러고는 미처 더 물을 볼 사이도 없이 쏙 사라져 버렸다.

호리독사가 혀를 끌끌 차더니 나를 돌아보며 머리를 꾸뻑 숙였다.

"잠시 후에 다시 오겠습니다."

그러고는 얼른 구멍으로 머리를 집어넣었다. 한데 반쯤 나가다 말고 서둘러 뒷걸음질을 치더니 다시 들어왔다.

이어 노래진 얼굴로 목구멍을 쥐어짰다.

"이 자식이 빨리 말했어야지!"

"왜 그러세요?"

"뒤쪽에 번을 도는 놈들도 나타났습니다."

"하필 지금?"

호리독사는 바닥에 있는 마른 풀들을 얼른 쓸어 모아 구멍을 대충 덮었다. 이어 안절부절못하고 돌아다니기 시작했다.

통나무를 켜켜이 쌓아 만든 창고는 기와를 얹은 보통의 전각들과 달랐다. 천장이고 벽이고 간에 일체의 뭐가 없었다.

파리도 수박씨 사이에 앉아 있어야 비로소 은신이 가능해지는 법이다. 이렇게 아무것도 없는 벽에 달라붙었다가는 들어오는 순간 바로 알아차릴 것이다.

그때쯤 바깥에서 발걸음 소리가 들리기 시작했다. 한 명이 아니라 두 명이 함께 오는 듯했다.

호리독사는 얼굴이 점점 더 노래지더니 갑자기 연소교의 옆자리를 차지하고 앉았다. 이어 놈들이 그녀를 묶고 남은 쇠사슬로 자신의 허리를 감더니 손을 뒤로해서 끄트머리를 잡았다. 마치 자기도 처음부터 함께 포로로 잡힌 사람처럼.

"지금 뭐 하는 거요?"

"어쩔 수 없잖아요!"

"이런 미친!"

모두 숨을 죽이고 기척을 끌어 올렸다.

발걸음 소리가 통나무 창고 앞에서 뚝 그쳤다.

뒤이어 들리는 소리.

짝! 짝!

"누구냐!"

"누구야!"

"누구인 것 같으냐?"

"헛, 칠각주님!"

"초병들이 졸아?"

"너무 피곤해서 그만."

"닥쳐라. 팔각놈들의 기강이 형편없는 줄은 내 진작에 알았다만 이 정도일 줄은 몰랐구나. 이번 일은 결코 그냥 넘어가지 않을 것이니라."

털썩!

털썩!

"용서해 주십시오."

"용서해 주십시오."

"저것들을 받아 들고 문이나 열어라."

"복명."

통나무 문이 열리고 뺨이 퉁퉁 부어오른 보초 두 명이 큼지막한 나무통을 들고 들어왔다. 그 뒤를 또 다른 두 명이 따랐다.

한 명은 한껏 멋을 낸 비단 장삼에 청건을 쓰고, 허리에는 여러 가지 색깔의 보옥으로 요란하게 장식한 검을 차고 있었다. 차림이 예사롭지 않더라니, 얼굴도 기생오라비 뺨칠 만큼 잘생겼다.

조금 떨어진 뒤쪽에는 가운데가 살짝 꺾인 대형 단도 십여 자루를 허리에 찬 사내가 서 있었다. 보통의 무인들이 잘 쓰지 않는 무기도 무기지만, 작고 빛나는 눈동자가 꼭 뱀처럼 섬뜩했다.

기생오라비가 멀뚱하게 서 있는 초병들에게 신경질적으로 말했다.

"내가 나눠주랴?"

"아, 아닙니다."

초병들이 들고 온 나무통은 모두 두 개였다. 하나에는 사발이, 다른 하나에는 정체 모를 부산물들과 뒤섞인 밥이 가득 들어 있었다.

초병들이 사발에 국자로 밥을 듬뿍 떠서 사람들의 앞에다 마치 개밥 주듯 하나씩 내려놓기 시작했다.

기생오라비가 말했다.

"갈 길이 머니 많이들 먹어두시오."

"이렇게 손을 뒤로 묶어놓고?"

내가 말했다. 어떻게든 시선을 끌어 놈으로 하여금 호리독사 쪽으로 고개를 돌리지 않도록 하기 위해서다.

"풍운비룡, 다시 만나 반갑군."

"우리가 전에 만난 적 있었소?"

"칠량 협곡에서의 활약은 대단했소. 덕분에 수하들을 일곱이나 잃었지. 나도 등에 큰 흉터를 새겼고 말이오."

"설마 무림맹 타격대에 쫓겨 천중산으로 도망갔다가 당한 걸 나한테 뒤집어씌우는 건 아니겠지? 내가 한 일이라곤 길잡이 역할밖에 없었소만."

"하지만 결정적이었지."

그때 죽을 나눠주던 초병이 불쑥 말했다.

"어, 왜 이러지?"

"무슨 일이냐?"

"사발이 하나 모자랍니다."

"그럴 리가. 분명 머릿수에 맞춰 가져왔는데."

"보십시오. 정말입니다."

그러면서 초병이 가리킨 것은 야차곤이었다.

하필 왼쪽에 있던 호리독사부터 나눠주다 보니 엉뚱하게도 가장 오른쪽에 있던 야차곤에게서 사발이 뚝 떨어진 모양이었다.

뱀눈의 사내가 팔뚝 길이의 비도 두 자루를 벼락처럼 뽑아 들었다. 나는 재빨리 소맷자락 속에 꽂아둔 바늘을 뽑아 엄지와 검지의 끝으로 쥐었다. 여차하면 앞쪽 공중으로 튕겨놓고 선천오법술을 펼칠 작정이었다.

그때였다.

처걱!

처걱!

엉뚱하게도 초병 두 명의 목이 뚝 떨어졌다.

머리통을 잃은 몸뚱어리가 그대로 엎어지더니 시뻘건 피를 콸콸 쏟아냈다.

갑작스러운 상황에 모두가 눈을 동그랗게 떴다.

그 사이 기생오라비가 한 놈의 품속에서 열쇠를 꺼내고는 재빨리 연소교를 풀어주기 시작했다.

"삼뇌가 장보도에 표시된 곳으로 선발대를 보냈습니다. 낮에 그려주신 장보도의 진위부터 확인한 후에 움직이려는 것 같습니다."

"병력이 많으니 신중을 기하려는 거겠지."

"속하의 생각도 같습니다."
"빼앗긴 무기들은?"
"모두 회수해 백 장 밖 숲에 숨겨두었습니다. 수하들도 하나둘씩 마을을 빠져나가 그곳으로 집결하는 중입니다. 다만 말은 타시지 못할 것 같습니다."
"수고했어."
"별말씀을요."
연소교가 마침내 자유의 몸이 되자 기생오라비는 열쇠를 뱀눈의 사내에게 휙 던져주었다. 그때부터는 뱀눈의 사내가 다른 사람들에게 달라붙어 빠르게 쇠사슬과 수갑을 풀어주기 시작했다.
나와 이병룡과 조영영은 그야말로 어리벙벙한 얼굴이 되었다. 아무래도 연소교는 천마성교의 잔당들에게 오래전부터 간자를 심어놓고 동태를 파악해 온 모양이었다.
'이렇게 치밀할 줄이야.'
마침내 연소교를 비롯한 그녀의 수하들 전부가 자유의 몸이 되었다.
아직 나와 이병룡과 조영영은 그대로 묶여 있었다. 한데 어쩐 일인지 뱀눈의 사내는 거기서 하던 일을 뚝 멈췄다.
연소교가 내게 말했다.
"만금전장이 내게 준 장보도가 진짜라면 당신 형은 무사히 집으로 돌아갈 수 있을 거야. 약속할게. 그러니 말썽부리지 말고 조용히 있었으면 좋겠어."
"뒤통수를 제법 잘 치시는군."
"삼뇌는 인명을 파리처럼 여기지만 동시에 지극히 실리를 추구하는 사람. 얌전히만 굴면 구태여 당신들을 죽여 표왕과 수향문주의 원한을 사는 짓은 하지 않을 거야."

"내가 고함을 질러 사람들을 부른다면?"

"그렇게 해서 당신이 얻는 게 뭐지?"

"아무것도. 대신 당신이 하려는 일은 확실히 방해할 수 있겠지."

설표를 비롯한 마교도들이 두 눈을 사납게 치켜떴다.

연소교는 잠시 나를 응시하더니 한층 부드러워진 음성으로 말했다.

"덕분에 힘들이지 않고 여기까지 잘 왔어. 남은 길은 우리가 알아서 가보도록 하지. 그럼 조심해서 돌아가라고."

기생오라비가 연소교에게 말했다.

"곧 해가 질 겁니다. 뒤쪽으로 땅을 파고 나간 다음 곧장 숲으로 사라지면 한동안은 알아차리지 못할 것입니다."

"땅은 이미 파뒀어."

"예?"

"풍운비룡의 조력자가 들어왔거든."

연소교는 그때까지도 쇠사슬을 허리에 감고 있는 호리독사를 돌아보며 말했다.

"덤빌 건가?"

호리독사는 연소교의 뒤에 있는 설표, 산노, 우숙, 야차곤 등을 한차례 눈으로 쓰윽 훑었다. 그러고는 일말의 망설임도 없이 손을 뒤로 한 채 등을 돌려 보이며 말했다.

"제대로 묶어주십시오."

말이 끝나기 무섭게 야차곤이 달라붙어 호리독사를 쇠사슬로 묶고 수갑을 채웠다. 이어 튼튼하게 잠겼는지 몇 번이고 확인했다.

그 사이 연소교가 기생오라비에게 말했다.

"밖에도 망을 보는 자가 한 명 더 있어. 우리만 먼저 빠져나가면 뭔가 일이 틀어졌음을 깨닫고 곧장 들어와 저들을 풀어주려고 할 거야."

기생오라비가 뱀눈의 사내에게 말했다.

"일각 정도 지켜보다가 척후병이 딴짓을 못 하게 한 다음 마지막으로 빠져나오도록. 필요하다면 척후병은 죽여도 좋다."

"살인은 안 돼."

연소교의 짧은 일갈이었다.

기생오라비가 그대로 뱀눈의 사내에게 전달했다.

"말씀을 따르도록."

"알겠습니다."

연소교는 마지막으로 나를 한번 힐끗 보더니 구멍으로 쏙 사라졌다. 뒤이어 설표가 이병룡을 밀어 넣었고, 곧 자신부터 한 명씩 빠져나가기 시작했다. 야차곤은 워낙 덩치가 커서 한참을 더 판 다음에야 겨우 빠져나갔다.

이제 통나무 창고 속에는 나와 조영영과 괜히 들어왔다가 얼떨결에 잡힌 호리독사 그리고 뱀눈의 사내만 남게 되었다.

"이름이 뭐요?"

"……."

"벙어리는 아닌 것 같던데."

"……."

"알았소. 귀찮게 안 할 테니 신발에 묻은 말똥이나 좀 닦으시오. 아까부터 냄새가 나서 참을 수가 없소."

밴눈의 사내가 무심결에 고개를 숙였다.

순간, 그의 정수리 언저리에 은침 하나가 정확히 꽂혔다. 사내는 앞으로 푹 고꾸라지더니 그대로 통나무가 되어버렸다.

조영영이 물었다.

"암기는 언제?"

"설명하자면 기오."

그러면서 나는 재빨리 사내에게로 가려고 몸을 일으켰다.

그 바람에 허리를 붙인 채 함께 묶여 있던 조영영이 쭉 딸려 일어났다.

"뭘 하시려고요?"

"열쇠를 찾아야지."

"소용없어요."

"어째서?"

"야차곤이 갖고 갔어요."

"언제 말이오?"

"조금 저 표사분을 쇠사슬로 묶고 수갑을 채운 후 튼튼한지를 확인할 때요. 뭐가 마음에 안 들었는지 마지막엔 열쇠를 달라고 하더니 일부러 풀었다가 다시 채우더라고요."

"이런 망할!"

철그렁!

묵직하게 떨어지는 쇠사슬 소리에 무심코 옆을 돌아보았다. 놀랍게도 호리독사가 자유의 몸이 되어 손목을 어루만지면서 씨익 웃고 있었다.

"그걸 어떻게……?"

"제 전문 분야입니다."

호리독사는 작은 쇠꼬챙이 하나로 나와 조영영의 수갑과 쇠사슬까지 순식간에 풀어주었다.

누가 먼저랄 것도 없이 구멍으로 뛰어들었다.

밖으로 나가보니 어느새 어둠이 조금씩 내리고 있었다.

호리독사를 앞세우고 곧장 숲으로 도주했다.

가면서 조영영이 물었다.

"이제 어떡하죠?"

"그놈의 빌어먹을 보물 나도 한번 봐야겠소."

"우린 지도도 없잖아요."

"마녀를 추적하면 되오."

"곧 밤이 되면 아무것도 볼 수 없을 텐데 무슨 수로요. 내일이면 일대가 온통 천마성교의 잔당들로 깔릴 테고요."

"남곤산에 도착하면 저들이 무슨 짓을 벌일지 몰라 오늘 아침 두 사람에게 천리추향 한 알씩을 먹여두었소."

"두 사람이라면?"

"병룡 형님과 소저 말이오."

"어떻게요?"

"먹는 음식에 넣었소."

"혹시 아침에 먹었던 그 냄새 나는 죽이?"

"맞소."

"왜 직접 주지 않고요."

"그게 원래 오른쪽 귓구멍에 넣어둔 것인데, 십여 일 만에 꺼내고 보니 상태가 영 엉망이어서 말이오."

"상태가 어땠기에……."

"안 듣는 게 좋을 거요."

"……!"

남곤산을 지나 남서쪽으로 하루 정도 더 달리면 화남지방 최대의 곡창지대인 주강삼각주가 나타난다.

연중 이모작이 가능한 데다 수운까지 사통팔달로 발달한 이곳에 광동성의 성도이자 고대 해상무역로의 출발지인 광주(廣州)가 들어선 것은 결코 우연이 아니다.

그러나 광주가 아무리 큰 도시여도 광활한 주강삼각지 전역에서 몰려드는 물자와 인구를 감당할 수는 없었다. 때문에 광주 주변 이백 리 안에는 불산(佛山)과 화도(花都)을 비롯해 무려 네 개의 크고 작은 도시들이 존재했다.

나는 사흘 전 조우한 비룡당의 표사들을 이끌고 광주와 화도 사이를 지나 꼬박 한나절을 더 달렸다. 그러자 갑자기 강이 떡하니 앞을 가로막고 나타났다. 주강으로 흘러드는 지류 중 하나인 북강(北江)이었다. 말이 좋아 지류지 폭만 삼십여 장에 달했다. 남곤산을 떠난 후 처음으로 만나는 강이었다.

"마을을 전부 뒤졌지만, 열 명 정도 겨우 탈 수 있는 고기잡이배가 전부입니다."

일각주 왕대표의 보고였다.

나를 비롯해 비룡당은 전부가 말을 타고 있었다. 한데 놈들이 지나간 코딱지만 한 포구 마을에는 말을 싣고 옮길 만한 나룻배가 없었다.

하늘을 올려다보았다. 동쪽에서 다가오는 먹구름이 심상치가 않다. 이것저것 따질 계제가 아니었다.

"가 표두!"

"하명하십시오."

"마을에 있는 배를 전부 빌리도록 하세요. 돈은 달라는 대로 주시고, 대신 말을 당분간 맡아달라고 하십시오. 차후에 보상도 충분히 해주겠다고 하시고요."

"하면?"

"지금부터 전원 도보로 이동합니다."

"존명!"

배를 빌리고, 말을 맡기는 과정이 일사천리로 진행되었다.

그러나 번견들을 태운 첫 번째 배가 강을 건너는 순간 하늘에서 구멍이라도 난 것처럼 폭우가 쏟아지기 시작했다.

쏴아아아……

"번견들이 냄새를 놓쳤습니다. 강을 건너는 동안 쏟아진 폭우에 모조리 씻겨가 버린 탓입니다. 이런 비라면 더 넓은 지역을 뒤져도 소용없습니다."

"배가 닿는 곳을 중심으로 상류와 하류 백여 장을 샅샅이 뒤졌지만, 흔적을 찾을 수가 없습니다. 말을 타지 않아 상대적으로 가벼운 데다 폭우까지 내리는 바람에 모두 사라져 버렸습니다."

번견을 사람보다 더 잘 다루는 신입표사 탁중로와 주변 흔적을 살피고 돌아온 호리독사가 차례로 한 말이었다.

폭우 속에서 미처 우장을 만들어 입을 사이도 없었던 탓에 옷이 비로 흠뻑 젖은 상태였다. 두 사람뿐만 아니라 다른 비룡당의 표사들 역시 마찬가지였다.

이런 고생들이 무색하게 눈앞에서 간발의 차이로 연소교 일당을 놓쳤다. 가장 우려했던 일이 벌어진 것이다.

"일부러 이런 곳을 골랐어."

"오는 동안에도 몇 번이나 방향을 꺾었어요."

"여우 같은 년."

"마녀라잖아요."

남궁소소와 당군백이 조금 떨어진 곳에서 나눈 대화였다.

쏟아지는 빗속에서 둘만 조용히 나눈 대화였지만, 내게는 백년공력이 있다 보니 죄다 들렸다.

지난 사흘 동안 두 사람은 내 지시가 있기 전에는 어쩐 일인지 쉽게 다가와 말을 걸거나 참견하는 법이 없었다.

예전과 달리 나는 지금 비룡당의 정규표사들을 마흔 명이나 거느린 채 이동 중이었다. 표사들 중엔 표두 가불염과 두 명의 각주도 있었다. 남궁소소와 당군백이 제아무리 대단한 무림세가의 영애라고 할지라도 어디까지나 객원표사의 신분. 신입표사들이 보는 앞에서 비룡당의 명령 체계에 함부로 끼어들어 혼란을 주거나 당주의 위엄을 훼손하는 일이 없도록 일부러 조심하는 것이다. 두 사람의 이런 사려 깊음은 어려서부터 상명하복의 조직을 가까이에서 보고 자랐기 때문에 자연스럽게 몸에 밴 것이었다.

"왕 각주. 지도를 준비하도록."

내가 명령을 내렸다.

누가 시키지도 않았는데 네 명의 표사들이 재빨리 길가의 숲으로 뛰어들어 파초(芭蕉) 잎을 잔뜩 잘라 왔다. 남만 어디서나 흔하게 자라는 파초 잎은 한 장으로도 웬만한 사람 몸을 덮을 만큼 크고 넓었다. 그걸 양손에 한 장씩 들고 내 뒤쪽에 서서 허공에 교차하니 순식간에 커다란 우산 비슷한 것이 만들어졌다.

일각주 왕대표가 우산 아래에 있는 평평한 바위에다 얼른 지도를 펼쳤다. 기름을 먹인 지도는 천룡표국에서만 쓰는 것으로, 정확도가 타의 추종을 불허했다.

"독고완, 지도에다 지난 사흘 동안 우리가 지나온 길을 표시해 보도록."

독고완은 과거 복건성 남쪽에 있는 작은 표국에서 오 년 동안 쟁자수 노릇을 했었다. 복건성의 남쪽은 광동성과 붙어 있었기에 당연히 이곳의 지리에도 익숙했다.

독고완이 지도에 한 치 간격으로 쌀알을 하나씩 놓았다. 머릿속으로 쌀알을 연결하니 갈 지(之)자 모양의 표시가 무려 일곱 개나 반복되어 그려졌다. 왔다 갔다 하지만 결국엔 꾸준히 한 방향으로 가고 있었다.

나는 사흘 전 남궁소소로부터 용린신갑과 함께 돌려받은 운철검을 품속에서 꺼내 지도 위 표시된 가상의 선 위에 툭 놓았다. 그러자 검 끝은 정확히 어느 산을 가리켰다.

"무슨 산인지 알겠어?"

독고완에게 물었다. 전생에서 30년 동안 쟁자수 노릇을 했고, 남만에도 수십 차례 다녀갔지만, 대륙의 지리를 전부 꿰고 있을 순 없다. 특히 북강 너머 서쪽은 이쪽 방향을 통해 가본 적이 한 번도 없었다.

"벽호산(壁虎山)입니다."

"자세히."

"주강삼각주에서 가장 높은 산악지대입니다. 산세는 험하고, 협곡은 깊으며, 팔십여 개의 크고 작은 산봉우리들이 사철 안개에 뒤덮여 좀처럼 모습을 드러내지 않는 절산이죠. 묘족들은 고대로부터 벽호산을 신령한 산으로 여기며 함부로 들어가는 걸 꺼려왔습니다."

"산채는 몇 개나 있지?"

"벽호산에는 산채가 없습니다."

"산채가 없다고?"

"그렇습니다."

"언제부터?"

"제가 아는 한 지난 수백 년 동안 벽호산에는 산채가 있었던 적이 단 한 차례로 없습니다."

"혹시 산군(山君)이 있나?"

일반적으로 표사들이 말하는 산군이란 호랑이를 가리킨다. 하지만 봉우리를 수십 개씩이나 거느린 원시의 절산에 호랑이가 살지 않을 리 없다. 백 마리는 족히 돌아다닐 것이다. 그러니 내가 말하는 산군이란 인간을 말한다. 강호엔 엄청난 고수가 들어와 움막을 짓고 사는 바람에 산적들이 감히 산채를 열지 못하는 산들이 꽤 있다.

"인적이 닿지 않은 골골마다 은둔 고수들이 깃들어 산다는 소문은 한족과 묘족들 사이에서 오래전부터 있어왔습니다. 하지만 사람들 앞에 모습을 드러낸 적은 없습니다."

"산채도 산군도 없는 산으로 들어간다라……."

말이 신입표사지 대부분 10년 이상의 경력자들이었다. 그것도 무려 이천 명의 지원자들 중에서 고르고 고른 인재들.

표사들은 단박에 내 의도를 알아차리고는 감탄성을 터뜨리며 웅성거리기 시작했다. 반면 객원표사인 호리독사, 남궁소소, 당군백, 조영영 그리고 표사 경험이 전무한 신입 여표들인 염지약, 여소옥, 운휘향은 영문을 몰라 궁금해 죽겠다는 표정들이었다.

남궁소소가 더는 참지 못하고 때마침 가까이 있던 번견 조련의 달인 탁중로를 붙잡고 작은 소리로 물었다.

"산채가 없는 게 왜요?"

대남궁세가의 영애가 얼굴을 가져다 대며 말을 걸어주자 탁중로는 황송해하는 표정을 지으며 정성껏 대답하기 시작했다.

"팔십여 개의 봉우리를 거느린 산악지대라면 지맥이 백 리 이상은 뻗었을 겁니다. 이런 곳에는 고갯길이 있어도 여러 개 있어야 정상이죠. 험한 고갯길이 있는 산중엔 반드시라고 해도 좋을 만큼 산채가 들어서는 법이고요."

"산채가 없다는 것은 곧 길이 없다는 뜻이군요."

"바로 그렇습니다."

"수천 년 동안 인간이 길을 내지 못할 만큼 험준한 산악지대로 구태여 들어갔다는 것은 거기가 스쳐 지나가는 곳이 아니라 곧 목적지라는 의미……."

"비가 그치면 천리추향도 다시 땅에 착향돼요. 검 끝이 가리키는 방향으로만 가면 벽호산 기슭에서 다시 천리추향을 찾아 정확한 추적이 가능할 거예요."

마지막 말은 천리추향의 주인인 당군백이 한 것이었다.

남궁소소, 당군백, 조영영 그리고 세 명의 신입 여표들도 그제야 깜짝 놀란 얼굴이 되어 나를 바라보았다. 연소교 일당을 완전히 놓쳤다고 생각한 순간, 독고완을 불러다 지도에 표시를 하게 하고 몇 가지 질문을 던지는 것만으로 다시 추적의 실마리를 찾았기 때문이다.

특히 나에 대해 소문으로만 들었던 신입표사들은 아까부터 자기들끼리 작은 소리로 중얼거리며 이야기를 나누기 바빴다. 주로 '당주님의 표사 경력이 반년밖에 안 된다는 거 전부 헛소문 아냐?'라는 식의 내용들이었다.

가불염이 내게 물었다.

"천마성교의 잔당들은 어떻게 하고 있을까요?"

"삼뇌는 감히 내가 범접할 수 없는 수준의 두뇌와 경험을 지닌 노물. 지금은 비록 우리보다 한나절 이상 뒤처져 있을 테지만, 분명 이중삼중의 복안을 마련해 두고 마녀를 추적 중일 겁니다."

"하면 결국 벽호산에서 만나게 될 공산이 크겠군요. 칠마총이 호리독사가 길 가다 불쑥 들러 은비녀를 훔쳐낼 수 있는 방물점이 아닌 다음에야 말입니다."

"십중팔구 그렇겠지요."

"음양쌍교와 천마성교를 합치면 마교도의 숫자가 삼백 명을 넘어갑니다. 하지만 우린 채 오십 명이 되질 않고요. 무작정 벽호산으로 들어가는 건 자살행위나 다름없습니다."

"염려 마십시오. 그런 일은 절대로 없을 테니까. 오늘은 여기서 그만 추적을 중단하겠습니다. 다들 점심 먹고 나무나 좀 찍어보도록 하죠. 다행히 쓸 만한 고목들이 천지에 널려 있군요."

"나무는 무엇에 쓰시려고요?"

"두고 보시면 압니다."

의아해하는 가불염을 뒤로 하고 다시 하늘을 올려다보았다.

여전히 비를 쏟아내는 먹구름에 가려 해는 이미 보이지 않는다.

그러나 보이지 않는다고 존재하지 않는 건 아니다. 표사들은 보이지 않는 것도 보아야 한다. 특히 표행단을 이끄는 수장은.

"마교 놈들 뒤통수 치기 딱 좋은 날씨군."

뿌연 수막이 걷힌 오후, 삼뇌는 머릿속으로조차 그려본 적 없는 기묘한 지형과 마주하고 있었다.

그건 어처구니없게도 둘로 쪼개진 거대한 산봉우리였다. 마치 측량조차 할 수 없는 거인이 하늘에서 내려와 전설 속 개산대부(開山大斧)로 찍어놓고 사라진 듯한 지형.

그게 끝이 아니다. 개산대부는 봉우리를 쪼갠 것으로도 모자라 산의 뿌리까지 뚫고 들어가 깊고 어두운 지하 세계를 만들어놓았다. 때문에 눈앞의 협곡은 들어가자마자 아래로 아래로 이어지다 마침내 바닥에 이르렀을 때는 한 줌의 빛만이 겨우 닿고 있었다.

그마저도 보이는 데까지의 풍경이었다. 막상 더 깊은 곳으로 들어가면 어떤 상황이 펼쳐질지 아무도 몰랐다.

"묘족의 전설에 따르면 천 년 전 천신(天神)의 진노로 벽호산에 큰 지진이 일어났었다고 합니다. 그때 산봉우리가 갈라지면서 이런 기괴한 지형이 생겨난 것이지요."

곰보 자국 가득한 얼굴에 큼지막한 도끼 두 자루를 등에 가로질러 멘 혈부투귀(血斧鬪鬼)가 말했다. 그는 이곳 천마성교의 광동지부를 책임진 당주였다.

"산하십곡(山下十谷)."

"예?"

"저 협곡도 무저갱도 아닌 곳의 이름이다."

"그걸 어떻게……."

"과거엔 한번 들어가면 살아서 나오는 사람이 없어 남무림 팔대금지(八大禁地) 중 한 곳으로 불렸지. 인근에 사는 묘족들은 그들의 언어로 지옥문이라 불렀고."

팔대금지와 지옥문이라는 말에 삼백여 명의 교도들이 크게 웅성거리기 시작했다. 저 기괴한 지형은 오늘 처음 보지만, 팔대금지에 대해서는 한 번쯤 들어보았기 때문이다.

삼뇌는 눈앞의 협곡에서 눈을 떼지 못했다. 이백여 년 전 팔마종 중 천성교를 제외하면 가장 세력이 강했던 음양쌍교의 성물과 금은보화가 산하십곡에 숨겨져 있었을 줄이야.

"천살마녀가 이리로 들어갔단 말이지?"

"그렇습니다."

"풍운비룡 일당은?"

"북강을 건너자마자 흔적을 놓치고 우왕좌왕하는가 싶더니, 아름드리 고목을 일장 길이로 잔뜩 찍어대고 있다는 걸 마지막으로 보고 받았습니다."

"고목을?"

"아무래도 뗏목을 만들어 다시 말을 싣고 올 모양입니다. 벽호산이 목적지인 줄 까맣게 모르고 장기적인 추적에 대비하려는 것이겠지요."

"그리 만만한 놈이 아니다. 쉽게 포기할 놈도 아니고. 오늘이 아니면 내일이라도 반드시 이곳을 찾아낼 것이다."

"제깟 놈이 찾아온들 쉰 명 남짓한 표사로 무얼 할 수 있겠습니까. 기껏해야 몰래 숨어들어 와 우리가 천살마녀 일당과 싸우는 틈을 타 제형을 훔쳐 달아나려고나 하겠지요."

삼뇌는 잠시 생각에 잠겼다.

풍운비룡은 추적에 실패하고 자신은 성공한 원인은 하나였다. 풍운비룡은 천살마녀 일당의 흔적을 쫓았고, 자신은 천살마녀 일당 속에 간자를 심어두었기 때문이다.

남곤산을 하루 정도 앞두고 천살마녀 일당을 사로잡은 것은 자연스럽게 간자를 붙일 이유를 만들기 위해서였다. 그리고 지금까지 간자가 몰래 남겨둔 표식을 따라왔다.

그 결과가 앞에 펼쳐지고 있었다.

흑산적웅이 물었다.

"한데 정말 저곳을 들어가실 생각입니까?"

"두려운가?"

"천만에요. 속하는 다만 빠져나올 복안도 있으신가 해서 여쭌 것입니다. 만약 그러시다면 수하들의 사기가 훨씬 충천할 것입니다."

쓰윽 돌아보니 삼백의 교도들 얼굴에 긴장한 기색이 역력했다. 예전부터 무림에 떠돈 팔대금지에 대한 소문이 그만큼 흉악했던 탓이다.

"들어가는 길이 있다면 반드시 나오는 길도 있는 법이다. 다만 어리석은 인간들이 그 길을 찾지 못했을 뿐."

한마디로 자신을 믿으라는 소리다. 더불어 살아서 빠져나오고 싶으면 목숨을 걸고 자신을 지키라는 소리이기도 하고.

"가자!"

말이 끝나기 무섭게 사인교를 멘 장한들이 시커먼 협곡을 향해 걸음을 옮겼다.

삼백여 명의 교도들이 뒤를 따르려는 순간 삼뇌가 신경질적으로 소리쳤다.

"잠깐!"

"왜 그러십니까?"

"이게 무슨 소리지?"

"소리라뇨?"

"오른쪽에 있는 언덕으로 올라가라. 어서!"

가마꾼들이 울창한 숲 너머로 보이는 언덕을 향해 나는 듯 달리기 시작했다. 혈부투귀와 흑산적웅을 비롯해 다섯 명의 당주들도 빠르게 뒤를 따랐다.

잠시 후, 언덕에 올라섰을 때 나타난 것은 저 멀리 산자락 아래에 드넓게 펼쳐진 개활지였다.

풀이 어깨까지 자란 초원지대를 온갖 병장기로 중무장한 각양각색의 무인들이 말도 타지 않은 채 새까맣게 몰려오고 있었다. 그 숫자가 어림잡아도 삼천 명은 될 것 같았다.

삼뇌의 눈썹이 역팔자로 휘었다.

오당 당주들이 앞다투어 경악성을 내뱉었다.

"저게 무슨!"

"저 많은 무인들이 어디서!"

"왼쪽에서 달려오는 백여 명이 이마에 두른 흑건을 보십시오. 저건 광주의 흑교방(黑鮫幇)이 다른 방파들과 전쟁을 벌일 때 아군을 식별하기 위해 하는 표식입니다."

"다른 색깔의 수건을 두른 자들도 많소만."

"백건은 야월방(夜月幇), 적건은 우도방(牛刀幇), 청건은 불산의 잔월방(殘月幇), 황건은 화도의 비응방(飛鷹幇) 놈들 표식입니다. 벽수채(碧水寨)와 용수채(龍鬚寨) 수적들도 보이는군요."

"표식 없는 자들이 절반은 될 것 같은데, 그들은 죄다 특정 방파에 속하지 않고 독보강호하는 자들이란 말이오?"

"아무래도 인근 이백 리 안에 있는 다섯 개 도시의 사파와 흑도들이 죄다 몰려온 것 같습니다. 저 많은 놈들이 대체 여긴 어떻게 알고."

"밤사이 다섯 개 도시에 마총에 대한 소문이 들불처럼 번진 모양입니다. 그렇지 않고서는 지금 상황을 설명할 수가 없습니다."

"대체 어떤 놈들이!"

그 사이 놈들과의 거리는 백여 장으로 가까워졌다.

순간, 삼뇌는 최전방에서 번견 다섯 마리를 앞세우고 달려오는 무리 중 한 놈의 얼굴을 똑똑히 알아보았다.

그리고 목구멍을 쥐어짰다.

"저런 미친놈이!"

5장
무저갱(1)

가불염은 심히 혼란스러웠다.

그가 모시는 당주는 지금 삼천여 명에 달하는 무림인들을 이끌고 벽호산을 향해 신나게 달려가는 중이었다. 그 모습이 무슨 사파나 흑도 연맹의 맹주 같았다.

일의 전말은 이렇다.

어제 낮, 이정룡은 비룡당의 표사들로 하여금 두꺼운 통나무를 찍어다 반 장 간격으로 사다리처럼 묶어놓으라고 지시했다. 사방에서 자라는 칡넝쿨을 잘라 새끼줄처럼 꼬아 쓰면 되니 밧줄이 없다고 고민할 필요는 없었다.

표사들이 열심히 나무를 찍는 사이 이정룡은 주강삼각주 최대의 도시인 광주로 가서 하오문 향주를 만나고 돌아왔다.

이정룡이 하오문과 각별한 사이라는 건 지난번 성도에서 돌아온 이

후 호리독사에게 들어서 대충 알고 있었다.

하오문 향주는 금전 열 냥의 수고비를 받고 불산과 화도를 비롯한 인근 네 개 도시에 있는 다른 향주들에게 전서구를 날렸다고 한다.

그리고 밤사이 다섯 개 도시의 무림인들, 정확하게는 사파와 흑도인들 사이에 두 가지 소문이 들불처럼 번졌다.

"전설로 떠돌던 칠마총 중 한 곳이 발견되어 지금 음양쌍교와 천마성교의 잔당들이 벽호산을 향해 달려가고 있다."

"북강의 곡평이라는 마을 건너편에 마교놈들을 추적 중인 천룡표국의 비룡당이 야숙하고 있다더라."

밤새 곡평에는 온갖 종류의 무공을 익힌 사파와 흑도인들이 부나방처럼 몰려들었다. 하지만 처음 도착한 십여 명을 제외하고는 배가 없어서 발만 동동 굴렀다.

헤엄을 쳐 강을 건너는 것도 가능은 했다. 다만 그러려면 말은 말할 것도 없고 병장기까지 포기해야 했다. 아주 잠깐이라면 모를까. 쇳덩어리를 차고 삼십여 장을 헤엄쳐 가는 것은 자살행위나 다름없었다.

아침이 밝아 올 무렵 이정룡은 밤새 묶어놓았던 통나무를 북강에 띄우게 했다.

곡평에 모여든 무림인들은 말은 포기하고 병장기만 휴대한 채 통나무 부교를 뛰어 밟으며 건너왔다. 그 과정에서 무공이 약한 자들은 물에 빠져 사실상 되돌아가야 했다.

강을 건넌 무림인들은 곧장 이정룡에게 마총으로 안내해 줄 것을 요구했다. 만약 거절하면 금방이라도 비룡당을 몰살시킬 것처럼 분위기가 흉악했다.

이정룡은 한 가지 조건을 내걸었다.

"자기 목숨은 알아서 챙길 것!"

이 말을 사파와 흑도인들은 '자기 몫은 알아서 챙길 것'으로 들은 것 같았다. 그렇지 않고서야 천지가 떠나갈 것처럼 환호성을 내지를 리 없었을 테니까.

사람들은 어느새 야트막한 언덕을 넘었다. 그때부터는 초원이 끝나고 울창한 숲이 시작되었다.

"표두님."

누군가 부르는 소리에 옆을 돌아보니 일각주 왕대표가 달리는 와중에 근심스러운 표정을 지으며 다가왔다.

"무슨 일이오?"

"이래도 되는 겁니까?"

"무얼 말이오?"

"일이 점점 커지는 것 같아서요. 신입표사들도 자꾸 제게 묻습니다. 천룡표국은 원래 일을 이렇게 화끈하게 하느냐고요."

"화끈하게?"

"뭐랄까. 산채 하나가 자꾸만 골탕을 먹이자 바람 불 때를 기다려 산기슭에다 불을 확 싸질러 버리는 느낌이라고 신입표사들이 이구동성으로 말합니다."

가불염은 속으로 뜨끔했다. 방금 자신이 똑같은 생각을 했기 때문이다.

왼쪽을 힐끗 돌아보았다. 멀지 않은 곳에서 남궁소소가 당군백, 조영영 등과 함께 어깨를 나란히 한 채 달리는 중이었다.

이곳에 있는 사람들 중 이정룡을 가장 잘 아는 이를 한 명만 꼽으라면 단연코 남궁소소였다. 객원표사의 신분에도 불구하고 그녀가 가장 많은 표행을 함께했으니까. 한데 남궁소소에게선 두렵거나 초조해하는 기색을 찾아볼 수가 없었다. 착각인지 모르겠는데, 이번엔 또 어떤 일들이 펼쳐질까 하고 살짝 기대하는 듯한 기색도 느껴졌다.

"그래서 뭐라고 했소?"

"비룡당에서 일을 하려면 간뎅이부터 키우라고 했습니다. 풍운비룡과 비룡당의 명성이 하늘에서 뚝 떨어진 것인 줄 아느냐면서요."

"잘했소. 당주님께서 결정하시면 따르는 것이 우리의 일. 앞으로도 당주님의 결정에 의문을 품지 마시오. 특히 신입표사들 앞에서는."

"명심하겠습니다."

칭찬 같지만 사실은 경고였다. 왕대표는 금방 알아들었다.

그때였다. 선두에서 달려가던 이정룡이 우뚝 멈춰 섰다.

뒤따르던 삼천여 명의 무인들도 마치 무형의 벽을 만난 것처럼 뒤쪽으로 착착 붙어섰다.

그리고 모두가 눈 앞에 펼쳐진 기괴한 지형을 올려다보며 입이 떡 벌어졌다.

산꼭대기에서부터 시작해 발아래의 땅속까지 갈라진 이 기묘한 지형을 대체 무어라고 불러야 할까. 사람들에게 길을 알려주던 번견 다섯 마리는 협곡도 아니고 무저갱도 아닌 그 미지의 공간을 향해 미친 듯이 컹컹 짖어대고 있었다.

"산하십곡!"

"팔대금지!"

"지옥문!"

몇 사람들의 외침을 시작으로 온갖 무시무시한 말들이 쏟아져 나왔다.

정리를 하자면 저 협곡의 이름은 산하십곡이고, 남무림의 팔대금지 중 한 곳이었으며, 들어간 사람은 많으나 살아서 나온 사람이 없어 안에 어떤 위험이 도사리고 있는지 모른다…… 였다.

흑교방, 야월방, 우도방, 잔월방, 비응방, 벽수채, 용수채 등은 벌써부터 자기들끼리 모여 어찌할지를 두고 갑론을박을 벌이기 시작했다. 독보강호하는 자들은 또 그들 나름대로 삼삼오오 모여 각자가 지닌 정보들을 주고받기 바빴다. 팔대금지 중 한 곳으로 들어가는 일인 만큼 신중할 수밖에 없었다.

이정룡의 주변으로도 비룡당의 표사들이 자연스럽게 모여들었다.

다른 사람들과 달리 비룡당은 무조건 들어가야만 했다. 이정룡은 의논을 하는 대신 바위 위에 올라가 표사들을 향해 협곡 안에서의 행동강령을 말해주었다.

"우리의 목적은 어디까지나 묵룡당주를 구하는 것임을 잊지 마시기 바랍니다. 또한 최대한 대오를 유지한 채 진입하되, 부득불 무리에서 떨어지거나 돌발 상황이 발생하면 지난 밤 지시한 대로 따르십시오."

"존명!"

"그럼 진입하겠습니다."

이정룡은 두 번도 망설이지 않고 협곡 속으로 뛰어들었다.

가불염과 왕대표, 중표, 그리고 비룡당의 표사들이 일사불란하게 뒤를 이었다.

협곡의 아래는 좁은 입구와 달리 마차 대여섯 대가 동시에 달려도 좋을 만큼 넓었다.

다만 누군가 길을 닦아놓은 것이 아니었기에 바닥은 울퉁불퉁했고, 크고 작은 바위들이 사방에 널렸으며, 낮은 경사면으로는 시냇물도 졸졸 흘렀다.

이 모든 것들은 머리 위 이백여 장 높이의 까마득한 꼭대기에서 쏟아져 들어온 한 줌의 햇빛에 의해 가능한 것이었다.

때문에 협곡 안은 사실상 천장이 뚫려 있는 거대한 동굴이나 마찬가지였다. 최소한 아직까지는 말이다.

웅성거리는 소리에 뒤를 돌아보니 어느새 사람들이 잔뜩 협곡 안으로 들어서고 있었다. 가파른 비탈에도 적지 않은 사람들이 붙어서 내려오는 중이었다.

나는 번견들을 앞세운 채 계속해서 앞으로 나아갔다.

아직은 초입이어서 신경을 쓰지 않았지만, 조금 더 깊이 들어가면 벽에 표식을 해놓기로 약속되어 있었다. 한데 어느 순간부터 번견들이 좌우를 왔다 갔다 하며 코를 킁킁대느라 좀처럼 속도를 내지 못했다.

번견을 책임진 탁중로에게 물었다.

"무슨 일입니까?"

"앞서 들어간 자들이 있습니다. 여러 사람들의 냄새가 한꺼번에 뒤섞이는 바람에 당황하고 있습니다. 바깥에서처럼 빨리 추적하기는 어려울 듯합니다."

"숫자는?"

"몇백 명 수준입니다."

"들어간 지는?"

"일각 정도 된 것 같습니다."

"천마성교의 잔당들이군."

사람은 저마다의 체취가 있다. 그 숫자가 무려 삼백을 헤아리다 보니 강력한 천리추향마저도 희석되어 버린 것이다.

"어쩔 수 없죠. 진법에 의해 눈에 보이지 않는 샛길이 존재할 수도 있으니 최대한 번견들에게 의지해야 합니다."

휘리릭!

말이 끝나기 무섭게 뒤쪽에 있던 다섯 명이 비룡당을 제치고 앞으로 달려나가기 시작했다. 그중 한 명은 백발이 성성한 노인이었다.

호리독사가 혼잣말을 중얼거렸다.

"어쩐지 얌전히 있더라니."

"아는 사람들이오?"

"천면신투(千面神偷)라고, 별호 그대로 천의 얼굴을 가진 대도입니다. 왕족이나 호족의 비고를 터는 게 전문인데, 오늘 아침에 나타났더라고요. 뒤따라 들어간 네 명은 아마 제자들일 겁니다. 열심히들 사네."

들어본 적 있다. 천면신투는 호리독사의 사부인 공령신투와 쌍벽을 이루는 전설적인 대도였다. 차이가 있다면 공령신투는 주로 북무림을 털었고, 천면신투는 남무림을 털고 다녔다는 정도?

"역용을 했을 텐데 어떻게 알았소?"

"다 알아보는 수가 있습……."

휘리릭!

또 한 무리의 사람들이 앞서 달려나갔다. 숫자는 좀 전보다 많은 십여 명.

그들의 돌발 행동은 사람들의 머릿속에서 팽팽하게 당겨져 있던 이성의 끈을 끊어 버린 것과도 같은 결과를 낳았다. 갑자기 꼬리에 꼬리를 물더니 급기야 삼천 명 전부가 함성까지 내지르며 광란의 질주를 시작했다.

"와아아!"

"잠깐만. 개부터 들여보내야 하오!"

나는 협곡이 쩌렁쩌렁 울리도록 사자후를 내질렀다. 하지만 한번 터진 봇물을 막을 수는 없었다.

잠시 후, 정신을 차리고 보니 나와 비룡당만 덩그러니 남아 있었다.

"이런 멍청한 인간들!"

이이제이(以夷制夷), 사악한 마교도들을 치기 위해 인의를 모르는 사파와 흑도인들 위주로 불러 모았더니 역시나 통제가 되질 않는다.

할 수 없이 일단 길을 재촉했다. 한데 고작 백여 장을 나아가자 앞서 질주했던 삼천 명의 무림인들이 모조리 멈춰 서서는 우왕좌왕하고 있었다.

"독고완, 무슨 일인지 살피고 와라."

"존명!"

인파를 헤집고 들어간 독고완이 잠시 후 돌아와 보고했다.

"갑자기 길이 두 갈래로 갈라졌습니다. 두 길 모두 볕이 잘 들지 않는 데다 바닥이 온통 돌밭이라 발자국도 남아 있지 않은 모양이고요."

"그래서?"

"천면신투를 비롯해 범상치 않아 보이는 고수들 십수 명이 열심히 흔적을 찾고 있습니다. 시간이 좀 걸릴 것 같습니다."

길을 찾는다고 해도 앞에 있는 삼천 명이 전부 빠지려면 한참이 소요될 것 같았다.

그때 조금 떨어진 곳에서 자기들끼리 떠드는 것인 양 조용히 끼어드는 목소리들이 있었다.

"꽁지가 빠져라 뛰어가더니 꼴좋다."

"굳이 번견을 앞세우지 않아도 되겠는걸."

"나도 한나절을 쉬지 않고 뛰었더니 죽겠네."

"잠깐만 앉아서 쉴까요?"

"휴식엔 죽엽청입죠. 한 모금 하시겠습니까?"

"입 대고 마신 거잖아요."

"새것도 한 병 있습니다."

"저는 이걸로 할게요."

객원표사인 호리독사와 남궁소소와 당군백은 죽이 척척 맞았다.

그러더니 동시에 나를 돌아보며 측은한 표정을 지었다. 기왕에 이렇게 된 거 잠깐이라도 앉아 휴식할 시간을 달라는 것이다.

내가 고개를 끄덕이려는 순간 조영영이 외쳤다.

"저길 좀 보세요!"

그녀가 가리키는 곳을 바라보니 대여섯 장쯤 위 석벽에 큼지막한 요령이 박혀 있었다.

저 물건의 용도를 알아본 남궁소소가 뒤이어 소리쳤다.

"구곡미혼진!"

남궁소소는 몇 달 전 칠량 협곡에서의 일을 생각하나 보다.

하지만 나흘 전 나와 조영영이 본 것은 그때보다 훨씬 강력해진 기문진이었다. 그마저도 구곡미혼진이라는 보장이 없었고.

땡그렁~!

빌어먹을 요령 소리가 기어이 울리기 시작했다.

그에 화답하기라도 하듯 동굴 벽 곳곳에 박혀 있던 요령들이 공명하며 울어댔다.

순간, 협곡의 저 안쪽으로부터 시커먼 연기가 일어나 사람들을 집어삼키며 달려왔다. 그 모습이 흡사 해안 동굴 속으로 바닷물이 쏟아져 들어오는 것 같았다.

채앵!

나는 급히 검을 뽑아 들고 외쳤다.

"모두 내 뒤에 사열로 선다. 앞사람과의 거리는 반 장. 지금부터 나타나는 것들은 무조건 베어 넘기면서 전진한다. 남궁소소는 내 옆으로 올 것."

지난날 구곡미혼진에 갇혔을 당시 진은 내가 뚫었어도 길은 남궁소소가 안내했다. 기문진에 대해서는 그녀가 나보다 몇 수 위였다.

땡그렁~!

땡그렁~!

요령 소리는 계속해서 울렸고, 시커먼 연기는 눈 깜짝할 사이에 삼천의 무림인들을 모두 집어삼켜 버렸다. 한데 무슨 일인지 나와 비룡당의 앞에서 뚝 멈추더니 더는 다가오질 못했다.

시커먼 연기 속에서는 천둥 번개가 치기 시작했다.

꽈르르릉! 꽝꽝!

섬광이 번쩍일 때마다 어두컴컴하던 협곡 전체가 한순간 대낮처럼 밝아졌다.

천둥 번개가 치는 사이 사이에 생각지도 못한 소리들이 섞여 들려왔다. 그건 차마 입에 담기 힘든 욕설과 악에 받친 고함과 뻥뻥 터져대는 격장음이었다. 진 속에 갇힌 삼천 명의 사파와 흑도인들이 마물들을 상대로 싸우면서 나는 온갖 종류의 소리들인 것 같았다.

땡그렁! 땡그렁! 땡그렁!

요령 소리가 점점 짧고, 다급하고, 가팔라졌다. 아무래도 곧 무슨 일이 벌어질 것만 같았다.

나는 전음으로 남궁소소에게 물었다.

[이 위험한 곳엔 대체 왜 온 거요?]

[칠마총을 또 언제 구경해 보겠어요.]

[그러다 죽으면.]

[귀하보다는 오래 살걸요.]

[무슨 근거로.]

[만박귀자(萬博鬼子)가 단언했으니까요.]

[만박귀자가 누구요?]

[항주 최고의 복자(卜者)죠.]

[복자라면 점쟁이 말이오?]

[맞아요.]

[점쟁이를 찾아가 소저와 나 둘 중에 누가 먼저 죽는지를 물어봤단 말이오?]

[누가 자꾸 절 위험한 일에 꼬여내니 불안해서요. 한날한시에 죽는다고 하면 앞으로는 표행에 따라가지 않으려고 그랬죠. 다행히 제가 10년은 더 살 거라고 하더군요.]

[더는 객원표사로 고용하지 않겠다고 말한 것 같소만.]

[이번처럼 자의로 오는 경우도 있으니까요.]

[이번엔 오지 말지.]

그때였다.

꽈과광! 쾅! 쾅! 쾅! 꽈앙!

협곡이 통째로 무너져 내릴 듯한 굉음이 연달아 일곱 번이나 울렸다. 그와 동시에 시커먼 연기가 마치 시간을 거꾸로 되돌리기라도 하는 것처럼 빠르게 사라져 갔다.

잠시 후, 사람들이 전부 모습을 드러냈다.

수백 명이 쓰러져 뒹굴고 있었다. 피를 흘리지는 않았지만 다들 반쯤 정신이 나간 상태였다. 그 몇 배의 달하는 사람들은 각자의 병장기를 꼬나 쥐고 사방을 노려보며 혹시나 있을지 모르는 마물들의 공격에 대비했다.

한바탕의 격전을 각오했던 나와 비룡당은 어처구니없는 표정이 되어 그 모습을 지켜만 보았다.

한참 만에 호리독사가 말했다.

"그 무시무시하던 천마성교의 기문진도 삼천 마리의 개떼들 앞에서는 소용이 없군."

저렴하지만 너무나 절묘한 표현이었다.

그때 한 무리의 사람들이 요사스러운 복장의 술법사 다섯 명을 잡아서 끌고 나왔다. 그러곤 협곡 한복판에서 있는 욕 없는 욕을 다 해가며 두들겨 패기 시작했다.

거의 정신을 잃어 갈 때쯤 한 사내가 술법사 중 한 명의 헝클어진 머리카락을 틀어쥐고 물었다.

"우리는 광동칠살(廣東七殺)이라고 한다. 한 사람당 딱 한 번씩만 물을 테니 신중히 대답해라. 삼뇌는 어느 쪽으로 들어갔지?"

"네놈들은 모두 죽을 것이다."

"알았으니 목이나 쭉 뽑아라."

그러더니 술법사의 옆으로 가서 섰다. 칼로 목을 내려치려는 것이다.

나는 황급히 뛰어가며 소리쳤다.

"멈추시오!"

"뭐지?"

"살인은 허락할 수 없소."

"누가 허락을 구하기는 하고?"

"광동칠살 정도라면 내 허락을 받아야 할 것 같소만."

"무어?"

가불염을 비롯한 사십여 명의 표사들이 내 뒤쪽으로 달려와 섰다. 그들의 손에는 아직 집어넣지 않은 도검들이 시퍼렇게 날을 번뜩이고 있었다.

광동칠살의 표정이 험악하게 일그러졌다.

그때 천면신투 일당이 오른쪽 협곡 속으로 뛰어들어 갔다는 소식이 들려왔다. 또 다른 십여 명은 왼쪽 협곡 속으로 들어갔다고 했다. 그러자 모두가 하던 짓을 멈추고 제각각의 방향을 골라 또다시 광란의 질주를 펼치기 시작했다. 광동칠살도 술법사들을 내팽개치고는 그 대열에 합류했다.

사람들이 썰물처럼 빠져나간 협곡엔 아직도 수백 명의 사람들이 쓰러져 뒹굴고 있었다. 하지만 점점 정신을 차리고 일어나 앞서 달려간 사람들을 따라갔다.

나는 피투성이가 되어 드러누운 술법사들에게 다가갔다.

"아는지 모르겠으나 내 목표는 음양쌍교의 잔당들이오. 따지고 보면 우린 같은 편이라고 할 수도 있지. 군사부주께서도 무림인들을 꺼릴지언정 나를 꺼릴 이유는 없을 것이오."

"혓바닥이 길군."

"음양쌍교의 잔당들이 어느 쪽으로 갔는지만 가르쳐 주시오. 하면 당신들을 안전한 곳까지 데려다주겠소."

"구태여 우리가 왜?"

"보시다시피 아직 수백 명이 쓰러져 있소. 나중에라도 저들이 깨어나면 열에 아홉은 광동칠살처럼 당신들부터 잡아 족칠 것 같소만. 더 지독한 놈들이 있지 말라는 보장도 없고."

"자기가 물어보려고 우릴 살려줬군."

"잘 생각해 보시오. 배신하는 것도 아니면서 살 기회가 있음에도 불구하고 구태여 죽을 이유가 있는지. 기회는 다섯 명 모두 합쳐 딱 한 번만 주겠소."

"마찬가지다."

"무슨 뜻이오?"

"어느 쪽으로 가든 상관없단 말이지. 길이 잠시 갈라진 것일 뿐, 삼십여 장만 더 나아가면 다시 만나니까. 그때까지 별일도 없고."

"그럼 비밀이랄 것도 없잖소."

"누가 뭐라고 했나."

"광동칠살에게 두들겨 맞을 때는 왜 사실대로 대답하지 않은 거요? 어느 쪽으로 갔어도 아무런 상관이 없었을 텐데."

"시간을 끌다 죽는 게 우리의 임무였으니까."

"……!"

"안전한 곳까지 데려다주는 건 바라지도 않겠다. 저기 석벽 위에 꽂혀 있는 요령이나 두 개만 가져다 다오. 그 정도는 해줄 수 있겠지?"

"사람들을 죽이지 않고 호신용으로만 쓰겠다고 약속할 수 있소?"

"머리는 비상할지 모르나 인정에 약한 것이 큰일 할 그릇은 못 되는군. 사내라면 무릇 만 명을 베어 죽이고도 눈 하나 깜짝 않는 배포가 있어야 하거늘."

"큰일 할 생각은 없소만."

"잠시나마 목숨을 빚진 값으로 충고 하나 해주지. 다른 사람들이야 어떻게 되든 상관 말고 네 수하들 생사나 걱정하는 게 좋을 거다. 후후."

"가 표두!"

"하명하십시오."

"요령 하나만 가져다주세요."

"존명!"

가불염은 순식간에 석벽을 타고 올라갔다가 벽에 박힌 요령을 뽑아 내게로 가져다주었다.

요령을 건네받은 나는 단단한 바위에다 대고 사정없이 내려쳤다.

따앙!

쇳소리가 사방에 울리더니 요령의 한쪽 끄트머리가 뚝 떨어져 나갔다. 남은 곳도 중심부를 향해 큰 금이 두어 개 정도 쩍 간 상태였다.

깨지고 금 간 요령을 술법사에게 건네주며 말했다.

"살살 치시오. 생각보다 쉽게 쪼개지는 것 같으니."

"……!"

나는 표사들을 이끌고 오른쪽 협곡으로 뛰어들어 갔다.

삼십여 장을 달려 나가자 술법사의 말처럼 정말 하나로 합쳐졌다.

그때부터는 돌멩이 깔린 지대가 끝나고 부드러운 땅이 시작되었다. 시야가 미치는 석벽은 이끼들로 가득했고, 어디선가 가랑비처럼 떨어져 내린 물방울들이 바닥을 촉촉하게 적셨다.

물과 흙과 햇빛이 조금이라도 있으면 식물은 기어이 뿌리를 내린다. 어느 순간부터 주변이 온통 딸기밭이었다.

아무리 작게 잡아도 이천칠백여 명의 사람들이 휩쓸고 지나간 바람에 중앙의 통로 쪽은 이미 엉망진창이었다. 그래도 햇빛이 비치는 왼쪽 가장자리에 아직도 많이 남아 있는 딸기들이 그렇게 먹음직스러워

보일 수가 없었다.

당군백이 달려가며 말했다.

"이걸 여기서 보다니."

"뭔데 그러시오?"

"환몽지초(幻夢之草)라고, 겉으로 보기엔 딸기 같지만 먹으면 온갖 환각과 환청에 시달리다 스스로 목숨을 끊고 마는……."

"카악 퉤! 퉤! 퉤!"

당군백의 말이 끝나기도 전에 누군가 다급히 침을 뱉어대기 시작했다. 그 바람에 달리기를 뚝 멈추고 주변을 살폈다.

당군백이 급히 호리독사에게 물었다.

"몇 개나 드셨어요?"

"다섯 개 먹었습니다."

"그걸 왜!"

"맛만 본다는 것이 그만."

"술을 마시고 토하길 세 번 정도 반복하세요."

"물로 하면 안 됩니까?"

"물론 되죠."

"다행이군요."

"대신 종일 환청에 시달리겠지만."

움찔 놀란 독사는 곧장 술을 벌컥벌컥 마신 후 스스로 혈도를 눌러 토악질을 했다. 다들 아침도 거르고 뛰어왔는데 혼자 뭘 그렇게 먹었는지 내용물이 한 바가지였다.

나는 표사들을 돌아보며 말했다.

"다들 아무거나 주워 먹지 않도록!"
"존명!"

안쪽으로 들어갈수록 환몽지초의 숫자도 늘어났다.
팔대금지치고는 무언가 조금 심심하다고 생각하던 찰나였다. 갑자기 지독한 비린내와 함께 눈앞에 기괴한 광경이 펼쳐졌다.
수천 마리의 뱀들이 무언가에 짓이겨지고, 찢기고, 토막 난 채 죽어 있었다. 그 한가운데서는 백여 명의 사람들이 가부좌를 틀고 앉아 죽으라고 운기행공을 하는 중이었다.
"뱀 반 사람 반이군."
"무슨 일이 있었던 거지?"
"모두 뱀에게 물린 것 같아요."
호리독사, 남궁소소, 조영영이 차례로 한 말이었다.
한데 죽은 뱀들의 모양이 좀 이상했다. 하나같이 붉은빛에 대가리에는 작은 돌기 같은 것이 삐죽 솟아 있었다.
당군백이 신음처럼 말했다.
"설마 독각사(獨角蛇)?"
"그건 또 뭐요?"
"환몽지초를 먹고 산다는 독사예요. 기괴한 생김새와 달리 독성은 일반 독사보다 조금 더 강한 수준이고요. 다만 번식력이 아주 뛰어나서 한 마리가 발견되면 주변이 온통 독각사의 소굴인 경우가 많아요."
인세에 보기 드문 환몽지초와 수천 마리의 독각사는 결코 우연히 이곳에 있는 것이 아니다. 누군가가 자연의 섭리를 이용해 반영구적으로 발동이 가능한 독진(毒陣)을 펼쳐놓은 것이다.

그러나 이백여 년 동안 인간의 접근을 막았던 환몽지초와 독각사의 독진도 물밀듯이 쏟아져 들어오는 사람들 앞에서는 소용이 없었던 모양이다.

"저 사람들은 살 수 있겠소?"

"고수들은 내공으로 태우면 될 것이고, 도저히 감당이 안 되겠다 싶은 사람들은 딸기처럼 생긴 환몽지초를 따다 먹으면 도움이 될 거예요."

당군백은 중독자들이 알아들을 수 있도록 일부러 '딸기처럼 생긴'이라고 말했다. 저들을 살리고 싶어 하는 내 의중을 간파한 것이다.

"아깐 독초라고 하더니."

"원래 독과 약은 둘이 아니에요. 대신 물과 희석해서 아주 조금씩 시간을 두고 천천히 복용해야 해요. 운기행공도 쉬지 말고요."

당군백의 말이 끝나기도 전에 백여 명의 중독자들이 환몽지초를 찾아 사방으로 기어가기 시작했다.

계속해서 협곡 속을 달렸다.

수십 장의 간격으로 사람들에 의해 짓뭉개진 기화요초들이 나타났다. 그때마다 쓰러져 신음하는 사람들과 새까맣게 짓밟힌 독물들을 만났다.

날아다니는 독지네 비천오공, 황소도 쓰러뜨린다는 독벌 금망대봉, 사람의 얼굴을 닮은 독거미 인면지주까지. 소문으로만 듣던 이름들이 당군백의 입에서 흘러나올 때마다 등줄기가 서늘해졌다.

반면 당군백은 마치 귀한 장난감이라도 찾은 것처럼 살아 있는 것들을 암수 한 쌍씩 채집해 항상 갖고 다니는 작은 호리병들 속에 넣었다.

그러던 어느 순간, 갑자기 사람들이 앞서 달려간 전방으로부터 굉음이 들리기 시작했다. 어떤 때는 천둥이 치는 것 같고, 어떤 때는 지진이 일어나는 것 같았으며, 어떤 때는 우박이 쏟아지는 것 같았다. 그때마다 찢어지는 듯한 비명이 협곡 전체에 울려 퍼졌다.

독물들이 출현했던 구역을 지나 수십여 장을 더 달리자 어른 머리통만 한 크기의 날카롭게 쪼개진 돌덩어리들이 사방에 나뒹굴었다. 대략 십여 장 정도의 거리만 딱 그랬는데, 얼마나 많은지 바닥의 빈틈을 찾아볼 수가 없었다.

돌덩어리 아래에는 오십여 명에 달하는 사람들이 피투성이가 된 채 깔려 죽어 있었다. 이는 눈앞에 보이는 저 많은 돌덩어리들이 위에서 떨어졌음을 의미했다. 앞서 맨 처음 들렸던 천둥소리의 원인이었다.

"기관진식이에요."

남궁소소가 옆으로 다가와 말했다. 좀처럼 나서지 않다가 상황이 심각해지자 저도 모르게 나선 모양이었다.

"기관진식에 대해서도 조예가 있으시오?"

"기문과 기관은 본래 한 계통이죠."

"지금부터 내 옆에 있으시오."

"알겠어요."

기관진식의 함정은 계속해서 나타났다.

다만 모두가 파괴된 채로였다.

어떤 곳은 대여섯 장 깊이로 바닥이 쑥 꺼진 가운데 뾰족한 창이 빽빽하게 솟아 있었다. 어떤 곳에는 쇠못이 숭숭 박힌 통나무 수백 개가 허공에 매달려 있었고, 어떤 곳에는 사방 벽에 만 발은 될 듯한 강철 화살이 박혀 있었다. 그런가 하면 매캐한 연기와 함께 기름불이 솟구치는 곳도 있었다.

화마는 우리가 도착했을 때조차 아직 꺼지지 않은 상태였다.

모든 난관마다 희생자가 속출했다. 앞서 독물이 출현하는 구간과 달리 이곳의 희생자들은 손을 쓸 사이도 없이 이미 피투성이가 되거나 불에 그을려 죽어 있었다. 실로 무시무시한 기관진식들이었다.

정말 놀라고 펄쩍 뛸 일은 그럼에도 불구하고 여전히 이천여 명에 달하는 사람들이 이 많은 기관진식들을 통과했다는 사실이었다.

남궁소소가 말했다.

"독진도 그렇고 기관진도 그렇고. 이곳을 설계하고 설치한 전대의 진법가들도 삼천 명이 한꺼번에 밀고 들어오는 건 예상치 못했던 것 같아요."

"사람들이 점점 조직화되고 있소."

"그건 어떻게 알죠?"

"아까부터 함정은 갈수록 위험해지는데 희생자들의 숫자는 반대로 점점 줄어들고 있소. 이는 사람들이 각자의 역할을 찾아보다 효율적으로 움직이기 시작했다는 뜻이오."

"무려 삼천여 명이 모였으니 군백처럼 독에 조예가 깊은 사람들도 적지 않을 거예요. 기관진식도 마찬가지고요."

"내 뒤에 왔더라면 좋았을걸."

"그랬다면 비룡당의 표사들이 죽었겠죠."

"이렇게까지 희생이 클 줄은 몰랐소."

"이곳이 죽을 자리인 줄 모르고 온 사람은 단 한 명도 없어요. 당주님께서는 다만 그들에게 죽음을 각오하고서라도 기연과 보물을 얻을 기회를 제공해 주었을 뿐. 선택은 각자가 하는 거죠."

남궁소소는 어떻게든 나를 위로하려고 했지만, 좀처럼 불편함이 가시지 않았다. 꼭 목에 커다란 가시가 걸린 것 같았다.

"그나저나 우리야 보물을 찾으러 온 것이 아니니 저들과 딱히 싸울 일이 없겠지만, 삼뇌와 천마성교의 잔당들은 죽을 맛이겠군요."

"여길 좀 보십시오!"

남궁소소가 분위기를 바꾸려고 하는 사이 화마를 피해 척후를 살피던 표사가 외쳤다.

황급히 달려가 보니 협곡의 방향이 꺾이며 갑자기 어두워졌다. 까마득히 보이는 위쪽의 석벽이 붙어버리면서 햇빛이 가려진 탓이다. 이제부터는 사실상 커다란 동굴인 셈이었다.

그리고 동굴의 입구랄 수 있는 위치의 오른쪽 석벽에 음각으로 이렇게 새겨져 있었다.

〈오독육관(五毒六關)을 뚫고 들어온 것에 대한 대가를 지불하겠다. 만족하고 돌아간다면 목숨을 보전할 수 있을 것이다.〉

주변엔 요강단지만 한 항아리 십여 개가 몇 개는 깨지고 몇 개는 엎어진 채 나뒹굴고 있었다.

저만치 떨어진 구석에서 호리독사가 은전 하나를 주워들고 왔다.

"저 항아리마다 이게 들어 있었나 봅니다."

항아리 하나마다 은전이 만 개는 들어갈 것 같았다.

열 개니 모두 십만 냥쯤 되는 거액이었다. 이곳까지 살아서 들어 온 이천여 명이 사이좋게 나누면 한 사람당 대략 오십 냥씩은 챙길 수 있었을 것이다.

그러나 목숨을 걸고 들어온 값으로는 턱없이 작았다. 그래서인지 단 한 명도 돌아가는 사람 없이 모두 저 시커먼 동굴 속으로 들어가 버렸다.

"이럴 땐 사람 많은 게 오히려 불리하군요."

"돈이 얼마가 됐어도 들어갔을걸요."

"그럴까요?"

"이곳이 어떤 곳인지 몰랐다면 모를까, 분명히 알고 왔고 또 은전까지 본 이상 그냥 돌아가기는 쉽지 않았을 거예요. 결정적으로 두려움을 나눠 가질 동료들이 이천여 명이나 되고요."

"듣고 보니 그렇군요."

조영영과 남궁소소가 나눈 대화였다.

가불염이 말했다.

"시간이 지체될수록 묵룡당주님이 위험해집니다."

모두가 나를 바라보았다.

솔직히 이쯤 되니 나도 살짝 겁이 났다.

내 목숨이 아까워서가 아니다. 나를 아들처럼 대해주는 이종산을 위해서라도 한 번쯤은 위험을 무릅쓸 각오가 되어 있다. 그러나 이병룡 이 개자식을 구하기 위해 비룡당의 표사들 전부를 위험에 빠뜨리는 건 내키지 않았다. 모두가 나를 믿고 새로운 인생을 설계하기 위해 천룡표국을 찾아온 인재들이 아닌가.

"전원 여기서 대기하도록."

"당주님!"

"지금부터는 나 혼자 들어가겠습니다."

"그건 안 됩니다!"

"명령입니다."

명령이라는 한마디에 가불염은 합죽이가 되어버렸다. 하지만 받아들이기가 쉽지 않은지 어깨를 부르르 떨었다. 평소 내 말이라면 추호의 의심도 없이 따르던 습관이 오히려 지금은 그의 발목을 잡고 있었다.

당군백, 조영영 등도 지금 와서 그게 무슨 말이냐는 듯 눈을 동그랗게 떴다.

일일이 납득시키고 있을 시간이 없다.

"지금부터 가불염 표두가 비룡당을 이끕니다."

동굴 속으로 들어가자 바깥에선 들리지 않던 굉음들이 귓속을 사정없이 파고들었다. 그건 꽝꽝 쳐대는 천둥 번개와 폐부를 찌르는 악귀들의 울부짖음과 수천 명의 칼싸움이 함께 어우러지면서 나는 듯한 소리였다.

단지 소리만 존재하는 것이 아니었다. 실제로도 천둥 번개가 꽝꽝 치고 있었다.

섬광이 번쩍일 때마다 언뜻언뜻 보이는 풍경은 실로 충격적이었다. 거대한 지하 공동 전역에서 온갖 종류의 듣도 보도 못한 악귀 수천 마리가 갖가지 모양의 병장기를 뽑아 들고는 서로를 향해 죽일 듯이 덤벼들고 있었다.

그 와중에 사방팔방의 땅밑에서는 시뻘건 화염이 솟구쳐 악귀들을 화덕 속의 통닭처럼 구워대고 있었다. 그때마다 악귀들은 고통에 몸부림치며 울부짖었다.

'지옥도!'

지옥이 있다면 바로 이런 그림일 것이다.

상상도 못 했던 광경에 나는 그만 오금이 저렸다. 저 많은 악귀들은 대체 어디에서 튀어나왔으며, 앞서 뛰어들어간 사람들은 또 어디로 사라졌단 말인가.

가만히 있을 수 없어 한 걸음을 옮기고 두 걸음째 옮기려는 순간, 무형의 기운이 내 몸을 관통하는 게 느껴졌다. 이어 하단전에서부터 오장육부를 태워 버릴 것 같은 열기가 솟구쳐 올라왔다. 한동안 잠잠하던 부적이 깨어난 것이다.

그와 동시에 입고 있던 옷이 부풀어 오르기 시작했다. 헝클어진 머리카락은 허공으로 넘실거렸고, 두 눈은 갑자기 밝아져 어둠 속에서도 삼 장 밖에 있는 개미를 볼 수 있을 지경이 되었다.

더불어 몸 전체가 주체할 수 없는 활력으로 가득 찼다. 손을 뻗으면 뻗는 대로, 검을 휘두르면 휘두르는 대로 모든 걸 부수고 갈라 버릴 수 있을 것만 같았다.

'이런 적은 없었는데!'

잠시 후, 부적의 열기가 사그라지면서 옷자락도 사그라들었다. 동시에 눈을 미혹하던 모든 것들 또한 시야에서 깨끗하게 사라졌다.

그리고 나타난 광경은 더욱 놀라웠다. 석벽마다 기기묘묘한 부적들이 끝도 없이 새겨져 있고, 가장자리를 따라 돌탑 수백 개가 쌓여 있는 거대한 지하 공동이 눈앞에 펼쳐졌다.

그곳에서 이천여 명에 달하는 사파와 흑도인들이 원수라도 만난 것처럼 서로 싸우고 있었다. 흑교방, 야월방, 우도방, 잔월방, 비응방, 벽수채, 용수채 등의 흑도들도 마찬가지였다. 혼전 중에 피아를 식별하기 위해 둘렀다는 형형색색의 두건이 무색하게 그들은 같은 방파의 방도들끼리도 칼을 휘두르고 있었다.

'이 무슨 어처구니없는!'

아마 서로를 악귀로 인식하고 저렇게 죽을 때까지 싸우도록 설계된 기문진인 것 같았다. 한데 그 아수라장 속에서 나에게만 유일하게 기문진이 전혀 먹혀들지 않았다.

서둘러 주변을 돌아보았다. 조금 떨어진 곳에 어른 상체만 한 바윗덩어리가 있었다.

갑자기 왜 그런 무모한 생각이 들었는지는 모른다. 하면 할 수 있을 것 같았고, 그래서 했다. 마치 몸 안의 공력이 일시적으로 증폭된 것 같은 기분.

쿵쿵 달려가 바윗덩어리를 번쩍 들어 올렸다. 이어 공동의 석벽 한가운데 있는 병풍만 한 부적을 향해 모든 공력을 끌어 올려 냅다 던졌다.

꽈앙!

바위가 터지고 석벽의 일부가 떨어져 내리면서 부적이 흔적도 없이 사라져 버렸다. 거기서 만족하지 않고 또 다른 동그스름한 바위를 들어다 가장자리를 따라 늘어선 돌탑들을 향해 굴리듯 던졌다.

쿵! 쿠구구궁! 쿵! 쿵! 쿵!

사람 키 높이의 돌탑 십여 개가 와르르 무너졌다.

동시에 죽일 듯이 싸우던 이천여 명의 사람들도 화들짝 놀라서는 뒤로 물러나기 시작했다. 마침내 기문진이 깨져 버린 것이다.

뒤늦게 정신을 차린 사람들은 당황해서 어쩔 줄을 몰라 했다.

그때 저만치에서 제자들의 부축을 받으며 주저앉아 헉헉거리는 천면신투가 보였다. 누구의 칼에 당했는지 가슴 쪽 옷자락이 길게 잘려나간 상태였다. 피도 제법 흘렀다. 뒤쪽에는 그의 것으로 짐작되는 작은 행낭 하나가 떨어져 있었다.

다른 사람들이 채가기 전에 얼른 다가가 주워서는 구석진 곳으로 갔다. 서둘러 행낭을 열어보니 정체를 알 수 없는 각종 도구들이 나왔다. 그중에 인피면구가 한 장 있었다.

재빨리 뒤집어쓰고 이목구비를 대충 맞추었다. 그런 다음엔 머리카락 묶은 끈을 잘라 산발로 만들어 부족한 정교함을 감추었다. 마지막으로 저만치 쓰러져 있는 사람에게 다가가 옷을 바꿔 입었다. 잠깐 사이에 나는 완전히 다른 사람으로 변신했다.

이어 사람들이 어둠 속에서 숨을 고르고 부상을 치료하는 틈을 타 더 깊은 동굴 속으로 뛰어 들어갔다.

얼마나 달렸을까?

한 무리의 무인들이 횃불 수십 개를 밝힌 채 마차 두 대가 지나갈 정도로 좁아진 길목을 지키고 서 있었다. 숫자는 백여 명, 삼뇌의 탁월한 영도력 아래 모든 관문을 무사히 통과한 천마성교의 잔당들이었다.

그러나 아주 날로 통과한 것은 아닌지 다들 여기저기 옷자락이 찢어진 데다 지치고 피곤한 기색들이 역력했다.

"놈들이 온다!"

채채채채채챙!

뒤늦게 내 기척을 느낀 놈들이 일제히 도검을 뽑아 들며 살기를 끌어올렸다. 동시에 횃불 십여 개를 일 장 간격으로 툭툭 던져놓았다. 그러자 십여 장의 공간이 대낮처럼 밝아졌다.

"한 명?"

어둠 속에서 나타난 나를 발견하고 누군가 목구멍을 쥐어짰다. 고수들이 한바탕 몰려오는 줄 알았다가 살짝 실망한 모양이었다.

내가 말했다.

"비켜!"

"이런 미친!"

뻥! 뻐버벙! 뻥! 뻥!

단지 좌장과 우장을 번갈아 난사했을 뿐이다. 한데 선두에서 칼을 휘둘러 오던 여섯 명이 전권 속으로 들어오기도 전에 뻥뻥 나가떨어졌다.

벽공장력(劈空掌力)! 말 그대로 허공을 쳐서 멀리 떨어진 상대에게 강력한 타격을 주는 수법이었다. 최소 삼 갑자 이상의 내공이 있어야만 가능한 최상승의 경지.

장법을 펼친 나도, 당한 놈들도 한순간 깜짝 놀랐다.

"모두 쳐라!"

백여 명의 마교도들이 좁은 동굴을 가득 메우며 돌진해 왔다. 허공을 휘젓는 시퍼런 칼날이 마치 칼의 그물처럼 느껴졌다. 하지만 답답하도록 느려 터졌다.

나는 빗살처럼 놈들 사이를 옮겨가며 주먹으로, 손바닥으로, 어깨로, 팔꿈치로 전신을 난타했다.

퍽! 빠빙! 퍽! 퍽! 퍽!

그때마다 놈들은 물소 대가리에 받친 것처럼 뻥뻥 나가떨어졌다.

불과 며칠 전 이들을 처음 만났을 때만 해도 분명 피 냄새 철철 흐르는 일류 고수들이었다. 한데 지금은 손가락으로도 눌러 죽일 수 있을 미물처럼 느껴졌다.

이백 년 전, 하늘 아래 더는 적수가 없어 마교를 일통하고 홀로 천하를 오시했다는 천마가 이런 기분이었을까 싶었다.

천마성교의 잔당 백여 명을 때려눕힌 나는 동굴 속 더 깊은 곳으로 달려갔다.

오십 장쯤 갔을 때였다. 동굴이 점점 넓어지는가 싶더니 깡깡 쇳소리와 함께 수많은 그림자들이 어지럽게 일렁이는 게 보였다.

삼뇌가 이끄는 천마성교의 잔당들이 수십 개의 횃불을 밝힌 채 거대한 문 앞에서 누군가와 싸우고 있었다. 다만 통로를 꽉 채우고 있어서 앞쪽의 상황이 전혀 보이지 않았다.

어차피 싸워야 할 자들, 나는 구태여 소리를 죽이며 접근할 필요성을 느끼지 못했다.

척! 척! 척!

"뒤쪽에서 누가 달려오고 있습니다!"

"저지대가 뚫린 것 같습니다!"

"막아라!"

뒤쪽에 있던 놈들 중 일부가 떨어져 나를 향해 쇄도해 왔다.

나는 달려가는 기세 그대로 벽공장부터 펼쳤다.

뻐엉!

굉음과 함께 도검을 찔러 오던 선두의 서너 명이 튕겨 날아갔다.

순간, 이능력과 귀영무의 보법을 동시에 펼치며 신형을 쭉 쏘았다. 이어 체공 상태에서 아직 떨어지지 않은 두 놈의 가슴팍을 양손으로 하나씩 잡은 다음 그대로 밀어붙였다. 막강한 힘을 감당하지 못한 수십 명이 밀려 나가며 쓰러졌다.

쓰러져 뒹구는 놈들을 닥치는 대로 짓밟으며 뒤쪽의 아직 쓰러지지 않은 놈들을 향해서는 벽공장을 난사했다.

뻐엉! 뻐벙! 뻥! 뻥!

놈들은 사방팔방으로 튕겨 날아갔고, 그들이 휘두르는 칼날은 내 근처에도 이르지 못했다.

그렇게 대여섯 장을 나아갔을 때 삼뇌의 목소리가 울려 퍼졌다.

"모두 멈춰라!"

놈들의 공격이 거짓말처럼 뚝 그쳤다. 앞쪽에서 누군가를 상대로 공방을 벌이던 자들도 그 즉시 싸움을 멈추었다.

잠깐 사이 내 주변엔 오십여 명이 쓰러져 나뒹굴고 있었다. 그야말로 압도적인 무력 앞에 천마성교의 잔당들은 하나같이 눈으로 보고도 믿기지 않는다는 표정들이었다.

나는 계속해서 걸어갔다. 앞에는 아직 천마성교의 잔당들이 잔뜩 버티고 서 있었다.

안광을 폭사하며 목소리를 변조해 말했다.

"비켜!"

"비켜주어라!"

삼뇌의 말이 떨어지기 무섭게 백오십여 명의 중무장한 무인들이 일제히 좌우로 쫙 갈라졌다.

그제야 앞쪽의 상황이 한눈에 보였다.

연소교를 비롯한 이십여 명의 마인들이 도검을 뽑아 든 채 거친 숨을 몰아쉬고 있었다. 들썩이는 어깨와 피 칠갑이 된 날붙이들, 그리고 바닥에 쓰러져 뒹구는 수십 명의 마인들로 미루어 격전이 얼마나 치열했는지를 알 것 같았다.

그들 사이에 이병룡이 서 있었다. 그는 아직도 쇠사슬에 묶인 채 야차곤에게 사로잡힌 상태였다. 그새 또 무슨 일로 처맞았는지 얼굴이 마지막으로 보았을 때보다도 더 부은 상태였다.

"어떤 고인의 제자께서 왕림을 해주셨는가?"

익숙한 목소리에 고개를 돌려보니 옆으로 물러난 천마성교의 잔당들 사이에서 한 사람이 걸어 나오고 있었다.

건장한 체격의 장한은 나무통 하나를 앞쪽으로 짊어지고 있었는데, 그 안에 삼뇌가 얼굴만 내놓은 채 들어앉아 있었다. 볼 때마다 사인교를 탄 상태였던 이유가 걷지를 못해서였던 모양이다.

삼뇌가 다시 물었다.

"천마성교가 어떤 문하의 누구에게 선수를 양보했는지는 알게 해주시게. 난 뇌천자라고 하네."

"관심 없소만."

무공을 숨기기 위해 옷을 바꿔 입고 인피면구까지 뒤집어썼다. 이런 상황에서 통성명을 할 리가 없지 않은가.

"연지불침(連枝不搵)이란 말을 아시는가?"

"……?"

"하나의 뿌리에서 나온 가지는 아무리 무성하게 자라도 서로를 찌르는 법이 없다. 아주 오래전, 천마성교가 천하대광명종이던 시절부터 전해 내려온 말일세."

이건 또 무슨 소리.

"나와 천마성교의 후예들, 그리고 저기 있는 천살마녀의 수하들이 오독육관과 환상마라혈진(幻像魔羅血陣)을 별 어려움 없이 통과해 이곳까지 올 수 있었던 이유이기도 하고."

삼뇌는 잠시 사이를 두었다가 무서운 눈길로 나를 노려보며 말했다.

"마총의 기문진이 사람을 잘못 본 게 아니라면 귀하도 우리와 같은 뿌리에서 난 가지인 듯싶네만."

삼뇌는 나를 연소교처럼 다른 여섯 마교 중 한 곳의 맥을 이은 후예라고 생각하는 것 같았다.

일전에 칠량 협곡에서 구곡미혼진을 뚫은 이정룡과 연관 짓지 못하는 것은 지금 내 공력이 어마어마하기 때문일 것이다. 역용을 하지 않았다면 정말 큰일 날 뻔했다. 내가 기문진을 통과할 수 있었던 건 순전히 죽간본의 부적 때문인데. 이정룡이라는 걸 알면 천룡표국은 하루아침에 마교의 소굴이 되어버린다.

'죽을 때까지 숨겨야겠구나.'

나는 그제야 갑자기 공력이 증폭된 이유를 어렴풋이나마 짐작했다. 환상마라혈진과 부적이 공명하며 생긴 현상이었다. 고로 지금 내 몸속에서 주체할 수 없을 정도로 넘치는 힘은 순수한 공력이라기보다 일종의 진력(陣力)이었다.

"내가 누군지 알면?"

"아시다시피 이백 년 전에는 우리 모두가 하나였지. 나는 다시 그렇게 되길 바라고 있네. 우리가 힘을 합치기만 하면 천하를 도모하는 것도 불가능한 일이 아닐세."

"당신을 교주로 모시고 말이오?"

"오히려 그 반대일세. 내가 새로운 교주를 모실 것이네. 물론 새로운 교주가 되고자 하는 사람은 스스로 자격을 증명해야 하겠지만."

순간, 나를 바라보는 삼뇌의 눈길에서 기이한 열기가 느껴졌다. 저건 반드시 손에 넣고 싶은 무언가를 발견했을 때의 어떤 열망 같은 것이었다.

"우린 빼주시죠."

연소교가 불쑥 끼어들었다.

그녀의 말이 이어졌다.

"팔마종이 비록 하나의 뿌리에서 시작되었다고는 하나 마교 분파의 시대가 무려 오백 년이나 이어졌죠. 세월을 거슬러 오르기엔 우린 이미 너무나 다릅니다."

"마교 분파의 시대는 삼백 년 만에 끝이 났고, 천마성교의 하늘이 구대에 걸쳐 이백 년이나 지속되었음을 모르는 바는 아니겠지?"

"우리는 그 이백 년을 핍박과 압제의 시대라고 하지요."

"한 뿌리에서 난 가지들도 제각각의 모양과 방향이 있는 법. 이백 년의 세월이면 하나의 하늘로 불리기에 충분하다."

"그 하늘조차 무너진 지 수십 년이 지났다는 사실을 자꾸 간과하시는 걸 보니 망령이라도 드신 건 아닌지 모르겠군요."

"저런 무엄한!"

빠엉!

당주급으로 짐작되는 고수 하나가 튀어나왔다가 내가 내지른 벽공장을 맞았다. 그는 그대로 튕겨 날아가 석벽과 부딪힌 후 떨어졌다.

내가 삼뇌를 돌아보며 물었다.

"지금 이곳은 내가 통제하고 있는 줄 알았는데, 아니오?"

삼뇌는 주변을 돌아보며 말했다.

"아무도 나서지 마라!"

나는 그제서야 만족한 얼굴이 되어 연소교를 돌아보았다.

"당신은 어때?"

"원하는 게 뭐죠?"

"질문은 나만 한다."

"이곳이 음양쌍교의 마총이라는 건 알고 있나요?"

빵!

인정사정없는 벽공장에 칠척장신의 야차곤이 삼 장을 날아가 제 등으로 거대한 문을 때리고 떨어졌다. 절체절명의 순간 야차곤이 연소교를 막아섰기 때문이다. 만약 그가 나서지 않았다면 문을 때린 것은 연소교였을 것이다.

"다시 묻지. 내가 장악한 것 맞나?"

"그런 것 같군요."

"문 열어."

연소교는 대답 대신 옆으로 슬쩍 비켜났다.

입구를 막아선 문은 오 장 높이의 아름드리 통나무 수십 개를 강철판으로 연결해 만든 것이었다.

크기나 육중함으로 따지면 사실상 성문(城門)이나 다름없었다. 게다가 어떻게 방부 처리를 했는지 이백 년이나 지났는데도 불구하고 전혀 썩지 않은 상태였다.

바닥에서 반 장 정도 높이에는 수. 금. 지. 화. 목. 토. 천. 해의 여덟 글자가 큼지막하게 양각된 손잡이가 있었다.

"팔성지문(八星之門)이라고, 이걸 정확한 순서대로 당겨야만 문이 열리죠. 하나라도 잘못 당긴다면 머리 위에서 유황불이 쏟아질 거예요."

"한데 왜 당기지 않지?"

"그건 이자가 알고 있어요. 그를 달래 문을 열려고 하는 순간 저들이 나타나 잠시 교전이 벌어지던 중이었지요."

연소교가 말한 이자는 이병룡이었다.

"당신들 음양쌍교의 후예라고 하지 않았나? 한데 왜 장보도는 물론이고 마총의 마지막 석실을 여는 방법까지 엉뚱한 사람이 알고 있는 거지?"

"이백 년은 생각보다 긴 시간이죠."

"누구라도 소유권을 주장하기가 애매해질 만큼 말이지."

그때 이병룡이 내게로 달려오려 했다. 그러나 나가떨어진 야차곤을 대신해 짝눈 설표가 쇠사슬을 잡고 있어서 올 수가 없었다.

이병룡은 마지막 구명줄이라도 잡은 것처럼 나를 향해 다급하게 말했다.

"지금 당장 이자들을 모조리 물리쳐 주시오. 하면 내가 순서를 가르쳐 주겠소. 그런 다음 귀하는 성보와 보물을 원하는 만큼 손에 넣고, 나머진 내가 가지겠소. 참고로 나는 표왕의 셋째 아들이오."

이쯤에서 나중에라도 누군가 오늘을 되짚어봤을 때 나를 이정룡과 연결 짓지 못하도록 무언가를 보여주어야 한다.

설표를 바라보며 말했다.

"풀어줘."

이병룡의 얼굴에서 화색이 돌았다.

설표는 자기 선에서 결정을 내리지 않고 연소교를 돌아보았다. 그녀가 고개를 끄덕였다.

설표가 쇠사슬을 전부 풀어주었고, 이병룡은 자유의 몸이 되는 순간 내게로 후다닥 달려왔다.

그 순간 따귀가 작렬했다.

짜악!

이병룡은 얼굴부터 땅바닥에 처박히면서 기절해 버렸다.

발끝으로 항문을 정조준해 냅다 걷어차자 그제야 번쩍 정신을 차렸다. 하지만 이어지는 고통에 입이 쩍 벌어져서는 눈동자를 하얗게 까뒤집었다.

그러다 한참 만에야 겨우 숨을 쉬기 시작했다.

"대체 왜……."

"한 번만 더 내게 이래라저래라 하면 그 즉시 혀를 뽑아버릴 테니 그렇게 알도록."

"내 제안은……."

"옆에 붙어 있어."

"정녕 믿어도 되겠소?"

"더 처맞기 싫으면 닥치고 문이나 열어!"

이병룡은 사력을 다해 일어서더니 여덟 개의 손잡이를 차례대로 당겼다. 마침내 거대한 성문이 올라가기 시작했다.

꾸구구궁.

나는 이병룡을 앞세우고 천천히 안으로 들어갔다. 연소교 일당이 횃불을 밝힌 채 뒤따랐다.

고작 이십여 걸음을 옮겼다고 생각했을 때였다.

꾸르르르!

갑작스러운 소리에 돌아보니 위로 올라갔던 성문이 다시 떨어져 내리고 있었다.

아직 안으로 들어오지 못한 삼뇌와 천마성교의 잔당들이 크게 당황해했다.

쾅!

성문은 나와 이병룡 그리고 연소교 일당만을 들여보낸 후 끝내 다시 닫혀 버렸다.

모두가 미련을 버리고 다시 돌아섰다.

대여섯 명이 횃불을 들었지만, 빛은 공간을 다 채우지 못하고 있었다. 성문이 떨어지면서 울리는 소리도 그렇고, 다시 거대한 지하 공동에 와 있는 것 같았다.

잠시 후, 누군가 항아리를 발견하고 횃불을 집어넣었다. 그러자 무슨 조화를 어떻게 부렸는지 기름불이 반 장 높이로 솟구치며 주변이 환해졌다.

그때부터 횃불을 든 연소교의 수하들이 사방팔방으로 돌아다니면서 십여 개의 기름 항아리를 찾아 불을 붙였다.

그렇게 해서 드러난 광경은 충격 그 자체였다. 가장자리가 잘 보이지 않을 정도로 거대한 지하 공동 한가운데 금과 은으로 만든 식기며 각종 법구(法具), 이를테면 범종·법고·요령·요발 등이 뿌옇게 먼지가 앉은 채 산더미처럼 쌓여 있었다. 꼭꼭 눌러 담아도 수레 열 대 분량은 족히 될 것 같았다.

상상조차 해본 적 없을 만큼 방대한 양의 보물 앞에서 나와 이병룡은 그만 입이 떡 벌어졌다.

그러다 보물 더미 한가운데 솟은 작은 석대 위에 놓인 목함을 발견했다. 갑자기 분위기가 쩌정쩡 얼어붙는 것을 느껴졌다.

슬그머니 돌아보니 연소교를 비롯해 그녀의 수하들 전부가 나를 바라보며 서 있었다.

그건 일종의 검진이었다.

며칠 전 저들을 안내해 벽호산으로 오던 중 삼뇌와 천마성교의 잔당들을 만나 펼치는 걸 본 적 있다. 이름이 강마진(降魔陣)이라고 하던가.

연소교가 말했다.

"저 목함은 우리에게 양보해 주시죠."

"가지고 나갈 방법은 있고?"

문밖에 삼뇌를 비롯한 천마신교의 잔당들이 버티고 있다. 조금 떨어진 곳에는 흑도와 사파인들 이천여 명이 있고.

그들 모두를 뚫고 지나가야 한다.

"귀하가 도와준다면."

"내가 왜?"

"대신 보물은 우리가 안전한 곳까지 운송해 드리죠. 귀하의 무공이 아무리 절륜해도 혼자서 우리 스무 명이 짊어지고 가는 양을 감당할 순 없을 거예요."

"내가 없었으면 어떻게 하려고 했지?"

"제안을 받아들인다는 뜻인가요?"

"질문은 나만 한다고 했을 텐데."

"원래 계획은 삼뇌보다 먼저 도착해 목함만 챙겨서 나간 후 마총을 폭파해 버리는 것이었어요. 한데 아시다시피 지금은 너무 늦어버렸죠."

"천마성교와 하나가 되는 걸 왜 그렇게 싫어하는 거지? 어차피 모두 천하대광명종에서 갈려져 나온 분파가 아닌가? 오백 년은 한 나라의 역사로는 제법 긴 세월이지만, 종교의 역사로는 잠깐에 불과한데."

"당신, 팔마종의 사람이 아니군요."

"내가 질문하면 당신은 대답을 한다. 이게 그렇게 어려운 요구인가? 아니면 내가 여자라고 안 때릴 사람처럼 보이는 건가?"

그때였다.

꾸르르르 쾅!

갑자기 성문이 다시 열리면서 삼뇌와 그 일당이 들이닥쳤다. 앞서 이병룡이 쇠고리 잡아당기는 순서를 예사로 보지 않고 기억해 두었다가 그대로 한 모양이었다.

뿐만 아니라 올라간 성문은 천장에 붙어 내려오질 않았다. 바깥에서 누군가 쇠고리를 잡아당기고 있는 것 같았다.

그 짧은 순간에 기관 장치까지 간파를 하다니. 과연 천마성교의 마지막 군사다웠다.

한데 진짜배기는 따로 있었다. 열린 문 아래로 이천여 명의 흑도와 사파인들이 물밀듯이 밀고 들어왔다.

"와아아아!"

뻐엉! 뻐엉! 뻐엉!

나는 재빨리 벽공장을 펼쳐 세 개의 기름 항아리를 쓰러뜨렸다. 기름이 한 방향으로 쏟아지며 이천 명의 무림인들과 우리 사이에 십여 장 정도 불로 만든 장벽이 세워졌다. 장벽의 이쪽에서 연소교의 수하들도 일제히 도검을 뽑아 쥔 채 검진을 펼쳤다.

이천여 명의 흑도와 사파인들은 눈앞에 산더미처럼 쌓인 보물을 발견하고는 눈이 회까닥 뒤집혔다. 정황으로 미루어 삼뇌와 이천여 명은 이미 한통속이 된 것 같았다. 정확하게는 삼뇌가 저들을 선동했을 것이다.

나무통을 앞쪽으로 짊어진 장한이 사람들의 호위를 받으며 걸어 나왔다.

나는 나무통 속에 든 그를 노려보며 말했다.

"재주가 좋소이다?"

"문을 열어주는 대신 나는 목함을 갖고 사람들은 보물을 나눠 가지는 것으로 합의를 보았지. 우리는 대충 그렇게 정리를 했는데, 안쪽에선 어떻게 정리가 되었는지 모르겠군."

"늙은 생강이 역시 맵군요."

"목함과 보물을 넘기고 조용히 물러들 가시는 게 어떤가? 원한다면 금붙이 하나씩은 기념으로 가져가도록 해주지."

"우린 아직 정리를 못 해서 말이오."

나는 연소교를 돌아보며 말했다.

"목함은 당신이, 보물은 내가 가진다."

연소교가 고개를 끄덕인 후 신형을 날려 석대 위로 올라갔다.

이어 목함을 열어 내용물을 확인한 후 비단 보자기로 싸는 순간, 석대가 갑자기 아래로 쑥 꺼졌다. 깜짝 놀란 연소교는 재빨리 신법을 펼쳐 물러났다.

꾸구구 쿵!

작은 탁자만 한 석대는 계속해서 보다 깊은 땅속으로 떨어지는가 싶더니 기어이 굉음을 내며 멈췄다.

그것을 시작으로 어딘가 먼 곳으로부터 산발적인 폭발과 그로 말미암은 진동들이 느껴졌다. 폭발은 일회성으로 그치지 않고 점점 커지다가 급기야 산이 무너지는 듯한 굉음과 지진으로 바뀌었다.

쾅! 콰과과과강!

천장에선 돌과 먼지가 우수수 떨어졌다. 지지하고 있던 좌우의 벽체가 떨어져 나가면서 위로 올라가 있던 성문도 앞쪽으로 쾅 하고 굉음을 내면서 떨어져 버렸다.

콰왕!

거대한 충격파가 공동을 휩쓸었다.

"동굴이 무너진다!"

누군가 외쳤다.

동굴이 무너지면 빨리 나갈 생각을 해야지, 이 미친 종자들은 갑자기 불길을 뛰어 넘어와 보물을 닥치는 대로 챙기기 시작했다. 나갈 때 나가더라도 한몫은 챙겨 나갈 생각인 것이다.

그 와중에도 땅은 계속해서 흔들렸고, 천장에선 돌덩어리들이 쉴새 없이 떨어졌다.

적지 않은 사람들이 돌덩이에 맞아 픽픽 쓰러졌다. 기름 항아리들은 깨져 사방에서 불길이 일었고, 먼지는 팔방으로 날려 자욱한 안개를 방불케 했다. 아수라장이 따로 없었다.

나는 사람들 틈에 끼어 보물을 챙기는 이병룡의 뒷덜미를 잡아 밖으로 뛰쳐나갔다. 미처 보호하지 못한 등과 어깨에 날카로운 돌조각들이 떨어지면서 옷자락이 쫙쫙 찢어졌다.

용린신갑 때문에 다칠 일은 없는데 바로 그 용린신갑이 드러나는 게 문제였다. 빨리 도망치는 수밖에 없었다.

한데 넘어진 성문 위로 훌쩍 올라가는 순간 지진이 거짓말처럼 뚝 멈췄다. 동굴이 통째로 무너지는 줄 알았는데 그건 아닌 모양이었다. 보물을 챙겨 조금이라도 빨리 나가려던 사람들은 그대로 얼어붙어서는 안도의 한숨을 내쉬었다.

그때였다.

"비켜!"

"이건 내가 먼저 집었어!"

"오늘 발견한 보물에 임자가 어딨어!"

사람들이 갑자기 서로 더 크고 많은 보물을 차지하기 위해 싸우기 시작했다. 그런가 하면 한쪽에선 천마성교의 잔당들과 음양쌍교의 잔당들이 목함을 놓고 결전을 벌이는 중이었다.

이병룡은 그 와중에 눈앞에서 칼을 맞고 쓰러진 두 놈의 품속에서 금쟁반이며 금수저 등을 챙겼다.

나는 이때다 싶어 조용히 구석진 곳으로 간 다음 돌멩이를 맞고 피투성이가 되어 쓰러진 자와 옷을 바꿔 입었다. 동시에 인피면구도 벗어던져 버려 본래의 모습으로 돌아왔다.

얼른 이병룡에게 다가가 옷자락을 잡아당겼다.

"너 언제 들어왔어?"

"이천 명이 들어올 때 함께요."

"나랑 함께 있던 청삼인 못 봤어?"

"지진이 일어난 이후로 못 봤습니다."

"이 인간이 혼자 내뺐군."

"빨리 나가시죠. 언제 또 지진이 일어날지 모릅니다."

"기다려 봐. 여기까지 얼마나 개고생을 하고 왔는데 빈손으로 갈 수는 없지. 너도 멍청하게 서 있지만 말고 뭐라도 좀 챙겨!"

그러면서 아귀다툼 속으로 뛰어들려고 했다.

저런 멍청한 새끼!

어쩔 수 없었다. 기절을 시켜서라도 데리고 나가려는 순간, 바깥으로부터 수백 명이 달려오는 소리가 들렸다.

잠시 후 비룡당의 표사들이 오백여 명의 생존자들과 함께 공동으로 들이닥쳤다.

가불염을 향해 말했다.

"여긴 왜 들어온 겁니까!"

"협곡이 전부 무너졌습니다."

"무슨…… 말입니까?"

"사방에서 폭발음이 들리더니 협곡 전체가 무너져 나가는 길이 사라져 버렸습니다. 우리는 무너지는 협곡을 피해 동굴 안으로 뛰어들어온 것이고요."

"부상자는?"

"아직까진 전원 무사합니다."

남궁소소와 당군백 등을 비롯해 나를 바라보는 수십 쌍의 눈동자들이 눈에 들어왔다. 바깥에서도 고초를 치렀는지 다들 먼지를 잔뜩 뒤집어쓴 상태였다.

가불염의 한마디는 보물을 놓고 싸우던 이천여 명의 동작을 그대로 멈추게 해버렸다. 삼뇌가 이끄는 천마성교와 연소교가 이끄는 음양쌍교 역시 마찬가지였다. 지하 동굴에 갇혀 죽을지도 모르는 판국에 지금 싸움이 문제가 아닌 것이다.

갑작스러운 상황에 당황한 사람들이 사방팔방을 돌아다니며 다른 출구를 찾기 시작했다.

그리고 놀라운 걸 발견했다. 공동은 눌러놓은 호리병 모양으로 위는 점점 좁아지고 아래는 안쪽으로 쑥 파고 들어가며 넓었다. 그 바람에 아래쪽의 가장자리는 상대적으로 어두워 잘 보이지 않았다.

한데 지금 사람들이 횃불을 들고 돌아다녀 보니 마차 하나가 통째로 드나들 정도의 동굴이 십여 개나 뚫려 있었다.

사람들은 그제야 조금 안도의 한숨을 내쉬었다. 저 많은 동굴들 중 하나쯤은 외부와 연결될 거라고 생각했기 때문이다.

그때 어디선가 이상한 소리가 들려오기 시작했다. 그건 마치 자갈을 잔뜩 실은 마차 수십 대가 한꺼번에 비탈을 굴러가며 나는 듯한 소리였다.

소리는 점점 커지는가 싶더니 잠시 후 십여 개의 동굴 속으로부터 엄청난 양의 물이 터져 나오기 시작했다.

펑! 펑! 펑! 펑!

"이런 제기랄!"

"이런 빌어먹을!"

수압으로 미루어 인근의 호수나 강에서 쏟아져 들어오는 물인 것 같았다.

애초 지하로 한참을 내려왔으니 지하 공동은 물론 협곡 전체를 수장시켜 버리고 말 것이다. 탈출구가 될 거라고 생각했던 동굴이 오히려 죽음을 재촉하고 있었다. 청천벽력 같은 상황에 이천오백여 명의 사람들은 그야말로 공황 상태에 빠져 버렸다.

절망적인 상황은 사람들을 분노하게 만들었고, 분노는 곧 희생자를 필요로 했다.

"이게 다 저 마녀 때문이야!"

"마녀가 기관 장치를 건드렸어!"

대경실색한 음양쌍교의 잔당들이 황급히 검진을 펼치며 연소교를 보호했다.

호전성이라면 마인들도 흑도와 사파인들에 따를 바가 아니었다. 급기야 불똥이 내게로까지 튀었다.

"풍운비룡도 족쳐야 해!"

"그가 우릴 이곳으로 이끌지만 않았어도!"

"저 인간은 처음부터 우리를 칼받이로 이용할 생각이었어!"

가불염을 비롯해 표사들 전부가 조용히 나를 에워쌌다. 소리 내어 명령을 내리거나 하지 않는 것은 행여라도 저들을 자극하지 않도록 하기 위해서였다.

이건 뭔가 상황이 딱 들어맞지를 않는다.

일단 연소교가 석대에 올라감으로써 기관 장치를 건드린 건 분명해 보인다. 하지만 이 많은 보물과 성보가 누군가를 위한 안배라면 그를 이렇게 수장시킬 리가 없지 않은가.

그때 남궁소소가 내게로 다가와 조용히 말했다.

"물이 정강이까지 차올랐어요. 공동이 얼마나 높은지 모르지만, 이 정도 속도라면 물로 가득 차는 데 최대 한나절을 넘기지 않을 거예요."

순간, 번쩍 떠오르는 생각이 있었다. 깜깜했기 때문에 천장으로 막혔다고만 생각했지 위쪽을 살펴볼 생각은 못 했다.

"가 표두. 신호용 폭죽 세 개만 모아주세요."

잠시 후, 내 손에 폭죽 세 개가 쥐어졌다.

그걸 들고 물살을 헤치며 공동 한가운데로 달려갔다.

좀 전까지만 해도 산더미처럼 쌓여 있던 보물은 이제 흔적도 없이 사라졌다. 이 와중에도 보물을 챙긴 사람들을 보면 인간의 욕심이란 정말 끝이 없다는 생각이 들었다.

나는 폭죽 세 개를 각각 다른 크기로 자른 후 동시에 불을 붙여 천장으로 쏘아 올렸다.

슈슈슈숙 펑! 펑! 펑!

폭죽은 각각 십 장, 이십 장, 삼십 장 높이에서 차례로 터졌다.

그때마다 잠깐에 불과했지만 주변이 대낮처럼 밝아졌고, 덕분에 공동 전체의 지형을 머릿속으로 그릴 수 있었다. 그리고 가장 높이 올라간 폭죽이 터졌을 때 나를 비롯한 모두가 똑똑히 보았다. 호리병처럼 좁아진 석벽에 수직으로 커다랗게 뚫려 있는 동굴을.

나는 큰소리로 외쳤다.

“저 동굴로 들어가면 바깥으로 나갈 수 있을 겁니다!”

“그걸 어떻게 알지?”

“이 동굴엔 막대한 양의 보물과 성보가 놓여 있었습니다. 이는 훗날의 연자를 위한 안배였고, 그렇다면 당연히 나가는 길 또한 만들어두었을 것입니다. 제 눈에는 저 동굴이 이 공동에서 빠져나가는 유일한 통로인 것 같습니다만.”

“저기까지는 어떻게 올라가지?”

“물이 차오를 때 함께 올라가면 됩니다.”

“청삼인이 저리로 사라진 모양이군!”

“청삼인이 누구지?”

“아까 그 정체불명의 고수 말이야!”

“대체 저길 어떻게 올라간 거지?”

사람들이 크게 웅성거리기 시작했다.

꺼멓게 죽어가던 얼굴들도 순식간에 환희로 가득 찼다. 어디까지나 추측에 불과하지만, 그 추측이 자신들이 생각하기에도 너무나 합당하기 때문이다.

그때 누군가 외쳤다.

"보물은 어떡하지?"

나는 대답하지 않았다. 대신 가만히 제자리로 돌아가 비룡당의 표사들과 함께 무너진 성문을 딛고 올라가서 서 있었다. 그리고 가불염을 비롯한 표사들에게 여섯 명씩 한 조가 되어 펼치는 육검진(六劍陣) 일곱 개로 주변을 에워싸라고 은밀히 지시했다.

그 사이 사람들은 자기들끼리 대화를 나누었다.

"보물이 왜?"

"저 꼭대기까지 물이 차오르려면 최소 한나절은 걸릴 것 같은데, 그때까지 쇳덩어리를 들고도 떠 있는 것이 가능할까?"

"석벽에 달라붙어서 조금씩 올라가면 되지 않나?"

"방금 폭죽이 터질 때 못 봤어? 아래도 아래지만 위쪽으로도 점점 좁아지며 동굴 전체가 죽립 모양으로 심하게 경사졌어. 저런 경사라면 강조(鋼爪)가 있다고 해도 쇳덩어리를 주렁주렁 매단 채 한나절을 버티기란 쉽지 않을 거야."

"하면 어떻게 해야 하지?"

"살고 싶다면 보물을 버려야지."

"그렇다면 풍운비룡의 말이 틀리게 되잖아. 그는 보물이 누군가를 위한 안배라면 이걸 옮길 방법도 있어야 한다고 하지 않았나?"

"그는 아마 방법을 찾은 듯하군요."

마지막 말은 연소교의 입에서 나온 것이었다.

이천여 명의 사람들이 일제히 나와 비룡당이 있는 쪽으로 고개를 돌렸다. 하지만 여전히 상황을 이해하지 못했다.

연소교가 조소를 흘리며 말했다.

"그와 비룡당의 표사들은 지금 전부 커다란 뗏목 위에 올라가 있어요. 누군가가 뗏목을 탈취할까 봐 도검을 뽑아 들고 검진까지 펼치면서."

나와 비룡당의 표사들이 딛고 서 있는 성문은 오 장 높이의 아름드리 통나무 수십 개를 연결해 만든 것이다. 이미 그 자체로 거대한 뗏목인 것이다.

지진이 일어날 때 성문이 가장 먼저 무너지더라니, 이런 용도로 쓰이도록 처음부터 설계된 것이라고 나는 확신했다.

그제서야 상황을 이해한 이천오백여 명의 사람들은 부글부글 끓어올라 어쩔 줄을 몰라 했다. 모두 도검을 뽑아 들고 당장에라도 돌진해 올 기세였다.

그러나 누구도 먼저 시작을 끊는 자가 없었다. 표사들 각각의 기세와 완벽한 육검진의 진세에서 좀처럼 빈틈을 찾지 못했기 때문이다.

다르게 말하면 처음 들어오는 자들 백여 명 정도는 무조건 죽는다. 산전수전 모두 겪은 자들답게 모두가 그걸 간파했다.

그때 누군가 물었다.

"당주께서는 어차피 보물이 없으니 뗏목도 필요 없지 않소? 그렇다면 사람들에게 양보를 해주는 게 어떠시오?"

"한밑천씩 잡게 해주었더니 죽인다고 할 때는 언제고 이제 와서 양보를 하라니. 아무리 내키는 대로 사는 흑도와 사파인들이라지만 너무 양심이 없군."

"그래서 우리가 꼴 보기 싫어 뗏목을 내놓지 않겠다는 건가? 그러다 정말 죽는 수가 있소만."

"나는 천룡표국의 표사요. 나를 움직이려면 협박과 회유를 하지 말고 의뢰를 하시오. 참고로 표비는 무조건 선불이오."

"우릴 뗏목에 태워주겠다는 것이오?"

"천만에. 적재 공간을 조금이라도 더 만들기 위해 뗏목엔 보물만 실을 것이오. 나와 비룡당의 표사들은 물속에서 뗏목 가장자리를 잡고 함께 부상할 것이고."

"그런 다음엔?"

"하늘이 보이는 곳까지 무사히 운송한 다음 돌려주겠소. 표주들은 각자가 알아서 따라오시면 되고."

"당주께서 그걸 들고 도망가지 않는다는 보장은?"

"진심으로 하는 말이오? 나는 천룡표국의 비룡당주 이정룡이오. 심각한 모욕감을 느끼지만 지금은 참도록 하겠소."

생각지도 못한 제안에 사람들은 크게 술렁였다.

그사이 물이 무릎까지 차오르면서 성문이 오십여 명을 태우고도 두둥실 떠오르기 시작했다.

그 모습을 본 연소교가 다가와 물었다.

"우리도 이용할 수 있을까?"

"아직도 내가 포로로 보이시오?"

"표비는 두둑이 지불하죠."

"표물은 목함이오?"

"그래요."

"그런 귀한 물건을 맡겨도 되는 거요?"

"천룡표국이라면 안심하고 표물을 맡겨도 된다고 들었는데, 특히 풍운비룡이 직접 운송하는 표행은. 아닌가요?"

저만치에서 이리 같은 눈으로 지켜보고 있는 삼뇌를 발견했다. 항상 평정심을 잃지 않던 그의 눈동자가 지금은 바람 앞의 촛불처럼 심하게 흔들리고 있었다.

"물과 이리 떼로부터 지켜달라?"

"두려운가요?"

"목함은 소저가 직접 들고 타시오."

"사람은 태우지 않겠다더니."

"특급 표물은 원래 특별한 방식으로 옮기는 법이오. 지금은 방수 처리를 할 수도 없고. 단 분실하거나 훼손이 되면 소저가 전적으로 책임을 지는 조건이오."

"표비는 얼마나 드리면 되죠?"

"내가 사파와 흑도인들을 불러들여 마충을 탈탈 털어먹은 것으로 갈음하겠소. 대신 귀하가 내 형을 납치해 죽도록 두들겨 팬 것은 수하들로 하여금 목숨 걸고 뗏목을 호위하게 하는 것으로 갈음하시오."

"그렇게 하죠."

연소교가 뗏목 위로 올라왔다. 그녀의 수하 이십여 명은 자연스럽게 합류해 뗏목의 앞을 막아섰다. 연소교와 목함을 지키기 위한 일이었지만, 결과적으로 우리 쪽의 전력이 되어버렸다.

연소교를 시작으로 사람들이 갑자기 몰려들기 시작했다.

눈치 빠른 남궁소소가 얼른 뛰어 내려가며 외쳤다.

"줄부터 서세요. 줄부터!"

잠시 후, 털북숭이 사내가 다가와 말했다.

"나도 맡기겠소."

"표물이 무엇입니까?"

사내는 내가 딛고 선 뗏목의 끄트머리에다 포대 자루에 든 것을 풀어놓았다. 금은 수저를 비롯해 온갖 종류의 식기가 잔뜩 나왔다.

나는 그중 황금으로 된 촛대를 집어 들었다. 이어 바닥에 놓인 금은 식기들을 절반으로 뚝 가른 다음 약간 적어 보이는 쪽을 내게로 쓰윽 쓸어오며 말했다.

"표비는 이걸로 받겠소. 촛대도 포함해서."

"이런 순 날강도 같으니라고!"

"싫으면 갖고 가시고."

"세상에 이런 법이 어딨소?"

"누가 보면 당신이 쓰던 물건인 줄 알겠소. 그리고 당신을 이리로 데려와 한몫 잡게 해준 사람이 누구인지를 잊지 마시오."

"후우…… 그렇게 합시다."

"별호가 무엇이오?"

"흑명귀(黑命鬼)요."

"계약서는 생략하겠소. 물건을 잃어버렸을 경우 배로 보상을 하겠소. 만약 귀하가 살아서 공동을 빠져나오지 못한다면 이 물건은 내 것이오."

"후우…… 알았소."

"요대를 좀 풀어주시오."

"요대는 무엇하러?"

"뗏목에 고정하려면 밧줄이 있어야 하는데, 보시다시피 상황이 상황인지라 아무것도 없어서 말이오."

특별한 경우가 아니라면 무림인들은 비단이나 광목을 여러 겹으로 접어 허리를 세 번 정도 감는 것으로 요대를 대신한다.

여기에 여러 가지 간단한 물건들도 숨기고, 필요한 경우엔 찢어서 상처를 동여매는 데 쓰기도 한다. 한마디로 지금 같은 상황에서 밧줄로 쓰기에 딱이었다.

흑명귀가 요대를 풀어주었다.

나는 요대와 함께 표물을 담은 포대 자루를 가불염에게 건네주며 말했다.

"물에 빠지지 않도록 단단히 고정하고, 흑명귀라고 적어놓으세요. 휴대용 필묵은 항상 가지고 다니시지요?"

"물론입니다."

보물을 맡기려는 사람들은 계속해서 몰려들었다.

물이 허리까지 차올라 뗏목이 제법 떠오르자 흑교방, 야월방, 우도방 등등의 흑도방파에서도 대량의 보물을 맡기기 시작했다.

반 시진 후, 성문을 넘어뜨려 만든 뗏목에는 보물이 산더미처럼 쌓였다. 물론 그중의 절반은 내 것이었다.

'이게 웬 횡재야.'

슬쩍 고개를 돌려보니 당군백과 조영영 그리고 세 명의 여자 신입표사들은 이 상황이 이해되지 않는지 넋 나간 표정으로 서 있기만 했다.

반면 남궁소소는 대남궁세가의 영애라는 체면도 잊은 채 호리독사를 이끌고 이쪽저쪽으로 신나게 뛰어다니며 표물을 뗏목에 단단히 묶느라 정신이 없었다.

'하여간 돈 냄새는 귀신같이 맡는다니까.'

뗏목 위에는 나와 가불염을 비롯해 왕 대표와 중표, 객원표사들 전부 그리고 이병룡과 조영영이 타고 있었다. 횃불을 밝히고 포대 자루가 떨어지는지 지켜보아야 할 인원이 필요했기 때문이다.

다행히 동굴은 뗏목이 지나갈 만큼 충분히 넓고 물살은 잔잔했다.

뒤를 돌아보니 흑도와 사파인들도 머리만 내민 채 별 탈 없이 둥둥 떠내려오고 있었다. 그 사이에서 수하들의 호위를 받으며 떠내려오는 삼뇌가 희끄무레하게 보였다. 그는 여전히 커다란 나무통에 들어가 있었다.

남궁소소가 쓱 다가와 물었다.

"별문제 없을까요?"

"뭐가 말이오?"

"삼뇌 일당은 그렇다고 쳐도 흑도와 사파인들의 숫자가 너무 많잖아요. 지금에야 다들 얌전히 굴지만, 밖으로 나가고 난 후에도 그럴지는 의문이네요."

"보물을 빼앗길까 두렵소?"

"방파의 이름을 내건 자들은 입 밖으로 내뱉은 말이 있어서 차마 그렇게까지 하진 못할 거예요. 하지만 독보강호하는 흑도와 사파인들이 도적 떼로 변하는 시간 문제라고 봐요."

"무기가 전부 우리에게 있는데도?"

지하 공동에 물이 차오르기 전, 극히 일부의 고수들을 제외하곤 전부 병장기까지 우리에게 맡긴 상태였다. 그걸 몸에 차고는 한나절 동안 물에 떠 있을 재간이 없기 때문이다.

"제가 준 운철검은 잘 갖고 있죠?"

"그게 왜 소저가 준 거요?"

"제가 갖고 있다가 돌려줬잖아요."

"돌려준 거랑 준 거는 다르지."

"아무튼, 지금은 그게 중요한 게 아니고요. 저자들도 품속에 단검 하나씩은 숨기고 있을 거란 얘기죠. 그리고 공격의 의사를 보이지 않는 한 도검을 달라면 우리 입장에선 줄 수밖에 없고요."

"무슨 말인지 충분히 알아들었소. 하지만 표사가 도적 떼를 두려워해서야 쓰나. 나중 일은 나중에 생각하고 일단은 살아서 나가는 데 집중을……."

"왜 그러세요?"

"모두 조용!"

내 일갈에 물속에서도 열심히 떠들어대던 사람들이 일제히 대화를 멈추었다.

공력이 심후해지고 나서 좋아진 건 시력만이 아니었다.

"모두 뗏목에서 떨어져 뒤로 물러난다. 어서!"

잠시 후, 저 멀리 어둠 속으로부터 거센 물소리가 들려오기 시작했다.

소리는 점점 커지더니 이내 바로 옆 사람의 말소리조차 들리지 않을 지경이 되었다.

곧 괴물이 모습을 드러냈다. 그건 하얗게 포말을 일으키며 요동치는 여울이었다. 뗏목은 순식간에 여울 속으로 빨려 들어갔다.

쿠웅! 쿠궁! 쿵! 쿵!

뗏목이 뒤집힐 것처럼 솟구쳤다가 떨어지길 반복했다. 방향을 잃고 이리저리 돌다가 부서질 것처럼 벽에 부딪히기도 했다. 누군가 매달려 있었다면 뗏목 아래로 빨려 들어갔거나, 벽과 부딪힐 때 짓이겨져 그대로 즉사했을 것이다.

물벼락을 맞은 횃불은 모조리 꺼져 버렸다.

칠흑 같은 어둠 속에서 요동치는 여울과 싸우며 버티길 무려 반 시진. 물길의 방향이 대여섯 번 정도 꺾이는가 싶더니 시야가 확 터지며 온 세상이 빛으로 가득 찼다.

갑작스러운 빛에 적응하기 위해 잠시 눈을 감았다가 천천히 조금씩 떴다.

머리 위에서 햇빛이 쏟아져 내리는 가운데 동굴은 어느새 깊은 협곡으로 바뀌어 있었다. 마침내 밖으로 나온 것이다. 좌우의 깎아지른 절벽 때문에 해가 보이지는 않았지만, 청명한 공기로 미루어 이른 아침인 듯했다. 오후 늦게 산하십곡의 입구로 들어갔다가 이렇게 아침을 맞았으니 밤새 지하 공동과 동굴 속에 있었던 모양이다.

물살은 언제 그랬냐는 듯 다시 잠잠해져 있었다.

뒤를 돌아보니 비룡당의 표사들을 비롯해 삼뇌 일당이 포함된 이천 팔백여 명의 무림인들도 토사물처럼 쏟아 나오기 시작했다.

그리고 누가 먼저랄 것도 없이 함성을 질러댔다.

"와아아아!"

적어도 지금 이 순간만큼은 모두가 하나였다. 땅속에서 생매장되는 줄 알았다가 이렇게 다시 살아서 햇빛을 보게 되었으니 기쁘기도 하겠지. 게다가 보물도 한 포대씩 챙겼고 말이다.

"표사들은 모두 뗏목으로 집결하라!"

가불염의 일갈에 표사들이 빠르게 헤엄쳐 와서는 다시 뗏목의 좌우에 붙었다. 가불염이 '번호!'라고 외쳤고, 표사들이 각자에게 주어진 번호들을 큰소리로 외쳤다.

마지막에 이르러 가불염이 내게 보고했다.

"전원 이상 없습니다."

"다들, 수고들 많았습니다."

표사들은 좀처럼 흥분을 감추지 못했다.

그 사이 야차곤, 설표, 산노, 우숙 등을 비롯해 음양쌍교의 마인 이십여 명도 다가와 뗏목에 붙었다.

그들은 먼저 연소교의 안전을 확인했고, 다음엔 서로의 상태를 살폈다. 다행히 모두가 안전해 보이자 그제야 안도의 한숨을 내쉬었다.

"독고완."

"하명하십시오."

"여기가 어딘지 알겠어?"

"장사십곡(長泗十谷)인 것 같습니다. 벽호산에서 흘러나온 물이 동쪽으로 흐르다 북강으로 접어드는 지류입니다."

"그렇게 확신하는 근거는?"

"좌우의 절벽에 빈틈없이 붙어 자라는 칡넝쿨들이 보이십니까? 벽호산 자락에서는 장사십곡에서만 볼 수 있는 풍경으로 장장 삼십 리에 걸쳐 펼쳐져 있습니다."

독고완의 말처럼 삼십여 장 높이의 절벽이 온통 굵은 칡넝쿨들로 가득했다. 절벽 위 땅에서부터 시작해 오랜 세월 얽히고설키면서 내려왔기 때문인 듯했다.

그렇다고 해도 이렇게 아래까지 칡넝쿨이 뻗치는 경우는 드물었다. 깊고 깊은 남만이기에 가능한 것이었다.

"북강까지의 거리는?"

"십 리 정도 될 겁니다."

"북강과 이어진 것은 반가운 일이나 너무 오래 걸리는군. 그때까지 저 인간들이 가만있지 않을 텐데……."

"어차피 북강까지 갈 수도 없습니다."

"그건 또 왜?"

"중간에 폭포가 있습니다."

"뭐!"

"천 길까지는 아니어도 백 길은 족히 됩니다. 장담하건대 뗏목이 아무리 견고하게 만들어졌어도 폭포 아래로 떨어지면 박살 나고 말 겁니다."

뗏목이 박살 나는데 뗏목 위에 묶어둔 포대 자루들이 성할 리 없었다. 물속으로 떨어진 포대 자루들은 터지거나 찢어지고, 내용물들은 거센 물살에 떠밀려 흔적도 없이 사라지고 말 것이다. 사람의 목숨도 보장할 수 없고.

그 무렵 강폭이 조금씩 넓어지기 시작했다. 한 굽이를 돌자 무려 세 배까지 넓어졌다. 강폭이 넓어진다는 것은 수심이 그만큼 얕아진다는 걸 의미했다.

아니나 다를까, 좌우의 가장자리 쪽에서 헤엄을 치던 사람들이 하나둘씩 일어나 걷기 시작했다. 물은 고작 무릎 정도밖에 차오르지 않았다.

걷는 사람들의 위치가 점점 가운데로 확장되었다. 어느 순간부터는 뗏목과도 부쩍 가까워졌다.

가불염이 조용히 다가와 말했다.

"사람들이 점점 가까이 다가옵니다."

"표사와 음양쌍교의 교도들에게 병장기를 나눠주도록 하세요. 서두르지 말고 천천히."

"알겠습니다."

가불염이 왕대표와 중표에게 고개를 끄덕였다.

세 사람이 뗏목에 달라붙어 있는 표사들과 음양쌍교의 잔당 스무 명에게만 도검을 차분히 나눠주기 시작했다.

우려는 곧 현실이 되었다. 흑도와 사파인들이 슬슬 눈치를 보기 시작하더니 갑자기 물살을 가르며 빠른 속도로 달려가 뗏목의 좌우를 에워쌌다.

건장한 체격의 장년인 일곱 명의 앞으로 나왔다. 그중 한쪽 귀가 날아가고 없는 사내가 서늘한 음성으로 말했다.

"나를 기억하겠지?"

"광동칠살의 맏형이신 걸로 짐작합니다."

"송광언이라고 한다. 강호의 형제들은 귀도살(鬼刀殺)이라는 별호로 부르지. 아, 말을 편하게 해도 될까?"

"일당의 당주요. 예를 갖추시오!"

가불염이 발끈하고 나섰다.

가불염뿐만이 아니었다. 왕 대표와 중표는 물론 객원표사인 남궁소소와 당군백까지도 여차하면 그대로 달려갈 것처럼 으르릉거렸다.

본래 흑도들이 약탈을 할 땐 말로써 먼저 시비를 걸고 상대가 도발해 오기를 기다린다. 여기에 말려들어 힘 뺄 필요가 전혀 없다. 나중에 칼로 배를 한 방 쑤셔주면 싸가지 없는 말투는 금방 고쳐진다.

나는 한 손을 들어 사람들을 제지한 후 말했다.

“인사가 늦었습니다. 천룡표국 비룡당주 이정룡입니다.”

“저기 절벽 아래 돌무더기가 보이나?”

“그렇습니다.”

“뗏목을 그리로 대라.”

“그리 안전해 보이지 않습니다만.”

“머지않아 폭포가 나타날 것이다. 설마 뗏목을 폭포 속으로 밀어 넣을 생각은 아니겠지?”

그의 말이 맞다. 협박 때문이 아니더라도 이대로 무작정 갈 수는 없다.

가불염을 돌아보며 조용히 말했다.

“시키는 대로 하세요.”

가불염이 표사들에게 외쳤다.

“뗏목을 돌무더기 쪽으로 밀어라!”

표사들과 음양쌍교의 마인들이 일제히 뗏목을 돌무더기 쪽으로 끌고 밀었다.

잠시 후, 뗏목의 모서리가 돌무더기에 콕 처박히면서 이동이 비로소 멈추었다. 그러자 이천오백여 명의 흑도와 사파인들이 순식간에 뗏목을 겹겹이 에워싸 버렸다. 저들이 약속을 지키지 않는 한 포대 자루는 탈탈 빼앗기고 말 것 같았다.

다시 귀도살이 말했다.

"고생 많았다. 덕분에 모두 동굴로부터 무사히 빠져나올 수 있었다."

"마땅히 할 일을 했을 뿐입니다."

"할 일이라고 해서 모두가 다 할 수 있는 건 아니지. 풍운비룡에 관한 소문이 남만까지 들려와도 내 믿지를 않았으나, 오늘 보니 과연 명불허전이군."

"감사합니다."

"이제 무기를 돌려다오."

"아직 표행이 끝나지 않았습니다만."

"표물이 아니라 무기를 돌려 달라고 했다."

"무기도 표물입니다. 표비도 받았고요."

"그럼 표물을 전부 돌려줘. 애초 하늘이 보이는 곳까지 운송을 해주겠다고 했으니 이만하면 약속을 충분히 지킨 셈이다."

"다른 사람들의 생각도 들어봐야 합니다."

"여기 혹시 다른 생각을 가진 사람 있소이까?"

귀도살이 내게서 눈을 떼지 않은 채 큰 소리로 물었다. 삼뇌 일당을 제외하면 무려 이천오백여 명의 사람들이 있었지만, 단 한 명도 반대하고 나서지 않았다.

천천히 주변을 둘러보았다. 과연 흑도와 사파인들 모두가 당장 보물을 내놓으라는 듯한 표정들이었다.

이미 약속한 장소에 도착한 상태에서 표주가 표물을 내놓으라면 방법이 없다. 어깃장을 부리면 부릴 수도 있겠으나 그러면 표사로서의 규칙과 의무를 저버리는 것이다. 보물을 손에 넣기 위해 천룡표국의 수많은 표사들이 목숨을 바쳐가며 지켜온 가치를 훼손시킬 수는 없다.

가불염에게 말했다.

"돌려주도록 하세요."

"당주님!"

"그렇게 하세요."

"한 번만 더 재고를."

가불염은 평소답지 않게 두 번이나 되물었다. 무기를 빼앗기는 순간 우리를 방어할 마지막 수단이 완전히 사라지는 걸 알기 때문이었다.

그건 다른 표사들과 음양쌍교의 마인들 역시 같은 생각이었다. 모두가 꼭 이렇게까지 해야겠느냐는 표정으로 나를 응시했다.

급기야 남궁소소가 다가와 말했다.

"무엇 때문에 이러시는지 알아요. 하지만 당주님만 믿고 중원 전역에서 찾아온 신입표사들 사십여 명의 목숨이 달려 있어요."

"그래서 이러는 것이오."

"혹시……. 보물을 포기할 생각이세요?"

"……."

"정말 그럴 생각이군요!"

남궁소소는 충격을 받은 듯 한동안 아무 말도 못 했다.

잠시 후, 저절로 벌어진 입을 가까스로 다문 후에야 겨우 한마디 했다.

"알았어요."

"실망했소?"

"아니에요."

"표정과 말이 따로 노는데."

"햇살이 눈 부셔서 그래요."

"보물 때문인 거 다 표나오."

"이 정도도 대단한 거라고요."

남궁소소는 마치 영혼이 빠져나간 것 같은 표정으로 돌아섰다.

나는 가불염을 돌아보며 다시 고개를 끄덕였다.

가불염이 표사들을 향해 외쳤다.

"무기를 모두 내려라!"

잠시 후, 돌무더기 위에 각종 병장기가 가득 쌓였다.

사람들이 우르르 달려들어 각자의 무기들을 챙겼다.

잠시 후에는 모두가 무장을 갖추게 되었다.

"이제 표물들을 돌려줘."

"절차에 따라서 한 명씩 드리죠."

"됐으니 전부 돌무더기 위에 내려놔. 하면 우리가 알아서 찾아가도록 하지."

"가 표두."

"하명하십시오."

"포대 자루에 적힌 별호를 크게 호명한 후 한 명씩 인수인계해 주세요. 만약 엉뚱한 사람이 주인인 것처럼 나타나면 도둑으로 간주하고 그 자리에서 한쪽 팔을 베어버리시고요."

"존명!"

"배짱 하나는 알아줄 만하군."

"만만해 보이면 표사 노릇 못하죠."

"중요한 건 결국 실력이다. 호기를 부려 잠시 시간을 끌 수는 있으나 결국엔 밑천으로 승부를 보는 것이 무림의 변치 않는 법칙이지."

"깊이 새기도록 하겠습니다."

그때 광동칠살의 막내로 보이는 사내가 귀도살에게 다가가 포대 자루 열 개를 전부 돌려받았다고 보고했다.

그러자 귀도살이 강호의 도리가 그게 아니라며 한 포대는 돌려주라고 했다. 막내가 아까워 죽겠다는 표정을 짓더니 가장 작은 포대 하나를 도로 갖다 주었다.

애초 광동칠살이 맡긴 포대 자루는 전부 열 개였고, 그중 절반인 다섯 개를 표비로 받았다. 한데 표비로 책정한 것까지 전부 빼앗았다가 선심 쓰는 척하며 다시 한 포대를 돌려준 것이다. 그것도 가장 작은 걸로다가.

귀도살이 내게 말했다.

"한 포대는 표비일세."

"감사히 쓰겠습니다."

"한번은 따져볼 줄 알았는데."

"상황이 이러니 헛심만 뺄 뿐입니다."

"역시 판단이 빠르군. 크게 되겠어."

광동칠살을 시작으로 모두가 포대 자루들을 받아갔다.

남궁소소의 말처럼 방파의 이름을 내건 자들은 차마 그렇게까지 하진 않았다. 그러나 독보강호하던 자들은 단 한 명의 예외도 없이 표비로 주었던 포대 자루까지 죄다 빼앗아 갔다. 각종의 날붙이로 무장한 이천오백여 명에게 둘러싸여 있었기 때문에 나와 표사들은 속수무책으로 당할 수밖에 없었다.

뗏목의 포대 자루들이 바닥 날 때쯤 내가 귀도살에게 물었다.

“그런데 협곡 밖으로는 어떻게 나가시려고요?”

“당연히 절벽을 타고 올라가야겠지. 칡넝쿨이 이렇게 무성히 자랐으니 중간에 두세 번쯤 쉬어주기만 하면 딱히 어려울 것도 없을 것이다.”

“그게 가능할까요?”

“무슨 뜻이지?”

“마총의 지하 공동에서 보물을 하나라도 손에 넣은 사람은 정확히 오백스물 두 명입니다. 제가 표물을 접수했기 때문에 잘 알지요. 그에 반해 하나도 손에 넣지 못한 사람은 이천 명에 육박합니다. 그들이 보고만 있겠냐는 거지요?”

“무슨 말을 하는 거야!”

깜짝 놀란 귀도살이 황급히 주변을 살폈다. 운 좋게 포대 자루를 손에 넣은 오백여 명의 흑도와 사파인들도 하얗게 질린 얼굴이 되어 아무것도 챙기지 못한 이천여 명의 눈치를 살폈다.

그러거나 말거나 나는 협곡 안에 있는 모두가 들을 수 있도록 큰 소리로 말했다.

“제가 그들 중 한 명이라면 사람들이 보물 포대를 짊어지고 올라갈 때 같은 처지의 다른 이들과 똘똘 뭉쳐 비수를 던지거나 화살을 쏘아 모조리 등짝을 꿰뚫어 버릴 것 같습니다. 대충 보니 백여 명 정도가 활과 화살을 가져왔더라고요. 한 명당 화살이 스무 발씩만 있어도 이천 발이군요.”

"그 입 닥치지 못해!"

"단지 조금 더 빠르고 조금 더 강하다는 이유로 보물을 먼저 손에 넣은 사람은 오백스물 두 명, 반면에 목숨을 걸고 마총을 들어갔다가 빈털터리로 나온 사람은 이천 명. 상대가 될까요?"

"닥치라니까!"

"그러니까 왜 무기를 달라고 하셔 가지고."

"닥쳐!"

"어차피 할 말 다했습니다."

광동칠살을 비롯해 보물을 하나라도 차지한 오백여 명은 충격으로 말을 잇지 못했다. 반면, 넋 나간 사람처럼 지켜보고 있던 빈털터리 이천여 명의 눈동자에는 뜨거운 열기가 감돌았다.

급기야 사람들은 두 진영으로 나뉘어서 대책들을 마련하기 시작했다. 압도적 다수를 차지하는 빈털터리들은 작전이라기보다 서로서로 자극하며 각오를 다졌다.

그러다 누군가 크게 외쳤다.

"우리가 천장에서 떨어지는 돌덩어리들을 몸으로 막는 사이 저들은 달려가 보물을 챙겼소. 저 보물의 절반은 우리 것이오!"

누가 들어도 개소리였지만, 아무것도 손에 쥐지 못한 자들의 심장을 정확히 저격했다.

그때였다.

"다른 방법도 있지."

커다란 나무통을 앞쪽으로 멘 장한이 고수들의 호위를 받으며 걸어 나왔다. 나무통 속엔 삼뇌가 들어앉아 있었다.

사람들의 시선을 한 몸에 받으며 삼뇌가 내게 말했다.

"뗏목에는 아직 적지 않은 포대 자루들이 남아 있는 것 같군. 쉰 개는 되어 보이는데, 과연 그걸 지킬 수 있겠는가?"

흑교방을 비롯한 아홉 개 흑도방파들이 나름 입 밖으로 내뱉은 말을 지킨답시고 애초 약속한 표비를 남겨둔 포대 자루들이었다. 처음 산더미처럼 쌓여 있을 때에 비교하면 한 줌도 안 되지만, 그래도 돈으로 환산하면 여전히 엄청난 양의 재물이었다.

삼뇌는 지금 빈털터리 이천여 명에게 저거라도 빼앗아 보는 게 어떻겠냐며 부추기고 있었다.

과연 그의 선동은 효과가 있었다. 아직 기회가 있음을 알아차린 이천여 개의 살기 어린 시선들이 뗏목으로 집중되었다.

그에 반응하여 비룡당의 표사들과 음양쌍교의 마인들은 바짝 긴장했다.

"반격이 매섭군요."

"오행에는 항상 이기는 것이 없지."

"이렇게 해서 얻으시는 게 무엇입니까?"

"자네와 수하들을 무장 해제시키는 것."

"최종 목표는 목함이겠군요."

"앞서 좋게 해결할 기회를 주었거늘."

"어리석은 인간이 미래를 어찌 알겠습니까. 한데 고작 쉰 개의 포대 자루로 이천여 명의 마음을 달랠 수 있을까요?"

"쉰 개의 포대 자루에 든 금은보화들을 쪼개 골고루 나눠준다면 한 명당 금전 열 냥씩은 족히 챙길 수 있을 것이네. 그 정도면 자네가 지

핀 불씨를 꺼뜨릴 수는 있을 것 같네만.”

빈털터리 쪽 사람들이 크게 웅성거리기 시작했다.

또다시 갑론을박이 벌어졌지만 반응은 대체로 두 가지였다. 그걸로는 만족을 못 한다는 쪽과 그거라도 건지는 게 어디냐는 쪽이었다. 비율은 반반. 이것으로도 좀 전의 달아오르던 분위기에 찬물을 뿌리기엔 충분했다. 삼뇌의 묘수에 보물을 차지한 오백여 명의 무인들은 반색을 했다.

한 방 제대로 먹이나 했다가 오히려 남은 쉰 개의 포대 자루까지 통째로 빼앗기게 생겼다. 빈털터리들이 하나둘씩 살기를 끌어 올리며 뗏목을 향해 다가왔다. 이에 동조하는 사람들이 급속도로 늘어났다.

채채채챙!

표사들과 음양쌍교의 마인들이 도검을 뽑아 쥐고는 공격에 대비했다. 이천과 칠십의 싸움은 싸움이 아니라 일방적인 학살로 전개될 수밖에 없었다.

나는 삼뇌에게서 시선을 떼지 않은 채 한 사람을 불렀다.

“가 표두.”

“하명하십시오.”

“정확히 몇 포대 남았습니까?”

“쉰다섯 개입니다.”

“전부 나눠주세요.”

“알겠습니다.”

“그렇다고 아무나 주진 말고요.”

“예?”

"천마성교의 생존자들이 이백오십 명쯤 되는 것 같군요. 저들의 양쪽 귀를 잘라 오는 쉰다섯 명에게만 선착순으로 한 포대씩 주도록 하세요."

"……!"

"끝까지 보물을 약탈하려는 자가 있다면 노상강도로 간주, 모조리 베어 죽이며 마지막 한 명이 살아남을 때까지 결사 항전합니다."

"존명!"

"표사들도 대답하라!"

"존명!"

사십여 명의 우렁찬 목소리가 협곡을 쩌렁쩌렁 울렸다.

내가 던진 한마디는 그야말로 폭탄이 되어 주변을 초토화시켜 버렸다. 뗏목을 향해 포위망을 좁히며 다가오던 이천여 명의 걸음이 뚝 멈추었다.

다시 웅성거림이 시작되었지만 오래 가지도 않았다. 금 쪼가리 몇 개로 만족해선 안 된다고 주장을 했던 사람들부터 하나둘씩 돌아섰다.

흐름은 순식간에 바뀌어 이천여 명 전부가 삼뇌와 그 일당을 향해 다가가기 시작했다. 선착순이라는 말이 마음을 조급하게 만든 것이다.

채채채채챙!

"다가오지 마라!"

"가까이 오는 자는 죽여 버리겠다!"

다급해진 천마성교의 마인들이 병장기를 뽑아 들고 삼뇌의 앞을 막아섰다.

삼뇌는 충격으로 말을 잇지 못했다.

"일단 뒤로 피하시죠."

마인들은 삼뇌를 절벽 쪽으로 이끄는 한편 병장기를 계속해서 휘둘러 대며 사람들에게 위협을 가했다.

기세가 결코 가볍지 않았다. 그 때문인지 이천의 흑도와 사파인들은 마인들을 절벽까지 몰아놓고도 좀처럼 시원하게 공격을 하지 못했다.

그때 연소교가 야차곤에게 무언가 지시를 내렸다.

그 즉시 야차곤이 뗏목에서 땅바닥으로 떨어져 내렸다.

쿵!

"모두 비켜!"

야차곤이 머리 위로 장초자곤을 휘두르며 기세 좋게 달려갔다.

순식간에 사람들을 뚫고 절벽 아래까지 도착한 그를 흑산적웅이 막아섰다.

"이 미친놈이!"

꽝! 콰꽝! 꽝꽝꽝!

두 자루 판부와 장초자곤이 허공에서 난상으로 격돌했다. 곰을 연상시키는 거대한 체구의 흑산적웅과 칠척장신의 거대 원숭이 야차곤의 격돌은 주저하던 사람들의 가슴에다 대번에 불을 질러 버렸다.

"와아아!"

이천여 명이 함성을 내지르며 질주했다.

그리고 곧 일방적이고도 무자비한 학살이 자행되었다.

"으악!"

"아악!"

"크악!"

애초에 상대가 되질 않는 싸움이었다.

도검을 휘두르며 끝까지 저항하는 마인들은 눈 깜짝할 사이에 온몸이 벌집으로 변해서 죽어갔다.

차라리 한칼 맞고 일찌감치 쓰러진 자들은 살았다. 흑도와 사파인들의 입장에선 구태여 죽이는 수고까지 치를 필요 없이 귀만 잘라가면 되니까.

한바탕 격전이 지나가고 난 후의 광경은 참혹했다.

절벽 아래가 온통 피 칠갑으로 변한 가운데 백오십여 명이 칼을 맞거나 팔다리가 부러진 채 쓰러져 신음했다. 야차곤과 최초로 싸움을 시작했던 흑산적웅은 장초자곤에 맞았는지 머리통이 박살 난 채 엎어져 있었다. 양쪽 귀도 잘려 나가고 없었다.

사실 쓰러져 신음하는 자들 대부분이 양쪽 귀에서 피를 철철 흘리는 중이었다. 제대로 서 있는 사람들은 고작 쉰 명에 불과했다. 그마저도 다들 한 칼씩 맞아 피를 흘리거나 극심한 공력의 소모로 지쳐 헐떡거렸다.

당주급 고수들의 헌신으로 마지막까지 몸을 보전한 삼뇌는 얼굴이 시뻘겋게 달아올라 있었다. 그는 수하들의 죽음보다 자신이 패했다는 사실에 더 충격을 받은 것 같았다.

내가 물었다.

"다친 곳은 없으십니까?"

"보기 좋게 역전을 당했군."

"피차 손해가 막심하니 무승부인 듯합니다."

"내가 자만했음을 부인하고 싶지 않네."

"소똥도 뜨거웠던 때가 있는 법, 선배님께서 과거에 어떤 명성을 누리셨는지 잘 압니다. 하지만 일교(一敎)를 다시 일으켜 세우시기에는 세월이 너무 많이 흐른 것 같습니다. 부디 현실을 똑바로 보시기를……."

"일침이 서늘하군."

"혹여 제게 복수를 하시고 싶으면 언제든 찾아오십시오. 무림의 은원은 본래가 물고 물리는 것. 각오하고 있겠습니다. 단, 그땐 천마성교도 씨가 마를 각오를 하셔야 할 겁니다."

"정당한 승부였으니 복수를 목적으로 자네를 찾아가는 일은 없을 것이네. 하지만 우리는 언젠가 다시 만나게 될 것 같군."

"뗏목에 부상자들을 전부 싣고 좀 더 떠내려가 보십시오. 이곳 지리에 훤한 표사의 말이 백여 장 정도만 내려가면 이곳의 절반 높이에 불과한 절벽이 나타난다고 합니다. 조금 더 내려가면 백 길 폭포가 도사리고 있으니 조심하시고요."

나는 삼뇌를 향해 정식으로 포권지례를 올렸다. 이어 가불염을 돌아보며 부상자들을 뗏목에 실을 수 있도록 도와주라고 지시했다.

잠시 후, 삼뇌를 비롯한 천마성교의 마인들은 부상자들을 잔뜩 태운 채 뗏목과 함께 떠내려갔다. 이로써 목함을 노리는 제일 큰 세력은 사라진 셈이었다.

그러나 방심해선 안 된다. 목함에 절륜한 마공비급이 있을 거라는 건 누구나 짐작할 수 있는 일. 천마성교 때문에 겉으로 내색을 하지 않았을 뿐, 호시탐탐 기회를 노리는 자들은 얼마든지 있을 것이다.

이럴 땐 생각할 시간을 주면 안 된다. 나는 비룡당의 표사들과 음양쌍교의 마인들을 돌아보며 일갈했다.

"볼일이 끝났으니 모두 절벽을 오른다!"

칠십여 명이 일제히 절벽에 붙었다. 빈손이 되었으니 다들 마음은 착잡할지언정 몸은 홀가분하기 짝이 없을 것이다.

이천오백여 명의 흑도와 사파인들 역시 우리가 기어 올라가는 걸 멀뚱히 지켜보고만 있었다. 보물을 몽땅 주고 갔으니 붙잡거나 못 가게 막을 이유가 없었다.

한 식경 후, 비룡당의 표사들과 음양쌍교의 마인들 전원이 절벽을 오르는 데 성공했다.

나는 가장자리에 서서 아래를 내려다보았다. 이천오백여 명의 흑도와 사파인들은 내가 던져놓고 온 똥 덩어리 때문에 두 진영으로 나뉘어 이러지도 못하고 저러지도 못한 채 대치 중이었다.

"가 표두."

"하명하십시오."

"지금 즉시 한 명당 사람 머리통만 한 돌덩어리들을 한 개씩 준비한 채 내 지시를 기다리라고 하세요."

"알겠습니다."

나는 목소리에 내공을 담아 외쳤다.

"제게 묘안이 하나 있는데 들어보시겠습니까?"

사람들이 일제히 고개를 꺾어 나를 올려다보았다.

"또 무슨 개수작이냐?"

"일단 들어나 봅시다!"

발끈하는 귀도살의 말을 막은 사람은 반백의 머리카락에 호랑이 같은 인상을 지닌 초로인이었다.

눈치 빠른 독고완이 재빨리 다가와 설명을 해주었다.

"흑교방의 부방주 살검광호(殺劍狂虎)입니다. 광동칠살이 사람을 많이 죽였다고는 하나 살검광호만큼은 아닐 겁니다. 한데 흉성에 비해 매우 신중한 인물이라고 들었습니다."

살검을 휘두르는 미친 호랑이라니. 별호가 예사롭지 않더라니, 광동칠살의 우두머리인 귀도살이 목소리를 살짝 죽였다.

"저 여우에게 속으시면 안 됩니다."

"난 끝까지 들어봐야겠으니 방해하지 마시오!"

"말투가 어째 영 껄끄러우십니다."

"그래서 무슨 문제라도 있나?"

"……!"

"귀도살, 지금부터 내가 하는 말 똑똑히 들어라. 일이 이 지경이 된 것이 너 때문이라고 하지는 않겠다. 하지만 이제부터 내 행보를 방해한다면 너와 네 형제들은 여기서 뼈를 묻을 각오를 해야 할 것이다."

채채채채채채챙!

흑교방의 생존자 팔십여 명이 일제히 도검을 뽑아 들었다. 그에 맞서 광동칠살도 각자의 병장기를 꼬나 쥐었다. 하지만 그 기세는 미약할 수밖에 없었다.

한편, 마지막까지 표비를 갈취하지 않았던 방파의 사람들을 중심으로 살검광호에게 동조하는 듯한 분위기가 감지되었다. 괜히 나를 자극해 일을 복잡하게 만들어 버린 광동칠살과 독보강호하는 무인들이 영

마뜩잖은 것이다.

"뭐, 좋으실 대로."

귀도살이 한 걸음 물러났다.

살검광호가 다시 나를 올려다보며 말했다.

"계속 말해보시게."

"위에서 칡넝쿨로 밧줄을 꼬아 내려줄 테니 거기에 포대 자루를 두 개씩만 매달아주십시오. 우리가 포대 자루를 끌어 올리는 동안에는 다른 사람들이 탈취하거나 절벽을 오르지 못하도록 엄호해 주시고요."

"그런 다음엔?"

"포대 자루를 모두 끌어 올린 다음에는 여러분께서 칡넝쿨을 타고 올라오시면 됩니다. 안전해질 때까지 우리가 위에서 엄호해 드리겠습니다."

"무엇으로 말인가?"

"돌덩어리로요."

"진심으로 하는 말인가?"

"보물을 짊어지고 오르는 것만 아니라면 다른 사람들도 여러분을 적극적으로 공격하진 못할 겁니다. 여러분을 쏘아서 떨어뜨려 봐야 보물이 수중에 들어오는 것도 아니고, 나중에 보복만 당할 텐데 뭐 하러요. 안 그렇습니까?"

"……!"

"그리고 또 하나, 삼십 장 높이에서 떨어지는 머리통만 한 돌덩어리는 대포알보다도 무서운 법입니다. 비룡당과 음양쌍교의 무사가 칠십여 명이니 칠십 대의 대포를 속사로 쉬지 않고 쏘아대는 거죠. 한번 보시겠습니까?”

휘이익!

내가 휘파람을 불자 칠십여 개의 돌덩어리가 일제히 절벽 아래로 떨어지기 시작했다.

쾅! 꽈콰쾅! 쾅! 쾅!

사람들을 피해 물속으로 던졌음에도 불구하고 그 위력은 엄청났다. 수심이 정강이를 겨우 넘을 정도였기에 사실상 맨땅이나 다름없었던 탓이다.

물이 사방으로 튀고 땅이 쩡쩡 울렸다. 무시무시한 기세에 놀란 이천오백여 명의 사람들이 절벽 쪽으로 바짝 붙었다.

이윽고 돌덩어리들이 낙하를 멈추었을 때는 절벽 아래가 찬물을 뒤집어쓴 것처럼 고요해졌다. 나는 돌덩어리의 위력을 보여준다고 했지만, 사람들은 이제 누가 우위에 있는지 확실히 깨달았을 것이다.

다시 큰 소리로 외쳐 물었다.

“어떻습니까?”

“충분히 위협이 되었네.”

“흡족하셨다니 다행이군요.”

“우리 중 칠십 명이 먼저 오르는 방법도 있네만.”

“한 명이 아쉬운 처지일 텐데요. 그리고 누가 먼저 올라갈지는 오늘 중으로 정할 수 있겠습니까? 정하면 서로 믿을 수는 있고요?”

“……!”

“하지만 저희는 믿으셔도 좋습니다. 천룡표국의 표사는 절대 표물을 들고 튀는 법이 없으니까요.”

"표물?"

"중언부언하지 않겠습니다. 목적지는 절벽 위까지고 표비는 무조건 선불로만 받겠습니다. 만약 실패하면 두 배로 배상해 드리고요."

사람들이 크게 웅성거리기 시작했다.

살검광호는 소란이 잦아들기를 기다렸다가 다시 물었다.

"얼마를 원하는가?"

"거래를 하려면 서로 간의 신뢰부터 회복해야지 않을까요? 마지막에 뿌린 쉰다섯 개의 포대 자루는 제가 현상금으로 내건 것이니 포기하겠습니다. 대신 앞서 강탈해 간 포대 자루들은 전부 돌려주십시오."

"그런 다음엔?"

"표물의 절반을 표비로 받겠습니다."

좌중이 더욱 크게 술렁이면서 한동안 소란스러워졌다. 다시 갑론을박이 벌어지는 것이다.

그때였다. 갑자기 오백여 명의 진영 속에서 일곱 명이 포대 자루를 짊어지고 뛰쳐나갔다. 광동칠살이었다. 그들은 상대적으로 수심이 얕은 절벽의 가장자리를 따라 경공을 펼치며 달아났다.

그러자 가까이 있던 이백여 명이 반사적으로 뒤쫓기 시작했다. 그중에는 경공의 고수도 있었고, 비도술의 고수도 있었고, 뛰어난 궁사도 있었다.

수십 발의 화살과 수십 개의 비도가 날아갔다.

가장 뒤쪽에서 달려가던 두 명이 등에 화살을 맞고 쓰러졌다. 뒤에서 세 번째로 달아나던 자는 뒷덜미에 비도가 날아와 꽂혔다. 앞서간 세 명의 등짝에도 순식간에 비도와 화살이 날아가 꽂혔다.

귀도살이 그나마 백여 장 정도를 달려갔지만, 절벽을 타고 날아온 정체불명의 고수 다섯 명에게 둘러싸여 악전고투를 벌였다.

한데 어처구니없게도 훨씬 뒤쪽에서 날아온 비도를 허벅지에 맞고 쓰러졌고, 그 즉시 검투를 벌이던 자의 검에 목이 뎅겅 잘려 버렸다.

사람들은 쓰러진 광동칠살에게 새까맣게 달라붙었다. 이어 서로 빼앗겠다며 포대 자루를 놓고 싸우다가 터지고 난리도 아니었다.

한편 절벽 위의 사람들은 표사들이고 음양쌍교의 마인들이고 간에 전부 입이 쩍 벌어져서는 석상이 되어 있었다. 덧붙여 이제는 나를 살짝 미친 사람 보듯 바라보았다.

남궁소소가 말했다.

"제갈량이 현신한 줄 알았어요."

"다급해지면 꾀가 나오는 법이오."

"돈을 보면 막 다급해지나요?"

"그렇게 말할 처지가 아닐 텐데."

"제가 왜요?"

"여기까지 온 거 돈 때문이 아니오?"

"물론 그렇죠. 전적으로."

"그러니까."

"뭐, 그건 그렇고요. 저들이 받아들일까요?"

"그건 나도 모르겠소."

"하면 뭘 믿고 그렇게 몰아붙인 거예요?"

"흑도들이니까. 흑도들의 본성은 흑도들이 가장 잘 아는 법. 서로가 서로를 믿지 못하는 심리를 이용한 것이오. 통할지는 모르겠지만."

“아마 통할 거 같은데요.”

“어째서 그렇소?”

“동쪽 하늘을 좀 보세요. 아까부터 먹구름이 새까맣게 몰려오는데, 저거 폭우가 쏟아질 징조 맞죠?”

계속